에드거 앨런 포 단편선

에드거 앨런 포 단편선

Tales of Mystery and Imagination

에드거 앨런 포 지음 아서 래컴 그림 김석희 옮김

TALES OF MYSTERY AND IMAGINATION
by EDGAR ALLAN POE (1849)

Illustrations by ARTHUR RACKHAM (1935)

이 책은 실로 꿰매어 제본하는 정통적인 사철 방식으로 만들어졌습니다.
사철 방식으로 제본된 책은 오랫동안 보관해도 손상되지 않습니다.

병 속에서 발견된 수기

살날이 얼마 안 남은 사람은 더 이상 감출 게 없다.
— 필리프 키노,[1] 『아티스』

 조국과 가족에 대해서는 별로 할 말이 없다. 나쁜 처지와 오랜 세월이 나를 조국에서 몰아냈고, 가족과도 사이가 멀어지게 했다. 나는 많은 재산을 물려받은 덕분에 좋은 교육을 받을 수 있었고, 사색을 좋아하는 기질 덕분에 어릴 적부터 부지런히 쌓은 지식을 나름대로 체계화할 수 있었다. 무엇보다 독일 윤리학자들의 저서가 나에게 큰 기쁨을 주었다. 그들의 그럴듯한 광기를 무턱대고 동경했기 때문이 아니라, 무엇이든 엄밀하게 고찰하는 버릇 덕분에 그들의 오류를 쉽사리 간파할 수 있었기 때문이다. 나는 재능이 형편없다는 비난을 자주 들었다. 상상력이 부족한 게 무슨 죄라도 되는 듯이 야단을 맞았고, 매사에 회의적인 인간으로 악명이 높았다. 사실 형이상학에 흥미가 많다 보니 내 마음이 이 시대의 가장 흔한 오류에 물들어 버린 것 아닐까 걱정스럽기도 하다. 무슨 일이 일어나든 그 현상을, 굳이 그럴 필요가 없는 경우에도 형이상학의 원리와 관련시키는 버릇을 말하는 것이다.

1 Philippe Quinault(1635~1688). 프랑스의 극작가, 오페라 작가.

대체로 미신이라는 도깨비불에 현혹되어 진리의 엄밀한 영역에서 벗어날 가능성이 나보다 적은 사람은 아무도 없다. 나는 터무니없는 공상을 그저 사문서나 무효 증서처럼 무가치한 것에 불과하다고 생각한다. 내가 지금부터 할 놀라운 이야기가 유치한 상상력으로 지어낸 헛소리가 아니라 내가 실제로 겪은 일이라는 것을 믿게 하려면 이것만은 미리 말해 두는 게 적절하겠다고 생각했다.

나는 오랫동안 외국을 떠돌아다닌 뒤, 18××년에 산물도 풍부하고 인구도 많은 자바섬의 바타비아[2] 항구에서 배를 타고 순다 열도[3]로 항해를 떠났다. 나는 승객으로 배에 탔는데, 악마처럼 나를 따라다니며 괴롭힌 일종의 신경성 조바심 말고는 딱히 내가 그 배에 탈 이유나 동기는 없었다.

내가 탄 배는 봄베이[4]에서 말라바르[5]산 티크로 만들어지고 밑바닥에 동판을 댄 약 4백 톤급의 아름다운 배였다. 배에는 래카다이브 제도[6]에서 나는 원면과 기름이 실려 있었고, 그밖에 야자 껍질로 만든 섬유와 정제하지 않은 설탕, 버터기름, 코코넛, 그리고 아편도 몇 상자 실려 있었다. 화물이 허술하게 실린 탓인지 배가 금방이라도 뒤집힐 것처럼 흔들거렸다.

우리는 순풍과 함께 출항했지만, 바람이 약해지는 바람에

2 인도네시아 수도인 자카르타의 네덜란드 식민지 시절 명칭.
3 말레이 반도에서 말루쿠 제도까지 뻗어 있는 열도. 대(大)순다 열도와 소(小)순다 열도로 나뉜다.
4 오늘날의 인도 뭄바이.
5 인도 남서 해안 지역.
6 인도 남부, 타밀나두주의 아라비아해에 있는 섬 무리.

며칠 동안 앞으로 나아가지 못한 채 자바섬 동쪽 해안에 서 있었다. 이따금 순다 열도의 작은 돛배와 마주치는 것 말고는 항해의 단조로움을 달래 주는 사건이 전혀 일어나지 않았다.

어느 날 저녁, 고물 난간에 기대어 있던 나는 북서쪽 하늘에 기묘한 구름 한 조각이 외따로 떠 있는 것을 보았다. 그것은 우리가 바타비아를 떠난 이후 처음 본 구름이었을 뿐만 아니라 색깔도 특이해서 더욱 눈에 띄었다. 나는 해 질 녘까지 그 구름을 주의 깊게 관찰했다. 날이 저물자 그 구름은 갑자기 동쪽과 서쪽으로 퍼지더니 가느다란 띠가 되어 수평선을 덮었다. 마치 낮은 해안선이 길게 뻗어 있는 것처럼 보였다. 곧이어 불그레한 달이 떠오른 것이 눈에 띄었다. 바다의 예사롭지 않은 모습도 내 주의를 끌었다. 바다는 빠른 변화를 겪고 있었다. 바닷물은 여느 때보다 더 투명해 보였는데, 바닥이 훤히 내려다보일 정도였지만, 측연[7]을 던져 수심을 보니 깊이가 거의 15패덤[8]이나 되었다. 대기는 견딜 수 없을 만큼 뜨거워졌고, 달궈진 쇠에서 피어오르는 것과 비슷한 아지랑이로 가득 차 있었다. 밤이 다가오자 대기는 바람 한 점 없이 잔잔해졌다. 그보다 더 완전한 고요는 상상할 수 없을 정도였다. 갑판에 켜놓은 촛불조차 움직임이 전혀 없었고, 엄지와 검지로 긴 머리카락 한 올을 집어서 한참 동안 들고 있었지만 흔들림을 전혀 감지할 수 없었다. 하지만 선장은 어떤 위험의 징조도 감지할 수 없다고 말했고, 배가 해안 쪽

7 바다의 깊이를 재는 데 쓰는 기구. 굵은 밧줄 끝에 납덩이가 달려 있다.
8 물의 깊이를 재는 단위로, 1패덤은 약 1.8미터.

으로 떠내려가고 있었기 때문에 돛을 모두 올리고 닻을 내리라고 지시했다. 선원들은 대부분 말레이 사람이었는데, 망꾼도 세우지 않은 채 갑판 위에 느긋하게 몸을 뻗고 누워 있었다. 나는 선실로 내려갔다. 불길한 예감이 없지 않았기 때문이다. 실제로 모든 정황이 예사롭지 않아서, 시뭄[9] 같은 것을 걱정할 이유는 충분했다. 나는 이런 우려를 선장에게 털어놓았지만 선장은 내 말을 듣는 둥 마는 둥 하더니 대꾸도 하지 않은 채 가버렸다. 그러나 나는 불안해서 잠을 이루지 못했고, 자정 무렵 갑판으로 올라갔다. 내가 갑판과 선실을 잇는 승강 계단의 맨 윗단에 발을 올려놓는 순간, 물방아가 빠르게 회전하는 것처럼 요란하게 윙윙거리는 소리가 나서 깜짝 놀랐다. 무슨 소리인지 파악하기도 전에 배가 중심까지 흔들리는 게 느껴졌다. 다음 순간, 엄청난 물거품이 일면서 우리를 이물에서 고물까지 몰아 대고 갑판 전체를 휩쓸었다.

성난 강풍이 오히려 배를 구해 준 셈이었다. 배는 완전히 물에 잠겼지만, 돛대가 강풍에 부러져 뱃전 너머로 떨어졌기 때문에 잠시 후 배는 바다에서 힘들게 몸을 일으켰고, 폭풍의 엄청난 힘에 눌려 한동안 휘청거리다가 마침내 똑바로 설 수 있었다.

어떤 기적으로 파멸을 면했는지는 알 수 없다. 나를 덮친 파도의 충격으로 기절했다가 정신을 차려 보니, 나는 뱃머리의 기둥과 방향타 사이에 꽉 끼여 있었다. 나는 간신히 몸을 일으켰다. 현기증이 나서 머리가 핑핑 돌았지만 안간힘을 써

9 아라비아 사막의 모래 폭풍.

서 주위를 둘러보니 우리는 하얗게 부서지는 파도에 둘러싸여 있었다. 거품을 일으키는 산더미 같은 파도가 소용돌이를 일으키며 우리를 집어삼키려 하고 있었다. 상상을 초월할 만큼 무시무시한 광경이었다. 잠시 후, 우리가 항구를 떠나기 직전 배에 탄 스웨덴 노인의 목소리가 들려왔다. 나는 남은 힘을 다 짜내어 노인에게 소리쳤고, 노인은 곧 비틀거리며 고물 쪽으로 다가왔다. 생존자는 우리 둘뿐이라는 것을 곧 알게 되었다. 갑판 위에 있던 사람들은 우리를 제외하고 모두 파도에 휩쓸려 바다에 빠졌고, 선실이 물에 잠긴 걸로 미루어 보아 선장과 선원들은 자다가 죽은 게 분명했다. 이런 상황에서 우리 두 사람이 배를 지켜 내기 위해 할 수 있는 일은 거의 없었다. 처음에는 분발해서 무언가 해보려고 했지만, 당장이라도 배가 가라앉을 것 같아서 옴짝달싹할 수가 없었다. 닻줄은 첫 번째 폭풍이 닥쳐왔을 때 노끈처럼 가볍게 끊어져 버렸다. 그렇지 않았다면 배는 당장 물속에 가라앉았을 것이다. 우리는 순풍을 받아 무서운 속도로 나아갔고, 바닷물은 우리의 머리를 덮친 뒤 갑판을 휩쓸었다. 고물의 뼈대는 완전히 부서지고 배는 전체적으로 상당한 피해를 입었지만, 그나마 펌프가 막히지 않고 바닥 짐도 그렇게 많이 움직이지 않은 게 다행이었다. 맹위를 떨치던 거센 바람은 이미 지나갔기 때문에 바람의 위험에 대해서는 별로 걱정하지 않아도 되었다. 그러나 우리는 낙담한 채 바람이 완전히 그치기만을 간절히 바랐다. 배가 파손된 상황에서 또다시 큰 파도를 만나면 죽음을 피할 수 없을 것이기 때문이었다. 하지만 이 당연한 우려가 곧 실현될 것 같지는 않았다. 꼬박 닷새 동안 — 그동안 우리가 먹은 거라고는 앞쪽 선실에서 어렵게 찾아낸 설탕뿐이었고, 그나마 양도 충분하지 않았다 — 선체는 빠르게 이어지는 강풍에 밀려 헤아릴 수도 없을 만큼 빠른 속도로 바다 위를 날듯이 달렸다. 바람은 처음에 불어닥친 시풍과 비교할 수도 없을 만큼 약해졌지만, 그래도 내가 전에 만난 어떤 폭풍보다 훨씬 무서웠다. 처음 나흘 동안 우리의 진로는 약간의 변화가 있긴 했지만 대체로 동남쪽과 남쪽을 향하고 있었다. 그렇다면 우리는 오스트레일리아의 해안을 따라 달린 게 분명했다. 닷새째 되는 날에는 바람이 뱃머리를 북쪽으로 약간 돌려 놓았음에도 추위가 더욱 심해졌다. 누런빛을 띤 태양이 수평선 위로 살짝 올라왔지만 햇빛은 흐릿했다. 눈에 띄는 구름 한 점 없이 바람은 점점 강해졌고, 맹렬한 강풍이 단속적으로 불안정하게 불어오기도 했다. 짐작건대 정오 무렵이 되었을 때 태양의 이상한 모습이 다시금 우리 주의를 사로잡았다. 태양은 빛이라고 부를 만한 빛을 전혀 내지 않았고, 빛이 모조리 편광된 것처럼 반사광이 없는 흐릿하고 음침한 빛만 내고 있었다. 태양이 부풀어 오른 바닷속으로 가라앉기 직전에 어떤 알 수 없는 힘이 서둘러 꺼버린 것처럼 태양 중심의 불이 갑자기 훅 꺼져 버렸다. 깊이를 헤아릴 수 없는 바닷속으로 돌진하듯 떨어질 때의 태양은 은처럼 희미한 테두리만 남아 있었다.

우리는 하릴없이 엿새째 날이 밝기를 기다렸지만, 그날이 나에게는 아직 오지 않았고 스웨덴 노인에게는 영영 오지 않왔다. 그때부터 우리는 칠흑 같은 어둠에 싸여 버렸고, 배에서 스무 걸음 정도 떨어진 곳의 물체도 볼 수 없었다. 끝없는 밤이 계속 우리를 에워쌌고, 열대 지방에서 익숙해졌던 바다의 인광도 그 어둠을 구제해 주지는 못했다. 폭풍은 아직도 여전한 기세로 맹위를 떨치고 있었지만, 지금까지 우리와 동행했던 높은 파도나 물거품은 더 이상 보이지 않았다. 주위에 있는 것은 공포와 짙은 어둠, 흑단처럼 새까맣고 무더운 사막 같은 바다뿐이었다. 스웨덴 노인은 미신적인 공포에 조금씩 사로잡혔고, 내 영혼은 조용한 경이로움에 빠져들었다.

배를 돌보는 것은 쓸모없는 정도가 아니라 시간과 노력의 낭비로 여겨졌기 때문에, 우리는 배를 돌보지 않고 부러진 돛대의 밑동을 단단히 붙든 채 걱정스럽게 바다를 내려다보았다. 우리는 시간을 잴 수단도 없었고 우리의 위치를 짐작할 수도 없었다. 하지만 우리가 과거의 어느 항해자들보다 훨씬 남쪽으로 내려왔다는 것은 알 수 있었고, 그런데도 아직 얼음의 방해를 받지 않은 데 놀랐다. 그러는 동안에도 매 순간이 우리의 마지막 순간이 될 것만 같았다. 산더미 같은 파도가 끊임없이 밀려와 우리를 덮쳤는데, 그런 파도가 세상에 존재하리라고는 상상도 하지 못했다. 상상을 초월할 만큼 거대한 파도였다. 그런 파도에 휩쓸려 죽지 않은 것은 그야말로 기적이었다. 스웨덴 노인은 배에 실린 화물의 무게가 가볍다고 말하면서, 우리 배의 성능이 아주 뛰어나다는 점을 일깨워 주었다. 하지만 나는 희망을 품는 것 자체가 절망적이라고 느끼지 않을 수 없었고, 배가 1노트씩 달릴 때마다 검고 거대한 파도는 더욱 무시무시해졌기 때문에, 이런 상황에서는 무슨 수를 써도 죽음을 한 시간 이상 늦출 수 없을 거라는 생각에 우울한 마음으로 죽음을 맞이할 준비를 해두었다. 때로는 앨버트로스[10]보다 더 높이 올라가서 숨을 쉬려고 헐떡거렸고, 때로는 현기증이 날 만큼 빠른 속도로 물속의 지옥을 향해 곤두박질쳤다. 물속의 지옥에는 공기가 흐름을 멈춘 채 고여 있었고, 크라켄[11]의 잠을 방해하지 않으려는 듯 어떤 소리도 들리지 않았다.

우리가 그런 심연의 바닥에 떨어져 있을 때 스웨덴 노인의 다급한 비명 소리가 밤의 적막을 깨뜨렸다. 「저길 봐! 저길 보라고!」 노인이 내 귀에 대고 소리를 질렀다. 「맙소사! 저기, 저기 좀 보라니까!」 그때야 나는 우리 배가 놓여 있는 거대한 골짜기의 양옆을 따라 흐릿하고 어두운 붉은빛이 흘러내려 갑판에 잠깐씩 광채를 던지고 있는 것을 알아차렸다. 시선을 들어 나는 피가 얼어붙는 듯한 광경을 보았다. 우리 바로 위 엄청나게 높은 곳에 4천 톤급은 되어 보이는 거대한 배 한 척이 떠서 당장이라도 떨어지려는 참이었다. 그 배는 제 높이의 백배가 넘는 물마루 위에 올라앉아 있었지만, 그래도 현존하는 어떤 전함이나 동인도 무역선보다 커 보였다. 거대한 선체는 칙칙한 검은색이었고, 그 단조로움에 변화를 줄 통상적인 조각 장식도 보이지 않았다. 열린 현창에는 놋쇠로 만

10 슴샛과의 바닷새. 날개 편 길이가 3~4미터인 대형 조류이며, 동양에서는 신천옹(信天翁)이라고 불렸다.
11 바다에 소용돌이를 일으킨다는, 북유럽 전설 속의 괴물.

든 대포들의 포신이 튀어나와 있었고, 한 줄로 늘어서 있는 포신들의 반들반들한 표면에서는 헤아릴 수 없이 많은 전투용 각등이 삭구[12] 근처에서 앞뒤로 흔들리며 불빛을 던지고 있었다. 하지만 무엇보다 두렵고 놀라운 것은 그 배가 초자연적인 바다와 걷잡을 수 없는 폭풍의 면전에서 돛을 최대한 올린 채 버티고 있다는 점이었다. 우리가 그 배를 처음 발견했을 때는, 선체 너머에 아가리를 딱 벌리고 있는 어두컴컴하고 무시무시한 심연에서 배가 서서히 올라오고 있었기 때문에 뱃머리만 보였다. 우리가 강렬한 공포에 사로잡힌 순간, 배는 자신의 숭고함을 관조하는 듯 현기증이 날 만큼 높은 물마루 위에서 잠시 멈추었다가, 선체를 부르르 떨면서 앞으로 기우뚱하더니 아래로 내려오기 시작했다.

그 순간, 내가 어떻게 갑자기 냉정하고 침착해졌는지 잘 모르겠다. 나는 뒤쪽으로 최대한 멀리까지 비틀거리며 걸어가서, 이제 곧 나를 덮치려는 파멸의 순간을 담담하게 기다렸다. 우리 배는 마침내 생존의 몸부림을 그만두고 뱃머리부터 바닷속으로 가라앉고 있었다. 이윽고 위에서 내려온 거대한 배가 이미 물속에 잠겨 있던 우리 배의 뱃머리 부분을 덮쳤고, 그 충격으로 내 몸은 어쩔 수 없이 큰 배의 삭구 위로 내동댕이쳐졌다.

내가 떨어지자, 배가 흔들리면서 바람이 불어오는 쪽으로 뱃머리를 돌렸다. 내가 선원들 눈에 띄지 않은 것은 그 뒤에 이어진 혼란 때문이었다. 나는 선원들에게 들키지 않은 채

12 배에서 쓰는 밧줄이나 쇠사슬 따위를 통틀어 이르는 말.

별로 어렵지 않게 중앙 승강구로 다가갔다. 승강구는 반쯤 열려 있었다. 나는 곧바로 선창에서 몰래 숨을 곳을 찾아냈다. 왜 몸을 숨겼는지는 나도 잘 모르겠다. 선원들을 처음 본 순간 막연한 두려움이 나를 사로잡았는데, 아마 그 까닭 모를 감정 때문에 몸을 숨겨야겠다고 생각했을 것이다. 선원들을 얼핏 보았을 때 왠지 낯설고 의심스럽고 불안한 기분이 들었고, 이런 기분을 안겨 준 사람들에게 나를 믿고 맡길 마음이 들지 않았다. 그래서 나는 선창에 은신처를 마련해 두는 게 좋겠다고 생각하고, 널빤지를 조금 떼어 내 배의 큰 늑재들 사이에 간편한 은신처를 만들었다.

작업을 끝내자마자 선창에서 발소리가 들려, 나는 방금 만들어 놓은 은신처에 몸을 숨겼다. 한 사내가 불안정한 걸음걸이로 힘없이 내 은신처 앞을 지나갔다. 얼굴은 보이지 않았지만 전체적인 윤곽은 볼 수 있었다. 나이가 많고 병약해 보였다. 무릎은 세월의 무게에 짓눌려 비틀거렸고, 몸 전체가 흔들렸다. 그는 낮은 목소리로 혼잣말을 중얼거렸는데, 몇 마디 들려온 낱말은 내가 모르는 언어였다. 그는 한쪽 구석에 수북이 쌓여 있는 묘하게 생긴 도구와 오래된 해도들 사이를 더듬으며 무언가를 찾고 있었다. 그의 태도에는 망령 든 노인의 역정 내는 모습과 신의 근엄한 모습이 뒤섞여 있었다. 마침내 그는 갑판으로 올라갔고 이후 다시는 그를 보지 못했다.

*

뭐라고 말할 수 없는 감정이 내 영혼을 사로잡았다. 그 감정은 분석할 여지가 없고, 지나간 과거의 어떤 교훈도 적용되지 않으며, 미래 자체도 그것의 실마리를 제공하지 않을 것 같았다. 나 같은 사람에게 그런 생각은 해롭다. 나는 내 생각의 본질에 대해 결코 만족하지 않을 것이기 때문이다. 나는 내가 절대 만족하지 않으리라는 것을 안다. 하지만 이런 생각들은 완전히 새로운 원천에 기원을 두고 있기 때문에 불명확하고, 그것은 결코 놀라운 일이 아니다. 새로운 감각, 새로운 실체가 내 영혼에 추가되는 것이다.

*

이 소름 끼치는 배의 갑판에 처음 발을 내디딘 지 오랜 시간이 지났다. 내 운명의 빛줄기들은 하나의 초점에 모이는 것 같다. 이해할 수 없는 사람들! 그들은 내가 알 수 없는 생각에 잠겨 나를 알아차리지 못한 채 내 앞을 스쳐 지나간다. 그들은 어차피 나를 보지도 **않을** 테니, 숨어 있는 것은 바보 같은 짓이다. 방금 나는 항해사의 눈앞을 지나갔고, 조금 전에는 과감히 선장실로 들어가서 필기도구를 가져왔다. 그것으로 이 글을 쓰고 있고, 지금까지 쓴 글도 마찬가지다. 앞으로도 틈틈이 이 수기를 쓸 작정이다. 이 글을 세상에 전할 기회가 없을지도 모르지만 포기하지 않을 것이다. 마지막 순간에는 이 수기를 병 속에 넣어 바다에 던질 작정이다.

*

나에게 새로 생각할 기회를 제공한 사건이 일어났다. 이런 일들이 과연 어쩔 수 없는 우연의 작용일까? 위험을 무릅쓰고 갑판에 올라가 보트 바닥에 수북이 쌓여 있는 밧줄 사다리와 낡은 돛들 사이로 뛰어내렸지만, 나에게 눈길을 주는 사람은 아무도 없었다. 나는 내 기구한 운명을 곰곰 생각하면서, 내 옆에 놓여 있는 통 위에 차곡차곡 접혀 있는 보조 돛의 가장자리를 나도 모르게 타르 솔로 칠했다. 보조 돛은 이제 활대에 동여매져 있었고, 내가 생각 없이 칠한 자국이 〈발견Discovery〉이라는 낱말 위에 번졌다.

나는 요즘 배의 구조를 꼼꼼히 살펴보았다. 무장을 하고 있긴 하지만 전함은 아닌 것 같다. 삭구와 골격, 장비들 모두 전함과는 무관하다. **전함이 아니라는** 것은 쉽게 알 수 있지만, **무슨 배인지는** 말할 수 없다. 어찌 된 영문인지 모르겠지만, 배의 독특한 형태와 이상하게 생긴 돛대와 활대, 배의 엄청난 크기와 너무 커서 꼴사나운 돛, 지나치게 단순한 이물과 노후한 고물을 자세히 살펴보면, 익숙한 것을 보는 듯한 느낌이 마음에 번개처럼 떠오르곤 했다. 그리고 거기에는 언제나 희미한 추억의 그림자, 오래된 외국의 연대기와 먼 옛날의 기억, 도무지 설명할 수 없는 이상한 기억들이 뒤섞여 있다.

*

　나는 배의 목재들을 바라보고 있었다. 배는 내가 모르는 재료로 만들어져 있다. 목재는 독특한 특징을 갖고 있는데, 아무리 보아도 배를 만들기에는 적합하지 않아 보인다. 이런 바다를 항해하다 보면 벌레가 나무를 갉아 먹고 세월이 흐르면 자연히 나무가 썩게 마련이지만, 그런 상황은 별문제로 하고 나무 자체만 보면 목재에 작은 **구멍이 너무 많았다**는 뜻이다. 지나치게 세심한 관찰로 보이겠지만, 이 목재는 스페인산 참나무를 부자연스럽게 부풀려 놓은 것 같았다.

　위 문장을 읽고 있자니, 어느 늙고 풍파에 단련된 네덜란드 항해자의 기묘한 격언이 떠오른다. 그는 자신의 진실성이 조금이라도 의심을 받으면 이렇게 말하곤 했다. 「이 세상 어딘가에는 배 자체가 뱃사람의 살아 있는 몸뚱이처럼 커지는 바다가 있다네.」

*

　한 시간쯤 전에 과감하게 선원들 무리에 끼었다. 하지만 그들은 나에게 어떤 형태의 관심도 보이지 않았고, 내가 그들 한복판에 서 있는데도 내 존재를 전혀 의식하지 못하는 듯했다. 선창에서 처음 보았던 선원과 마찬가지로 그들은 모두 노인의 특징을 지니고 있었다. 무릎은 쇠약해서 후들거렸고, 어깨는 노쇠해서 구부정해졌고, 주름진 피부는 바람에

덜거덕거렸고, 목소리는 낮고 떨리는 데다 토막토막 끊겼다. 눈은 노인 특유의 눈물로 번들거렸고, 잿빛 머리카락은 거센 바람에 마구 휘날렸다. 그들 주위 갑판 곳곳에는 기묘하게 생긴 구식 제도 기구들이 흩어져 있었다.

*

얼마 전에 보조 돛을 활대에 동여맸다고 말한 적이 있다. 그 무렵부터 배는 바람을 타고 정남쪽을 향해 맹렬한 속도로 계속 달렸다. 돛대 꼭대기부터 맨 아래 보조 돛 활대까지 돛이란 돛은 모두 올리고 있어서, 매 순간 돛대의 활대 끝이 무시무시한 지옥 같은 물속으로 들어가곤 했다. 상상만 해도 그 끔찍한 지옥은 그것을 상상하는 인간의 마음속에 들어갈 수 있다. 선원들은 별로 불편을 느끼지 않는 것 같았지만, 나는 똑바로 서 있기조차 힘들어 갑판을 떠났다. 이 거대한 배가 영원히 물에 삼켜지지 않는 것은 기적 중의 기적으로 보인다. 우리는 심연 속으로 빠져들지 않고 영원의 가장자리를 계속 맴돌아야 할 운명인 게 분명하다. 배는 내가 지금까지 본 어떤 파도보다 수천 배나 거대한 파도에서도 화살같이 빠른 갈매기처럼 쉽게 미끄러져 나아갔다. 거대한 파도는 심해의 악마들처럼, 하지만 우리를 단순히 위협만 할 뿐 죽이는 것은 금지된 악마들처럼 고개를 쳐든다. 우리가 이렇게 자주 위기를 모면하는 것은 그런 결과를 낳을 수 있는 자연적 원인 덕분으로 돌릴 수밖에 없다. 그리고 그런 원인은 하나뿐

이다. 우리 배가 어떤 강한 해류, 또는 맹렬한 저류의 영향을 받고 있다고 생각할 수밖에 없다.

*

나는 다른 곳도 아닌 선장실에서 선장과 얼굴을 마주하고 있었지만, 예상했던 대로 그는 나를 전혀 알아차리지 못했다. 그의 겉모습에는 그가 인간 이상의 존재인지 아니면 인간 이하의 존재인지 보여 주는 특징이 전혀 나타나 있지 않지만, 그래도 내가 그를 보았을 때 느낀 경이로움에는 억누를 수 없는 존경심과 경외심이 섞여 있었다. 키는 5피트 8인치 정도로 나와 비슷했다. 체격은 튼튼하고 다부졌지만, 강건하지도 않고 달리 두드러진 특징도 없다. 하지만 그의 얼굴을 지배하는 것은 표정의 기이함이다. 내 영혼 속에 어떤 감각, 뭐라 형언할 수 없는 감각을 불러일으키는 것은 그가 노인이라는 사실을 너무나 분명하고 극단적으로 보여 주는 강렬하고 불가사의하고 오싹한 증거다. 그의 이마에는 주름살이 거의 없지만 숱한 세월의 흔적이 남아 있는 듯하다. 그의 잿빛 머리카락은 과거의 기록이고, 그보다 더 진한 잿빛 눈동자는 미래의 예언이다. 선실 바닥에는 철제 걸쇠로 묶여 있는 2절판 책들과 썩어 가는 과학 기구들, 잊힌 지 오래된 낡아빠진 해도 따위가 잔뜩 쌓여 있었다. 그는 고개를 숙여 두 손 위에 엎고 이글이글 타오르는 듯한 불안한 눈으로 종이 한 장을 뚫어지게 들여다보고 있었다. 그 서류는 무슨 위임장 같았는데, 어쨌든 군주의 서명이 적혀 있었다. 그는 내가 선창에서 처음 본 선원이 그랬던 것처럼 언짢은 듯 낮은 목소리로 외국어를 중얼거렸다. 그는 내 팔꿈치 가까이 있었지만, 목소리는 1마일이나 떨어진 곳에서 들려오는 듯했다.

*

배와 그 안에 있는 모든 것은 〈옛날〉의 정령에 물들어 있다. 선원들은 몇 세기 전에 매장된 유령들처럼 돌아다닌다. 그들의 눈에는 간절하면서도 불안한 기색이 담겨 있다. 흔들리는 각등의 불빛 속에서 그들의 손가락이 내 앞길을 가로지르면, 나는 평생 동안 골동품상으로 일했고 바알베크와 타드무르와 페르세폴리스[13]에서 쓰러진 원기둥들의 그림자에 동화되어 내 영혼 자체가 폐허가 될 정도였으나 전에 한 번도 느껴 보지 못한 기분을 느낀다.

*

주위를 둘러보면 내가 전에 느꼈던 불안이 부끄러워진다. 내가 지금까지 우리와 동행한 강풍에 벌벌 떨었다면, 바람과 바다의 전쟁에는 얼마나 놀랐을 것인가? 그 전쟁을 어떤 말로 표현할 수 있을까? 토네이도나 시뭄마저 시시하고 무력하게 느껴질 정도다. 우리 배 바로 옆에 있는 것은 영원한 밤의

13 차례대로 각각 레바논, 시리아, 이란에 있는 고대 도시 유적이다.

어둠과 거품조차 일지 않는 바닷물의 혼돈뿐이다. 하지만 양쪽으로 1리그[14]쯤 떨어진 곳에는 어두운 하늘로 우뚝 솟아올라 우주의 벽처럼 보이는 거대한 얼음 성벽이 띄엄띄엄 간격을 두고 희미하게 보일지도 모른다.

*

　하얀 얼음에 부딪혀 울부짖고 소리를 지르며, 거꾸로 떨어지는 폭포수처럼 빠른 속도로 남쪽을 향해 나아가는 조류를 해류라고 부를 수 있다면, 이 배는 내가 상상했듯이 해류에 갇혀 있다.

*

　내가 느끼는 공포를 말로 표현하기란 불가능할 것 같다. 하지만 이 무서운 지역의 신비를 파헤치고 싶은 호기심은 절망보다 강해, 그 호기심을 채울 수만 있다면 나는 가장 끔찍한 죽음조차 기꺼이 감수하겠다. 우리가 흥미진진한 어떤 지식을 향해 치닫고 있는 것은 분명하다. 그 지식은 절대 알려지면 안 될 비밀이고, 그 지식을 얻는 것은 곧 파멸을 의미한다. 이 해류는 아마 우리를 남극으로 데려갈 것이다. 터무니없는 추측 같지만, 그 추측을 뒷받침하는 개연성은 충분하다고 인정할 수밖에 없다.

　14 거리의 단위로, 1리그는 3마일(약 4.8킬로미터).

*

　선원들은 불안하고 떨리는 걸음으로 갑판을 오간다. 하지만 그들의 얼굴에는 냉담한 절망의 표정보다 무언가를 간절히 열망하는 표정이 더 많이 떠올라 있다.

　그러는 동안에도 바람은 여전히 고물 쪽에서 배를 밀어내고 있다. 돛을 많이 올렸기 때문에 배는 이따금 바다에서 통째로 붕 떠 있기도 한다. 공포에 또 공포가 겹친다! 오른쪽 얼음이 갑자기 열리고, 이어서 왼쪽 얼음도 열린다. 우리는 거대한 동심원을 그리며 어지럽게 소용돌이치고 있다. 거대한 원형 극장의 담벼락 주위를 빙글빙글 돌고 있다. 그 담벼락 꼭대기는 어둠 속으로 높이 솟아 있어 보이지 않는다. 하지만 내가 운명에 대해 생각할 시간은 이제 남아 있지 않을 것이다! 동심원은 빠르게 작아지고 있고, 우리는 소용돌이의 손아귀 속으로 미친 듯이 빨려들고 있다. 그리고 으르렁대며 울부짖고 요동치는 바다와 폭풍 속에서 배는 흔들리면서 ─ 오오, 맙소사! ─ 가라앉고 있다![15]

15 「병 속에서 발견된 수기」는 원래 1831년에 발표되었지만, 그 후 오랜 세월이 지난 뒤에야 메르카토르 지도를 알게 되었는데, 이 지도에서 바다는 네 개의 입구를 통해 북극만 속으로 돌진하여 지구 내부로 흡수되는 것으로 묘사되어 있고, 북극 자체는 엄청난 높이로 우뚝 솟아 있는 검은 바위로 표현되어 있다 ─ 원주.

어셔가의 붕괴

그의 가슴은 현이 팽팽하게 당겨진 류트 같아서
손길이 닿자마자 울려 퍼졌다.
—드 베랑제[1]

그해 가을, 잔뜩 찌푸린 날씨에 음산하고 조용한 날이었
다. 구름이 하늘에 낮게 깔려서 숨이 막힐 것처럼 답답한 그
날, 나는 온종일 혼자서 말을 타고 유난히 황량한 시골길을
가고 있었다. 그러다가 저녁 어스름이 다가올 무렵이 되어서
야 마침내 어셔가의 음산한 모습이 눈길에 잡혔다. 무엇 때
문인지는 모르지만, 그 건물을 보자마자 첫눈에 참을 수 없
는 우울한 기분이 내 마음을 가득 채웠다. 내가 참을 수 없다
고 말한 것은, 아무리 황량하거나 무서운 자연 풍경을 보아
도 마음은 대개 시적인 감정으로 그 풍경을 받아들이고 그래
서 유쾌한 기분을 느끼게 되지만, 어셔가를 처음 보았을 때
의 우울한 감정은 전혀 그런 유쾌한 기분으로 완화되지 않았
기 때문이다. 나는 눈앞에 펼쳐진 정경을 바라보았다. 별다
른 특징이 없는 저택과 대지의 소박한 풍경, 황폐한 벽과 퀭
한 눈처럼 보이는 창문들, 무성하게 자란 사초 몇 포기, 썩은

1 Pierre Jean de Béranger(1780~1857). 프랑스의 서정시인, 샹송 작
사자.

몇 그루 나무의 하얀 줄기를 보았을 때 내 우울한 기분은 아편에 취해서 흥청거리다 환상에서 깨어났을 때, 말하자면 일상생활로 돌아올 때의 씁쓸한 기분, 신비의 베일이 벗겨질 때의 섬뜩한 기분에 비유하는 것이 가장 적절할 것이다. 그 외에는 지상의 어떤 감각도 그것과 비교할 수가 없다. 심장이 얼음처럼 차가워지고 맥이 풀리고 속이 느글거렸다. 아무리 상상력을 동원해도 울적한 기분은 누그러지지 않았고, 억지로 기분을 끌어 올릴 수도 없었다. 그게 뭐지? 나는 잠시 멈춰 서서 생각했다. 어셔가를 보았을 때 그렇게 나를 무기력하게 만든 것은 도대체 무엇이었을까? 그것은 전혀 풀리지 않는 수수께끼였다. 그렇다고 생각하는 동안 내 마음에 떠올랐다 덧없이 사라지는 어렴풋한 환상들과 맞붙어 싸울 수도 없었다. 결국 나는 지극히 단순한 자연물들의 조합이 우리에게 영향력을 갖는 것은 의심의 여지가 없지만 이 영향력을 분석하는 것은 아직도 우리 인간의 역량이 미치지 못하는 문제라는 안타까운 결론으로 후퇴할 수밖에 없었다. 풍경을 이루는 요소들의 배열 또는 그림의 세부가 조금만 바뀌어도, 풍경이 주는 우울한 느낌을 완화하기에 충분하고 어쩌면 그 느낌을 완전히 없애 버릴 수도 있을 거라고 나는 생각했다. 그리고 이 생각에 따라 내 말을 소름 끼치는 검은 호수의 가파른 벼랑가로 몰고 가서 아래를 내려다보았다. 저택 옆에 있는 그 호수는 잔물결조차 일지 않는 잔잔한 수면에 빛이 반사되어 광채를 발하고 있었다. 나는 호수에 거꾸로 비친 잿빛 사초와 섬뜩한 나무줄기와 사람의 눈처럼 퀭한 창문들

의 영상을 내려다보았지만, 개조된 그 영상들이 오히려 전보다 훨씬 더 오싹해 보여서 머리털이 곤두서는 듯한 공포로 몸을 떨었다.

그럼에도 불구하고 나는 이 음산한 저택에서 몇 주 동안 머물기로 마음먹었다. 저택 주인인 로더릭 어셔는 내가 소싯적에 친하게 지낸 친구 가운데 하나인데, 오랫동안 서로 만나지 못했다. 하지만 최근에 멀리 떨어져 살고 있는 나에게 편지 한 통이 날아왔다. 그가 보낸 편지였는데, 몹시 절박한 내용이어서 직접 찾아오지 않을 수 없었다. 편지의 필체는 그가 불안한 흥분 상태에 빠져 있다는 것을 보여 주었다. 그는 심각한 신체적 질병과 그를 괴롭히고 있는 정신 질환에 대해 언급한 다음, 그의 가장 친한, 아니 사실상 유일한 친구인 나를 만나고 싶다는 소망을 털어놓았다. 나와 함께 시간을 보내면 기분이 유쾌해질 테고, 그러면 자신의 병도 조금은 가벼워지지 않을까 해서 편지를 보낸다는 것이었다. 이런 사정을 털어놓으면서 제발 자기를 만나러 와달라고 간청하는 태도와 거기에 드러나 있는 간절한 마음은 나에게 망설일 여지를 전혀 주지 않았다. 그래서 나는 참으로 묘한 초대라고 생각하면서도 그의 부름에 당장 응했던 것이다.

비록 소싯적에는 단짝 친구였지만, 사실 나는 그 친구에 대해서 거의 알지 못했다. 그는 지나칠 만큼 수줍음을 타고 내성적이어서 말이 없는 친구였다. 하지만 그의 집안이 유서 깊은 가문인 데다 예로부터 특별한 감수성을 지닌 것으로 유명했다는 사실은 나도 알고 있었다. 그 집안은 오랜 세월 뒤어난 예술 작품에서 그 감수성을 과시했으며, 최근에는 쉽게 이해할 수 있는 정통파 음악의 아름다움보다 복잡하고 난해한 음악에 열정적으로 헌신했을 뿐만 아니라, 아낌없이 베풀면서도 남의 눈에 띄지 않는 자선 행위를 되풀이한 것에도 그 감수성이 분명히 드러나 있었다. 나는 또한 어셔 가문이 유서 깊은 혈통을 갖고 있긴 하지만 어느 시대에도 분파가 갈라져 나온 적이 없다는 것도 알고 있었다. 이것은 매우 주목할 만한 사실이었다. 바꿔 말하면 가문 전체가 직계로만 이루어져 있고, 아주 사소하고 일시적인 변화는 있었지만 항상 그런 상태에 있었던 것이다. 저택과 대지의 특징과 세상에 널리 알려진 그 집 주인들의 성격이 완전한 조화를 이룬 것을 생각하면, 그리고 오랜 세월 집이 그곳에 사는 사람들에게 행사했을지도 모르는 영향을 생각하면, 그 저택과 가문이 결국 동일시되어 저택의 원래 이름이 〈어셔가(家)〉라는 기묘하고 다의적인 명칭으로 바뀐 것은 바로 이 결함 때문이었을 거라고 나는 생각했다. 방계 혈족이 없고, 그 결과 세습 재산이 그 이름과 함께 아버지에서 아들로 고스란히 상속되었기 때문에, 〈어셔가〉라는 명칭은 그 이름을 사용하는 소작인들의 마음속에서 어셔 가문과 그 집안의 저택을 둘 다 의미하게 된 것 같았다.

앞에서도 말했듯이 약간 어린애 같은 내 시도, 즉 호수를 내려다본 시도는 기묘한 첫인상을 오히려 더욱 심화시키는 결과를 낳았을 뿐이다. 내 미신(이렇게 말하면 안 될 이유라도 있을까?)이 급속히 강해지고 있음을 의식하자, 미신이 더욱 빠른 속도로 강해진 것은 의심의 여지가 없다. 공포에 바탕을 둔 감정에는 그런 역설적인 법칙이 적용된다는 것을 나는 오래전부터 알고 있다. 내가 호수에 비친 영상에서 눈을 들어 다시 저택 자체를 보았을 때 야릇한 환상이 마음속에서 자라난 것은 오로지 그 때문이었는지도 모른다. 사실 그 환상은 너무 엉뚱해서 언급할 가치도 없지만, 나를 짓누른 감각의 힘을 생생하게 보여 주기 위해 언급하고 있을 뿐이다. 나는 저택과 영지 주위에 독특한 대기가 감돌고 있다고 정말로 믿을 만큼 상상력이 예민해졌다. 그것은 하늘의 공기와 전혀 다른 대기였고, 썩은 나무와 잿빛 벽과 조용한 호수에서 피어오르는 독기, 유해하고 신비로운 증기, 흐릿하고 느릿하며 너무 어렴풋해서 거의 분간할 수 없는 납빛의 대기였다.

　나는 환상이었을 게 **분명한** 그것을 마음에서 떨쳐 버리고, 건물의 실제 모습을 좀 더 주의 깊게 살펴보았다. 너무 오래되었다는 것이 그 건물의 첫인상이었던 듯하다. 오랜 세월이 흐르는 동안 건물은 완전히 퇴색해 버렸다. 미세한 균류가 외벽 전체를 뒤덮고, 가느다란 거미줄이 그물처럼 얽힌 채 처마에서 늘어져 있었다. 하지만 이 정도 가지고 황폐하다고 할 수는 없었다. 집을 이루고 있는 석재는 한 장도 떨어지지 않았고, 개개의 돌은 부서지고 깨진 상태였지만 여전히 완벽하게 맞물려 있어서 전체와 부분 사이에 엄청난 부조화가 존재하는 것 같았다. 이것은 오랫동안 바깥 공기의 방해를 받지 않고 방치된 지하실에서 속은 다 썩어 버렸지만 겉으로는 온전한 상태를 유지하고 있는 목조 부분을 연상시켰다. 하지만 건물 전체가 노후했다는 이런 징후를 제외하면, 건물 구조가 불안정한 징후는 거의 보이지 않았다. 날카로운 눈을 가진 관찰자라면, 거의 감지할 수 없는 균열이 건물의 정면 지붕에서 벽을 타고 지그재그로 내려와 호수의 탁한 물속으로 사라지는 것을 발견했을지도 모른다.

이런 것들을 눈여겨보면서 나는 말을 타고 저택으로 이어지는 짧은 자갈길을 지나갔다. 기다리고 있던 하인이 내 말을 넘겨받았고, 나는 현관홀의 고딕식 아치문으로 들어갔다. 여기서부터는 한 하인이 잔걸음으로 말없이 나를 안내하여, 어둡고 복잡한 통로를 수없이 지나서 주인이 있는 **방**으로 데려갔다. 이유는 모르지만, 거기까지 가는 동안 내가 본 많은 것이 내가 이미 말한 막연한 감정을 더욱 고조시켰다. 천장에 새겨진 조각, 벽에 걸린 칙칙한 태피스트리, 새까만 흑단이 깔린 마룻바닥, 가문의 문장이 새겨진 트로피들(주마등처럼 늘어서 있는 이 트로피들은 내가 걸음을 옮길 때마다 덜 거거리는 소리를 냈다) 등 내 주위에 있는 물건들은 내가 어릴 적에 자주 보아서 익숙해진 것이거나 그와 비슷한 물건이었지만, 나는 그 평범한 형상들이 불러일으키는 환상이 너무도 생소하다는 것을 깨닫고 놀라지 않을 수 없었다. 계단에서 어셔가의 주치의를 만났는데, 그의 표정에는 약간의 교활함과 곤혹감이 섞여 있는 듯했다. 그는 당황한 얼굴로 나에게 인사를 하고 지나갔다. 이제 하인은 문 하나를 활짝 열고 주인에게 나를 안내했다.

내가 들어간 방은 아주 널찍하고 천장이 높았다. 길고 폭이 좁고 위가 뾰족한 창문들은 검은 참나무 마룻바닥과 너무 멀리 떨어져 있어서, 안쪽에서는 창문에 전혀 접근할 수 없을 정도였다. 심홍색으로 물든 희미한 햇빛이 격자무늬 유리창으로 들어와, 내 주위에 있는 물건 중에서 좀 더 두드러진 것들은 충분히 분간할 수 있었다. 하지만 멀리 떨어진 방구석이나 둥근 천장의 구석진 곳은 아무리 보려고 애써도 보이지 않았다. 검은 휘장이 벽에 드리워져 있었다. 가구는 대체로 사치스럽고 불편하고 고풍스럽고 낡아 있었다. 많은 책과 악기가 여기저기 흩어져 있었지만 방에 어떤 활기도 주지 못했다. 나는 슬픔의 공기를 마시는 듯한 느낌이 들었다. 가혹하고 구제할 길 없는 슬픔으로 가득 찬 음울한 분위기가 방 전체에 자욱하게 퍼져 있었다.

내가 들어가자, 소파에 길게 누워 있던 어셔가 소파에서 일어나 활기차고 따뜻하게 맞아 주었다. 처음에는 그것이 세상에 권태를 느끼는 사람이 억지로 꾸며 내는 과장된 우정으로 여겨졌지만, 그의 표정을 보고 그가 진심으로 나를 반긴다는 것을 느낄 수 있었다. 우리는 자리에 앉았고, 그가 입을 열기 전에 잠시 나는 동정심과 경외심이 반반씩 섞인 감정으로 그를 바라보았다. 그렇게 짧은 기간에 로더릭 어셔만큼 끔찍하게 변해 버린 인간도 없을 것이다. 나는 소싯적 친구와 눈앞에 있는 병약한 사내가 같은 인물이라는 것을 인정할 마음이 나지 않았다. 그렇기는 하지만 그의 이목구비는 예나 지금이나 똑같이 남달랐다. 송장처럼 핼쑥한 안색, 총명하게 빛나는 크고 촉촉한 눈, 약간 얇고 창백하지만 더없이 아름다운 곡선을 그리고 있는 입술, 유대인을 닮은 섬세한 코, 비슷한 구조의 코에서는 보기 드물게 넓은 콧구멍, 아름다운 곡선을 뚜렷이 드러내고 있지만 앞으로 튀어나오지 않아서 정신적 에너지가 부족하다는 것을 말해 주는 턱, 거미줄보다 더 부드럽고 가느다란 머리카락 — 이런 특징들은 관자놀이 윗부분이 지나칠 만큼 넓게 펼쳐져 있는 것과 어우러져, 쉽게 잊을 수 없는 외모를 만들어 냈다. 그리고 이런 이목구비와 그것이 전달하곤 했던 표정의 주요 특징들이 이제 조금 과장되었을 뿐인데도, 그의 얼굴은 내가 이야기하고 있는 상대가 정말로 나의 옛 친구인지 의심스러울 만큼 변해 있었다. 무엇보다도 송장처럼 파리한 피부, 눈에서 나오는 불가사의한 광채가 나를 놀라게 하고 심지어 두려움마저 느끼게 했다. 비단결 같았던 머리카락도 이제는 제멋대로 자라서, 아래로 늘어져 있다기보다는 거미줄처럼 가늘고 섬세한 질감으로 얼굴 주위에 떠 있었기 때문에, 아무리 애를 써도 화려한 당초무늬 같은 그 머리를 단순한 인간의 것으로 관련지어 생각할 수가 없었다.

나는 친구의 태도에 일관성이 없다는 것을 당장 알아차렸다. 그리고 종잡을 수 없는 그의 이런 태도는 끊임없는 불안과 신경의 과도한 흥분 상태를 극복하려는 헛된 노력이 아무런 성과도 거두지 못하고 연달아 실패한 결과라는 것도 곧 깨달았다. 사실 나는 소싯적에 그가 보여 준 특징과 그의 독특한 신체적 구조와 기질에서 이끌어 낸 결론만이 아니라 그가 보낸 편지를 보고도 이미 이런 사태를 각오하고 있었다.

그의 행동은 쾌활함과 음울함 사이를 오락가락했고, 그의 목소리는 우유부단하게 떨리는 음성(그럴 때는 동물적인 활기가 일시적으로 완전히 정지된 것처럼 보였다)에서 원기 왕성하고 간결 명료한 음성으로 빠르게 바뀌었는데, 그 무뚝뚝하고 묵직하고 신중하고 공허하게 울려 퍼지는 목소리는 타락한 주정뱅이나 구제불능의 아편쟁이가 가장 흥분했을 때 내지르는, 단조롭고 안정되고 완벽하게 조절된 상태로 목구멍에서 나오는 후두음이었다.

그런 목소리로 그는 나를 초청한 이유를 설명하고, 나를 얼마나 보고 싶어 했는지 이야기하고, 나더러 자신에게 위안을 주기를 기대한다고 말했다. 그러고는 자신이 앓고 있는 병에 대해 상당히 자세하게 설명하기 시작했다. 그 병은 체질과 관련되어 있으며 집안 대대로 내려오는 유전병이라고 말했다. 이어서 그는 치료법을 찾는 것을 포기했다고 말한 뒤, 사실 그 병은 단순한 신경성이니까 곧 증상이 사라질 거라고 재빨리 덧붙였다. 그 병은 온갖 비정상적인 감각 형태로 나타났다. 그가 병을 설명할 때 사용한 용어와 태도는 상당한 무게를 갖고 있었지만, 그가 설명한 증상 가운데 일부는 흥미로우면서도 당혹스러웠다. 그는 병적으로 예민해진 감각 때문에 심한 고통을 겪고 있었다. 아무 맛도 없는 싱겁고 담백한 음식만 간신히 참고 먹을 수 있었다. 옷도 특정한 옷감으로 지은 것만 입을 수 있었다. 어떤 꽃이든 향기만 맡아도 숨이 막혔고, 아주 희미한 빛만 있어도 눈이 아팠다. 그에게 공포심을 불러일으키지 않는 소리는 현악기에서 나오는 특정한 소리뿐이었다.

그는 어떤 이상한 공포에 노예처럼 구속되어 있는 듯했다. 「나는 죽어 가고 있어.」 그가 말했다. 「이 비참한 상태에서 **분명** 죽게 되겠지. 그렇게, 다름 아닌 바로 그렇게 죽을 거야. 나는 앞으로 일어날 일들이 두려워. 그 일들 자체가 아니라 그 결과가 두려워. 가장 사소한 일조차 그것이 이 견딜 수 없는 마음의 동요에 미칠지 모를 영향을 생각하면 소름이 끼쳐. 사실 위험 따위 두렵지 않아. 위험에 따르는 공포가 두려울 뿐이지. 이렇게 무기력한, 이 비참한 상태에서 소름 끼치는 유령과 같은 공포와 맞서 싸우다가 목숨과 이성을 함께 포기하지 않으면 안 될 때가 조만간 닥쳐올 거라는 생각이 들어.」

게다가 나는 간간이 던져지는 애매모호한 암시를 통해 그의 정신 상태에 서려 있는 또 다른 일면을 알아차렸다. 그는 자기가 지금 살고 있고 오랫동안 떠난 적이 없는 집에 대한 어떤 미신적인 기분에 사로잡혀 있었다. 그는 그 집이 자신에게 뭔가 영향력을 행사하고 있다고 상상했는데, 그 영향력이라는 것이 너무 애매한 말로 표현되었기 때문에 여기에 그대로 옮길 수는 없지만, 집안 대대로 내려온 저택의 형태와 실체의 야릇한 특징들이 오랜 세월이 흐르면서 그의 정신에 어떤 영향력을 갖게 되었다고 말했다. 잿빛 벽과 작은 탑들, 그리고 그 벽과 탑들이 내려다보고 있는 어두운 호수의 **형태**가 결국 삶에 대한 그의 **의욕**에 영향을 미쳤다는 것이다.

하지만 그는 자신을 그렇게 괴롭히는 이상한 우울감이 좀 더 자연스럽고 훨씬 명백한 원인에서 대부분 비롯되었다는 것을 인정했는데, 그 원인은 바로 그의 유일한 말벗이자 이 세상에 남아 있는 유일한 혈육인 누이동생이 중병에 걸려 오랫동안 앓고 있어서 죽을 때가 머지않았다는 것이었다. 「그 애가 죽으면,」 그는 결코 잊을 수 없는 비통한 목소리로 말했다. 「내가, 아무런 희망도 없고 나약한 내가, 이 유서 깊은 어셔가의 마지막 후손으로 남게 될 거야.」 그가 말하는 동안, 매들린 아가씨(그녀는 이런 호칭으로 불렸다)가 방 저쪽을 천천히 가로질러, 내 존재를 알아차리지 못한 채 사라졌다. 나는 놀란 눈으로 그녀를 바라보았다. 내 놀라움에는 두려움도 섞여 있었지만, 왜 그런 감정을 느꼈는지는 설명하기 어렵다. 멀어져 가는 그녀의 걸음걸이를 눈으로 좇을 때 온몸이 마비되는 듯한 감각이 나를 사로잡았다. 마침내 그녀가 나가고 문이 닫히자 내 눈은 본능적으로 친구의 안색을 살폈다. 그는 두 손에 얼굴을 묻고 있었는데, 이상할 정도로 하얗고 여윈 손가락 사이로 뜨거운 눈물이 떨어지고 있었다.

매들린 아가씨의 병은 오랫동안 의사들을 당혹스럽게 했다. 어떤 치료도 소용이 없었기 때문이다. 그녀는 모든 것에 무감각해졌고 몸이 점점 쇠약해졌으며, 일시적이긴 하지만 걸핏하면 몸의 일부가 경직되는 희귀병을 앓고 있었다. 지금까지 그녀는 병의 압력에 굴하지 않고 병석에 눕지도 않은 채 끈질기게 견뎌 냈다. 하지만 (친구가 그날 밤에 극도의 흥분 상태에서 말해 준 바에 따르면) 내가 그 집에 도착한 날 저녁 무렵 그녀는 병마의 위력에 마침내 굴복하고 말았다. 그리고 나는 그날 얼핏 본 그녀의 모습이 내가 목격한 그녀의 마지막 모습이라는 것, 매들린 아가씨를 적어도 살아 있는 동안에는 두 번 다시 볼 수 없으리라는 것을 알았다.

그 후 며칠 동안, 어셔도 나도 그녀의 이름을 입에 올리지 않았다. 그동안 나는 친구의 울적한 기분을 달래 주려 애쓰느라 바빴다. 우리는 함께 그림을 그리고 책을 읽었다. 그가 흥분하여 미친 듯이 즉흥적으로 연주하는 기타 소리에 귀를 기울이며 꿈을 꾸는 듯한 기분을 느끼기도 했다. 그렇게 우리 사이가 점점 친밀해지면서 그가 마음속 깊숙한 구석으로 나를 더욱 스스럼없이 받아들일수록, 나는 그의 기운을 북돋워 주려고 아무리 노력해도 소용없다는 것을 더욱 통렬히 깨닫게 되었다. 어둠은 그의 마음속에 실제로 존재하는 타고난 자질이라도 되는 것처럼 거기에서 끊이지 않는 한 줄기 어둠의 빛으로 쏟아져 나와, 정신세계와 물질세계의 만물을 뒤덮었다.

나는 어셔가의 주인과 그렇게 단둘이 보낸 그 진지한 시간들의 기억을 영원히 소중하게 간직할 것이다. 하지만 그가 나를 끌어들였거나 안내한 조사나 연구의 성격을 정확하게 전달하려는 시도는 실패로 끝날 듯싶다. 고도로 흥분된 병적인 상상력이 모든 것 위에 유황빛 광채를 비추었다. 그가 즉흥적으로 연주한 긴 비가(悲歌)는 내 귀 속에서 영원히 울릴 것이다. 무엇보다도 나는 폰 베버[2]가 작곡한 마지막 왈츠의 격정적인 선율을 그가 기묘하게 비틀고 증폭시켜 연주한 것을 마음속에 아프게 간직하고 있다. 그가 정교한 상상력으로

2 Carl Maria von Weber(1786~1826). 독일의 낭만파 작곡가.

오랫동안 심사숙고한 끝에 그리는 그림들은 붓질을 거듭할수록 점점 더 애매모호해졌고, 그것을 보면 나는 이유도 모른 채 전율했기 때문에 더욱 몸서리를 쳤다. 나는 이런 그림들(그 형상들은 지금도 눈앞에 선명하게 떠오른다)에서 단순히 종이에 몇 글자 끼적인 범위 안에 남아 있어야 할 작은 부분보다 더 많은 것을 추론하려고 애썼지만, 그런 노력은 모두 헛수고로 끝났다. 그는 절대적인 단순함으로, 그리고 구도의 적나라함으로 사람들의 주의를 끌고 사로잡았다. 관념을 그림으로 표현한 사람이 세상에 존재한다면, 로더릭 어셔가 바로 그 사람이었다. 적어도 나는 — 당시 내가 놓여 있던 상황에서 — 우울증 환자인 친구가 용케 화폭에 담은 순수한 추상 개념에서 견딜 수 없이 강렬한 두려움이 끓어오르는 것을 느꼈다. 확실히 강렬하지만 지나치게 구상적인 푸젤리[3]의 환상적인 그림을 보았을 때도 그런 두려움은 느껴 본 적이 없었다.

주마등처럼 변하는 친구의 환상 가운데 하나는 추상적 개념의 성격을 그렇게 엄밀하게 갖고 있지 않았기 때문에 미약하게나마 말로 표현할 수 있다. 친구가 그린 작은 그림 한 점에는 아주 기다란 지하 통로나 동굴이 표현되어 있었는데, 하얀색으로 칠해진 낮고 매끄러운 벽이 끊임없이 이어져 있었다. 그 벽에는 어떤 장치나 무늬도 없었다. 그림의 몇 가지 보조적인 요소들은 이 동굴이 지표면에서 아주 깊이 내려간 땅속에 있다는 인상을 잘 전달해 주었다. 긴 통로 어디에도

3 Henry Fuseli(1741~1825). 스위스 출신으로 영국에서 활동한 화가.

출구는 보이지 않았고, 횃불이나 인공적인 조명도 전혀 눈에 띄지 않았다. 하지만 강렬한 빛이 홍수처럼 쏟아져 들어와 섬뜩하고 이상한 광채로 동굴을 가득 채우고 있었다.

앞에서도 말했지만, 친구는 청각 신경이 병적인 상태여서 특정한 현악기 소리를 제외하고는 어떤 음악 소리도 참지 못했다. 그의 기타 연주가 상당히 환상적인 성격을 띠게 된 것은 아마 그가 기타를 칠 때 음계를 한정하여 좁은 범위의 소리만 냈기 때문일 것이다. 하지만 그의 열정적이고 능숙한 **즉흥 연주**를 그런 식으로만 설명할 수는 없었다. 그의 즉흥 연주는, 앞에서 말한 바 있듯이 인위적인 흥분이 극도에 달한 특정한 순간에만 볼 수 있는 강렬한 정신적 냉정과 집중의 결과였을 게 분명하다. 그 결과는 즉흥적인 선율만이 아니라 그가 자신의 터무니없는 환상을 말로 표현한 가사(그는 즉흥 연주를 하면서 거기에 운이 맞는 가사를 흥얼거리는 경우가 드물지 않았다)에도 드러나 있었다. 나는 지금도 그 광상곡 가운데 한 곡의 가사를 쉽게 떠올릴 수 있다. 이 노래에서 내가 깊은 감동을 받은 것은, 어셔가 그 곡을 연주했을 때 아마도 자신의 고결한 이성이 왕좌 위에서 비틀거리는 것을 충분히 의식하고 있음을 가사의 심저에 숨어 있는 의미나 신비적인 흐름 속에서 처음으로 감지했기 때문이다. 〈유령의 궁전〉이라는 제목의 가사는 정확하지는 않지만 대체로 다음과 같은 내용이었다.

I

우리의 가장 푸르른 골짜기에
착한 천사들이 살았다.
먼 옛날, 아름답고 웅장한 궁전,
찬란하게 빛나는 궁전이 솟아 있었다.
〈생각〉이라는 이름의 군주가 다스리는 영토에서
궁전은 거기에 서 있었다!
그보다 절반밖에 아름답지 않은 건물 위에도
천사는 날개를 펼쳐 본 적이 없었다.

II

황금빛 화려한 깃발이
그 지붕 위에 펄럭이고 있었다.
(이것은 모두가
아주 오랜 옛날 있었던 일)
그리고 그 즐겁던 날에
산들바람은 건들거리고,
깃발 나부끼는 하얀 성벽을 따라
날개 달린 향기가 떠나갔다.

III

행복으로 가득 찬 그 골짜기에서
방랑자들은 빛나는 두 개의 창문을 통해
왕의 혈통을 타고난 자가 앉아 있는 옥좌 주위를

잘 조율된 류트의 선율에 맞춰
음악적으로 움직이고 있는
유령들을 보았다.
그의 영광에 걸맞게 당당한 자세로 앉아 있는
왕국의 지배자가 보였다.

IV
궁전의 아름다운 문은
진주와 루비로 빛나고 있었다.
그 문을 통해 숲의 요정인 〈메아리〉들이
계속 반짝거리며 떼 지어 들어왔다.
메아리들의 달콤한 임무는
빼어나게 아름다운 목소리로
왕의 재치와 지혜를
노래하는 것뿐이었다.

V
하지만 슬픔의 옷을 입은 사악한 무리들이
군주의 영지를 습격했다.
(아아, 우리 다 함께 슬퍼하자. 군주에게
내일의 해는 영원히 떠오르지 않으리니!)
그리고 왕의 궁전 주위에서 붉게 물들어
화려하게 꽃을 피웠던 영화는
땅속에 묻혀 희미한 기억으로 남은

덧없는 옛날이야기일 뿐.

VI
이제 그 골짜기로 들어오는 나그네들은
붉은 불빛이 새어 나오는 창문을 통해
불협화음에 맞춰 몽환적으로 움직이는
거대한 형체들을 본다.
빠르게 흐르는 무시무시한 강물처럼
창백한 문을 통해
소름 끼치는 무리가 끝없이 밀려 나와
요란하게 웃지만, 미소는 볼 수 없구나.

　　나는 이 시가 연상시키는 무언가가 우리를 어떤 생각의 맥락으로 이끌어 갔고, 거기에서 어셔의 견해가 명백해진 것을 잘 기억하고 있다. 내가 어셔의 그 견해를 언급하는 것은 그것이 새롭고 신기해서가 아니라, 그가 그 견해를 끈질기게 유지해 온 집요함 때문이다. 그 견해란, 일반적으로 말해서 모든 식물은 지각력을 갖고 있다는 것이었다. 하지만 그의 혼란스러운 환상 속에서 이 주장은 좀 더 대담한 성격을 띠게 되었고, 어떤 조건에서는 무생물의 세계로까지 영역을 넓혔다. 그의 신념이 어떤 범위까지 퍼져 있었는지, 또는 얼마나 **제멋대로였는지**에 대해서는 무어라 표현할 말이 없다. 하지만 그 믿음은 (내가 앞에서 이미 암시했듯이) 그의 조상들이 대대로 살아온 저택의 잿빛 돌과 관련되어 있었다. 이 돌들을 적절히 배치하는 방법, 그러니까 돌들의 배치뿐 아니라 돌들을 온통 뒤덮은 수많은 **균류**의 배치, 그리고 저택 주위에 서 있는 썩은 나무들의 배치, 무엇보다 이런 배치가 오랫동안 흐트러지지 않고 유지되어 온 것, 그리고 호수의 잔잔한 물에 비친 그림자 속에 방금 말한 지각력의 조건이 가득 차 있다고 그는 상상했던 것이다. 그 증거, 즉 지각력의 증거는 식물과 돌 자체의 고유한 공기가 호수와 벽 주위에 점진적이지만 확실하게 농축되고 있는 것에서 찾아볼 수 있다고 그는 말했다(그가 말할 때, 나는 이 대목에서 흠칫 놀랐다). 그 결과는 수백 년 동안 자기 집안의 운명을 형성해 왔으며 그를 지금과 같은 상태로 만든 영향력, 그 조용하지만 끈질기고 가공할 영향력에서 발견할 수 있다고 그는 덧붙였다. 이런 견해는 논평이 필요 하지 않으니까 나는 아무런 논평도 하지 않겠다.

우리가 읽은 책들, 말하자면 병약한 내 친구의 정신생활 가운데 적잖은 부분을 오랫동안 형성해 온 책들은 그가 갖고 있는 환상의 이런 성격과 완전한 조화를 이루었다고 생각할 수 있다. 우리는 그레세[4]의 『베르베르와 샤르트르 수도원』, 마키아벨리[5]의 『대악마 벨파고르』, 스베덴보리[6]의 『천국과 지옥』, 홀베르그[7]의 『니콜라이 클리미의 지하 세계 여행』, 로

---

4 Jean-Baptiste-Louis Gresset(1709~1777). 프랑스의 시인, 극작가.
5 Niccolò Machiavelli(1469~1527). 르네상스 시대의 이탈리아 사상가.
6 Emanuel Swedenborg(1688~1872). 스웨덴의 신학자, 과학자.
7 Ludvig Holberg (1684~1754). 노르웨이 태생의 덴마크 작가, 철학자, 역사가.

버트 플러드[8]와 요하네스 인다지니스[9]와 드 라 샹브르[10]가 쓴
『수상학(手相學)』, 티크[11]의 『머나먼 창공으로의 여행』, 캄파
넬라[12]의 『태양의 도시』 같은 책들을 함께 탐독했다. 우리가
특히 즐겨 읽은 책은 도미니크회 수도사인 에메릭[13]의 『이단
심문 지침서』라는 작은 8절판 책이었다. 폼포니우스 멜라[14]
가 쓴 책에는 고대 아프리카의 사티로스[15]와 아이기판[16]에 대
한 구절이 있었는데, 어셔는 몇 시간 동안이나 그 대목을 읽
으면서 몽상에 잠기곤 했다. 하지만 그가 가장 큰 기쁨을 얻
은 것은 지금은 잊힌 어느 교회의 예배서인 고딕체 희귀본
『마인츠 교회 성가대의 고인을 위한 철야 기도』를 정독할 때
였다.

어느 날 저녁, 그가 느닷없이 매들린 아가씨의 죽음을 알
리면서, 누이의 시신을 매장하기 전에 2주 동안 건물 내 수많
은 지하실 중 한 군데에 안치해 둘 작정이라고 말했을 때, 나
는 그 희귀본 속의 기괴한 종교 의식과 그것이 우울증 환자
에게 끼쳤을지 모르는 영향에 대해 생각하지 않을 수 없었다.

8 Robert Fludd(1574~1637). 영국의 연금술사, 점성술사.

9 Johannes Indaginis(1467?~1537). 독일의 점성술사.

10 Marin Gureau de la Chambre(1594~1669). 프랑스의 자연철학자.

11 Ludwig Tieck(1773~1853). 독일의 시인, 소설가.

12 Tommaso Campanella(1568~1639). 이탈리아의 철학자.

13 Nicolas Eymerich(1316~1399). 스페인의 가톨릭 신학자로, 14세기
후반에 아라곤 왕국에서 종교 재판관으로 활약했다.

14 Pomponius Mela(?~?). 1세기경에 활동한 로마의 지리학자.

15 그리스 신화에 나오는 반은 사람이고 반은 짐승인 괴물들. 얼굴은 사
람의 모습이지만 머리에 뿔이 났으며, 하반신은 염소의 모습을 하고 있다

16 그리스 신화에서 산양의 모습을 한 판(목신).

하지만 그가 이 별난 조치를 취하는 세속적인 이유에 대해서 내가 마음대로 왈가왈부할 수는 없었다. 그가 그런 결정을 내린 것은, (그의 말에 따르면) 고인의 병이 유별난 것이어서 주치의들이 주제넘게 나서서 철저히 조사하려 들 텐데 가족 묘지가 외진 곳에 있고 비바람에 노출된 상황이라는 점을 고려했기 때문이었다. 나도 그 집에 도착한 날 계단에서 만난 의사의 사악한 표정이 떠올랐고, 시신을 보름쯤 저택 안에 두는 것도 해롭거나 부자연스럽지 않은 예방 조치로 여겨졌기 때문에, 굳이 반대하고 싶은 마음이 없었다.

어셔의 요청에 따라 나는 가매장 준비를 직접 거들었다. 시신은 이미 입관되어 있었기 때문에 둘이서 관을 운반했다. 관을 안치한 지하실(너무나 오랫동안 닫혀 있어서 정체된 공기가 숨 막히게 답답했고, 우리가 가져간 횃불이 그 답답한 공기 속에서 심하게 연기를 냈기 때문에 지하실을 살펴볼 기회도 거의 없었다)은 작고 눅눅한 데다 빛이 들어올 수 있는 창구가 전혀 없었고, 내 침실이 있는 구역 바로 밑 깊숙한 곳에 자리 잡고 있었다. 그 방은 먼 옛날 봉건 시대에는 지하 감옥이라는 최악의 용도로 쓰인 게 분명했고, 나중에는 화약이나 위험한 가연성 물질을 저장해 두는 곳으로 쓰인 것 같았다. 우리가 들어갈 때 통과한 아치형 통로의 내부 전체와 지하실의 바닥 일부가 동판으로 빈틈없이 덮여 있었기 때문이다. 육중한 철문도 마찬가지로 동판으로 덮여 있었다. 문이 너무 무거워서, 돌쩌귀를 축으로 삼아 회전할 때 유난히 날카롭게 삐걱거리는 소리가 났다.

우리는 이 무시무시한 방에 마련된 안치대 위에 불쌍한 짐을 내려놓은 뒤, 아직 못을 박지 않은 관 뚜껑을 반쯤 열고 고인의 얼굴을 들여다보았다. 오누이가 놀랄 만큼 닮았다는 사실이 처음으로 내 주의를 끌었다. 어셔는 내 생각을 알아차린 듯 몇 마디 중얼거렸다. 그 말을 듣고서야 나는 고인과 그가 쌍둥이였고 둘 사이에는 설명하기 힘든 교감이 늘 존재했다는 것을 알았다. 하지만 우리의 눈길은 고인의 얼굴에 오래 머물지 않았다. 그녀의 얼굴을 보면 두려움을 느끼지 않을 수 없었기 때문이다. 한창 꽃다운 나이의 젊은 여인을 죽음으로 몰아간 질병은 경화성 질병이 으레 그렇듯이 환자의 가슴과 얼굴에 희미한 붉은 반점을 남겼고, 입술에는 미심쩍게도 미소가 감돌고 있었다. 죽은 사람이 웃고 있으면 너무 섬뜩하다. 우리는 관 뚜껑을 제자리에 돌려놓고 나사못으로 고정시켰다. 그런 다음 철문을 단단히 잠그고, 지하실보다 별로 밝지도 않은 위층으로 힘들게 돌아왔다.

쓰라린 슬픔 속에서 며칠이 지난 뒤, 친구의 정신 상태에 눈에 띄는 변화가 일어났다. 우선, 평소의 태도가 사라졌다. 평소에 늘 하던 일도 소홀히 하거나 잊어버렸다. 그는 흐트러진 걸음걸이로 이렇다 할 목적도 없이 이 방에서 저 방으로 서둘러 돌아다녔다. 가뜩이나 창백한 안색은 더 이상 핼쑥해질 수 없을 정도였지만, 송장처럼 핏기를 잃고 더욱 소름 끼치는 색조를 띠었고, 눈에서는 광채가 완전히 사라졌다. 그는 이따금 쉰 목소리를 내곤 했지만, 그런 목쉰 소리도 이제는 더 이상 들을 수 없었고, 마치 극심한 공포에 사로잡힌 사람처럼 떨리는 목소리로 말하는 것이 평상시 말투가 되었다. 끊임없이 동요하고 흥분하는 그를 보면서 나는 그의 마음을 짓누르는 어떤 비밀이 그를 괴롭히고 있는 게 아닐까, 그 비밀을 털어놓는 데 필요한 용기를 얻기 위해 애쓰고 있는 게 아닐까 생각할 때가 있었다. 때로는 이 모든 것을 광기의 불가해한 변덕으로 해석할 수밖에 없었다. 그가 상상 속의 소리라도 듣고 있는 것처럼 주의 깊은 태도로 오랫동안 허공을 노려보고 있는 것을 보았기 때문이다. 내가 그의 상태에 겁을 먹고 거기에 영향을 받은 것은 결코 놀라운 일이 아니었다. 나는 환상적이지만 인상적인 그의 미신이 나에게 굉장한 영향력을 행사하는 것을 느꼈다. 그 영향력은 느리지만 확실하게 나에게 다가오고 있었다.

매들린 아가씨를 지하실에 안치한 뒤 7~8일 지난 늦은 밤 잠자리에 들려고 할 때 특히 그런 느낌을 강하게 경험했다. 잠은 내 침대에 좀처럼 다가오지 않았고, 그런 상태로 몇 시간이 지났다. 나는 나를 지배하는 불안을 논리적으로 떨쳐 내려고 애썼다. 내가 느낀 불안의 전부는 아닐지라도 그 불안의 대부분은 실내의 음침한 가구들과 어두운 색깔의 너덜너덜한 커튼이 영향력을 행사하여 나를 어리둥절하게 만들기 때문이라 믿으려고 애썼다. 커튼은 점점 거세지는 폭풍의 징조에 흔들리고, 벽 위에서 이리저리 발작적으로 흔들리고, 침대 장식 주위에서 불안하게 바스락거렸다. 하지만 아무리 애를 써도 소용없었다. 억누를 수 없는 전율이 차츰 내 몸에 퍼져 갔다. 그리고 마침내 심장 위에 까닭 모를 공포라는 악령이 올라앉았다. 나는 숨을 헐떡이고 발버둥을 쳐서 이 악령을 간신히 떨쳐 내고, 몸을 일으켜 베개에 몸을 기댔다. 그리고 방의 칠흑 같은 어둠 속을 뚫어지게 들여다보면서, 간간이 폭풍이 멈출 때마다 긴 간격을 두고 들려오는 낮고 희미한 소리에 열심히 귀를 기울였다. 이유는 모르지만, 본능적으로 그 소리에 귀를 기울였다고 말할 수밖에 없다. 어디서 들려오는 소리인지도 알 수 없었다. 나는 설명할 수는 없지만 참을 수 없는 강한 공포심에 사로잡혀 서둘러 옷을 주워 입고, (그날 밤에는 더 이상 잠을 자면 안 된다고 느꼈기 때문에) 빠른 걸음으로 방 안을 이리저리 오락가락하는 방법으로 내가 빠진 비참한 상태에서 최대한 정신을 차리려고 애썼다.

이런 식으로 방을 몇 바퀴 돌았을 때, 가까운 계단을 올라오는 가벼운 발소리가 내 주의를 끌었다. 나는 그것이 어셔의 발소리라는 것을 당장 알아차렸다. 잠시 후 그가 내 방문을 조용히 두드린 뒤 램프를 들고 들어왔다. 그의 안색은 여느 때처럼 창백했지만 눈에는 격렬한 기쁨이 담겨 있었고, 그의 거동은 전체적으로 **병적인 흥분**을 억누르고 있는 게 분명했다. 그런 태도가 섬뜩하게 느껴졌지만, 나는 너무 오랫동안 고독을 참고 견뎠기 때문에 어떤 상황도 나 혼자 있는 것보다는 낫겠다는 생각이 들어 그를 반갑게 맞았다.

「그런데 자네는 그걸 못 봤나?」 그는 한동안 말없이 주위를 둘러본 뒤, 불쑥 입을 열었다. 「아직 못 본 모양이군? 하지만 기다려! 곧 보게 될 테니까.」 이렇게 말하고는 손에 든 램프의 심지를 조심스럽게 조절하여 불빛을 어둡게 한 뒤, 양쪽으로 열리는 여닫이 창문으로 서둘러 다가가서 폭풍우가 마음대로 들어올 수 있도록 창문을 활짝 열어젖혔다.

방으로 휘몰아쳐 들어오는 강풍은 기세가 너무 맹렬해서 하마터면 우리를 쓰러뜨릴 뻔했다. 정말로 사나운 비바람이 몰아치고 있었지만 무척 아름다운 밤이었다. 무서움도 아름다움도 넘치는 기이한 밤이었다. 회오리바람이 가까운 곳에서 힘을 모은 게 분명했다. 바람의 방향이 자주 심하게 바뀌었기 때문이다. 구름의 밀도가 아주 높았는데도(구름은 저택의 뾰족 지붕에 닿을 만큼 낮게 걸려 있었다), 구름이 먼 곳으로 가버리지 않고 사방팔방에서 서로를 향해 마치 살아 있는 것처럼 빠른 속도로 날아가듯 질주하는 것을 감지할 수 있었다. 구름의 높은 밀도조차 우리가 이것을 감지하는 것을 방해하지 못했지만, 달이나 별은 전혀 보이지 않았고, 번개가 번쩍이는 것도 보이지 않았다. 그러나 휘저어진 수증기가 모인 거대한 덩어리의 아래쪽 표면은 바로 우리 주위에 있는 지상의 모든 사물과 마찬가지로 기괴한 빛 속에서 붉게 빛나고 있었다. 저택 주위에 자욱이 끼어서 저택을 뒤덮은 가스 같은 안개는 희미한 빛을 내고 있었고 눈으로 또렷이 분간할 수 있었다. 거기에서 나온 이상한 빛이 우리 주위의 사물과 구름의 밑면을 비추고 있었던 것이다.

「안 돼, 보지 마! 자넨 이런 걸 보면 안 돼!」나는 약간 거칠게 그를 창가에서 의자로 데려가면서 떨리는 목소리로 말했다. 「자네를 현혹시키는 이런 것은 평범한 전기 현상일 뿐이야. 아니면 이 소름 끼치는 현상은 호수의 악취 나는 독기 탓인지도 모르지. 창문을 닫아 버리세. 바깥 공기가 너무 쌀쌀해서 자네 몸에 해로워. 여기, 자네가 좋아하는 소설책이 있군. 내가 읽을 테니 자네는 듣기만 해. 이 끔찍한 밤을 둘이서 그렇게 함께 보내자고.」

내가 집어 든 책은 랜슬롯 캐닝[17] 경이 쓴 『광란의 해후』였지만, 그 책을 어셔가 좋아하는 책이라고 말한 것은 진심이 아니라 씁쓸한 농담이었다. 사실 이 소설은 조야하고 상상력이 결핍되어 있어서, 그 지루하고 장황한 서술에는 고상하고 영적인 상상력을 가진 내 친구가 흥미를 가질 만한 것이 거의 없었기 때문이다. 하지만 당장 손을 뻗어 집을 수 있는 책이 마침 그 책뿐이었고, 나는 지금 흥분하여 평정을 잃어버린 우울증 환자가 이 유치하기 짝이 없는 소설에서 위안을 찾을지도 모른다는(정신 질환의 역사는 그와 비슷한 변칙적인 일들로 가득 차 있으니까) 막연한 희망에 매달렸다. 내 낭독을 듣는 건지 아니면 듣는 척하는 건지는 알 수 없었지만, 그는 지나칠 만큼 쾌활한 태도를 보였고, 그런 태도만 가지고 판단할 수 있었다면 내 계획의 성공을 자축하는 것도 당연했을지 모른다.

나는 그 소설에서 유명한 대목, 즉 주인공인 에설레드가 은자의 집에 평화롭게 들어가려고 했지만 실패하자 강제로 침입하는 대목에 이르렀다. 누구나 기억하겠지만, 그 대목은 다음과 같다.

17 가공의 인물이다.

용맹함을 타고난 데다 마신 술의 효과로 힘이 더욱 강해진 에설레드는 사실 완고하고 심술궂은 기질의 은자와 교섭하기 위해 더 이상 기다리지 않았고, 어깨에 빗방울이 떨어지는 것을 느끼자 비바람이 거세질 것을 우려하여 당장 철퇴를 치켜들고 문의 널빤지를 내리쳐서, 순식간에 장갑을 낀 그의 손이 들어갈 만한 구멍을 뚫었다. 그리고 그 구멍으로 손을 집어넣어 문을 잡아당기면서 문을 부수고 쪼개고 찢었기 때문에, 공허한 소리를 내는 마른 목재가 쪼개지는 소리가 온 숲에 비명처럼 울려 퍼졌다.

이 문장을 다 읽었을 때 나는 흠칫 놀라서 잠시 낭독을 멈추었다. 저택의 아주 먼 곳에서 랜슬롯 경이 그렇게 자세히 묘사한 바로 그 나무 쪼개지는 소리와 아주 비슷한 소리(하지만 분명히 둔탁하고 희미한 소리)의 메아리가 내 귀에 어렴풋이 들려온 것 같았다(물론 흥분한 내 상상력이 나를 속인 거라고 결론짓기는 했지만). 내 주의를 끈 것은 단지 그 우연의 일치뿐이었다. 그것은 의심의 여지가 없었다. 창틀이 덜커덩거리는 소리와 점점 거세지는 폭풍우가 일으키는 온갖 소리가 뒤섞인 가운데, 확실히 그 소리 자체는 내 관심을 끌거나 나를 불안하게 만들 요소를 아무것도 갖고 있지 않았기 때문이다.

나는 낭독을 계속했다.

하지만 문 안으로 들어간 뛰어난 전사 에설레드는 심술

궂은 은자의 흔적을 전혀 찾을 수 없자 놀라고 격분했다. 그런데 은자 대신 비늘로 덮인 거대한 용 한 마리가 황금 궁전 앞에 버티고 앉아서 불타는 혀를 날름거리며 오만한 태도로 궁전을 지키고 있었다. 궁전 바닥은 은으로 되어 있었고, 벽에는 다음과 같이 새겨진 반짝이는 놋쇠 방패가 걸려 있었다.

여기 들어오는 자는 정복자로다.
용을 죽이는 자는 방패를 얻으리라.

에설레드는 철퇴를 치켜들고 용의 머리를 내리쳤다. 용은 귀에 거슬리는 소리로 무시무시한 비명을 지르며 에설레드 앞에 쓰러져 악취 나는 숨을 내뿜었다. 용의 비명 소리가 너무 날카로워 에설레드는 일찍이 들어 본 적 없는 그 불쾌한 소음을 차단하기 위해 두 손으로 귀를 틀어막지 않을 수 없었다.

여기서 또다시 나는 깜짝 놀라 낭독을 멈추었다. 그 순간, 낮고 멀리서 들려오는 듯하지만 귀에 거슬리고 길게 꼬리를 끄는 기이한 비명 소리 혹은 삐걱거리는 소리가 들려왔기 때문이다. 그게 무슨 소리든 내 귀에 실제로 들린 것은 의심의 여지가 없었다(어느 쪽에서 들려왔는지는 알 수 없었지만). 그 소리는 작가가 묘사한 용의 비명을 읽으면서 내가 상상한 것과 정확히 일치했다.

놀라운 우연의 일치가 두 번씩이나 일어나자 나는 놀라움과 공포감을 비롯하여 오만가지 감정에 압도당했다. 그것은 확실했지만, 그래도 아직은 거기에 대해 어떤 의견을 말하여 친구의 민감한 신경을 건드리지 않을 만큼 충분한 침착성을 유지하고 있었다. 지난 몇 분 사이 그의 태도에 이상한 변화가 일어난 것은 분명했지만, 그가 문제의 그 소리를 들었는지 어떤지는 확실치 않았다. 나를 정면으로 마주 보고 앉아 있던 그가 차츰 의자를 돌려, 이제는 방문 쪽으로 얼굴을 향하고 앉아 있었다. 그래서 그가 알아들을 수 없는 소리로 뭐라고 중얼거리는 것처럼 입술이 떨리는 것을 보긴 했지만, 그의 얼굴은 일부밖에 볼 수 없었다. 그는 머리를 가슴께로 떨어뜨리고 있었지만, 그의 옆얼굴을 얼핏 보았을 때 눈을 크게 부릅뜨고 있었기 때문에 그가 잠든 게 아니라는 것은 알고 있었다. 느릿하지만 끊임없이 일정하게 몸을 좌우로 흔들고 있는 것을 봐도 자고 있는 게 아니었다. 이 모든 것을 재빨리 파악한 나는 계속해서 랜슬롯 경의 소설을 읽었다.

그리고 이제 용의 무서운 분노에서 벗어난 전사는 놋쇠 방패를 생각해 내고, 방패에 걸려 있는 마법을 풀기로 작정하고, 앞을 가로막고 있는 용의 시체를 옆으로 치우고, 은으로 포장된 길을 씩씩하게 걸어서 방패가 걸려 있는 벽으로 다가갔다. 사실 방패는 그가 다 올 때까지 기다리지도 않고 그의 발치에 떨어졌다. 방패가 은으로 된 바닥에 떨어질 때 무서운 소리가 요란하게 울려 퍼졌다.

이 구절이 내 입술에서 떨어지자마자, 마치 놋쇠 방패가 그 순간 정말로 은으로 된 바닥에 떨어지기라도 한 것처럼, 멀리서 공허하고 금속성을 띠었지만 분명히 무언가에 차단되어 약해진 소리가 울려 퍼지는 것을 나는 분명히 인식했다. 기겁을 한 나는 벌떡 일어났다. 하지만 규칙적으로 몸을 흔들고 있는 친구의 움직임은 조금도 흐트러지지 않았다. 나는 그가 앉아 있는 의자로 달려갔다. 그의 눈은 앞을 뚫어지게 노려보고 있었다. 그의 얼굴 전체를 지배하는 것은 돌처럼 딱딱하게 굳은 표정이었다. 하지만 그의 어깨에 손을 올려놓자 강력한 전율이 그의 온몸을 덮쳤다. 떨리는 입술에 희미한 미소가 떠올랐다. 그리고 나는 그가 내 존재를 의식하지 못하는 것처럼 낮은 목소리로 알아들을 수 없는 말을 서둘러 지껄이는 것을 보았다. 그에게 가까이 몸을 구부리고 나서야 그의 말에 담긴 섬뜩한 의미를 파악할 수 있었다.

「안 들려? 그래, 나는 들려. 지금까지도 **계속** 들렸어. 오래전부터, 아주 오랫동안, 많은 분이 지나고 많은 시간이 지나고 많은 날이 지나는 동안 저 소리를 들어 왔지. 하지만 **감히** 말하지 못했어. 그래, 나를 불쌍하게 여겨 줘. 나는 가엾고 불쌍한 놈이야! 나는 감히, **감히** 말하지 못했어! **우리는 그 애를 산 채로 무덤에 넣었어!** 내 감각이 예민하다고 내가 말하지 않았던가? **이제야** 말하지만, 나는 저 우묵한 관 속에서 그 애가 미약하게 움직이는 소리를 들었어. 며칠 전에, 한참 전에 그 소리를 들었지만, **말할 용기가 없었어.** 그런데 이제, 오늘 밤, 에설레드가, 으하하! 은자의 문을 부수는 소리, 용이 내지르는 단말마의 비명 소리, 방패가 바닥에 떨어지면서 울리는 소리가 들렸어! 그건 그 애가 들어 있는 관이 쪼개지는 소리, 그 애가 갇혀 있는 감옥의 돌쩌귀가 삐걱거리는 소리, 지하의 동판으로 덮인 아치길 안에서 그 애가 몸부림치는 소리야! 아아, 나는 어디로 도망쳐야 하지? 그 애가 이제 곧 여기로 오지 않을까? 내가 서둘러 자기를 매장했다고 비난하러 여기로 서둘러 오고 있지 않을까? 계단에서 그 애의 발소리가 들리지 않나? 그 애의 심장이 뛰는 소리, 그 무겁고 무서운 소리가 들리지 않나? 이 미친 녀석아!」여기서 그는 벌떡 일어나, 제 영혼을 내주려고 애쓰는 것처럼 새된 소리를 내질렀다. 「미친놈아! 정말이야. 그 애가 지금 문밖에 서 있다니까!」

그는 초인적인 에너지로 이 말을 내뱉었고, 마치 그 에너지에서 마법의 효력이라도 발견한 것처럼 그가 가리킨 거대하고 고풍스러운 문이 서서히 열리면서 육중하고 시커먼 아가리를 딱 벌렸다. 그것은 세차게 불어닥친 강풍이 한 짓이었지만, 그 문 밖에 어셔가의 매들린 아가씨가 수의를 입은 채 오만하게 서 있었다. 하얀 수의는 피로 얼룩져 있었고, 여윈 몸은 심하게 몸부림친 흔적으로 온통 뒤덮여 있었다. 그녀는 몸을 떨고 앞뒤로 휘청거리면서 잠시 문지방 위에 서 있었다. 그러다가 낮은 신음을 내면서 안쪽으로 털썩 쓰러져 오라비의 몸을 덮쳤다. 그리고 최후의 격렬한 고통 속에서 그를 마룻바닥에 쓰러뜨려 시체로, 그가 예견한 공포의 제물로 만들어 버렸다.

나는 공포에 질린 채, 그 방에서, 그 저택에서 도망쳐 나왔다. 내가 둑길을 가로지르고 있을 때 폭풍우는 아직도 사방에서 맹위를 떨치고 있었다. 갑자기 빛줄기 하나가 길을 환하게 비추었다. 나는 그렇게 이상한 빛이 도대체 어디서 나왔는지 보려고 고개를 돌렸다. 내 뒤에 있는 것은 거대한 저택과 그 그림자뿐이었기 때문이다. 그 빛은 저물고 있는 보름달의 피처럼 붉은 빛이었다. 보름달은 이제 건물 벽에 생긴 틈새를 통해 밝게 빛나고 있었다. 내가 전에 말한 그 틈새는 한때는 거의 분간하기 어려울 정도였지만, 건물 지붕에서 바닥까지 지그재그로 뻗어 있었다. 내가 지켜보는 동안 그 틈새는 빠른 속도로 넓어졌고, 거기에서 격렬한 회오리바람이 쏟아져 나오더니, 둥근달 전체가 눈앞에서 폭발했다. 거대한 벽들이 산산이 부서져 바람에 날아오는 것을 보자 현기증이 나서 머리가 빙빙 돌았다. 길고 요란한 외침 소리가 무수한 홍수의 울림처럼 들려왔다. 내 발끝에 있는 깊은 호수는 어셔가의 잔해들을 천천히 소리도 없이 삼키고 있었다.

모르그가의 살인

세이렌[1]들이 어떤 노래를 불렀는지, 아킬레우스[2]가 여인들
사이에 몸을 숨겼을 때 어떤 이름을 썼는지, 그것은 어려운
문제이긴 하지만, 도저히 짐작할 수 없는 질문도 아니다.
— 토머스 브라운[3]

분석적이라고 불리는 정신적 특징은 그 자체만으로는 거
의 분석할 수 없다. 우리는 그 특징들이 낳은 결과만으로 그
것을 평가할 뿐이다. 특출한 분석 능력을 가진 사람은 거기
에서 항상 활기찬 즐거움을 얻는다는 것을 우리는 알고 있다.
힘센 사람이 자신의 신체 능력을 뽐내고 근육 운동을 즐기듯,
분석가는 **복잡하게 엉킨 것을 푸는** 정신 활동을 자랑으로 여긴
다. 이 재능을 발휘할 수만 있다면 지극히 하찮은 일에서도
기쁨과 만족을 느낀다. 그는 수수께끼와 까다로운 문제와 암
호를 좋아한다. 이런 것 가운데 하나만 풀어도 보통 사람에
게는 초자연적이고 불가사의하게 여겨지는 **통찰력**을 과시할
수 있기 때문이다. 그가 도출한 결과는 질서 정연한 방법을
거쳐서 얻어 낸 것인데도 직관을 통해 해결한 듯한 분위기를
풍긴다.

1 그리스 신화에 나오는 바다의 요정. 아름다운 노랫소리로 뱃사람들을
홀려 죽게 했다고 한다.
2 그리스 신화에 나오는 트로이 전쟁의 영웅.
3 Thomas Browne(1605~1682). 영국의 의사, 저술가.

분석 능력은 수학, 그중에서도 특히 고등수학을 공부하면 단련할 수 있다. 고등수학을 오로지 그 역산 때문에 마치 그것이 **특출하기라도** 한 것처럼 〈해석학〉이라고 부르는 것은 부당하다. 하지만 계산이 곧 분석은 아니다. 예를 들어 체스를 두는 사람도 계산을 하지만, 분석하려고는 하지 않는다. 체스가 정신적 특징에 미치는 영향 때문에 사람들이 체스라는 게임을 상당히 오해하고 있는 것이다. 나는 지금 학술 논문을 쓰려는 게 아니라, 다소 기이한 이야기를 하기에 앞서 생각나는 대로 의견을 피력하려는 것뿐이다. 그래서 이 기회를 이용하여, 더 수준 높은 사고 능력이 더 확실하고 더 유용하게 쓰이는 것은 체스보다 체커라고 주장하고 싶다. 체커는 허세를 부리지 않는 수수한 게임인 반면, 체스는 정교하긴 하지만 천박하다. 말들의 움직임이 서로 다르고 **기괴한** 데다 다양하고 변덕스러운 가치를 갖고 있는 체스는 그저 복잡할 뿐이지만, 그 복잡함이 심오함으로 오해되고 있다(이것은 결코 보기 드문 잘못이 아니다). 이 게임에서 강력하게 작용하는 것은 **집중력**이다. 잠시라도 집중력이 약해지면, 실수를 저질러 결국 손해를 보거나 패배하고 만다. 체스 말의 움직임이 다양하고 복잡하기 때문에, 그런 실수를 저지를 가능성은 몇 배로 늘어난다. 이기는 것은 십중팔구 명민한 쪽보다 집중력이 강한 쪽이다. 이와 대조적으로 말의 움직임이 **하나뿐**이고 변동이 거의 없는 체커에서는 실수를 저지를 확률이 낮아지고, 단순한 집중력이 동원되는 경우가 별로 없다. 체커에서 유리한 것은 뛰어난 **통찰력**이다. 구체적으로 예를 들어 말하면, 어느 체커 게임에서 말이 킹 네 개밖에 남지 않았다고 가정해 보자. 물론 이 게임에서는 어떤 실수도 기대할 수 없다. (체커를 두는 두 사람의 실력이 완전히 대등할 경우) 오직 지적 능력을 최대로 발휘한 결과인 뛰어난 묘수만이 승리를 결정할 수 있다는 것은 명백한 사실이다. 평범한 수단을 쓸 수 없는 분석가가 상대의 마음속에 뛰어들어 상대와 자신을 동일시하면, 상대의 실수를 유도하거나 오산을 재촉할 수 있는 유일한 수순(때로는 정말로 터무니없이 단순한 수순)이 한눈에 보이는 경우가 드물지 않다.

휘스트[4]는 오래전부터 계산 능력에 영향을 미치는 것으로 유명하다. 그리고 가장 높은 수준의 지적 능력을 가진 사람들이 체스는 경박하다는 이유로 피하면서 휘스트를 즐긴 것으로 알려졌다. 그들은 휘스트에서 언뜻 보기에는 설명할 수 없는 즐거움을 얻었다. 비슷한 성질을 가진 놀이 가운데 휘스트만큼 분석 능력을 많이 요구하는 놀이가 없는 것은 의심의 여지가 없다. 기독교 세계에서 가장 뛰어난 체스 선수는 그저 최고의 체스 선수에 **불과할지 모르지만**, 휘스트의 달인은 카드 게임보다 더 중요하고 머리싸움이 필요한 모든 일에서 성공할 수 있는 능력을 가지고 있다. 내가 달인이라고 말한 것은 정당한 이익을 얻을 수 있는 원천을 **모두** 파악하여 그 게임에 완전히 숙달되어 있다는 뜻이다. 그 원천은 많을 뿐만 아니라 다양하기도 하다. 게다가 보통 사람은 전혀 이해할 수 없는 사고의 깊숙한 구석에 숨어 있는 경우가 많다. 주

4 네 명이 둘씩 편을 짜서 하는 카드 게임.

의 깊게 관찰하면 명확하게 기억할 수 있다. 집중력이 뛰어 난 체스 선수라면 휘스트 게임도 여기까지는 아주 잘 해낼 것 이다. 호일[5]의 규칙(이것 자체는 휘스트 게임의 단순한 메커 니즘에 바탕을 둔 것이다)은 누구나 일반적으로 충분히 이해 할 수 있다. 따라서 좋은 기억력을 갖는 것과 〈책에 쓰인 대 로〉 진행하는 것이 흔히 좋은 플레이의 요체로 여겨지는 포 인트다. 하지만 분석가의 기량은 단순한 규칙의 한계를 넘어 서는 문제에서 증명된다. 분석가는 말없이 수많은 관찰과 추 리를 한다. 그와 함께 휘스트를 하는 사람들도 아마 마찬가 지일 것이다. 그런데 얻은 정보량에 차이가 있다. 그 차이는 추리의 타당성에 있다기보다 오히려 관찰의 질에 있다. 필요 한 지식은 **무엇**을 관찰할 것인가에 대한 지식이다. 휘스트의 달인은 자신에게 어떤 제한도 두지 않는다. 게임이 목적이기 때문에 그는 연역법을 통해 외부 상황에서 게임에 대한 정보 를 추론하는 것도 거부하지 않는다. 그는 자기편 짝의 안색 을 살피고, 그것을 상대편 두 명의 안색과 주의 깊게 비교한 다. 그는 각자 손에 쥐고 있는 카드를 분류하는 방법을 생각 한다. 상대가 각각의 카드에 던지는 눈길을 유심히 관찰하여 으뜸 패와 최고 패를 한 장씩 헤아릴 때도 많다. 게임이 진행 되면 그는 상대의 얼굴 표정에 나타나는 모든 변화에 주목하 여 자신감이나 놀라움, 우쭐함이나 아쉬움 같은 표정의 차이

5 Edmond Hoyle(1672~1769). 영국의 저술가. 1742년에 발표한 『휘스 트 게임에 관한 소론』은 휘스트 게임의 규칙과 방법을 설명한 책으로, 당대 의 베스트셀러였으며, 이 카드 게임의 룰을 정착시키는 데 이바지했다.

에서 상대의 생각을 읽고 그 정보를 모은다. 패를 모으는 방식을 보고 그는 유력한 패를 쥐고 있는 사람이 또 다른 유력한 패를 손에 넣을 수 있을지 어떨지 판단한다. 그는 상대가 카드를 테이블 위에 던지는 태도를 보고 무슨 속임수를 쓰고 있는지 알아차린다. 상대의 입에서 무심결에 튀어나온 말 한마디, 우발적으로 카드를 떨어뜨리거나 뒤집었을 때 상대에게 카드를 들켰으면 어쩌나 걱정하면서 카드를 숨기는지 아니면 태평하고 무심하게 카드를 돌려놓는지, 받은 카드를 셀 때 어떤 순서로 배열하는지, 당황함, 망설임, 서두름, 또는 허둥댐, 이 모든 것이 누가 봐도 직감적인 그의 지각에는 진짜 상황을 알려 주는 지표다. 처음 두세 판이 끝나면 그는 각자가 손에 쥐고 있는 카드의 내용을 완전히 파악하고, 그때부터는 마치 다른 사람들이 카드를 다 보여 주기라도 한 것처럼 아주 확실한 자신감을 가지고 카드놀이를 한다.

분석 능력을 단순한 창의력과 혼동해서는 안 된다. 분석가는 필연적으로 창의력이 풍부하지만, 창의력이 풍부한 사람은 분석을 못하는 경우가 많기 때문이다. 창의력은 대개 물건을 만들거나 조립하거나 결합시키는 능력으로 나타나는데, 골상학자들은 그것을 원시적인 능력으로 간주하고 거기에 별개의 신체 기관을 할당했지만(이것은 잘못이라고 나는 생각한다), 그런 능력은 다른 면에서는 바보에 가까운 지적 능력을 가진 사람들에게서도 자주 볼 수 있기 때문에 도덕에 관한 글을 쓴 많은 저자가 거기에 주목했을 정도다. 창의력과 분석 능력 사이에는 실제로 공상과 상상의 차이보다 훨씬 큰 차이가 존재하지만, 그 성격은 엄밀하게 따지면 비슷하다. 사실 창의적인 사람은 으레 공상적이고, **진정으로** 상상력이 뛰어난 사람은 분석적일 수밖에 없다.

독자들께서는 다음 이야기를 앞에서 제시한 명제의 주석 정도로 읽어 주기 바란다.

18××년 봄부터 초여름까지 프랑스 파리에 체류하는 동안 나는 C. 오귀스트 뒤팽이라는 인물을 알게 되었다. 이 젊은 신사는 명문 집안 출신이지만, 불운한 사건이 연달아 일어나는 바람에 가난뱅이로 전락하여 삶의 에너지마저 잃어버렸다. 그는 세상에서 출세하려는 노력도 그만두었고, 잃은 재산을 되찾는 데에도 관심이 없었다. 얼마 남지 않은 유산이 채권자들의 호의 덕분에 아직 그의 소유로 남아 있었다. 그는 여기서 들어오는 수입을 아껴 간신히 생필품을 조달하고 있었고, 그래서 쓸데없이 남아도는 재산 때문에 고민할 필요도 없었다. 사실 그의 유일한 사치품은 책이었고, 파리에서는 책을 쉽게 구할 수 있었다.

우리가 처음 만난 것은 몽마르트르가에 있는 어두컴컴한 책방이었다. 여기서 우리는 둘 다 희귀본 책을 찾고 있었는데, 같은 책을 찾고 있었다는 우연이 우리를 가까운 친구로 만들어 주었다. 그 후 우리는 자주 만났다. 프랑스인은 자신을 화제로 삼을 때는 솔직한 게 특징인데, 뒤팽도 자신의 가족사를 허심탄회하게 말해 주었고, 나는 그가 들려준 가족사를 흥미롭게 들었다. 나는 또한 그가 다방면의 책을 많이 읽어서 박식한 데에 놀랐다. 무엇보다도 그의 열정이 내 영혼을 타오르게 하는 것을 느꼈고, 그의 상상력이 지니고 있는 생기발랄함을 느낄 수 있었다. 그 무렵 나는 어떤 물건을 찾기 위해 파리에 머물고 있었는데, 이런 인물과 알고 지낸다는 것이 더없이 소중하게 느껴졌고, 나는 이 느낌을 그에게 솔직히 털어놓았다. 결국 우리는 내가 파리에 머무는 동안 함께 살기로 했다. 그리고 내 형편이 뒤팽보다는 덜 어려웠기 때문에 내가 집세를 부담하기로 했다. 우리는 미신 때문에 오랫동안 사람이 살지 않은 채 버려져 있던 낡고 음산한 저택을 빌려서, 약간 환상적이고 음울한 분위기를 좋아하는 우리 둘의 공통된 취향에 맞는 스타일로 가구를 갖추었다. 우리는 그 집에 얽힌 미신이 어떤 것인지 캐묻지도 않았고 조사해 볼 생각도 하지 않았지만, 포부르생제르맹[6]의 한적하고 황량한 구석에 있는 그 집은 금세라도 허물어질 것처럼 기우뚱거리고 있었다.

그 집에서의 일상생활이 세상에 알려졌다면 사람들은 우리를 미치광이, 하지만 남에게 해롭지 않은 미치광이로 생각했을 것이다. 우리의 은둔 생활은 완벽했다. 우리는 어떤 방문객도 받아들이지 않았다. 실제로 나는 우리 은거지의 위치를 내가 전에 알던 사람들에게 비밀로 했고, 아무도 내가 사는 곳을 알지 못하게 하려고 조심했다. 그리고 뒤팽은 파리에서 사람들과의 교제를 그만둔 지 오래되었기 때문에, 우리는 그 집에서 세상과 단절된 채 단둘이 살았다.

밤 자체를 사랑하는 것은 내 친구의 공상벽(달리 뭐라고

6 프랑스 파리의 센강 남쪽, 제7구의 동부에 해당하는 옛 지명.

부를 수 있겠는가?)이었다. 나는 그의 다른 기행에 물들었듯이 이 **공상벽**에도 조용히 빠져들어, 그의 터무니없는 변덕에 노예가 된 것처럼 닥치는 대로 **몰두했다.** 밤의 여신은 우리와 함께 살려고 하지 않았지만, 우리는 그녀가 우리 곁에 있는 것처럼 꾸밀 수 있었다. 아침에 동이 트면 우리는 그 낡은 집의 육중한 덧문을 모두 닫아 버렸다. 그리고 가느다란 양초 두어 개에 불을 붙이면, 촛불은 강한 향기를 내뿜으면서 희미한 불빛만 주위에 던졌다. 이 촛불의 도움으로 우리는 꿈속에서 영혼을 바쁘게 활동시켰다. 시계가 진짜 어둠이 다가온 것을 알려 줄 때까지 우리는 책을 읽거나 글을 쓰거나 대화를 나누었다. 어둠이 찾아오면 팔짱을 끼고 거리로 나가서 낮에 이야기하던 화제로 계속 대화를 나누거나, 밤늦도록 멀리까지 돌아다니며 사람들로 붐비는 도시의 현란한 빛과 그림자 속에서 조용한 관찰만이 제공할 수 있는 무한한 정신적 흥분을 찾곤 했다.

그럴 때면 나는 뒤팽의 독특한 분석 능력을 알아차리고 감탄하지 않을 수 없었다(물론 나는 그의 풍부한 상상력에서 이미 그것을 예상하고, 거기에 대비가 되어 있었지만). 뒤팽 자신도 그 능력을 발휘하는 데에서 큰 기쁨을 느끼는 것 같았고(그 능력을 과시하는 것은 좋아하지 않았지만), 거기에서 얻는 만족감을 거리낌 없이 토로했다. 그는 자기가 보기엔 대다수 사람의 가슴에 창문이 뚫려 있어 속마음이 훤히 들여다보인다고 킥킥거리며 자랑했다. 그러고는 당장 내 속마음을 꿰뚫어 보고 있다는 것을 증명하여 나를 깜짝 놀라게 했다. 그럴 때 그의 태도는 냉담하고 애매했다. 그의 눈에는 아무런 표정도 떠올라 있지 않았고, 평소에는 낭랑한 테너인 그의 목소리는 최고 음역으로 올라갔다. 발음이 침착하고 또렷하지 않았다면 화난 것처럼 들렸을 것이다. 나는 이런 기분일 때의 뒤팽을 관찰하면서 이중 영혼에 대한 고대 철학을 명상하듯 깊이 생각할 때가 많았고, 창의적인 뒤팽과 분석적인 뒤팽이라는 두 사람의 뒤팽을 상상하면서 즐거워했다.

방금 한 말을 듣고, 내가 무슨 미스터리를 설명하고 있거나 공상 소설을 쓰고 있다고 추측하지는 마라. 지금까지 이 프랑스인에 대해 묘사한 것은 단지 흥분했거나 병든 지성의 결과일 뿐이다. 하지만 당시 뒤팽이 피력한 소견의 특징에 대해서는 한 가지 사례를 드는 편이 요점을 가장 잘 전달할 수 있을 것이다.

어느 날 밤, 우리는 팔레루아얄[7] 부근에 있는 길고 지저분한 거리를 어슬렁어슬렁 걷고 있었다. 둘 다 깊은 상념에 잠겨 있어서, 적어도 15분 동안은 서로 한 마디도 하지 않았다. 그런데 뒤팽이 불쑥 이런 말을 내뱉었다.

「그는 몸집이 아주 작아. 그건 사실이야. 그러니까 바리에테 극장에 출연하면 더 잘할 수 있을 거야.」

「그건 의심할 여지가 없어.」 나는 무의식중에 대답했지만, (그때는 깊은 상념에 잠겨 있었기 때문에) 뒤팽이 내 생각에 끼어든 놀라운 방식을 처음에는 알아차리지 못했다. 잠시 후에야 나는 정신을 차리고 소스라치게 놀랐다.

7 프랑스 파리의 루브르궁 북쪽에 있는 건물.

「뒤팽, 이거 정말 뜻밖이군.」나는 진지하게 말했다. 「아니, 깜짝 놀랐다고 해야 하나. 내 감각을 믿을 수 없을 정도야. 자네는 도대체 어떻게 알 수 있었지? 내가 누구를 생각하고 있는지…….」나는 여기서 말을 멈추었다. 그때 내가 누구를 생각하고 있었는지 그가 정말로 알고 있는지 확인하고 싶었기 때문이다.

「샹티 말이야?」그가 말했다. 「그런데 왜 말을 멈추지? 자네는 속으로 말하고 있었어. 샹티는 키가 작아서 비극에는 어울리지 않는다고.」

이것이 바로 내가 생각하고 있던 주제였다. 샹티는 원래 생드니가의 구두장이였는데 연극에 미쳐서 크레비용[8]의 비극에 크세르크세스[9] 역으로 출연했지만, 애쓴 보람도 없이 망신만 당하고 말았다.

「말 좀 해보게.」나는 외쳤다. 「도대체 무슨 방법으로 내 마음을 꿰뚫어 볼 수 있었는지.」사실 나는 크게 놀랐다. 뭐라고 표현할 수 없을 정도였다.

「과일 장수야.」친구가 대답했다. 「자네가 구두장이는 크세르크세스와 같은 역할을 맡기에 키가 너무 작다고 생각하게 된 것은 바로 과일 장수 때문이었지.」

「과일 장수라고? 나를 또 놀라게 하는군. 나는 과일 장수를 아무도 몰라.」

「우리가 이 거리에 들어섰을 때 자네와 부딪친 남자 말인

8 Prosper Jolyot de Crébillon(1674~1762). 프랑스의 극작가.
9 Xerxes(B.C. 519?~B.C. 465). 고대 페르시아 제국의 황제.

데, 아마 15분 전이었을 거야.」

그제야 기억이 났다. 실제로 우리가 C가에서 지금 서 있는 도로로 들어왔을 때, 우연찮게도 커다란 사과 광주리를 머리에 인 과일 장수와 부딪쳐 넘어질 뻔했다. 하지만 그 일이 샹티와 무슨 관계가 있는지, 도무지 이해가 가지 않았다.

뒤팽은 협잡이나 사기를 칠 사람이 전혀 아니었다. 「내가 설명해 주지. 그러면 자네도 모든 걸 분명히 이해할 수 있을 거야. 우선 내가 자네한테 말을 꺼낸 순간부터 문제의 과일 장수와 부딪친 순간까지 자네의 생각이 어떤 경로를 밟았는지 거꾸로 더듬어 가보세. 큰 사슬고리는 이렇게 이어지고 있어. 샹티, 오리온자리, 니콜스 박사, 에피쿠로스, 스테레오토미,[10] 도로에 깔린 포석, 과일 장수.」

인생의 어떤 시점에서 자신의 생각이 어떤 특정한 결론에 이르게 된 단계를 거꾸로 더듬어 가는 것을 즐겨 보지 않은 사람은 드물다. 이 일은 재미로 가득 차 있을 때가 많다. 난생처음 시도해 본 사람은 출발점과 도달점 사이의 거리가 무한해 보이고, 게다가 출발점과 도달점의 관계가 종잡을 수 없고 뒤죽박죽인 데 놀란다. 그렇다면 뒤팽이 방금 한 말을 듣고 그 말이 사실이라는 것을 인정할 수밖에 없었을 때 내가 깜짝 놀란 것은 바로 그 때문이었을 것이다. 그가 말을 이었다.

「내 기억이 맞다면 우리는 C가를 떠나기 직전에 말 이야기를 하고 있었어. 그것이 우리가 토론한 마지막 주제였지. 우리가 길을 건너 이 거리로 들어올 때 커다란 광주리를 머리

10 돌 등의 고형 물질을 특정 모양으로 절단하는 기술.

에 인 과일 장수가 빠른 걸음으로 우리를 스쳐 지나다가 보수 중인 인도에 쌓아 둔 포석 더미 쪽으로 자네를 밀쳤어. 자네는 불안정한 포석을 밟고 미끄러져 발목을 살짝 접질렸고, 그래서 화가 난 듯이 부루퉁한 얼굴로 몇 마디 투덜거리며 포석 더미를 돌아본 다음 말없이 걸음을 옮겼지. 자네 행동에 특별한 주의를 기울인 건 아니지만, 요즘 나는 관찰하는 게 무슨 숙명처럼 되어 버렸다네.

자네는 계속 땅바닥에 눈길을 둔 채, 까다로운 표정으로 도로에 난 구멍이나 수레바퀴 자국을 힐끔거렸지. 그래서 나는 자네가 아직도 포석에 대해 생각하고 있다는 걸 알 수 있었네. 그러다가 우리가 포석을 부분적으로 겹쳐서 고정시키는 새로운 공법으로 포장된 라마르틴이라는 좁은 골목에 이르자 자네 표정이 확 밝아지더군. 나는 자네 입술이 움직이는 모양을 보고, 이런 종류의 포장도로를 일컫는 용어인 〈스테레오토미〉라는 낱말을 중얼거린 게 분명하다고 생각했지. 〈스테레오토미〉라는 말을 중얼거렸다면 〈아토미〉[11]를 연상하지 않을 수 없었을 테고, 그러면 당연히 에피쿠로스의 원자론을 생각할 수밖에 없겠지. 얼마 전 우리가 이 주제를 논할 때 나는 그 고상한 철학자의 막연한 추론이 후세의 성운 진화론에서 확인된 것은 참으로 묘한 일이지만 거의 주목을 받지 못하고 있다고 말했기 때문에, 자네가 오리온자리의 대성운을 보려고 눈길을 하늘로 던지는 것을 피할 수 없을 거라고 생각했다네. 과연 자네는 내가 예상한 대로 하늘을 쳐다

11 원자를 뜻한다.

보았지. 그래서 나는 자네의 생각이 밟아 온 단계를 내가 정확히 추적했다고 확신했어. 하지만 어제 발간된 『박물관』에 실린 샹티에 대한 **혹평**에서 풍자가는 비열하게도 구두장이가 비극에 출연하면서 이름을 바꾼 것을 언급하면서 우리가 자주 언급했던 라틴어 구절을 인용했더군. 이 구절 말이야.

Perdidit antiquum litera prima sonum(첫 글자는 옛 소리를 잃어버렸다).

이것은 원래 철자가 〈*Urion*〉이었던 〈*Orion*〉을 언급한 것이었어. 그리고 이 설명이 꽤나 신랄했기 때문에 나는 자네가 그것을 잊지 못했을 거라고 생각했지. 따라서 자네가 오리온과 샹티라는 두 가지 생각을 연결시키지 않을까 생각했는데, 자네 입술을 스쳐 간 미소를 보고 과연 두 가지 생각을 연결했다는 걸 알았지. 자네는 가엾은 구두장이가 풍자가의 제물이 되었다고 생각한 거야. 그때까지 자네는 구부정한 자세로 걷고 있었는데, 이제 보니 허리를 꼿꼿이 펴고 있더군. 그래서 자네가 샹티의 작은 체격에 대해 생각하고 있다고 확신했지. 이 시점에서 자네의 생각에 끼어들어, 샹티는 몸이 아주 작으니까 바리에테 극장에 출연하면 잘 어울릴 거라고 말한 거야.」

이런 일이 있고 얼마 지나지 않아 우리는 『법조 신문』 석간을 훑어보다가 다음과 같은 기사에 주목하게 되었다.

기괴한 살인 사건 — 오늘 오전 3시경, 생로슈구 주민들은 모르그가에 있는 집 4층에서 연달아 나는 소름 끼치는 비명 소리에 놀라 잠에서 깨어났다. 그 집에는 레스파나예 부인과 딸 카미유 레스파나예 양이 단둘이 살고 있는 것으로 알려져 있었다. 이웃 사람들은 통상적인 방법으로 집주인의 허락을 구하려고 문을 두드렸지만 소용이 없었다. 이런 쓸데없는 일을 하느라 시간을 좀 지체한 뒤, 쇠지레로 문을 부수고 여덟 명 내지 열 명 정도의 이웃 사람이 **무장 경찰관** 두 명과 함께 안으로 들어갔다. 비명 소리는 이미 그쳐 있었지만, 사람들은 아래층에서 첫 번째 계단을 뛰어 올라갈 때 두세 사람이 화가 나서 말다툼하는 듯한 거친 목소리를 들을 수 있었다. 그 소리는 집 위쪽에서 나는 것 같았다. 그들이 두 번째 층계참에 도착했을 때는 이 소리도 그쳤고 사방이 완전히 조용해져 있었다. 그들은 흩어져서 이 방에서 저 방으로 뛰어다녔다. 4층의 커다란 뒷방에 도착하자마자(이 방은 문이 잠겨 있었고 열쇠가 안에 있어서 문을 억지로 열어야 했다), 끔찍한 광경이 눈앞에 펼쳐졌다. 그 자리에 있던 사람들은 모두 소스라치게 놀랐지만, 그에 못지않게 강한 공포에 사로잡혔다.

실내는 아수라장이었다. 가구가 부서진 채 사방에 내던져져 있었다. 침대는 하나뿐이었는데, 매트리스가 틀에서 분리되어 방 한가운데에 내동댕이쳐져 있었다. 의자 위에는 피 묻은 면도칼이 놓여 있었다. 난로 위에는 역시 피범벅이 된 기다란 백발 두세 다발이 놓여 있었는데, 두피에서 뿌리째 뽑힌 것 같았다. 마룻바닥에서는 나폴레옹 금화 네 잎, 토파즈 귀고리 한 개, 커다란 은수저 세 개, 그보다 작은 양은 숟가락 세 개, 금화가 4천 프랑 가까이 들어 있 는 자루 두 개가 발견되었다. 한쪽 구석에는 **책상**이 놓여 있었는데, 서랍은 모두 열려 있었고 서랍 안에는 많은 물 건이 들어 있었지만 누군가가 샅샅이 뒤진 게 분명했다. **매 트리스** 밑에서는 작은 철제 금고가 발견되었는데, 금고는 문에 열쇠가 꽂힌 채 열려 있었다. 금고 안에는 오래된 편 지 몇 통과 별로 중요하지 않은 서류 외에는 아무것도 들 어 있지 않았다.

레스파나예 부인은 흔적도 보이지 않았지만, 벽난로 안 에 이상하게 많은 양의 검댕이 떨어져 있는 게 관찰되었다. 그래서 굴뚝을 조사해 보니, (말하기도 끔찍하지만!) 딸의 시신이 머리를 아래로 한 채 거꾸로 박혀 있었다. 사람들 은 좁은 굴뚝 위쪽으로 상당히 멀리까지 억지로 처박힌 시 신을 겨우 끌어냈다. 시신은 아주 따뜻했다. 시신을 조사 해 보니 많은 찰과상이 발견되었다. 시신을 난폭하게 굴뚝 으로 쑤셔 넣을 때나 끌어낼 때 생긴 상처가 분명했다. 얼 굴에는 할퀸 자국 같은 생채기가 많이 나 있었고, 목이 졸 려 질식사한 것처럼 목에는 검푸른 멍이 들고 깊은 손톱자 국이 남아 있었다.

집 안을 샅샅이 조사했지만 더 이상 아무것도 발견되지 않자 사람들은 건물 뒤쪽에 있는 작은 마당으로 들어갔다. 포장되어 있는 마당에는 노부인의 시신이 놓여 있었는데,

목이 완전히 잘려 있어서 시신을 들어 올리려 하자 머리가 떨어져 나갔다. 머리뿐만 아니라 몸도 심하게 훼손되어 인간의 형체가 거의 남아 있지 않았다.

이 끔찍한 수수께끼를 풀 단서가 아직까지는 전혀 발견되지 않았다.

이튿날 신문에는 다음과 같은 상세한 속보가 실렸다.

모르그가의 참극 — 이 기괴하고 무시무시한 사건[12]과 관련하여 많은 사람이 조사를 받았다. 하지만 사건 해결에 빛을 던져 줄 만한 사실은 전혀 나오지 않았다. 지금까지 참고인들로부터 끌어낸 중요한 증언은 다음과 같다.

폴린 뒤부르(세탁부)의 증언 — 두 피해자를 3년 전부터 알고 지냈고, 그동안 그들의 빨래를 해주었다고 한다. 노부인과 딸은 사이가 좋은 것 같았으며, 서로에게 매우 다정했다. 그들은 지불해야 할 돈을 미룬 적이 없었다. 그들의 생활 방식이나 생계 수단에 대해서는 잘 모르지만, 라스파나예 부인은 점을 쳐서 생계를 꾸리는 것 같았다. 돈을 꽤 많이 모았다는 소문이 있었다. 빨랫감을 가지러 가거나 세탁한 옷을 가져갔을 때 집에서 다른 사람을 만난 적은 한 번도 없었다. 그들이 하인이나 하녀를 고용하지 않은 것은 확실하다. 4층을 빼고는 건물 어디에도 가구가 전

---

12 프랑스에서 〈사건〉을 뜻하는 〈*affaire*〉는 영어의 〈*affair*(정사)〉와 같은 경박한 의미로는 쓰이지 않는다 — 원주.

혀 없는 듯 보였다.

피에르 모로(담배 가게 주인)의 증언 — 거의 4년 동안 레스파나예 부인에게 담배와 코담배를 팔았다고 한다. 그는 이 동네에서 태어났고 줄곧 여기서 살았다. 죽은 레스파나예 부인과 딸은 시체가 발견된 집에서 6년 넘게 살았다. 그전에는 보석상이 세 들어 살았는데, 그 사람은 여러 사람에게 위층 방들을 다시 빌려주었다. 그 집은 레스파나예 부인의 재산이었다. 레스파나예 부인은 세 든 사람이 건물을 멋대로 이용하여 돈벌이를 하는 데 불만을 품게 되었고, 다시는 건물의 일부를 남에게 빌려주지 않고 자기가 그 건물로 이사하여 살았다. 노부인은 천진한 어린애 같았다. 증인은 6년 동안 딸은 대여섯 번 보았다. 모녀는 집에 틀어박혀 은둔 생활을 했고, 돈이 많다는 소문이 있었다. 레스파나예 부인이 점쟁이라고 이웃 사람들이 말하는 것을 들었지만 증인은 그 말을 믿지 않았다. 집주인인 노부인과 딸, 그 밖에 짐꾼이 한두 번, 의사가 여덟 번 내지 열 번 드나든 것을 제외하고는 현관문으로 들어가는 사람을 한 번도 본 적이 없다.

그 밖에 많은 이웃 사람이 같은 취지의 증언을 했다. 그 집에 자주 드나들었다고 알려진 사람은 아무도 없었다. 레스파나예 부인과 딸에게 살아 있는 친척이 있는지도 알려져 있지 않았다. 건물 앞쪽 유리창의 덧문은 거의 열리지 않았다. 건물 뒤쪽 유리창의 덧문은 4층의 커다란 뒷방을 제외하고는 항상 닫혀 있었다. 집은 꽤 훌륭했고, 별로 낡지도 않았다.

　이시도르 뮈제(경찰관)의 증언 ─ 오전 3시경에 그 집으로 불려 가서 20명 내지 30명이 출입구 앞에 모여서 안으로 들어가려 애쓰는 것을 발견했다. 결국 그들은 쇠지레가 아니라 대검을 사용하여 문을 억지로 열었다. 문은 양쪽으로 열리는 접이식이었고, 아래쪽에도 위쪽에도 빗장이 채워져 있지 않았기 때문에 문을 여는 것은 어렵지 않았다. 문을 부수어 열 때까지도 비명 소리는 계속되었지만, 문을 열자마자 그 소리는 갑자기 뚝 그쳤다. 그것은 심한 고통에 몸부림치는 한 사람 또는 여러 사람의 비명 소리 같았다. 짧고 빠른 소리가 아니라 크고 길게 이어지는 소리였다. 증인은 앞장서서 계단을 올라갔다. 첫 번째 층계참에 도착하자마자 증인은 두 사람이 화를 내며 큰 소리로 다투는 것을 들었다. 하나는 굵고 탁한 목소리였고, 또 하나는 훨씬 새된, 아주 이상한 목소리였다. 굵고 탁한 목소리는 프랑스인의 목소리였는데, 증인은 그 프랑스인이 한 말에서 낱말 몇 개를 알아들을 수 있었다. 여자 목소리가 아닌 것은 확실했다. 증인은 〈*sacré*(세상에)〉와 〈*diable*(제기랄)〉이라는 두 개의 낱말을 분간할 수 있었다. 새된 목소리는 외국인의 목소리였는데, 그게 남자 목소리인지 여자 목소리인지도 알 수 없었다. 무슨 말을 하는지는 알아들을 수 없었지만, 증인은 그 언어가 스페인어일 거라고 믿었다. 이 증인이 묘사한 방과 시신의 상태는 어제 기사에서 묘사한 것과 같았다.

이웃 사람인 앙리 뒤발(세공사)의 증언 —— 그 집에 맨 처음 들어간 사람 가운데 하나였다고 한다. 그의 증언은 뮈제의 증언을 대체로 확인하고 있다. 그들은 문을 부수어 열자마자 사람들이 들어오지 못하도록 다시 문을 닫았다. 밤늦은 시간인데도 순식간에 사람들이 모여들고 있었다. 이 증인의 생각에 따르면 새된 소리는 이탈리아인의 목소리였다. 프랑스어가 아닌 것은 확실했다. 남자 목소리였는지는 확실치 않다. 어쩌면 여자 목소리였을지도 모른다. 증인은 이탈리아어를 알지 못했다. 그래서 낱말을 알아들을 수는 없었지만, 억양으로 보아 그 목소리의 주인이 이탈리아인이라고 확신했다. 증인은 레스파나예 부인과 딸을 알고 있었다. 레스파나예 모녀와 자주 대화를 나누었다. 그래서 그 새된 목소리가 죽은 레스파나예 모녀의 목소리는 아니라고 확신했다.

오덴하이머(식당 주인)의 증언 —— 자진해서 증언했는데, 프랑스어를 못해서 통역을 통해 신문을 받았다. 증인은 암스테르담 태생이다. 새된 비명 소리가 났을 때 그 집 앞을 지나가고 있었다. 비명 소리는 몇 분 동안, 아마 10분 정도 계속되었다. 길게 꼬리를 끄는 큰 소리였다. 정말 무시무시하고 비참한 소리였다. 증인은 건물 안으로 들어간 사람 가운데 하나였다. 한 가지 점만 빼고는 모든 점에서 이전의 증언들과 일치했는데, 증인은 새된 목소리가 남자 목소리였고 프랑스인이었다고 확신했다. 무슨 말인지는 알아들을 수 없었다. 크고 빠른, 고르지 않은 목소리였다. 분노만이 아니라 공포에도 사로잡혀 지르는 목소리가 분명했다. 목소리는 거칠었다. 새된 목소리라기보다는 오히려 귀에 거슬리는 거친 목소리였다. 도저히 그것을 새된 목소리라고 부를 수는 없었다. 굵고 탁한 목소리가 〈세상에〉와 〈제기랄〉이라는 말을 되풀이했고, 딱 한 번 〈*Mon Dieu*(맙소사)!〉라고 말하는 것을 들었다.

쥘 미뇨(은행가)의 증언 ── 들로렌가에서 〈미뇨 부자 은행〉을 경영하고 있다. 레스파나예 부인은 상당한 재산을 갖고 있는데, 8년 전 봄에 그의 은행에 계좌를 열었다. 부인은 소액을 자주 예치했다. 죽기 전에는 한 번도 수표를 뗀 적이 없었는데, 죽기 사흘 전에 직접 와서 4천 프랑을 인출했다. 이 돈은 금화로 지불되었고, 은행 직원이 돈을 들고 부인을 집까지 모셔다 드렸다.

아돌프 르봉(미뇨 부자 은행 직원)의 증언 ── 문제의 그날 정오 무렵에 4천 프랑을 자루 두 개에 담아서 레스파나예 부인과 함께 집에 갔다고 한다. 문이 열리자 레스파나예 양이 나타나 그의 손에서 자루 하나를 받아 들었고, 노부인은 다른 자루를 받아 들었다. 그 후 그는 인사를 하고 그 집을 떠났다. 그때 거리에서는 아무도 보지 못했다. 그곳은 아주 한적한 뒷골목이었다.

윌리엄 버드(재봉사)의 증언 ── 영국인으로, 2년 전부터 파리에서 살았다. 앞장서서 계단을 올라간 사람 가운데 하나로, 다투는 목소리를 들었다고 한다. 굵고 탁한 목소리는 프랑스인의 목소리였다. 몇 마디는 알아들을 수 있었지만, 이제 그것을 다 기억하지는 못한다. 〈세상에〉와 〈맙소사〉라는 말은 또렷이 들었다. 그때 여러 사람이 다투는 듯한 소리가 났다. 가구가 마루에 질질 끌리는 소리, 드잡이하는 소리였다. 새된 목소리는 아주 컸다. 굵고 탁한 목소리보다 훨씬 컸다. 그게 영국인의 목소리가 아닌 것은 확실했다. 독일인의 목소리처럼 들렸는데, 여자 목소리였는지도 모른다. 증인은 독일어를 모른다.

위의 증인들 가운데 네 명은 다시 소환되어 신문을 받았는데, 레스파나예 양의 시신이 발견된 방에 사람들이 도착했을 때는 문이 안에서 잠겨 있었다고 증언했다. 그때는 아주 조용했다. 신음 소리도 나지 않았고 어떤 소리도 들리지 않았다. 문을 부수고 들어가 보니 아무도 보이지 않았다. 뒷방과 앞쪽 방의 창문은 모두 닫혀 있었고 안에서 단단히 잠겨 있었다. 두 방 사이에 있는 문은 닫혀 있었지만 잠겨 있지는 않았다. 앞방에서 복도로 나가는 문은 잠겨 있었고 열쇠는 방 안에 있었다. 4층 복도 끝에 있는 작은 앞방은 문이 조금 열려 있었다. 이 방에는 낡은 침대와 상자 따위가 가득 차 있었다. 이것들을 조심스럽게 끌어내고 구석구석 샅샅이 수색했다. 이 집에서 주의 깊게 조사하지 않은 곳은 하나도 없었다. 굴뚝 청소기가 굴뚝을 오르내렸다. 이 집은 다락방이 있는 4층집이었다. 지붕에 있는 뚜껑문은 못이 단단히 박혀 있어서 수년 동안 열린 적이 없는 듯했다. 다투는 목소리가 들렸을 때부터 사람들이 문을 부수고 들어갈 때까지 걸린 시간에 대해서는 증인들의 진술이 엇갈렸다. 3분밖에 안 걸렸다고 말한 사람도 있고, 5분쯤 걸렸다고 말한 사람도 있다. 문은 간신히 열렸다.

알폰소 가르시오(장의사)의 증언 ── 스페인 태생으로, 모르그가에 살고 있으며, 문을 억지로 열고 들어간 사람 가운데 하나였다. 하지만 계단을 올라가지는 않았다. 소심하고 겁이 많아서 소동의 결과를 보기가 두려웠다고 한다. 다투는 소리는 들었다. 굵고 탁한 목소리는 프랑스인의 목소리였다. 무슨 말인지는 알아들을 수 없었다. 새된 목소리는 영국인의 목소리였다. 이것은 확실하다. 그는 영어를 모르지만, 억양으로 판단하면 영어가 분명했다.

알베르토 몬타니(제과점 주인)의 증언 ── 앞장서서 계단을 올라간 사람 가운데 하나였다. 문제의 목소리는 들었다. 굵고 탁한 목소리는 프랑스인의 목소리였다. 몇 마디는 알아들을 수 있었다. 그 사람은 상대를 타이르고 있는 것 같았다. 새된 목소리가 뭐라고 하는지는 알아들을 수 없었다. 빠르고 고르지 않은 말투였다. 증인은 그것을 러시아인의 목소리라고 생각한다. 그의 증언은 대체로 다른 사람들의 증언과 일치한다. 증인은 이탈리아인이고, 러시아인과 대화를 나누어 본 적은 한 번도 없었다.

경찰에 소환된 여러 증인들에 따르면, 4층에 있는 모든 방의 굴뚝은 너무 좁아서 사람이 드나들 수 없다. 〈굴뚝 청소기〉란 굴뚝 청소부들이 사용하는 원통형 솔인데, 이 솔은 집에 있는 모든 굴뚝을 오르내렸다. 뒤쪽 통로가 있다면 사람들이 계단을 올라가는 동안 누군가가 그 통로를 이용하여 아래층으로 내려갔을 수도 있겠지만, 그런 통로는 전혀 없었다. 레스파나예 양의 시신은 굴뚝 속에 너무 꽉 끼여 있어서, 네댓 사람이 힘을 모은 뒤에야 겨우 끌어 내릴 수 있었다.

폴 뒤마(의사)의 증언 — 새벽녘에 시신들을 조사해 달라는 연락을 받았다. 이때쯤 두 피해자의 시신은 레스파나예 양의 시신이 발견된 방의 침대틀 위에 눕혀 있었다. 침대틀은 매트리스가 떨어져 나가고 그 밑에 깔려 있던 거친 삼베만 남아 있었다. 젊은 여자의 시신은 심하게 멍이 들고 피부가 벗겨져 있었다. 시신이 굴뚝에 처박혀 있었다는 사실은 이런 타박상과 찰과상이 생긴 원인을 충분히 설명할 수 있을 것이다. 목은 심하게 쓸려서 살갗이 벗겨져 있었다. 턱 바로 밑에 깊게 할퀸 자국이 여러 군데 나 있었고, 그와 함께 검푸른 반점들이 보였는데 그것은 손가락으로 힘껏 눌러서 생긴 자국이 분명했다. 얼굴은 보기에도 무서울 만큼 변색되고 눈알이 튀어나와 있었다. 혀는 물어 뜯겨서 일부가 떨어져 나가기 직전이었다. 명치 부위에는 커다란 멍 자국이 나 있었는데, 무릎으로 누른 자국이 분명했다. 레스파나예 양은 한 사람 또는 여러 사람에게 목이 졸려 질식사했다는 것이 뒤마 씨의 소견이었다. 노부인의 시신은 끔찍하게 훼손되어 있었는데, 오른쪽 다리와 오른쪽 팔뼈는 모두 박살이 나 있었다. 왼쪽 정강이뼈는 산산조각으로 부서졌고, 왼쪽 갈비뼈도 모두 부러져 있었다. 온몸이 심하게 멍들고 변색되어 있었다. 어떻게 그런 상처를 입혔는지는 알 수 없었다. 무거운 몽둥이나 굵은 쇠막대나 의자 같은 크고 무거운 둔기를 아주 힘센 남자가 휘둘렀다면 그런 결과가 생겼을 것이다. 여자라면 어떤 무기로도 그런 타격을 가하지 못했을 것이다. 증인이 검시했을 때 피해자의 머리는 몸에서 완전히 절단되어 있었고, 게다가 심하게 망가져 있었다. 목은 날카로운 도구 — 아마 면도칼 — 로 잘린 게 분명했다.

알렉상드르 에티엔(외과 의사)의 증언 — 뒤마 씨와 함께 현장에 불려 가서 시신들을 조사했는데, 그는 뒤마 씨의 증언 및 소견을 뒷받침해 주었다.

그 밖에도 몇 사람을 더 조사했지만 새로운 사실은 나오지 않았다. 이렇게 기괴하고 모든 점에서 혼란스러운 살인 사건 — 그게 정말로 살인 사건이라면 말이지만 — 은 이제껏 파리에서 일어난 적이 없었다. 경찰은 완전히 당황해서 어찌할 바를 몰랐다. 이런 종류의 사건에서는 이례적인 일이지만, 단서가 될 만한 게 전혀 없었다.

『법조 신문』 석간은 생로슈구가 아직도 큰 흥분에 휩싸여 있다고 보도했다. 문제의 집은 다시금 면밀하게 수색되었고, 증인들도 다시 조사를 받았지만 성과는 전혀 없었다. 하지만 기사 말미에 붙은 추가 기사에는 아돌프 르봉이 체포 구금되었다는 소식이 실려 있었다. 이미 보도된 사실 외에 그에게 혐의를 둘 만한 이유는 아무것도 없어 보였지만.

뒤팽은 이 사건 전개에 이상하게 흥미를 느낀 것 같았다.

적어도 나는 그의 태도를 보고 그렇게 판단했다. 사건에 대해 아무 논평도 하지 않았기 때문이다. 그가 이 사건에 대해 내 의견을 물은 것은 르봉이 구속되었다는 발표가 나온 뒤였다.

나는 모든 파리 시민과 마찬가지로 이 사건을 불가해한 미스터리로 생각할 수밖에 없었다. 살인자를 추적할 수 있는 단서가 전혀 보이지 않았기 때문이다.

「이런 수박 겉핥기식의 조사를 토대로 단서를 판단해서는 안 돼.」뒤팽이 말했다. 「파리 경찰은 꽤 **날카롭다**는 평가를 받고 있지만, 그저 약삭빠를 뿐이지, 그 이상은 아니야. 경찰 수사에는 그때그때의 임기응변 말고는 방법론이 전혀 없어. 경찰은 온갖 수단을 자랑스럽게 과시하지만, 그 수단이 목적에 적합하지 않은 경우가 적지 않아. ⟨Robe-de-chambre — pour mieux entendre la misique(더 나은 실내악을 위해 실내복을 가져와라)⟩라고 요구하는 주르댕 선생[13]이 생각날 정도라니까. 경찰이 놀라운 성과를 거둘 때도 없지 않지만, 대개는 부지런히 뛰어다녀서 얻은 결과에 지나지 않아. 그렇게 열심히 설쳐도 안 될 때는 허탕을 칠 수밖에 없지. 이를테면 비도크의 경우가 그런데, 그는 눈치도 빠르고 끈기도 있는 편이지만 생각하는 훈련을 받지 않았기 때문에, 열심히 수사를 해도 열성이 지나쳐 계속 실수만 저질렀지. 그는 대상을 너무 가까이 끌어당겨 보는 탓에 오히려 못 보고 마는 거야. 한두 가지는 아주 또렷하게 볼 수 있을지 모르지만, 그러면 그림을 전체적으로 보지 못하는 건 당연하지. 그래서 문제는

13 몰리에르의 희곡 「평민 귀족」의 주인공.

지나치게 깊이 파고든다는 거야. 진실이 항상 우물 속에 있는 건 아니거든. 사실 중요한 지식은 오히려 표면에 드러나 있다고 생각해. 우리는 깊은 골짜기에서 진실을 찾지만, 진실은 골짜기가 아니라 높은 산꼭대기에서 발견되지. 골짜기에는 깊이가 있지만 산꼭대기에는 깊이가 없어. 이런 잘못을 저지르는 방식과 원인은 천체를 관측할 때 잘 나타나는데, 별을 볼 때는 곁눈질로 봐야 더 또렷이 볼 수 있지. **망막**은 안쪽 부분보다 바깥쪽 부분이 희미한 빛에 더 민감하니까, **망막**의 바깥 부분을 별 쪽으로 돌려서 옆으로 비스듬히 봐야 하는 거야. 그게 별의 광채를 가장 잘 감상할 수 있는 방법이지. 우리가 눈을 **완전히** 별 쪽으로 돌릴수록 그에 비례해서 별빛은 점점 희미해져. 눈을 완전히 별 쪽으로 돌리면 실제로 더 많은 광선이 눈에 들어오지만, 곁눈질로 보면 별을 더 정확하고 정밀하게 파악할 수 있지. 이와 마찬가지로 사건도 너무 깊이 파고들면 생각이 혼란에 빠져서 갈피를 못 잡게 돼. 너무 오랫동안, 너무 집중해서 직접적으로 응시하면 하늘에서 금성이 사라져 버릴 수도 있어.

　이번 살인 사건에 관해서 말하면, 거기에 대해 어떤 견해를 내기 전에 우리가 직접 조사해 보면 어때? 재미있을 거야.」 살인 사건 조사를 재미있다고 말하는 건 좀 이상하다고 생각했지만, 나는 잠자코 있었다. 「게다가 나는 언젠가 르봉에게 신세를 진 적이 있어. 나도 은혜를 모르는 사람은 아니니까 고맙게 생각하고 있지. 우리 함께 그 집에 가서 직접 살펴보자고. 나는 경찰청장을 알고 있으니까, 필요한 허가를 받는

모르그가의 살인 **85**

것은 어렵지 않을 거야.」

우리는 허가를 얻고 당장 모르그가로 갔다. 모르그가는 리슐리외가와 생로슈가 사이에 끼여 있는 초라한 거리의 하나였다. 우리가 도착한 것은 늦은 오후였다. 우리가 사는 곳에서 꽤 멀리 떨어져 있었기 때문이다. 집을 찾기는 쉬웠다. 아직도 많은 사람이 쓸데없는 호기심으로 길 건너편에서 그 집의 닫힌 덧문을 바라보고 있었기 때문이다. 파리에서 흔히 볼 수 있는 평범한 집이었다. 출입문 한쪽에는 유리창이 달린 초소가 있었고 창에는 미닫이가 있어서 거기가 수위실이라는 것을 알 수 있었다. 우리는 집에 들어가기 전에 거리를 한참 걸어 올라가다가 골목길로 접어들었고, 다시 모퉁이를 돌아서 집 뒤쪽을 지나갔다. 그러면서 뒤팽은 집만이 아니라 동네 전체를 주의 깊게 조사하고 있었지만, 나는 조사 대상이 될 만한 것을 하나도 찾지 못했다.

우리는 갔던 길을 되짚어 와서 다시 집 앞으로 다가가 초인종을 누르고 허가증을 보여 주었다. 초소를 지키고 있던 경찰관들이 허가증을 보고 우리를 집 안으로 들여보내 주었다. 우리는 계단을 올라가 레스파나예 양의 시신이 발견된 방으로 들어갔다. 고인의 시신은 둘 다 그 방에 놓여 있었다. 아수라장이 된 방은 여느 때처럼 그대로 보존되어 있었다. 나는 『법조 신문』에 보도된 내용 이외의 것은 아무것도 보지 못했다. 뒤팽은 모든 것을 꼼꼼히 조사했다. 희생자들의 시신도 예외는 아니었다. 그 후 우리는 다른 방들을 조사한 뒤 마당으로 나갔다. **무장 경찰관** 한 명이 줄곧 우리를 따라다녔다. 조사는 어두워질 때까지 계속되었고, 우리는 어두워진 뒤에야 그 집을 떠났다. 집으로 가는 길에 뒤팽은 어느 신문사에 잠깐 들렀다.

나는 앞에서 친구의 변덕이 심하다고 말했는데, 프랑스어로 표현하자면 〈*Je les ménagais*〉. 여기에 해당하는 영어는 없지만, 굳이 해석하자면 〈그의 비위를 건드리지 않으려고 조심했다〉는 뜻이다. 지금 그의 변덕은 그 살인 사건에 대해 입을 다무는 것으로 나타났는데, 이 변덕은 이튿날 정오 무렵까지 계속되다가, 갑자기 그가 참극이 일어난 현장에서 무언가 **특이한** 것을 보지 못했느냐고 나에게 물었다.

〈**특이한**〉이라는 낱말을 강조하는 그의 태도에는 심상치 않은 무언가가 있었다. 무엇 때문인지는 모르지만, 그 말을 듣고 나는 오싹해졌다.

「아니, **특이한** 건 아무것도 못 봤어.」 나는 말했다. 「어쨌든 우리가 신문에서 본 것 말고는 아무것도 못 봤어.」

「『법조 신문』은 이 사건의 유별난 공포를 제대로 파악하지 못한 것 같아. 하지만 그 신문의 태평한 기사 따위는 깨끗이 잊어버려. 이 사건은 그 특징으로 보아 쉽게 해결할 수 있다고 봐야 마땅한데, 바로 그런 이유 때문에 오히려 불가해한 미스터리로 여겨지고 있는 것 같아. 내가 말하는 특징이란 사건의 양상이 지나치게 극단적이라는 거야. 경찰은 살인 자체의 동기가 아니라 그렇게까지 잔인하게 살해할 동기를 찾아내지 못해서 쩔쩔매고 있지. 사람들은 말다툼 소리를 들었다는데, 위층에서는 살해된 레스파나예 양을 제외하고는 아무도 발견되지 않았고, 범인은 계단을 올라간 사람들한테 들키지 않고는 집 밖으로 나갈 수도 없었어. 이런 사실들을 연결시키기가 불가능해 보인다는 점도 경찰을 쩔쩔매게 만들고 있지. 아수라장이 된 방, 굴뚝에 거꾸로 쑤셔 박힌 시체, 심하게 훼손된 노부인의 시체, 이런 점들과 방금 언급한 특징들, 그리고 내가 언급할 필요가 없는 다른 특징들을 아울러 생각하면, 날카로운 **통찰력**을 자랑하는 경찰을 당황하게 만들어서 그 뛰어난 능력을 마비시키기에 충분하지. 경찰은 이상한 것과 난해한 것을 혼동하는 오류에 빠졌어. 이 오류는 아주 중대하지만 흔히 볼 수 있는 오류이기도 해. 하지만 이성이 진실을 찾아서 길을 더듬어 가는 것은 평범하고 일상적인 상태에서 벗어나는 이런 일탈을 통해서야. 우리가 지금 하고 있는 조사에서는 〈무슨 일이 일어났는가〉를 묻기보다는 오히려 〈전에 한 번도 일어난 적이 없는 어떤 일이 일어났는가〉를 물어야 해. 사실 나는 이 사건을 쉽게 해결할 거야. 아니, 벌써 해결한 거나 마찬가지야. 경찰의 눈에는 해결이 어려워 보이는 것만큼이나 나는 아주 쉽게 해결했지.」

나는 너무 놀라서 잠자코 그를 바라보았다.

「나는 지금 기다리고 있어.」 그는 우리 아파트의 출입문 쪽을 바라보면서 말을 이었다. 「내가 지금 기다리고 있는 사람이 이번 살인을 저지른 범인은 아니겠지만, 어느 정도는 그 범죄에 연루되었을 게 분명해. 그 사람은 이번 범행에서 가장 흉악한 부분에서는 아마 죄가 없을 거야. 나는 이 추측이 맞기를 바라고 있어. 내가 수수께끼를 푼다면 그 가능성은 바로 그 추측에 토대를 두고 있으니까. 나는 여기, 이 방에 그 사람이 오기를 기다리고 있지. 그가 오지 않을 수도 있는 건 사실이야. 하지만 아마 올 거야. 그가 오면 붙잡아 둬야 해. 자, 권총을 받아. 우린 둘 다 권총을 다룰 줄 아니까, 여차할 경우에는 권총을 쓰도록 하세.」

나는 권총을 받아 들었지만, 내가 무엇을 하는지도 몰랐고 내가 들은 말을 곧이곧대로 믿지도 않았다. 뒤팽은 거의 독백처럼 말을 이었다. 그럴 때 그가 방심 상태에 빠진 것처럼 멍한 태도를 취한다는 것은 앞에서 이미 말한 적이 있다. 나에게 말하는 그의 목소리는 결코 크지는 않지만 아주 멀리 있는 누군가에게 말할 때 흔히 쓰는 억양을 갖고 있었다. 아무 표정도 없는 그의 눈은 멍하니 벽만 바라보고 있었다.

「계단을 올라가던 사람들이 들은 말다툼 소리 말인데,」 그가 말을 이었다. 「그게 죽은 두 여자의 목소리가 아니었다는 건 증언으로 충분히 입증되었어. 그러니 노부인이 먼저 딸을 죽이고 나중에 자살한 게 아닐까 하고 의심할 필요는 없어. 내가 이 점을 말하는 이유는 다름이 아니라 살해 방법 때문이야. 레스파나예 부인의 힘으로는 도저히 딸의 시신을 굴뚝 안으로 밀어 넣지 못했을 테니까. 그리고 부인의 몸에 난 상처를 봐도 자살 가능성을 완전히 배제하고 있어. 그렇다면 제삼자가 살인을 저질렀고, 이 제삼자의 목소리가 사람들이 들은 말다툼 소리였다고 결론지을 수밖에 없지. 그래서 이제는 목소리에 대한 증언 전체가 아니라 그 증언의 특이한 점에 주의를 돌려 보겠는데, 거기에서 뭔가 특이한 점을 알아차리지 못했나?」

모든 증인이 굵고 탁한 목소리가 프랑스인의 목소리라는 점에는 의견이 일치했지만 새된 목소리에 대해서는 의견이 분분했고, 증인들 가운데 한 사람은 그것을 새된 목소리가 아니라 귀에 거슬리는 거친 목소리로 표현했다는 점을 나는 지적했다.

「그건 증언 자체일 뿐, 증언의 특이한 점은 아니야.」 뒤팽이 말했다. 「자네는 특이한 걸 전혀 알아차리지 못했군. 하지만 주목해야 할 무언가가 있었어. 자네 말대로, 굵고 탁한 목소리에 대해서는 증인들의 의견이 일치했지. 이 점에서는 만장일치였어. 하지만 새된 목소리에 대해서는 특이한 점이 있어. 증인들의 의견이 갈렸다는 게 아니라, 이탈리아인, 영국인, 스페인인, 네덜란드인, 프랑스인이 그 목소리에 대해 설명하려고 했지만, 모든 증인이 그걸 **외국인**의 목소리라고 말했다는 사실이야. 증인들은 저마다 그게 자기 나라 사람의 목소리는 아니었다고 확신하고 있어. 저마다 그것을 자기가 잘 아는 언어를 모국어로 쓰는 사람이 아니라, 그와 반대로 자기가 전혀 모르는 언어를 모국어로 쓰는 사람에 견주고 있지. 증인들 가운데 프랑스인은 그것을 스페인 사람의 목소리로 추정하고, 〈자기가 스페인어를 알았다면 **몇 마디는 알아들었을지 모른다고 말했어**〉. 네덜란드인은 그게 프랑스인의 목소리였다고 주장하지만, 〈**이 증인은 프랑스어를 못해서 통역을 통해 신문을 받았다**〉고 되어 있어. 영국인은 그게 독일인의 목소리였다고 생각하지만, 〈**독일어를 전혀 모르는 사람**〉이야. 스페인인은 그게 영국인의 목소리였다고 확신하지만, 그 증인은 〈영어를 전혀 모르니까〉 그건 순전히 〈억양으로 판단한〉 거야. 이탈리아인은 그게 러시아인의 목소리였다고 믿고 있지만, 〈러시아 사람과는 한 번도 대화를 나눠 본 적이 없어〉. 게다가 두 번째 프랑스인은 첫 번째 프랑스인과 의견이 달라서, 그건 이탈리아인의 목소리였다고 확신하지만, 이탈리아어를 알지는 못하니까 스페인인과 마찬가지로 〈억양으로 그렇게 확신하고 있을 뿐〉이야. 자, 그 목소리에 대해 이런 갖가지 증언이 나온 걸 보면 그 목소리는 정말로 묘하게 유별난 목소리였던 게 분명해. 유럽의 다섯 나라 시민이 그 어조에서 자신에게 친숙한 언어를 하나도 알아듣지 못했다니 말이야! 자네는 그게 아시아인이나 아프리카인의 목소리였을지도 모른다고 말하겠지. 아시아인이나 아프리카인이 파리에 많이 살고 있지는 않지만, 그 추론을 부정하는 대신 다음 세 가지 점에 유념해 달라고 하겠네. 한 증인은 그 목소리를 〈새된 목소리라기보다는 오히려 귀에 거슬리는 거친 목소리〉로 표현했어. 다른 두 증인은 〈빠르고 고르지 않은 말투〉였다고 표현했고, 분간할 수 있는 낱말, 아니 낱말 비슷한 음성이 하나라도 있었다고 말한 증인은 아무도 없었어.

지금까지 내가 자네의 이해력에 어떤 영향을 주었는지는 모르지만, 증언의 이 부분, 즉 굵고 탁한 목소리와 새된 목소리에 대해 증언한 부분만으로도 합리적인 추론을 끌어낼 수 있고, 이 추론은 한 가지 의심을 불러일으키기에 충분하다고 나는 주저 없이 말할 수 있어. 그 의심은 기본적으로 앞으로의 모든 수사 과정에 방향을 제시할 거야. 나는 〈합리적인 추론〉이라고 말했지만, 그건 내 의도를 충분히 표현한 말이 아니야. 나는 그 추론이 유일하게 타당한 추론이고, 거기에서 한 가지 의심이 유일한 결과로 도출될 **수밖에 없다**고 말할 작정이었어. 하지만 그 의심이 뭔지는 아직 말하지 않겠어. 다만 내가 바라는 것은, 자네가 나와 마찬가지로 그 의심이 그 방에 대한 내 조사 방법에 어떤 형식이나 어떤 경향을 줄 만큼 충분히 강력하다는 것만 명심해 주었으면 하는 거야.

자, 그럼 이제부터 공상의 날개를 타고 그 방으로 가보세. 우리는 여기서 우선 뭘 찾아야 하지? 살인자들이 사용한 탈출 수단이야. 우리가 둘 다 초자연적인 현상을 믿지 않는 건 확실해. 그러니 레스파나예 모녀를 죽인 게 귀신은 아니지. 범인들은 실체가 있고, 방도 형체를 가지고 빠져나갔어. 그렇다면 어떻게? 다행히도 그 점에 대해서는 한 가지 추론뿐이고, 그 추론은 우리를 확실한 해결로 이끌어 갈 **수밖에 없어.** 그럼 가능한 탈출 방법을 하나하나 검토해 보세. 사람들이 계단을 올라갈 때 범인들은 레스파나예 양이 발견된 방이나 적어도 그 옆방에 있었던 게 분명해. 그렇다면 우리가 탈출구를 찾아야 할 곳은 이 두 방뿐이야. 경찰은 마룻바닥과 천장과 사방 벽의 벽돌까지 다 뜯어냈어. **비밀 출구가 있었다**해도 경찰의 눈을 피하지는 못했을 거야. 하지만 나는 **경찰의** 눈을 믿지 않으니까 내 눈으로 직접 조사했지. 비밀 출구는 **없었어.** 방에서 복도로 통하는 문은 둘 다 단단히 잠겨 있었고 열쇠는 방 안쪽에 있었어. 다음은 굴뚝으로 눈길을 돌려

보세, 굴뚝은 벽난로 위로 10피트쯤 뻗어 있지만, 그 너비는 보통이어서 고양이도 큰 놈은 지나갈 수 없을 정도야. 따라서 이미 말한 방법으로 탈출할 수 없는 것은 의심할 여지가 없지. 그러면 이제는 창문으로 가볼 수밖에 없는데, 앞방 창문으로는 탈출할 수 없었을 거야. 거기로 나왔다면 거리에 있는 사람들 눈에 띄었겠지. 그렇다면 범인들은 뒷방 창문으로 나간 게 **분명해**. 이렇게 분명한 방법으로 이 결론에 도달했으니까, 겉으로 불가능해 보인다는 이유로 이 결론을 물리치는 건 추리하는 사람의 도리가 아니지. 우리에게 남은 일은 겉으로 불가능해 보이는 이 방법이 실제로는 불가능하지 않다는 걸 증명하는 것뿐이야.

그 방에는 창문이 두 개 있어. 하나는 가구에 가려져 있지 않아서 전체가 다 보여. 다른 창문은 아래쪽이 그 창문에 바싹 붙어 있는 커다란 침대머리에 가려져서 보이지 않아. 가구에 가려지지 않은 창문은 안에서 단단히 고정된 상태로 발견되었어. 몇 사람이 창문을 들어 올리려고 애써 보았지만, 아무리 용을 써도 창문은 꼼떡하지 않았다더군. 왼쪽 창틀에 나사송곳으로 뚫은 커다란 구멍이 있고, 아주 단단한 못이 거기에 대가리까지 박혀 있었어. 다른 창문을 조사해 보니, 거기에도 비슷한 못이 비슷한 형태로 박혀 있었지. 사람들은 이 창문도 들어 올리려고 기를 써보았지만 역시 실패했어. 경찰은 이 방향으로는 탈출구가 전혀 없다고 확신했지. **그래서 못을 빼내고 창문을 여는 것은 쓸데없는 짓으로 여겨졌어.**

나는 경찰보다 좀 더 꼼꼼하게 그 방을 조사했는데, 그건 내가 방금 말한 이유 때문이었어. 겉으로는 불가능해 보이는 일이 실제로는 불가능하지 않다는 걸 **반드시** 입증해야 하니까 말이야.

그래서 나는 **귀납적**으로 생각하기 시작했지. 범인들은 이 창문들 가운데 하나로 탈출했어. 놈들이 창문으로 탈출했다면 안쪽에서 다시 창틀을 고정시킬 수는 없었을 거야. 그런데 창틀은 안쪽에서 고정된 상태로 발견되었어. 이건 너무나 명백하기 때문에 경찰들도 창틀을 자세히 조사하는 짓은 그만두었지. 아무도 창틀을 고정시킬 수 없는데 창틀이 고정되었다면, 창틀은 자동적으로 고정되는 힘을 갖고 있는 게 **분명해.** 이 결론에서 벗어날 길은 없어. 나는 가구에 가려져 있지 않은 내리닫이 창으로 다가가서 간신히 못을 빼내고 창틀을 들어 올리려고 했어. 하지만 예상한 대로 창틀은 내 힘에 저항했지. 그렇다면 어딘가에 틀림없이 용수철이 감춰져 있을 거라고 생각했어. 내 생각이 이렇게 확인된 덕분에, 못과 관련된 상황이 아직도 불가사의하게 여겨지긴 했지만, 어쨌든 나는 내 전제가 옳다고 확신하게 되었지. 주의 깊게 찾아보니, 곧 감추어진 용수철이 발견되었어. 그 용수철을 눌러 보았지만, 그걸 발견한 것으로 만족하고 창틀을 들어 올리는 짓은 그만두었다네.

나는 못을 제자리에 돌려놓고 주의 깊게 살펴보았지. 이 창문을 통해 밖으로 나간 사람이 창문을 다시 닫았을지는 모르지만, 용수철이 작동했다 해도 이 못까지 제자리에 돌려놓지는 못했을 거야. 결론은 명백했고 내 조사 범위는 또다시 좁아졌어. 범인들은 다른 창문으로 빠져나간 게 **분명해**. 그렇다면 창틀에 달려 있는 용수철이 같다고 가정하고(용수철은 다 같을 가능성이 크지), 못들 사이의 차이점을 발견해야 돼. 적어도 못을 고정시킨 방식에는 차이가 있을 테니까. 나는 침대틀 위에 씌워진 삼베 위에 올라가 침대 머리판 너머로 두 번째 창문을 꼼꼼히 조사해 봤어. 머리판 뒤로 손을 내리자, 과연 용수철이 있더군. 그 용수철은 내가 짐작한 대로 옆 창문에 달려 있는 것과 똑같았어. 그걸 눌렀더니 못이 보였지. 그 못은 옆 창문에 박혀 있는 못과 마찬가지로 튼튼했고, 겉보기에는 거의 대가리까지 박혀서 옆 창문의 못처럼 단단히 고정되어 있는 것 같았어.

자네는 내가 여기서 당황했을 거라고 생각하겠지만, 그렇게 생각한다면 귀납법의 본질을 잘못 알고 있는 거야. 사냥 용어로 말하자면 나는 한 번도 〈사냥감의 냄새를 놓친〉 적이 없어. 냄새는 절대로 순식간에 사라지는 법이 없거든. 논리의 연결 고리에도 전혀 문제가 없었어. 나는 수수께끼를 끝까지 추적해서 결과를 얻어 냈는데, 그 결과는 바로 **못**이었지. 그 못은 다른 창문에 박혀 있는 못과 모든 점에서 똑같아 보였지만, 바로 여기서 단서가 끊겼다는 점을 고려하여 두 개의 못을 비교해 보면, 못 두 개가 똑같아 보인다는 사실은 아무 가치도 없어. 〈틀림없이 못에 문제가 있었던 게 **분명해**.〉 나는 생각했지. 못을 만져 보았어. 그랬더니 못 대가리가 내 손가락에 잡혀서 쑥 빠져나오더군. 대가리만이 아니라 부러진 못 자루도 함께 딸려 나왔는데, 길이가 4분의 1인치쯤 되어 보였어. 나머지 못 자루는 나사송곳 구멍 속에 부러진 채로 남아 있었지. 못은 오래전에 부러진 게 분명했고(단면에 녹이 슬어 있었으니까), 망치질을 하다가 실수로 부러뜨린 것 같았어. 못 대가리의 일부가 망치에 맞아서 아래쪽 창틀에 박혀 있었는데, 못을 빼낸 자리에 대가리를 조심스럽게 돌려놓자 못은 부러지지 않은 완전한 못과 똑같아 보였지. 절단면은 전혀 보이지 않았어. 나는 용수철을 누르고 창틀을 몇 인치 살며시 들어 올렸어. 그러자 못 대가리도 창틀에 박힌 채 함께 올라왔지. 창문을 닫자 못은 또다시 완전한 상태로 보이더군.

여기까지는 수수께끼가 풀렸어. 살인자는 침대에 면해 있는 창문으로 도망쳤어. 범인이 나간 뒤 창문은 저절로 떨어져서 (아니면 살인자가 닫았거나) 용수철로 고정된 거야. 경찰은 창문이 못으로 고정되어 열리지 않는다고 생각했지만, 그래서 더 이상 조사할 필요가 없다고 생각했지만, 그건 못이 아니라 용수철의 작용이었어.

다음 문제는 범인들이 어떻게 아래로 내려갔느냐 하는 의문이야. 이 점에 대해서는 자네와 함께 건물 주위를 한 바퀴 돌았을 때 납득했어. 문제의 창문에서 5피트 반쯤 떨어진 곳에 피뢰침이 서 있었는데, 이 피뢰침에서 창문으로 들어갈 수 없는 것은 말할 나위도 없고, 거기서 손이나 발을 뻗어서 창문 자체에 닿는 것도 불가능해. 하지만 나는 4층의 덧문이 독특한 종류라는 것을 알아차렸지. 파리의 목수들이 〈페라드〉라고 부르는 건데, 요즘에는 거의 쓰지 않지만 리옹과 보르도의 아주 오래된 저택에서는 흔히 볼 수 있는 거야. 아래쪽 절반이 격자 구조로 되어 있거나 마름모 세공으로 되어 있다는 점을 제외하고는 보통 문(두짝문이 아니라 외짝문)과 같은 형태를 갖고 있어. 그래서 아주 좋은 손잡이가 되어 주지. 이번에 문제가 되는 덧문은 너비가 3피트 반이나 돼. 우리가 집 뒤쪽에서 쳐다봤을 때는 그 덧문이 둘 다 반쯤 열려 있었어. 벽과 직각을 이루면서 바깥쪽으로 튀어나와 있었지. 나뿐만 아니라 경찰도 집 뒤쪽을 조사했을 거야. 하지만 조사했다 해도 덧문을 그 너비와 일직선상에서 보았다면(경찰은 그렇게 했을 게 분명해) 그 덧문이 얼마나 넓은지 알아보지 못했을 테고, 어쨌든 그 점을 고려했어야 하는데 그러지 않았어. 사실 창문으로는 절대 탈출하지 못했을 거라고 일단 확신해 버리면, 창문을 건성으로 대충 조사하는 건 자연스러운 결과겠지. 하지만 침대 머리맡에 있는 창의 덧문을 벽면까지 활짝 열면 피뢰침까지의 거리가 2피트밖에 안 된다는 것을 확인할 수 있었어. 비범할 정도의 운동 능력과 용기를 발휘하면 피뢰침에서 창문으로 들어가는 것도 얼마든지 가능하다는 얘기야. 2피트 반만 손을 뻗으면(우리는 지금 덧문이 완전히 열려 있을 경우를 가정하고 있어), 도둑은 덧문 아래쪽의 격자 부분을 붙잡을 수 있었을 거야. 그런 다음 피뢰침에서 손을 떼면서 벽에다 두 발을 딛고 힘차게 튀어 오르면 그 반동으로 덧문이 회전하여 닫혔을지도 몰라. 그리고 그때 창문이 열려 있었다면, 범인은 덧문이 닫힐 때 몸을 날려 방 안으로 뛰어들 수 있었을 거야.

특히 유념할 것은, 그렇게 위험하고 어려운 묘기를 성공적으로 해내기 위한 필요조건으로 **아주 비범한** 운동 능력을 언급했다는 점이야. 내가 그렇게 말한 의도는, 첫째로 그런 일이 불가능하지만은 않다는 것, 둘째로 이 점이 더 중요한 것이지만, 그런 일은 **아주 초자연적**일 만큼 민첩하고 날랜 사람만이 해낼 수 있었을 것이라는 점을 자네가 알았으면 해서야.

자네는 틀림없이 법률 용어를 사용해서 이렇게 말하겠지. 〈자기주장을 입증하려면〉 그런 행위에 필요한 운동 능력을 충분히 평가해야 한다고 요구하기보다 오히려 그 능력을 과소평가해야 한다고 말이야. 법률에서는 흔히 통용되는 관례일지 모르지만, 이성의 관례는 아니야. 나의 궁극적인 목적은 진실뿐이야. 내 당면 목표는 자네가 방금 내가 말한 그 **아주 비범한** 운동 능력과 새되고(또는 귀에 거슬리고) **고르지 않은**, **아주 특이한** 목소리를 나란히 놓고 생각해 보게 하는 거야. 그 목소리를 낸 두 사람의 국적에 대해서는 증인들의 의견이 저마다 달라서 같은 의견을 가진 사람을 하나도 찾을 수 없었고, 증인들은 그 목소리에서 어떤 음절도 감지하지 못했어.」

이 말을 듣고 나는 뒤팽의 말뜻을 어렴풋이 알아차렸다. 반쯤 형성된 막연한 생각이 문득 내 머릿속을 스치고 지나갔다. 나는 진상을 파악할 능력은 없지만 파악하기 직전 단계에 와 있는 것 같았다. 이따금 사람들이 무언가가 기억날 듯하면서도 결국 기억해 내지 못하는 상태와 비슷했다. 친구는 말을 이었다.

「자네도 알겠지만, 나는 탈출 방법에서 침입 방법으로 논점을 바꾸었어. 탈출과 침입이 같은 장소에서 같은 방식으로 이루어졌다는 생각을 전달하는 게 내 의도였지. 자, 이젠 방 내부로 돌아가서 눈에 보이는 것들을 조사해 보세. 도둑은 옷장 서랍들을 샅샅이 뒤졌지만, 서랍에 들어 있던 의류는 대부분 그대로 남아 있었다는군. 하지만 여기서 나온 결론은 불합리해. 그것은 단순한 추측, 그것도 아주 터무니없는 추측일 뿐이야. 서랍에 남아 있는 물건들이 원래 거기에 들어 있던 물건의 전부가 아니라는 걸 어떻게 알 수 있지? 레스파 나예 모녀는 극단적인 은둔 생활을 했어. 찾아오는 손님도 없었고 외출도 거의 하지 않았으니까, 옷도 별로 필요 없었을 거야. 서랍에서 발견된 옷들은 이런 신분의 여성들이 소유할 만한 고급 의류였어. 도둑이 옷을 가져갔다면, 왜 제일 좋은 옷들을 가져가지 않았을까? 왜 전부 다 가져가지 않았을까? 무엇보다 도둑은 거추장스럽게 속옷 꾸러미를 한 아름 가져가면서 4천 프랑의 금화는 내버려 두었어. 왜 그랬을까? 은행가 미뇨 씨가 말한 액수의 금화가 마룻바닥에 놓여 있던 자루 속에서 고스란히 발견되었지. 그러니까 집 문간에 배달된 돈에 대한 증언이 경찰의 머릿속에 심어 놓은 잘못된 생각, 즉 돈을 강탈하는 것이 범행 **동기**라는 어줍은 생각은 자네 머리에서 지워 버렸으면 좋겠어. 이 사건, 그러니까 돈이 배달되고 사흘도 지나기 전에 그 돈을 받은 사람들이 살해된 사건보다 열 배나 놀랄 만한 우연의 일치는 아무도 관심 갖지 않는 사이에 누구한테나 한 시간마다 한 번 정도는 일어나고 있다고. 대체로 우연의 일치는 확률 이론을 전혀 모르는 사상가들을 방해하는 거대한 장애물이야. 인간의 가장 훌륭한 연구 대상이 가장 빛나는 성과를 거둔 것은 물론 그 이론 덕분이지만 말이야. 이번 사건에서 만약 금화가 사라졌다면 사흘 전에 금화가 배달되었다는 사실이 단순한 우연의 일치가 아닌 중요한 단서가 되었을 거야. 돈을 강탈하는 것이 범행 동기라는 생각을 뒷받침해 주었겠지. 하지만 이 사건의 실제 상황에서 금화가 이 잔혹한 범죄의 동기라고 가정한다면, 우리는 범인이 금화와 자신의 범행 동기를 함께 포기할 만큼 우유부단한 멍청이였다고 생각해야 할 거야.

내가 지금까지 지적한 것들, 말하자면 그 괴상한 목소리, 그 비범한 운동 능력, 이처럼 흉악한 살인 사건에 이상할 정도로 동기가 없다는 점을 계속 염두에 두고 범행 자체를 살펴보도록 하세. 손으로 목이 졸려 죽은 다음 굴뚝에 거꾸로 처박힌 여자가 있어. 평범한 살인자들은 이런 식으로 사람을 죽이지 않아. 무엇보다도 시체를 그런 식으로 처리하지 않지. 시체를 굴뚝 안에 쑤셔 박는 수법이 상식에 어긋난다는 건 자네도 인정할 거야. 그런 짓을 한 자들이 **극도로** 타락한 인간 말종이라고 해도, 그건 인간의 행동에 대한 우리의 통념과 완전히 모순돼. 게다가 그 좁은 굴뚝에 시체를 쑤셔 박으려면 힘이 엄청나게 셌을 거야. 몇 사람이 달라붙어서야 겨우 끌어 **내렸을** 정도니까 말이야.

그럼 이번에는 범인이 그 괴력을 가장 불가사의하게 발휘한 것을 보여 주는 다른 증거를 살펴보세. 난로 위에는 백발 다발이 놓여 있었어. 몇 가닥이 아니라 한 뭉텅이야. 이 머리카락은 뿌리까지 뽑혀 있었어. 머리카락을 20, 30가닥 정도만 한꺼번에 뽑으려 해도 엄청난 힘이 필요하다는 건 자네도 알고 있을 거야. 자네도 보았지만 그 머리털 뭉치의 뿌리 쪽에는 두피의 살점이 들러붙어 있었어. (정말 소름 끼치는 광경이었지!) 수십만 가닥의 머리카락을 단번에 뿌리째 뽑았으니까, 이건 엄청난 힘이 발휘되었다는 확실한 증거야. 노부인은 목이 잘렸을 뿐만 아니라 머리가 몸통에서 완전히 끊어져 있었어. 도구는 단순한 면도칼이야. 이 행위의 **흉포한** 잔인성도 생각해 보게. 레스파나예 부인의 온몸에 생긴 타박상에 대해서는 말하지 않겠네. 의사인 뒤마 씨와 그의 유능한 조력자인 에티엔 씨는 그 상처가 어떤 둔기에 맞아서 생겼다고 말했고, 여기까지는 그 두 사람의 말이 옳아. 그 둔기는 마당에 깔린 돌이었던 게 분명해. 피해자는 침대 머리맡에 있는 창문에서 그 돌 위로 떨어졌지. 이런 생각이 지금은 아주 간단해 보이지만, 경찰은 덧문의 너비를 간과한 것과 똑같은 이유로 그것을 간과했어. 창문이 못으로 고정되어 있었기 때문에 경찰은 창문이 열렸을 가능성을 아예 생각지도 못한 거야.

이상과 같은 사실에 덧붙여, 그 방이 기묘하게 어질러져 있었다는 것을 제대로 고찰하면, 놀라운 운동 능력과 초인적인 힘, 흉포한 잔인성, 동기도 없는 살인 행위, 인간성을 벗어난 잔학 행위의 **기괴함**, 그리고 여러 나라 사람들의 귀에 들린 외국인 억양의 목소리, 뚜렷하게 구분되거나 이해할 수 있는 음절이 전혀 없었다는 점을 결합하는 단계에까지 이르렀네. 그러면 거기에서 어떤 결과가 나왔지? 내가 자네의 상 상력에 어떤 영향을 주었지?」

뒤팽이 이런 질문을 던졌을 때 나는 오싹 소름이 돋는 것 을 느꼈다. 「미치광이야.」 나는 말했다. 「가까운 정신병원에 서 탈출한 정신병자, 광기에 미쳐 날뛰는 미치광이가 저지른 짓이야.」

「어떤 점에서는 자네 생각이 그렇게 빗나간 것도 아니야.」 그가 대답했다. 「하지만 미치광이의 목소리는 아무리 심한 발작을 일으키고 있을 때라도 사람들이 계단에서 들은 그 독 특한 목소리와는 잘 들어맞지 않아. 미치광이도 어느 나라 사람일 테고, 그들이 하는 말도 내용에 두서가 없다 해도 음 절에는 일관성이 있지. 게다가 미치광이의 머리카락은 내가 지금 손에 쥐고 있는 이 털과 달라. 나는 이 털뭉치를 레스파 나예 부인의 움켜쥔 손가락에서 빼냈어. 이걸 어떻게 생각하 는지 말해 보게.」

「뒤팽!」 나는 기겁을 하여 말했다. 「정말 묘한 털이군. 이 건 절대로 인간의 머리털이 아니야.」

「나도 그게 인간의 머리털이라고 주장하진 않았어. 하지만 이 점에 대해 어떤 판단을 내리기 전에 이 종이에 그린 간단 한 스케치를 좀 봐주게. 이건 레스파나예 양의 목에서 발견 된 상처를 그대로 베낀 건데, 그 상처는 어떤 증언에서는 〈검 푸른 멍, 깊은 손톱자국〉이라고 묘사되었고, 또 다른 증언, 그러니까 의사인 뒤마 씨와 에티엔 씨의 증언에서는 〈손가락 으로 힘껏 눌러서 생긴 검푸른 반점들〉로 묘사되었지.」

친구는 우리 앞에 놓인 탁자 위에 그 종이를 펼치면서 말을 이었다. 「이 그림을 보면 범인이 피해자의 목을 꽉 움켜잡았다는 느낌을 줘. 손이 **미끄러지거나 손아귀 힘이 풀린** 흔적은 전혀 없어. 각각의 손가락은 아마 피해자가 죽을 때까지 처음과 똑같이 무시무시한 힘으로 목을 졸랐을 거야. 자, 이제는 자네의 다섯 손가락을 각각의 자국 위에 모두 동시에 올려놓아 보게.」

나는 그의 말대로 하려고 애써 보았지만 실패했다.

「지금 우리가 하고 있는 이 실험은 공정하지 않을지도 몰라.」 그가 말했다. 「이 종이는 평면에 펼쳐져 있지만 사람의 목은 원통형이니까. 여기에 나무토막이 있는데, 이 토막의 둘레는 사람의 목둘레와 비슷해. 그림을 이 나무토막 주위에 감고 다시 한번 실험해 보게.」

나는 그렇게 했지만, 어려움은 전보다 훨씬 더 명백해졌다. 「이건 절대로 사람 손자국이 아니야.」 나는 말했다.

「그럼, 퀴비에[14]의 동물학 저서에 나오는 이 구절을 읽어 보게.」 뒤팽이 대답했다.

그것은 동인도 제도[15]에 사는 거대한 황갈색 오랑우탄을 해부학적으로 상세히 설명해 놓은 대목이었다. 이 포유류의 거대한 체구, 막강한 힘과 활동력, 사나운 흉포성, 모방하기 좋아하는 성향은 아주 잘 알려져 있다. 나는 당장 이 살인 사

14 Georges Cuvier(1769~1832). 프랑스의 동물학자. 비교해부학자.
15 동남아시아의 말레이 제도를 가리키는 역사적인 명칭으로, 현재의 인도아 대륙·동남아시아·오세아니아 지역을 구분하기 위해 16세기부터 유럽인들이 사용한 용어다.

건의 무시무시한 전모를 깨달았다.

나는 그 대목을 다 읽고 나서 말했다.

「손가락에 대한 묘사는 이 그림과 정확하게 일치하는군. 여기에 언급된 오랑우탄을 제외하고는 어떤 동물도 자네가 베낀 것과 같은 손가락 자국을 남기지 못했을 거야. 이 황갈색 털뭉치도 퀴비에가 묘사한 그 짐승과 같은 특징을 갖고 있어. 하지만 나는 이 무서운 수수께끼의 구체적인 점들을 아직도 파악하지 못하겠어. 게다가 사람들은 **두 사람**이 말다툼하는 소리를 들었고, 그중 하나는 분명히 프랑스인의 목소리였어.」

「맞아. 그리고 사람들이 거의 만장일치로 그 목소리가 말했다고 증언한 표현이 뭔지는 자네도 기억할 거야. 사람들은 그 목소리가 〈맙소사!〉라고 말했다고 증언했어. 증인들 가운데 한 사람, 제과점 주인인 몬타니는 이 목소리가 그 상황에서 상대를 나무라거나 타이르는 말투였다고 표현했지. 그래서 나는 이 두 마디 말에 수수께끼를 해결할 희망을 걸었다네. 프랑스인은 살인을 인식하고 있었어. 그 사람은 실제로 일어난 잔학 행위에 전혀 가담하지 않았을 가능성도 있어. 아니, 그럴 가능성이 있다기보다는 가담하지 않은 게 거의 확실해. 오랑우탄은 그 사람한테서 도망쳤을 거야. 그 사람은 오랑우탄을 추적하여 그 방까지 왔겠지. 하지만 그 후 소란스러운 상황이 일어나는 바람에 오랑우탄을 다시 붙잡지 못했을 거야. 오랑우탄은 아직도 붙잡히지 않고 있어. 이건 어디까지나 추측일 뿐이야. 이게 추측이 아니라고 주장할 권리는 나한테 없으니까. 그리고 추측은 이 정도로 해두지. 이 추측의 근거가 된 고찰은 나 자신의 지성에 인정받을 만한 깊이를 갖고 있지 않고, 이 추측을 다른 사람에게 이해시키려고 애써 볼 생각도 없기 때문이야. 그러니까 우리는 그것을 추측이라고 부르고, 추측으로 다루기로 하세. 문제의 그 프랑스인이 내 추측대로 정말 이 잔학 행위에 가담하지 않았다면, 내가 어젯밤 집으로 돌아오는 길에 『르몽드』(해운업 관련 기사를 많이 실어서 선원들이 많이 보는 신문) 사무실에 맡겨 둔 이 광고가 그 사람을 우리 집으로 데려올 거야.」

그는 신문을 나에게 건네주었다. 그 신문에는 이런 광고가 실려 있었다.

포획물 — 금월 ××일 아침(살인이 일어난 날 아침) 일찍 불로뉴 숲에서 아주 커다란 보르네오종 황갈색 오랑우탄 한 마리를 잡았음. 주인(몰타 선적 선박의 선원으로 추정됨)이 신원을 밝히고 이 짐승을 잡아서 보호하느라 발생한 약간의 비용을 지불하면 되찾을 수 있음. 포부르생제르맹 ××가 ××번지 3층으로 찾아오기 바람.

「그 사람이 선원이고 몰타 선적 배에 소속되어 있다는 걸 도대체 어떻게 알 수 있었나?」 나는 물었다.

「사실 나도 알고 있는 건 **아니야.**」 뒤팽이 말했다. 「어쨌든 **확실하진 않아.** 하지만 여기 작은 리본이 있는데, 이런 형태와 기름때가 묻어 있는 걸 보면, 선원들이 좋아하는 길게 **땋아** 늘인 머리를 묶을 때 사용된 리본이 분명해. 게다가 이 매듭은 선원이 아니면 묶을 수 없는 것이고, 몰타 사람 특유의 매듭이야. 나는 이 리본을 피뢰침 발치에서 주웠는데, 이게 피해자의 리본이었을 리는 없어. 결국 이 리본에서 귀납법으로 추리해 낸 결론, 즉 그 프랑스인이 몰타 선적 선박의 선원이라는 결론이 틀렸다 해도, 광고에서 내가 그런 말을 한 것은 아무한테도 해가 되지 않을 거야. 내가 틀렸다면 그 사람은 그저 어떤 상황 때문에 내가 오해했다고 생각할 테고, 굳이 그게 어떤 상황인지 조사하려고 애쓰진 않을 거야. 하지만 만약 내가 옳다면 큰 점수를 딸 수 있어. 그 프랑스인이 살인을 저지르지는 않았더라도 그 사건을 목격했다면, 오랑우탄을 찾으러 오는 것을 주저하겠지. 그래서 그 사람은 이렇게 생각할 거야. 〈나는 죄가 없다. 돈도 없다. 오랑우탄은 큰 가치가 있는데, 나 같은 사람에게는 큰 재산이야. 그런데 내가 왜 위험할지도 모른다는 쓸데없는 걱정 때문에 그 재산을 잃어야 하지? 녀석은 지금 내 손이 닿는 곳에 있어. 게다가 녀석은 불로뉴 숲에서 발견되었지. 살인 현장에서 멀리 떨어진 곳이야. 어떤 짐승이 그런 짓을 했을 거라고 누가 짐작이나 할까? 경찰도 당황하여 손을 들었어. 실낱같은 단서조차 잡지 못했지. 경찰이 동물 흔적을 발견한다 해도 내가 살인 사건을 알고 있었다는 사실을 입증하지는 못할 테고, 알고 있었다는 이유로 나한테 죄를 물을 수도 없을 거야. 무엇보다 나는 이미 알려져 있는 상태야. 광고를 낸 사람은 나를 녀석의 주인이라고 지목했어. 그가 어디까지 알고 있는지는 모르지만, 내가 주인이라는 게 이미 알려져 있는데, 그렇게 귀중한 재산에 대한 소유권을 주장하지 않으면 녀석이 무슨 잘못을 저지른 것으로 의심받게 될 거야. 나나 녀석이 남의 주의를 끄는 것은 바람직한 일이 못 돼. 광고에 응해서 오랑우탄을 되찾은 다음, 이 문제가 잠잠해질 때까지 녀석을 꽁꽁 숨겨 둬야겠어.〉」

바로 그때, 계단을 올라오는 발소리가 들렸다.

「권총을 준비해 둬.」 뒤팽이 말했다. 「하지만 내가 신호를 보낼 때까지는 사용하지도 내보이지도 말게.」

현관문을 열어 두었기 때문에 손님은 초인종도 울리지 않고 안으로 들어와서 계단을 올라왔다. 그런데 문득 망설이는 것 같았다. 우리는 곧 그가 계단을 내려가는 소리를 들었다. 뒤팽이 재빨리 문으로 다가가고 있을 때 다시 계단을 올라오는 소리가 들렸다. 이번에는 멈추거나 하지 않고 단호한 걸음으로 올라와 우리 방문을 두드렸다.

「들어오시죠.」 뒤팽이 친근감이 달린 쾌활한 어조로 말했다.

한 사내가 들어왔다. 그는 분명 선원이었다. 키가 크고 건장하고 근육이 단단해 보였다. 얼굴에는 물불 가리지 않는 듯한 도발적인 표정을 띠고 있었으나, 호감을 주지 못하는 인상은 아니었다. 햇볕에 그을린 얼굴은 구레나룻과 콧수염에 절반 이상이 가려져 있었다. 그는 굵은 참나무 막대기를 들고 있었지만, 그것을 제외하면 어떤 무기도 갖고 있지 않은 것 같았다. 그는 어색하게 절을 하고 프랑스식 억양으로 〈안녕하슈?〉 하고 인사를 했다. 뇌샤텔[16] 지방의 억양이 약간 섞여 있었지만, 그래도 파리 출신이라는 것을 알 수 있었다.

「앉으세요.」 뒤팽이 말했다. 「오랑우탄 때문에 오셨겠죠? 이거 참, 그런 동물의 주인이라니 정말 부럽습니다. 아주 훌륭한 놈이던데, 값도 비싸겠지요? 몇 살쯤 됐나요?」

선원은 견딜 수 없이 무거운 짐을 내려놓은 사람 같은 태도로 숨을 길게 내쉬고는 안심한 어조로 대답했다.

「잘은 모르지만 네다섯 살쯤 됐을 겁니다. 여기 있나요?」

「아, 아닙니다. 여기엔 둘 만한 곳이 마땅치 않아서요. 녀석은 근처 뒤부르가의 마구간에 있습니다. 내일 아침에는 데려갈 수 있어요. 물론 당신이 소유주라는 것을 입증할 준비는 되어 있겠죠?」

「물론입니다.」

「녀석과 헤어지기가 아쉽군요.」

「그렇게 수고를 하셨는데, 거저 돌려받을 생각은 아닙니다. 그런 건 기대도 하지 않았어요. 녀석을 찾아 준 보답으로 기꺼이 사례를 할 작정입니다. 합당한 요구라면 뭐든지…….」

「그러시군요. 어디 한번 생각해 봅시다! 뭘 받는 게 좋을까? 아아, 그렇지. 이렇게 합시다. 모르그가에서 일어난 살인 사건에 대해 알고 있는 정보를 나한테 다 주세요.」

뒤팽은 마지막 말을 아주 낮은 목소리로 천천히 했다. 그러고는 아주 조용히 문 쪽으로 걸어가서 문을 잠그고 열쇠를 주머니에 넣었다. 그런 다음 품에서 권총을 꺼내더니 아주 침착하게 탁자 위에 내려놓았다.

16 스위스 중서부에 있는 지역. 프랑스어가 제1공용어다.

선원은 숨이 막혀 버둥대는 것처럼 얼굴이 붉어졌다. 그는 벌떡 일어나 참나무 막대기를 잡았지만, 다음 순간 자리에 털썩 주저앉더니 몸을 부들부들 떨었다. 그의 얼굴은 송장처럼 창백했다. 그는 한마디도 하지 않았다. 나는 동정을 금치 못했다.

「이봐요.」 뒤팽이 친근한 어조로 말했다. 「겁먹을 필요 없어요. 정말입니다. 우리는 당신을 해칠 생각이 전혀 없어요. 신사로서 프랑스인의 명예를 걸고 맹세하건대, 우리는 절대로 당신을 해치려는 게 아닙니다. 모르그가에서 일어난 그 잔혹한 살인을 당신이 저지르지 않았다는 건 나도 잘 알고 있어요. 하지만 그 사건에 어느 정도 연루되어 있다는 사실은 부인할 수 없겠지요. 내가 이 정도 말했으면 당신도 알았겠지만, 이 사건에 대해서는 나도 정보망을 가지고 있지요. 당신은 꿈에도 생각지 못했겠지만. 지금 상황이 그래요. 당신은 하지 않아도 될 일은 전혀 하지 않았어요. 말하자면 죄가 될 만한 짓은 아무것도 하지 않았지요. 당신은 훔칠 수도 있었을 텐데 도둑질도 하지 않았어요. 당신은 아무것도 감출 게 없어요. 감춰야 할 이유가 전혀 없으니까요. 그와 반대로, 당신은 자신의 명예를 걸고 당신이 알고 있는 것을 모두 털어놓아야 합니다. 당신은 범죄자를 지목할 수 있는 입장인데도 그걸 하지 않았기 때문에 무고한 사람이 지금 감옥에 갇혀 있단 말입니다.」

선원은 뒤팽이 이런 말을 하는 동안 침착성을 꽤 많이 되찾았지만, 당초의 대담한 태도는 온데간데없었다.

「이런 세상에!」 선원은 잠깐 말을 끊었다가 다시 이었다. 「좋습니다. 이 사건에 대해 내가 알고 있는 건 뭐든지 다 말씀드리죠. 하지만 당신은 내 말의 절반도 믿지 않을 겁니다. 내 말의 절반이라도 믿어 주기를 기대한다면 내가 어리석은 놈이겠지요. 하지만 나는 결백합니다. 설령 그 때문에 죽게 된다 해도 몽땅 털어놓겠습니다.」

그가 말한 내용을 요약하면 대충 이렇다. 그는 최근에 동인도 제도를 항해했는데, 그를 포함한 몇 명이 보르네오섬에 상륙하여 오지로 소풍 삼아 탐험하러 들어갔다. 거기서 그와 동료 한 명이 그 오랑우탄을 잡았다. 그런데 동료가 죽는 바람에 오랑우탄은 그의 소유가 되었다. 고국으로 항해하는 동안 오랑우탄이 너무 사납게 굴어서 곤욕을 치렀지만, 마침내 그는 파리에 있는 집까지 오랑우탄을 무사히 데려올 수 있었다. 오랑우탄은 배에서 쪼개진 나뭇조각에 찔려 발에 상처를 입었는데, 그 상처가 나을 때까지 그는 이웃 사람들의 불쾌한 호기심을 끌지 않도록 조심스럽게 오랑우탄을 숨겨 두었다. 그리고 때가 되면 오랑우탄을 팔아 치울 작정이었다.

살인 사건이 일어난 날 밤, 아니 새벽에 그가 동료 선원들을 만나 즐겁게 놀다가 집으로 돌아와 보니 오랑우탄이 그의 침실을 차지하고 있었다. 그는 오랑우탄을 침실 옆에 딸린 벽장에 안전하게 가두어 두었다고 생각했지만, 오랑우탄은 벽장에서 탈출하여 침실에 침입한 것이었다. 오랑우탄은 손에 면도칼을 들고 얼굴에 비누 거품을 잔뜩 칠한 채 거울 앞에 앉아서 면도질을 하려고 애쓰는 참이었다. 벽장의 열쇠

구멍으로 주인이 면도하는 것을 지켜본 게 분명했다. 그렇게 위험한 흉기를 그렇게 사나운 동물이 갖고 있는 것을 보고, 게다가 그 흉기를 그렇게 잘 쓸 수 있는 것을 보고 간담이 서늘해진 선원은 어떻게 해야 좋을지 몰라서 잠시 당황했다. 하지만 그는 오랑우탄이 가장 사나워졌을 때에도 채찍을 사용하여 진정시키는 데 익숙해져 있었다. 이번에도 그는 채찍을 집어 들었다. 그것을 본 오랑우탄은 당장 문밖으로 뛰쳐나가더니 계단을 내려가, 불행히도 열려 있던 창문을 통해 길거리로 나갔다.

프랑스인 선원은 필사적으로 오랑우탄을 뒤쫓았다. 오랑우탄은 여전히 면도칼을 손에 쥔 채 이따금 멈춰 서서 뒤를 돌아보며, 자기를 쫓아오는 주인에게 빨리 오라고 손짓했다. 주인이 거의 따라잡을 때까지 그러고 있다가 다시 도망쳤다. 이런 짓이 되풀이되면서 오랫동안 계속되었다. 새벽 3시가 가까웠기 때문에 거리는 아주 조용했다. 모르그가의 뒷골목을 지나갈 때, 레스파나예 부인의 4층 침실의 열린 창문에서 흘러나온 한 줄기 불빛이 이 쫓기던 오랑우탄의 관심을 사로잡았다. 그 건물로 달려간 오랑우탄은 피뢰침을 발견하고 믿을 수 없을 만큼 민첩한 동작으로 피뢰침을 기어오르더니, 벽에 닿을 정도로 활짝 열린 덧문을 잡고는 거기에 매달렸다. 그런 다음 반동을 이용하여 곧장 침대 머리판 위로 뛰어들었다. 이런 곡예를 부리는 데 1분도 걸리지 않았다. 덧문은 오랑우탄이 방으로 들어갈 때 발로 걷어차서 다시 열렸다.

한편 선원은 이제 됐다 싶었지만 동시에 난처하게 됐다는 느낌도 들었다. 됐다 싶었던 것은 오랑우탄을 다시 잡을 수 있는 가능성이 커졌기 때문이다. 오랑우탄이 과감하게 들어간 함정에서 달아나려면 피뢰침을 타고 내려올 수밖에 없는데, 그렇게 내려오는 도중에 붙잡을 수 있을 터였다. 반면에 걱정이 된 것은 오랑우탄이 그 집에서 무슨 짓을 저지를지 알 수 없었기 때문이다. 이 걱정 때문에 선원은 계속 오랑우탄을 뒤쫓았다. 피뢰침을 타고 오르는 것도 선원에게는 어렵지 않았다. 그는 피뢰침을 기어올라 창문과 같은 높이에 이르렀지만, 창문이 왼쪽으로 너무 멀리 떨어져 있어서 더 이상 나아갈 수가 없었다. 그가 할 수 있는 일은 기껏해야 실내를 엿볼 수 있도록 몸을 한껏 내미는 것뿐이었다. 이렇게 실내를 엿보다가 그는 공포에 질려 하마터면 피뢰침에서 떨어질 뻔했다. 모르그가의 주민들이 깜짝 놀라 잠에서 깨어난 것은 한밤중에 울려 퍼진 그 소름 끼치는 비명 소리 때문이었다. 레스파나예 모녀는 잠옷을 입은 채, 앞에서 언급한 철제 금고에 들어 있는 서류를 정리하고 있었던 듯하다. 금고는 방 한가운데로 끌려 나와 있었다. 금고는 열려 있었고, 금고에 들어 있던 내용물은 금고 옆 바닥에 놓여 있었다. 피해자들은 창문을 등지고 앉아 있었던 모양이다. 오랑우탄이 방에 침입했을 때부터 비명이 울릴 때까지 시간을 생각해 보면, 모녀는 오랑우탄의 침입을 즉각 알아차리지 못했던 것 같다. 덧문이 움직인 것을 당연히 바람 탓으로 여겼을 것이다.

선원이 방을 들여다보았을 때, 그 거대한 동물은 레스파나예 부인의 풀어진 머리채를 움켜잡고 이발사가 하듯이 면도칼을 그녀의 얼굴 주위에서 휘두르고 있었다. 딸은 엎드린 채 꼼짝도 하지 않았다. 그녀는 기절해 있었다. 노부인이 비명을 지르며 몸부림치는 바람에(그때 두피에서 머리털이 뽑혔다), 처음엔 평화적이었던 오랑우탄의 의도가 격렬한 분노로 바뀌었다. 오랑우탄이 억센 팔을 한 번 휘두르자 그녀의 머리가 몸에서 거의 떨어져 나갔다. 피를 본 오랑우탄의 분노는 광기로 타올랐다. 흥분한 오랑우탄은 이를 북북 갈고 눈알을 번득이면서 딸에게 덤벼들어, 무시무시한 발톱을 딸의 목에 박아 넣고 숨이 끊어질 때까지 움켜잡고 있었다. 이리저리 사방을 살피던 오랑우탄의 사나운 눈길이 그 순간 침대 머리판 위에 이르렀다. 그 머리판 위에는 공포에 질린 주인의 얼굴이 있었다. 주인의 얼굴을 알아본 오랑우탄은 그 무서운 채찍을 아직도 기억하고 있었던 모양이다. 주인을 본 순간 오랑우탄의 분노는 당장 두려움으로 바뀌었다. 매를 맞아 마땅한 짓을 저지른 것을 알고는 자신의 잔인한 짓을 감추고 싶었던 것 같다. 잔뜩 흥분한 오랑우탄은 방을 이리저리 뛰어다니며 가구를 내던져 부수고, 매트리스를 침대에서 질질 끌어 내렸다. 마지막에는 딸의 시체를 움켜잡아 굴뚝 속에 처박아 넣었다. 그래서 발견되었을 때 딸은 굴뚝에 거꾸로 처박혀 있었던 것이다. 이어서 오랑우탄은 노부인의 시체를 집어 들어 창밖으로 내던졌고, 노부인은 4층에서 거꾸로 떨어졌다.

오랑우탄이 난도질한 시체를 들고 창문으로 다가가자 선원은 소스라치게 놀라서 피뢰침에 매달린 채 몸을 움츠렸다.

그러고는 피뢰침을 타고 내려갔다기보다 주르르 미끄러져서 한달음에 집으로 돌아갔다. 이 참극의 결과가 두려운 나머지 오랑우탄의 운명에 대한 걱정 따위는 염두에도 없었다. 계단에서 사람들이 들은 말은 이 프랑스인 선원이 공포와 놀라움에 사로잡혀 내지른 외침과 오랑우탄이 질러 댄 으르렁거림이 한데 뒤섞인 소리였다.

이제 덧붙일 말은 거의 없다. 오랑우탄은 사람들이 문을 부수고 들어가기 직전에 방에서 피뢰침을 타고 탈출한 게 분명하다. 창문은 오랑우탄이 통과했을 때 저절로 닫혔을 것이다. 그 후 오랑우탄은 주인에게 붙들렸고, 주인은 오랑우탄을 파리 동물원에 팔아서 큰돈을 벌었다. 우리가 경찰청장실에서 상황을 설명하자(뒤팽이 논평도 보탰다) 르봉은 즉시 석방되었다. 경찰청장은 내 친구에게 호의를 갖고 있었지만, 사건이 그런 식으로 해결된 것에 대해 유감스러운 기분을 감추지 못하고, 모든 사람이 남의 일에 참견하지 않는 예절을 지켜야 한다고 한두 마디 빈정거리고 싶은 마음도 억누르지 못했다.

「멋대로 말하게 내버려 둬.」대꾸할 필요가 없다고 생각하고 넘어간 뒤팽은 나중에 말했다. 「마음대로 말하라지. 그러면 양심의 가책을 덜 수 있을 거야. 나는 그 양반의 세력권에서 그를 이긴 것으로 만족해. 그럼에도 불구하고 그가 이 수수께끼를 해결하는 데 실패한 것은 결코 그가 생각하는 것처럼 놀랄 만한 일은 아니야. 사실 경찰청장은 너무 약삭빨라서 깊이가 없어. 그의 지혜에는 꽃으로 말하면 **수술**이 없는 거나 마찬가지야. 라베르나[17]의 그림처럼 머리만 있고 몸은 전혀 없어. 아니, 기껏해야 대구 같은 생선처럼 머리와 어깨만 있지. 하지만 그는 그래도 좋은 사람이야. 나는 그의 위선적인 말솜씨 때문에 특히 마음에 들어. 그 덕분에 재간이 뛰어나다는 평판을 얻었지만 말이야. 내 말은 그가 ⟨*de nier ce gui est, et d'expliquer ce qui n'est pas*(있는 것을 부정하고 없는 것을 설명하는)⟩[18] 능력이 뛰어나다는 뜻이야.」

17 로마 신화에 나오는 도둑과 사기꾼의 수호 여신.
18 장자크 루소의 『신(新) 엘로이즈』에 나오는 구절 — 원주.

소용돌이 속으로 떨어지다

섭리에서 그렇듯 자연에서 행하는 신의 방식은 우리의 방식과 다르다.
신의 행사는 **데모크리토스**[1]**의 우물보다 깊어서**, 우리가 만드는
모델로는 그 방대함과 심오함, 신비함을 따라갈 수 없다.
— 조지프 글랜빌[2]

우리는 방금 가장 높은 바위산 정상에 다다랐다. 노인은
완전히 녹초가 되어 몇 분 동안은 말할 기력도 없는 듯했다.

「얼마 전이었다면,」 마침내 노인이 입을 열었다. 「나도 이
길을 막내아들만큼 잘 안내할 수 있었을 겁니다. 하지만 3년
쯤 전에 어떤 인간도 겪어 본 적 없는 사건이 나한테 일어났
지요. 아니, 그런 일을 겪고도 살아남아서 그 이야기를 한 사
람은 지금까지 아무도 없었어요. 그때 나는 여섯 시간 동안
이나 지독한 공포를 겪었는데, 그 때문에 내 몸과 영혼이 망
가지고 말았지요. 당신은 나를 **아주** 나이 많은 노인네로 생각
하겠지만 사실은 그렇지 않습니다. 하루도 못 되는 사이에
칠흑처럼 새까맣던 머리가 백발로 바뀌고 팔다리는 허약해
지고 신경은 쇠약해져서, 이제는 조금만 힘을 써도 몸이 덜덜
떨리고 그림자만 봐도 기겁을 하게 되었지요. 이런 보잘것없
는 벼랑을 잠깐만 내려다봐도 현기증이 날 지경이랍니다.」

---

1 Democritos(B.C. 460?~B.C. 370?). 고대 그리스의 철학자.
2 Joseph Glanville(1636~1680). 영국의 철학자.

그 〈보잘것없는 벼랑〉 끝에서 그는 아무렇게나 널브러진 채 몸의 중심을 벼랑 너머로 내밀며 쉬고 있었다. 그가 벼랑 아래로 떨어지지 않게 막아 주는 것은 미끌미끌한 벼랑 가장 자리에 대고 있는 팔꿈치뿐이었다. 이 〈보잘것없는 벼랑〉은 눈 아래쪽의 울퉁불퉁한 너설 지대에서 1천5백 내지 1천6백 피트 높이로 깎아지른 듯이 솟아 있는 반들반들한 검은빛 암 벽이었다. 나는 무엇으로 유혹해도 그 벼랑 끝에서 6야드 안 으로는 다가가지 못했을 것이다. 사실 나는 안내인의 위태위 태한 자세에 마음을 졸이면서, 땅바닥에 납작 엎드려 주위에 있는 관목을 움켜잡고 매달린 채 감히 하늘을 쳐다볼 엄두도 내지 못하고, 맹렬히 불어오는 바람 때문에 산의 토대 자체 가 무너지는 게 아닐까 하는 생각을 마음속에서 몰아내려고 애썼지만 소용이 없었다. 한참 뒤에야 겨우 일어나 앉아서 먼 곳을 바라볼 용기를 끌어낼 수 있었다.

「여기서 마음에 떠오르는 터무니없는 생각들을 이겨 내야 합니다.」 안내인이 말했다. 「내가 아까 말한 사건의 현장을 가장 잘 볼 수 있는 이곳으로 당신을 데려온 것은, 그 현장을 당신 눈으로 직접 내려다볼 수 있는 곳에서 사건의 자초지종 을 말씀드리기 위해서니까요.」

안내인은 그 특유의 말투로 이야기를 계속했다.

「우린 지금 노르웨이 해안에서 가까운…… 북위 68도…… 노를란주…… 로포텐군의 황량한 곳에 있습니다. 우리가 앉 아 있는 이 꼭대기는 헬세겐의 정상인데, 〈구름 산〉이라는 뜻 이지요. 몸을 조금만 들어 올려서…… 현기증이 나거든 풀을 꼭 잡으세요…… 네, 그렇게요…… 우리 밑에 띠처럼 이어져 있는 안개 너머 바다를 내다보세요.」

나는 어지러워서 눈이 핑핑 돌았지만 드넓은 바다를 바라보았다. 바닷물은 잉크처럼 검푸른 색깔을 띠고 있어서, 누비아[3]의 지리학자가 쓴 『어둠의 바다』에 대한 설명이 당장 생각났다. 인간의 상상력으로는 이보다 더 비참할 만큼 쓸쓸한 파노라마를 상상할 수 없을 것이다. 좌우로는 눈길이 닿는 곳까지 바다 위로 불쑥 튀어나온 검은빛 벼랑이 세상의 방벽처럼 이어져 있었다. 벼랑에 부딪히며 치솟아 하얗게 부서지는 파도의 무시무시한 물마루, 끊임없이 울부짖으며 비명을 지르는 파도가 그 방벽의 음울한 성질을 좀 더 설득력 있게 보여 주었다. 우리가 있는 곶(串) 바로 건너편, 여기서 5~6마일 떨어진 바다에 황량해 보이는 작은 섬 하나가 눈에 띄었는데, 좀 더 정확히 말하면 섬을 둘러싼 거친 파도 사이로 섬의 위치를 분간할 수 있었다. 거기서 육지 쪽으로 2마일쯤 들어온 곳에 그보다 더 작은 섬이 또 하나 보였다. 섬뜩할 만큼 울퉁불퉁하고 메마른 그 섬은 검은 바위들로 둘러싸여 있었고, 여러 개가 모여 떼를 이룬 그 바위들은 다양한 간격을 두고 이어져 있었다.

더 멀리 있는 섬과 해안 사이의 바다는 매우 색다른 특징을 갖고 있었다. 그때는 강한 바람이 육지 쪽으로 불어오고 있어서, 먼 앞바다에 있던 쌍돛대 범선은 작은 세로돛을 편 채 뱃머리를 바람이 불어오는 쪽으로 돌리고 멈춰 섰지만,

3 고대 아프리카 북동부에 있었던 지명.

끊임없이 선체 전체가 시야에서 사라졌다. 그래도 일정한 간격으로 밀려오는 큰 파도 같은 것은 전혀 없었고, 단지 사방 팔방으로 밀려가면서 — 다른 상황에서와 마찬가지로 세찬 바람 앞에서도 바람을 무릅쓰고 — 서로 교차하는 짧고 빠르고 성난 물결이 있을 뿐이었다. 물거품은 바위 근처를 제외하고 거의 없었다.

「멀리 있는 저 섬은,」 노인은 다시 말을 이었다. 「노르웨이 사람들이 베뢰위라고 부릅니다. 중간에 있는 섬은 모스켄이고, 북쪽으로 1마일쯤 떨어져 있는 저 섬은 암보렌이지요. 저쪽에 있는 섬들은 이슬레센, 호톨름, 케일헬름, 수아르벤, 북홀름입니다. 더 멀리 떨어져 있는, 그러니까 모스켄과 베뢰위 사이에 있는 섬은 오테르홀름, 플리멘, 산플레센, 스톡홀름이고요. 저 섬들의 실제 이름이랍니다. 그런데 도대체 무엇 때문에 저런 섬들에 이름을 붙일 필요가 있다고 생각했는지, 도무지 이해할 수가 없어요. 무슨 소리가 들리지 않나요? 바다에서 무슨 변화가 일어나는 게 보이지 않습니까?」

우리가 헬세겐 정상에 올라온 지 10분쯤 지났다. 우리는 로포텐섬 안쪽에서 벼랑 위로 올라갔기 때문에, 정상에서 갑자기 시야가 트일 때까지는 바다를 전혀 보지 못했다. 노인이 그렇게 물었을 때에야 나는 점점 커지는 요란한 소리를 의식하게 되었다. 그 소리는 미국의 대초원에서 거대한 들소 무리가 울부짖는 소리 같았다. 동시에 나는 뱃사람들이 〈삼각파〉[4]라고 부르는 물결이 동쪽으로 흐르는 해류로 급속히

4 진행 방향이 다른 둘 이상의 물결이 부딪쳐서 생기는 불규칙한 물결. 이

바뀌고 있음을 감지했다. 이 해류는 내가 보고 있는 동안에
도 속도가 엄청나게 빨라졌다. 시시각각으로 빨라져서 격렬
하게 곤두박질할 기세였다. 5분 만에 베뢰위섬까지 이르는
바다 전체가 억누를 수 없는 분노에 사로잡힌 것처럼 사납게
몸부림을 쳤다. 하지만 가장 큰 소란이 지배한 것은 모스켄
섬과 해안 사이였다. 여기서는 드넓은 바다가 서로 충돌하는
수많은 물길로 찢어져서 상처가 남았고, 갑자기 사납게 경련
을 일으키고 높이 치솟고 들끓고 으르렁대면서 거대하고 무
수한 소용돌이가 되어 빙빙 돌았다. 그리고 세차게 소용돌이
치면서 동쪽을 향해 빠르게 돌진했다. 벼랑에서 떨어지는 폭
포를 제외하고는 어디에서도 물이 그렇게 빠른 속도로 흐를
수 없었다.

　몇 분이 지나자 바다에는 또 다른 급격한 변화가 일어났
다. 수면 전체가 더 매끄러워지고 소용돌이들이 하나씩 사라
졌다. 그와 동시에 전에는 거품이 전혀 보이지 않았던 곳에
거대한 거품 띠가 또렷이 나타났다. 마침내 이 거품 띠들은
아주 멀리까지 뻗어 나가다가 서로 합쳐졌고, 거품이 차츰
가라앉으면서 소용돌이들이 선회 운동을 하기 시작했다. 이
제 거품 띠는 또 다른 거대한 소용돌이의 근원을 형성하는
것처럼 보였다. 이것은 갑자기, 참으로 느닷없이, 지름이 반
마일 넘는 뚜렷하고 명확한 소용돌이가 되었다. 소용돌이의
가장자리를 나타내는 것은 반짝이는 물보라로 이루어진 넓
은 띠였다. 하지만 이 물보라에서 소용돌이의 무시무시한 깔

렇게 형성된 물결은 원래 물결보다 2~3배 높고 위력이 크다

때기 속으로 미끄러져 들어간 물방울은 하나도 없었다. 눈으로 볼 수 있는 한, 깔때기의 내부는 매끄럽고 반짝거리는 새까만 물의 벽이었다. 이 물의 벽은 수평선 쪽으로 45도쯤 기울어져 있었고, 흔들흔들하면서 땀투성이가 되어 눈이 핑핑 돌 만큼 빠른 속도로 빙빙 돌고 있었다. 그리고 바람을 향해 비명 소리와 포효 소리가 뒤섞인 듯한 섬뜩한 목소리를 보내고 있었다. 거대한 나이아가라 폭포조차 고통에 몸부림치면서 그런 소리를 하늘로 올려 보내지는 않는다.

산은 기슭까지 흔들렸고 암벽도 진동했다. 나는 신경이 극도로 흥분한 나머지 땅바닥에 납작 엎드린 채 듬성듬성 돋아나 있는 풀을 움켜잡고 매달렸다.

「이게 바로,」 마침내 나는 노인에게 말했다. 「그 유명한 소용돌이 마엘스트룀이군요. 절대로 다른 것일 리가 없어요.」

「때로는 그런 이름으로 불리기도 하지요.」 노인이 말했다. 「우리 노르웨이 사람들은 중간에 있는 모스켄섬의 이름을 따서 모스켄스트룀이라고 부른답니다.」

이 소용돌이에 대한 통상적인 설명은 내가 실제로 본 것과 딴판이어서, 나는 전혀 마음의 준비가 되어 있지 않았다. 요나스 라무스[5]의 설명이 아마도 가장 상세하겠지만, 그것조차도 그 광경의 장엄함이나 공포스러움, 또는 처음 본 사람을 당황케 하는 **생경한** 느낌은 조금도 전해 주지 못한다. 그 저자가 어떤 위치에서 그것을 관찰했는지 또는 언제 보았는지도 확실치 않지만, 헬세겐 정상에서 바라보았거나 폭풍우가 몰

5 Jonas Ramus(1649~1718). 노르웨이의 목사, 역사학자.

아치고 있을 때 보지 않은 것만은 확실하다. 하지만 그의 서술 가운데 일부 대목은 비록 그 광경의 강렬한 인상을 전달하기에 효과가 너무 미미하다 해도, 그 상세함 때문에 인용할 가치가 있을지도 모른다.

그는 이렇게 서술하고 있다.

로포텐과 모스켄 사이의 수심은 36 내지 40패덤이지만, 베뢰위 쪽에서는 수심이 얕아져 배들이 암초에 부딪혀 난파할 위험을 각오하지 않고는 통행할 수 없을 정도다. 이런 사고는 바다가 가장 잔잔한 날씨에도 일어난다. 만조 때는 조류가 로포텐과 모스켄 사이의 해역을 아주 거칠게 빠른 속도로 가득 채운다. 하지만 물이 바다 쪽으로 맹렬하게 빠져나가는 썰물 때의 으르렁거리는 소리는 가장 요란한 소리를 내며 떨어지는 가장 무서운 폭포조차 비교가 되지 않는다. 그 소리는 몇 리그나 떨어진 곳에서도 들릴 정도이고, 소용돌이 즉 바다의 함정이 너무 크고 깊어서, 배가 그 영향권에 들어갔다가는 그 흡인력에 휩쓸려 바닥까지 끌려 내려가는 것을 피할 수 없다. 그리고 바닥에 도달하면 바위에 부딪혀 산산조각 나고 만다. 그러다가 바다가 잔잔해지면 파편들은 다시 수면 위로 떠오른다. 하지만 이렇게 바다가 평온해지는 것은 밀물과 썰물이 바뀔 때, 그것도 날씨가 온화해서 바람이 잔잔할 때뿐이다. 그나마도 기껏해야 15분 정도밖에 지속되지 않고, 15분이 지나면 바다는 다시금 사나워지기 시작한다. 조류가 가장 거칠고 폭풍우 때문에 그 격렬함이 더욱 고조되면, 소용돌이에서 반경 1노르웨이마일[6] 안으로 들어가는 것은 위험하다. 보트나 요트나 선박은 소용돌이의 영향권 안으로 들어가기 전에 미리 대비하여 반대 방향으로 나아가지 않으면 휩쓸리고 만다. 고래가 이 소용돌이에 너무 가까이 다가왔다가 그 흡인력에 빨려드는 일도 자주 일어나는데, 그때 소용돌이에서 벗어나려고 부질없이 몸부림치는 고래들의 울부짖는 소리는 뭐라고 형언할 수가 없다. 한번은 로포텐에서 모스켄으로 헤엄쳐 가려던 곰 한 마리가 소용돌이에 휩쓸려 밑으로 끌려 들어가면서 울부짖는 끔찍한 소리가 해안까지 들려온 적도 있었다. 커다란 전나무와 소나무 줄기가 조류에 휘말려 소용돌이 바닥으로 끌려 들어갔다가 부서지고 쪼개진 채 수면 위로 다시 올라오면, 하도 심하게 상해서 마치 나무줄기에 빳빳한 털이 돋아난 것처럼 보일 정도다. 이런 사실로 미루어 소용돌이 밑바닥은 울퉁불퉁한 바위로 이루어져 있고 나무줄기는 그 바위들 사이로 이리저리 휘둘렸다는 것을 알 수 있다. 이 조류를 조절하는 것은 밀물과 썰물이다. 바다는 여섯 시간을 주기로 수위가 높아지는 만조와 수위가 낮아지는 간조를 끊임없이 되풀이한다. 1645년, 사순절 전의 두 번째 일요일 새벽에는 조류가 너무 요란한 소리를 내며 맹렬하게 밀려와서 해안에 있는 집들의 석축이 무너져 내린 적도 있었다.

6 거리의 단위로, 1노르웨이마일은 약 10킬로미터.

수심에 대해 말하자면, 소용돌이 바로 옆에 있던 사람이 도대체 어떻게 수심을 확인할 수 있었는지 나로서는 납득이 가지 않았다. 〈40패덤〉은 모스켄섬이나 로포텐섬의 해안과 가까운 수로 부분에만 해당하는 게 분명하다. 모스켄스트룀의 중심부에서는 수심이 그보다 훨씬 깊을 것이다. 헬세겐 정상의 바위산에서 소용돌이의 심연 속을 슬쩍 내려다보기만 해도 그 증거를 얻을 수 있다. 아마 그보다 더 좋은 증거는 필요 없을 것이다. 나는 이 바위산에 올라가 밑에서 울부짖는 플레게톤[7]을 내려다보면서, 정직한 요나스 라무스가 고래와 곰의 일화를 믿기 어려운 일이라고 기록한 단순함에 미소를 지을 수밖에 없었다. 사실 나에게는 이 세상에 존재하는 가장 큰 선박도 일단 그 치명적인 흡인력의 영향권 안에 들어가면 폭풍 속의 깃털처럼 아무런 저항도 못하고 당장 송두리째 사라질 게 뻔하다는 것이 너무나 자명한 일로 보였기 때문이다.

이 현상을 밝히려는 시도들 — 그중 어떤 것은 읽을 때 그럴듯해 보였다 — 은 이제 전과 달리 만족스럽지 못한 양상을 띠게 되었다. 일반적으로 받아들여지고 있는 견해는 페로 제도[8]의 섬들 사이에 있는 세 개의 더 작은 소용돌이와 마찬가지로 이 소용돌이도 〈만조와 간조 때 오르내리는 물이 암초와 여울목의 융기에 부딪혀 생기는 것일 뿐, 다른 원인은

7 그리스 신화에서 사람이 죽은 뒤 저승으로 가기 위해 건너야 하는 다섯 개의 강 가운데 세 번째인 불의 강.
8 대서양 북부, 아이슬란드와 셰틀랜드 제도 중간에 있는 덴마크령 제도.

존재하지 않는다. 암초와 여울목이 물의 흐름을 막기 때문에 물이 폭포처럼 갑자기 아래로 떨어진다. 그래서 밀물 때 수위가 더 높이 올라갈수록 더 깊이 떨어질 수밖에 없고, 이 모든 현상의 자연스러운 결과는 소용돌이다. 그 흡인력이 얼마나 강력한가 하는 것은 아주 작은 규모의 실험을 해보면 알 수 있다〉라는 것이다. 이것은 『브리태니커 백과사전』에 나오는 설명이다. 키르허[9]나 그 밖의 학자들은 마엘스트룀 한복판에 심연이 있는데, 이 심연은 지구를 관통하여 아주 멀리 떨어진 해역 — 보트니아만[10]이라고 명확하게 지목한 경우도 있다 — 에서 분출한다고 상상한다. 이 견해 자체는 아무 근거도 없는 것이지만, 실제로 마엘스트룀을 보았을 때 나의 상상력이 가장 흔쾌히 동의한 견해였다. 내가 그렇다고 말했더니 안내인은, 노르웨이 사람은 거의 다 그런 생각을 갖고 있지만 자기는 생각이 다르다고 말했다. 이 말을 듣고 나는 놀랐다. 앞의 백과사전에 실려 있는 설명에 대해서도 그는 이해하기 어렵다고 털어놓았는데, 이 점에서는 나도 같은 생각이었다. 이론상으로는 아무리 결정적인 견해라 해도, 그 심연에서 울려 퍼지는 우레 같은 소리를 들으면 그것이 전혀 이해할 수 없고 터무니없어 보이기까지 하기 때문이다.

「이젠 소용돌이를 실컷 보셨을 테지요.」 노인이 말했다. 「이 바위산을 내려가서 바람이 안 닿는, 그래서 시끄러운 파

9 Athanasius Kircher(1601~1680). 독일의 자연과학자, 수학자, 고고학자. 예수회 수도사.

10 유럽 북서부 발트해 북쪽에 있는 만. 핀란드와 스웨덴 사이에 끼여 있다.

도 소리가 안 들리는 곳에 이르면 해드릴 이야기가 있습니다. 그 이야기를 들으면 내가 모스켄스트룀에 대해 무언가 알고 있는 것도 당연하다고 납득하시게 될 겁니다.」

안내인이 말한 장소에 이르자 그는 이야기를 계속했다.

「나와 두 형제는 한때 쌍돛을 장착한 70톤급 어선을 한 척 소유하고 있어서, 그걸로 모스켄 너머 베뢰위 근처의 섬들 사이에서 고기잡이를 하곤 했지요. 소용돌이가 심한 곳에서는, 물때만 잘 잡으면 그리고 그럴 만한 용기만 있으면 어디서나 고기가 잘 잡히지요. 하지만 로포텐의 어부 가운데 정기적으로 내가 말한 섬들 쪽에 가서 고기잡이를 한 것은 우리 삼형제뿐이었어요. 통상적인 어장은 남쪽으로 한참 내려간 곳에 있는데, 거기서는 언제든지 고기를 잡을 수 있고 별다른 위험도 없으니까, 다들 그곳을 선호하는 편이지요. 하지만 암초들 사이에 있는 이쪽 어장은 고기가 최상품일 뿐 아니라 훨씬 많이 잡히기 때문에, 겁쟁이 어부가 일주일 동안 힘겹게 긁어모아도 잡을 수 없는 양을 단 하루 만에 잡은 적도 많았답니다. 사실 그건 목숨을 건 투기였어요. 힘든 노동을 하는 대신 목숨을 걸고, 목돈을 벌기 위해 용기를 낸 것이죠.

우리는 여기서 해안을 따라 5마일쯤 올라간 후미에 배를 매어 두었습니다. 날씨가 좋으면 15분 동안 바다가 잔잔해지는 틈을 이용해 모스켄스트룀의 중심 수로를 가로질러 소용돌이보다 훨씬 위쪽으로 건너간 다음, 소용돌이의 기세가 다른 곳만큼 심하지 않은 오테르홀름이나 산플레센 근처 어딘가에 닻을 내리곤 했지요. 우리는 바다가 다시 잔잔해지는 순간이 올 때까지 여기 남아서 고기를 잡다가 배에 고기를 가득 싣고 집으로 돌아가곤 했답니다. 안정된 옆바람이 불 때가 아니면 절대로 떠나지 않았습니다. 갈 때나 올 때나 항상 옆바람의 도움을 받았지요. 귀로에 오르기 전에는 이 옆바람이 잦아들지 않을 거라 확신했고, 이 점에서 예상이 빗나간 적은 별로 없었습니다. 바람이 잔잔해져서 우리가 밤새도록 닻을 올리지 못하고 바다에 머물러 있을 수밖에 없었던 것은 6년 동안 두 번뿐이었는데, 이 부근에서는 아주 드문 일이지요. 한번은 우리가 어장에 도착한 직후 강풍이 불기 시작해서 수로를 건넌다는 것은 엄두도 못 낼 만큼 바다가 사나워졌기 때문에 1주일 가까이 어장에 머물러야 했던 적도 있는데, 그때는 하마터면 굶어 죽을 뻔했어요. 우리가 바람에 밀려 본류와 교차하는 수많은 물줄기, 오늘은 여기 왔다가 내일이면 없어져 버리는 물줄기 가운데 하나로 용케 들어가지 않았다면, 우리가 무슨 짓을 했어도 망망대해로 떠내려 갔을 겁니다(우리 배는 소용돌이에 휘말려 빙빙 맴도는 바람에 결국 닻줄에 엉켜 끌려다니고 있었으니까요). 우리가 밀려 들어간 물줄기는 플리멘섬의 바람이 닿지 않는 곳으로 우리를 데려갔고, 거기서 우리는 운 좋게 닻을 내렸답니다.

우리가 〈그 어장에서〉 만난 어려움은 그 20분의 1도 말씀드릴 수 없을 겁니다. 날씨가 좋을 때도 있기 편한 곳은 아니지만, 우리는 언제나 모스켄스트룀의 시련을 그럭저럭 무사히 넘겼습니다. 이따금 바다가 잔잔해지는 시간보다 1분 정도 전이나 후에 그곳을 통과하게 되면 심장이 목구멍으로 튀어나올 만큼 놀랄 때도 있었고, 때로는 떠날 때 우리가 예상한 만큼 바람이 세게 불지 않아서 생각대로 배를 다루지 못한 적도 있었지요. 큰형은 열여덟 살 난 아들이 있고 나한테도 건장한 아들이 두 놈이나 있어서, 나중에라도 고기잡이를 할 때나 어장으로 가는 길에 어려움을 만났을 때 녀석들이 있으면 큰 도움이 되겠지만, 어쩐 일인지 우리 자신은 위험을 무릅쓸지언정 젊은 아이들을 위험에 말려들게 할 마음은 없었습니다. 뭐라 해도 그건 역시 **무섭고 위험한** 일이었으니까요.

이제 며칠만 있으면 내가 지금부터 말하려는 사건이 일어난 지 3년이 됩니다. 18××년 7월 10일이었는데, 이 지방 사람들은 그날을 결코 잊지 못할 겁니다. 지금까지 하늘에서 내려온 폭풍 가운데 가장 무시무시한 폭풍이 불어닥친 날이니까요. 하지만 오전에는 줄곧, 그리고 사실은 오후 늦게까지도 남서쪽에서 부드럽고 안정된 산들바람이 불어왔고 태양은 눈부시게 빛났기 때문에, 우리 어부들 가운데 가장 나이 많은 사람도 잠시 뒤에 일어날 일을 예측하지 못했을 겁니다.

우리 삼형제는 오후 2시쯤 소용돌이를 건너 그 섬들 쪽으로 가서, 순식간에 물고기로 배를 가득 채웠습니다. 우리끼리 얘기했지만, 지금까지 그렇게 많은 고기를 잡은 적이 없었지요. 닻을 올리고 귀로에 오른 것은 **내 시계로** 정확히 7시였습니다. 8시에는 바다가 잔잔해지리라는 것을 알고 있었기 때문에 그 틈을 타서 소용돌이의 가장 위험한 곳을 지나려는 속셈이었지요.

우리는 우현 쪽에 꽤 강한 바람을 받으면서 출발했고, 위험이 닥치리라고는 꿈에도 생각지 못한 채 한동안 빠른 속도로 달렸습니다. 그러다가 갑자기 헬세겐 너머에서 산들바람이 불어오는 것을 깨닫고 당황했지요. 좀처럼 없는 일이었으니까요. 그때까지는 일어난 적이 없는 일이었어요. 무엇 때문인지는 정확히 모르지만 좀 불안해지기 시작했습니다. 우리는 배를 바람에 맡겨 두었지만 도무지 소용돌이 쪽으로 나아갈 수가 없었습니다. 그래서 닻을 내렸던 곳으로 돌아가자고 말하려는 참이었는데, 그때 문득 고물 쪽을 돌아보니 수평선 전체에 묘한 구릿빛 구름이 뒤덮여 있고, 그 구름이 놀랄 만큼 빠른 속도로 퍼져 나가고 있었습니다.

그러는 동안 우리의 진로를 막고 있던 바람은 사라지고 배는 이리저리 떠돌며 표류하는 신세가 되어 버렸습니다. 하지만 이런 상태는 우리가 대처 방안을 생각할 겨를도 없이 변해 버렸지요. 1분도 지나기 전에 폭풍이 닥쳤고, 2분도 지나기 전에 하늘이 온통 구름에 뒤덮였고, 구름과 물보라 때문에 갑자기 주위가 캄캄해져서 같은 배에 타고 있는 사람의 얼굴조차 분간할 수 없게 되었습니다.

그때 불어닥친 폭풍을 표현한다는 것은 시도하는 것조차 어리석은 짓입니다. 노르웨이의 어부들 중에 가장 나이 많은 사람도 그런 폭풍은 겪어 본 적이 없을 겁니다. 우리는 폭풍이 완전히 덮치기 전에 황급히 돛을 내렸지만, 폭풍의 첫 번째 공격으로 돛대가 둘 다 톱으로 잘린 것처럼 뚝 부러져서 뱃전 너머로 날아가 버렸어요. 큰 돛대에는 동생이 안전을 위해 몸뚱이를 동여매고 있었는데, 그 애도 돛대와 함께 바닷속으로 사라져 버렸지요.

우리 배는 바다 위에 뜬 깃털 같은 꼴이었습니다. 그 배는 전체가 평갑판으로 되어 있고 뱃머리 근처에 작은 해치 하나만 있었는데, 소용돌이를 건널 때는 조류의 방향이 갑자기 바뀔 경우에 대비하여 해치를 누름대로 막아 두고 있었지요. 안 그랬다면 우리는 당장 침몰하고 말았을 겁니다. 배가 한동안 물속에 완전히 잠겨 있었으니까요. 형이 어떻게 해서 죽음을 면했는지는 나도 모릅니다. 그걸 확인할 기회를 얻지 못했으니까요. 나는 앞돛을 내리자마자 갑판에 납작 엎드렸습니다. 양발을 뱃머리의 좁은 틈에 버티고, 두 손으로는 앞돛대 밑동에 박혀 있는 고리를 움켜잡았지요. 내가 이렇게 한 것은 순전한 본능 때문이었습니다. 그건 확실히 내가 취할 수 있는 최선의 방법이었지만, 그때는 너무 당황해서 생각이고 뭐고 할 수 있는 형편이 아니었지요.

한동안 우리는 물에 완전히 잠겨 있었고, 그동안 나는 숨을 참고 고리에 매달려 있었어요. 그러다가 더 이상 참을 수 없으면, 두 손으로는 여전히 고리를 붙잡은 채 무릎을 꿇고 몸을 일으켜 머리를 물 밖으로 내밀었지요. 얼마 후 배가 부르르 떨리는 게 느껴졌어요. 꼭 개가 물 밖으로 나올 때 몸을 부르르 떠는 것 같았지요. 그렇게 해서 배는 물 밖으로 조금 올라왔고, 나는 망연자실 상태를 이겨 내려고 애쓰고 있었어요. 정신을 바짝 차리고 이제 무엇을 어떻게 해야 할지 침착하게 생각해 보려 애쓰고 있을 때 누군가가 내 팔을 잡는 게 느껴졌습니다. 보니까 형이었어요. 나는 너무 기뻐서 가슴이 뛰었지요. 형도 바다에 빠진 줄 알았거든요. 하지만 다음 순간 이 기쁨은 공포로 바뀌고 말았습니다. 형이 내 귀에 입을 대고 〈모스켄스트룀이야!〉 하고 소리를 질렀으니까요.

그 순간 내 기분이 어땠는지는 아무도 모를 겁니다. 나는 지독한 학질에라도 걸린 것처럼 머리끝부터 발끝까지 부들부들 떨었습니다. 그 한마디만으로도 나는 형의 말뜻을 충분히 알 수 있었지요. 형이 나한테 무엇을 알려 주고 싶었는지 알았습니다. 이제 바람이 우리를 앞으로 밀어내고 있기 때문에 우리는 스트룀의 소용돌이로 향하고 있고, 우린 이제 살아날 가망이 없다는 거였지요!

아까도 얘기했지만, 스트룀 **수로**를 건널 때는 날씨가 가장 평온할 때도 언제나 소용돌이 위쪽으로 한참 올라간 다음, 조류가 느려지는 순간을 기다리며 주의 깊게 지켜보아야 했습니다. 하지만 지금은 소용돌이 한복판을 향해 곧장 나아가고 있었지요. 그것도 그 엄청난 폭풍 속에서 말입니다! 나는 생각했지요. 〈우리는 조류가 느려질 때쯤 거기에 도착할 거야. 그렇다면 살아날 가망이 조금은 남아 있어.〉 하지만 다음 순간, 그런 희망을 품을 만큼 어리석었던 나를 저주했습니다. 우리 배가 90문의 대포를 장착한 전함보다 열 배나 큰 배였다 해도 침몰할 수밖에 없는 운명이라는 것을 나는 너무나 잘 알고 있었으니까요.

그때쯤에는 폭풍의 첫 번째 공격이 힘을 잃었습니다. 아니, 우리는 폭풍에 떠밀려 치닫고 있었기 때문에 그 위력을 별로 느끼지 못했을 겁니다. 어쨌든 처음에는 바람의 위세에

눌려서 납작 엎드린 채 거품만 일으키던 바다가 이제는 산더미처럼 치솟았습니다. 그리고 하늘에도 기묘한 변화가 일어났지요. 사방팔방 어디를 둘러보아도 여전히 칠흑처럼 어두웠지만, 바로 머리 위에 별안간 맑은 하늘이 마치 구멍이 뚫린 것처럼 동그랗게 열린 거예요. 그렇게 맑은 하늘은 난생처음 보았습니다. 하늘은 짙푸른 색을 띠고 있었고, 그 구멍으로 밝게 빛나는 보름달이 나타났습니다. 달이 그런 광채를 띨 수 있다는 건 미처 몰랐어요. 달은 주위의 모든 것을 아주 또렷하게 비추어 주었지요. 하지만 맙소사, 달빛에 비친 광경은 어떠했을까요?

나는 형에게 말을 걸려고 한두 번 시도했지만, 주위의 소음이 도무지 이해할 수 없을 만큼 커져서, 내가 형의 귀에다 대고 목청껏 소리를 질러도 형은 한 마디도 알아듣지 못했습니다. 형은 곧 고개를 젓더니, 죽은 사람처럼 창백한 얼굴로 〈잘 들어!〉 하는 듯이 손가락 하나를 치켜세우더군요.

처음에는 형의 뜻을 이해하지 못했지만, 곧 섬뜩한 생각이 문득 떠올랐습니다. 나는 회중시계를 바지의 시계 주머니에서 꺼냈습니다. 시계는 죽어 있었어요. 달빛에 문자반을 비춰 보고는 시계를 바다에 멀리 내던지면서 울음을 터뜨렸습니다. 시계는 7시를 가리킨 채 멈춰 있었습니다. 조류가 느려지는 시간은 이미 지나 버렸고, 지금은 스트룀의 소용돌이가 가장 격렬할 때였습니다!

배가 튼튼하고 균형이 잘 잡혀 있고 짐도 무겁지 않다면, 그리고 배가 순풍을 받아서 가고 있다면, 육지에만 살아서 바다를 모르는 사람들에게는 아주 이상해 보일지 모르지만, 강풍 속에서도 파도는 항상 배 밑바닥을 미끄러져 나가는 것처럼 보입니다. 이것을 뱃사람들은 **파도를 탄다**고 하지요.

어쨌든 그때까지 우리는 큰 파도를 아주 솜씨 좋게 잘 탔습니다. 하지만 곧 거대한 파도가 공교롭게도 우리를 선미 돌출부 바로 아래로 데려갔고, 다음 순간에는 높이, 아주 높이, 마치 하늘로 올라가는 것처럼 높이 올라가면서 우리도 함께 데려갔지요. 파도가 그렇게 높이 올라갈 수 있을 줄 몰랐습니다. 직접 겪지 않았다면 아마 믿지 않았을 겁니다. 이어서 우리는 단번에 미끄러져 내려와 곤두박질치듯 물속에 처박혔습니다. 그 바람에 나는 높은 산꼭대기에서 떨어지는 꿈이라도 꾸고 있는 것처럼 속이 울렁거리고 현기증이 났지요. 하지만 배가 높이 올라가 있는 동안 나는 재빨리 주위를 둘러보았고, 그렇게 힐끗 둘러본 것만으로 충분했습니다. 우리의 정확한 위치를 단번에 파악했으니까요. 모스켄스트룀의 소용돌이는 우리 바로 앞 4분의 1마일쯤 떨어진 곳에 있었는데, 평소의 모스켄스트룀 같지도 않았고, 지금 보는 것처럼 물방아용 물줄기와 비슷한 소용돌이도 아니었어요. 우리의 위치를 몰랐다면, 그리고 닥쳐올 일을 예견하지 못했다면, 나는 그것을 전혀 알아보지 못했을 겁니다. 그런데 모든 것을 알고 있었기 때문에 나는 너무나 무서운 나머지 나도 모르게 눈을 감아 버렸습니다. 눈꺼풀은 경련이라도 일으킨 것처럼 꽉 닫혀 버렸지요.

파도가 쑥 내려앉고 물거품이 우리를 에워싼 것을 갑자기 느낄 때까지 기껏해야 2분밖에 지나지 않았을 겁니다. 배는 좌현 쪽으로 획 반 바퀴 돈 다음, 새로운 방향으로 번개처럼 달려갔습니다. 그와 동시에 비명 같은 날카로운 소리가 으르렁거리는 물소리를 완전히 삼켜 버렸습니다. 수천 개의 증기 배수관이 한꺼번에 증기를 내보낸다면 그런 소리가 날 거라고 상상할 수도 있을 겁니다. 이제 우리는 소용돌이를 띠 모양으로 둘러싸고 있는 파도 속에 있었고, 다음 순간에는 우리가 심연 속으로 빨려들 거라고 생각했지요. 물살이 배를 놀라운 속도로 실어 나르고 있었기 때문에 심연 속은 어슴푸레하게밖에 보이지 않았습니다. 그런데 배는 전혀 물속으로 가라앉는 것 같지 않았고, 공기 방울처럼 수면 위에 떠서 큰 파도 위를 스치듯 지나가고 있는 것 같았습니다. 배의 우현 쪽은 소용돌이에 면해 있었고 좌현 쪽에는 방금 지나온 바다가 솟구쳐 있었지요. 바다는 우리와 수평선 사이에서 꿈틀거리며 몸부림치는 거대한 벽처럼 치솟아 있었습니다.

이상하게 생각될지 모르지만, 우리가 심연의 아가리에 막 삼켜지려는 순간 나는 소용돌이에 다가가고 있을 때보다도 훨씬 침착했습니다. 이제는 희망을 갖지 말자고 체념하니까, 처음에 내 기를 꺾고 나약하게 만들었던 공포심도 상당히 가시더군요. 절망이 오히려 배짱을 갖게 해준 것 같습니다.

자랑처럼 들릴지 모르지만 지금 내가 말하는 것은 진실입니다. 그런 식으로 죽으면 얼마나 멋질까, 신의 권능이 그처럼 경이롭게 나타나는 것을 보면서 하찮은 목숨이나 걱정하다니 나는 얼마나 어리석은가 하고 반성하기 시작했습니다.

이런 생각이 머리에 떠올랐을 때 나는 부끄러워서 얼굴이 붉어졌을 게 분명합니다. 잠시 후 나는 소용돌이 자체에 대해 아주 강한 호기심에 사로잡혔습니다. 곧 희생을 치르게 되겠지만, 그런 희생을 치르더라도 소용돌이의 밑바닥을 탐험하고 싶은 **욕망**을 강하게 느꼈지요. 내가 보게 될 신비에 대해 육지에 있는 친구들에게 전해 줄 수 없다는 것이 안타까울 뿐이었습니다. 그런 극단적인 상황에 놓인 인간이 그런 생각을 한다는 게 너무나 묘한 일인 건 의심의 여지가 없습니다. 나중에도 자주 생각했지만, 배가 소용돌이 주위를 빙빙 도는 바람에 내 머리가 좀 이상해졌는지도 모릅니다.

내가 침착함을 되찾는 데 도움이 된 상황이 또 하나 있었습니다. 바로 바람이 그친 겁니다. 그래서 그때 우리가 있던 곳까지 바람이 닿지 못했어요. 당신도 직접 보았듯이 소용돌이를 띠 모양으로 둘러싼 파도는 일반적인 해수면보다 상당히 낮은데, 지금은 바다가 우리 머리 위로 솟아올라서 높고 검은 등성이를 이루고 있었지요. 강풍이 부는 날 바다에 나가 본 경험이 없다면, 바람과 물보라가 합세하면 우리 마음을 얼마나 뒤흔들 수 있는지 상상도 할 수 없을 겁니다. 바람과 물보라는 눈을 멀게 하고, 귀를 먹먹하게 하고, 숨이 막히게 하고, 행동하거나 생각하는 능력을 모조리 빼앗아 갑니다. 하지만 이제 우리는 그런 괴로움에서 상당히 벗어나 있었지요. 중죄인들이 사형 선고를 받고 나면, 형이 확정되기 전까지는 금지되었던 사소한 도락이 허용되는 것과 같은 것이지요.

그 띠 모양의 파도를 얼마나 많이 맴돌았는지 모릅니다.

아마 한 시간쯤 빠른 속도로 돌고 또 돌았을 거예요. 물 위에 떠 있다기보다 공중을 날았고, 그렇게 돌면서 큰 파도의 중간 부분으로 점점 가까이 다가가다 무시무시한 안쪽 가장자리로 점점 가까이 다가갔지요. 그동안 내내 나는 고리를 붙들고 있었습니다. 형은 고물 쪽에서 선미 돌출부 밑에 밧줄로 고정되어 있는 빈 물통을 붙잡고 매달려 있었지요. 폭풍이 처음 덮쳤을 때 갑판 위에서 휩쓸려 가지 않은 것은 그 작은 물통뿐이었어요. 그런데 배가 심연 가장자리에 다다르자 형은 그 물통을 놓고 내가 잡고 있던 고리로 달려왔습니다. 그리고 공포에 질린 나머지 그 고리에서 내 손을 억지로 떼어 내려 했지요. 고리가 우리 둘이 붙들고 있기에는 너무 작았기 때문입니다. 형은 그때 미친 사람이나 다름없다는 것, 순전한 공포 때문에 미치광이처럼 날뛰고 있을 뿐이라는 걸 알았지만, 그래도 형이 내 손을 고리에서 떼어 내려는 것을 보았을 때만큼 슬픈 적은 없었습니다. 하지만 나는 그 고리를 차지하려고 형과 다투고 싶지는 않았어요. 둘 중에 누가 고리를 붙잡고 있어도 결과는 마찬가지라는 것을 알았으니까요. 그래서 나는 형에게 고리를 양보하고 고물의 물통 쪽으로 갔습니다. 고물 쪽으로 가는 건 별로 어렵지 않았어요. 배는 한결같은 속도로 소용돌이 주위를 날듯이 맴돌고 있었고, 소용돌이의 오르내림에 따라 앞뒤로 움직일 뿐 평형을 유지하고 있었으니까요. 내가 새로운 위치에 자리를 잡자마자 배가 우현 쪽으로 홱 기울면서 심연 속으로 곤두박질쳤습니다. 나는 얼른 신에게 기도를 드리며, 이제 만사 끝장이라고 생각했지요.

배가 곤두박질쳐 내려가는 동안 나는 속이 울렁거리는 것을 느끼고 본능적으로 물통을 꽉 끌어안고 눈을 감았습니다. 몇 초 동안은 눈을 뜰 엄두도 못 냈어요. 그동안 나는 이제 곧 죽겠구나 생각했는데, 아직도 내가 물과 사투를 벌이고 있지 않은 걸 의아하게 여겼지요. 하지만 몇 초가 지나도 나는 여전히 살아 있었습니다. 떨어지는 느낌도 멈췄습니다. 배의 움직임은 이제 옆으로 좀 더 기울어져 있다는 것만 빼고는 전에 거품 띠 속에 있을 때와 거의 같아 보였습니다. 나는 용기를 내어 눈을 뜨고 주위를 둘러보았습니다.

그렇게 주위를 둘러보았을 때 느낀 경외와 공포와 찬탄의 감정을 결코 잊지 못할 겁니다. 배는 마법에라도 걸린 것처럼 신기하게 깔때기의 안쪽 벽 중간쯤에 매달려 있는 느낌이었습니다. 둘레가 거대하고 깊이도 어마어마한 깔때기의 경사면은 완전히 매끄러워서, 당혹스러울 만큼 빠른 속도로 빙빙 돌고 있지 않았다면, 그리고 소름 끼치는 광채를 내뿜고 있지 않았다면 흑단으로 착각했을지도 모릅니다. 아까 말한 구름 사이의 둥근 틈새로 보름달이 보였고, 환한 달빛이 깔때기 안쪽의 검은 벽을 따라 저 멀리 심연의 가장 깊숙한 구석까지 황금빛의 홍수를 흘려보내고 있었으니까요.

처음엔 너무나 어리둥절해서 아무것도 정확하게 관찰하지 못했습니다. 느닷없이 눈앞에 펼쳐진 것은 무서울 정도로 장엄한 광경, 그것뿐이었지요. 하지만 마음이 조금 진정되자 내 시선은 본능적으로 아래쪽을 향했습니다. 배가 심연의 경사면에 매달려 있었기 때문에 이쪽에는 시야를 가리는 것이 아무것도 없어서 아래쪽을 잘 볼 수 있었습니다. 배는 똑바로 평형을 유지하고 있었지요. 다시 말해 갑판이 수면과 평행을 이루고 있었던 겁니다. 하지만 이 수면은 45도 이상의 각도로 기울어져 있어서 우리는 배의 멍에 끝에 누워 있는 것처럼 보였습니다. 그러나 그런 상황인데도 물통을 붙잡고 발을 디딘 자리를 유지하기가 완전한 수평을 유지했을 때보다 어렵지 않다는 것을 알아차릴 수 있었습니다. 아마도 배가 빙빙 돌고 있는 속도가 워낙 빨랐기 때문일 겁니다.

달빛이 깊은 심연의 밑바닥까지 비추고 있는 것 같았지만, 그곳은 모든 게 짙은 안개에 싸여 있어서 아무것도 또렷이 분간할 수가 없었습니다. 그리고 안개 위에는 장엄한 무지개가 마치 이슬람교도들이 〈시간과 영원〉 사이의 유일한 통로라고 말하는 그 좁고 출렁이는 구름다리처럼 걸려 있었습니다. 이 안개 혹은 물보라는 깔때기의 경사면이 바닥에서 만났을 때 서로 충돌하여 생긴 게 분명했습니다. 하지만 그 안개 속에서 하늘로 올라오는 절규 소리에 대해서는 뭐라고 표현할 길이 없군요.

위쪽의 거품 띠에서 심연 속으로 처음 미끄러져 떨어질 때 우리는 경사면을 따라 아주 멀리까지 한꺼번에 내려갔습니다. 하지만 거기서부터는 하강 속도와 거리가 결코 비례를 이루지 않았지요. 우리는 완만한 커브를 그리며 계속 빙빙 돌았고, 움직임이 한결같고 일정한 게 아니라 현기증이 날 만큼 흔들리고 급격하게 움직였습니다. 때로는 2, 3백 야드

밖에 내려가지 않을 때도 있었고, 때로는 소용돌이를 완전히 한 바퀴 돌기도 했지요. 한 바퀴 회전할 때마다 우리는 아래로 내려갔고, 속도는 느렸지만 내려가고 있다는 것을 분명히 느낄 수 있었습니다.

우리를 그렇게 싣고 가는 검고 광막한 수면을 둘러보다가, 소용돌이에 휘말린 물체가 우리 배만이 아니라는 것을 알아차렸습니다. 위쪽에도 아래쪽에도 배의 잔해들, 건축용 자재들, 나무줄기가 보였고, 가구 조각과 부서진 상자, 술통과 통널 조각처럼 작은 물체도 많이 보였지요. 아까도 말했지만 처음에 느꼈던 공포는 이제 이상한 호기심으로 바뀌어 있었습니다. 그런데 무서운 운명을 향해 점점 다가갈수록 이 호기심이 더욱 커지는 것 같았지요. 이제 나는 우리와 함께 물에 떠 있는 수많은 물체를 야릇한 흥미를 갖고 관찰하기 시작했습니다. 정신 착란을 일으키고 있었던 게 **분명합니다**. 그물체들이 아래쪽 거품을 향해 내려가는 상대적인 속도를 추측하면서 거기서 **재미**를 찾기까지 했으니까요. 한번은 내가 이렇게 중얼거리고 있는 것을 깨달았지요. 〈다음에는 틀림없이 이 전나무가 곤두박질쳐서 저 밑바닥으로 빨려 들어갈 거야.〉 그런데 네덜란드 상선의 잔해가 전나무보다 먼저 심연으로 빨려 들어가는 것을 보고 실망했습니다. 이런 추측을 몇 번 했는데 모두 빗나갔지요. 이처럼 내가 항상 잘못 짚었다는 사실 때문에 나는 결국 반성을 하게 되었고, 그렇게 생각의 맥락을 따라가다 보니 다시 팔다리가 떨리고 심장이 격하게 고동치게 되었지요.

나한테 그런 영향을 미친 것은 새로운 공포가 아니라 나를 더 흥분시키는 **희망**의 서광이었습니다. 이 희망은 과거의 기억에서 솟아나기도 했고 눈앞의 상황을 관찰한 결과에서 생겨나기도 했지요. 나는 로포텐 해안에 흩어져 있던 다양한 부유물을 머리에 떠올렸습니다. 모스켄스트룀에 빨려 들어갔다가 도로 내던져진 것들이었는데, 그 물건들은 대부분 엉망으로 산산조각 나 있었습니다. 너무 심하게 쓸려서 벗겨지고 거칠어져서 가시가 잔뜩 박혀 있는 것처럼 보였지요. 하지만 개중에는 전혀 손상되지 않은 것도 **몇** 개 있었다는 것을 나는 분명히 기억해 냈습니다. 이런 차이를 설명할 수 있는 원인은 한 가지뿐이었지요. 산산이 부서진 파편들은 소용돌이에 **완전히 빨려 들어간** 것들뿐이고, 그렇지 않은 것들은 만조나 간조가 끝날 때쯤 너무 늦게 소용돌이 속으로 들어갔거나 아니면 소용돌이 속에 들어간 뒤 어떤 이유로든 아주 천천히 밑으로 내려갔기 때문에 바닥에 닿기 전에 조류가 바뀌어 밀물이나 썰물이 시작되는 바람에 다시 위로 올라왔다고 생각할 수밖에 없습니다. 어떤 경우든 간에 이것들은 좀 더 일찍 소용돌이 속에 빨려 들어갔거나 좀 더 빠르게 바닥으로 끌려 내려간 것들과 같은 운명을 겪지 않고 수면으로 다시 떠오를 수 있었을 거라고 생각했습니다. 또한 나는 관찰 결과 세 가지 중요한 점을 알아차렸습니다. 첫째는 일반적으로 큰 물체일수록 하강 속도가 더 **빠르다**는 것, 둘째는 물체의 크기가 같다면 구형의 물체가 **다른 형태**의 물체보다 하강 속도가 더 **빠르다**는 것, 셋째는 물체의 크기가 같다면 원통형의 물체가 다른 형태의 물체보다 더 천천히 빨려 들어간다는 것입니다. 소용돌이에서 탈출한 뒤에 나는 이 지역의 연로하신 교장 선생님과 이 문제에 대해 여러 번 대화를 나누었습니다. 〈원통형〉과 〈구형〉이라는 낱말을 쓰는 것도 그분한테 배운 겁니다. 그분은 ── 정확히 뭐라고 설명했는지는 잊었지만 ── 내가 관찰한 것이 사실은 물에 떠 있는 파편의 형태에 따른 자연스러운 결과라고 설명하면서, 소용돌이 속에서 헤엄치고 있는 원통형 물체는 부피가 같아도 다른 형태의 물체보다 소용돌이의 흡인력에 더 강하게 저항하고, 그래서 소용돌이 속으로 끌려 들어가기가 훨씬 어렵다는 것을 실제 실험으로 보여 주었답니다.

게다가 이 관찰 결과를 실행에 옮기는 데 큰 도움이 되는 한 가지 놀라운 상황이 있었기 때문에 나는 그 상황을 이용하고 싶어서 조바심이 났습니다. 그 상황이란, 소용돌이를 한 바퀴 돌 때마다 우리 배는 술통이나 활대나 돛대 같은 것을 지나갔는데, 내가 소용돌이의 불가사의에 처음 눈을 떴을 때 우리와 같은 높이에 있던 물체 대부분이 지금은 우리보다 훨씬 위쪽에 있었고, 원래 위치에서 조금밖에 이동하지 않은 것처럼 보였다는 것입니다.

나는 어떻게 할까 더 이상 망설이지 않았습니다. 지금 매달려 있는 물통에 내 몸뚱이를 단단히 묶고 그 물통을 선미 돌출부에서 떼어 낸 다음 물통과 함께 바다에 뛰어들기로 결심했습니다. 나는 손짓으로 형의 주의를 끌고, 물 위에 뜬 채 배 가까이 다가온 통을 가리키면서, 내가 지금부터 무엇을 하

려는지 형에게 알리기 위해 안간힘을 썼지요. 마침내 나는 형이 내 의도를 알아차렸다고 생각했지만, 정말로 알아차렸든 아니든 형은 절망적인 얼굴로 고개를 저으면서 고리에 매달려 있는 위치에서 움직이려 하지 않았습니다. 내가 형 쪽으로 다가가는 것은 불가능했지요. 상황이 너무 급박해서 잠시도 지체할 수가 없었습니다. 그래서 정말 비통하고 괴로웠지만 형의 일은 운명에 맡기고, 물통을 선미 돌출부에 고정시켰던 끈을 풀어서 그것으로 내 몸을 물통에 꽁꽁 동여맨 다음, 잠시도 망설이지 않고 물통과 함께 바닷속으로 뛰어들었습니다.

결과는 내가 바란 대로 되었습니다. 지금 이 이야기를 당신한테 하고 있는 사람이 나니까, 그리고 당신은 내가 소용돌이에서 **정말로** 탈출한 것을 직접 눈으로 보았고, 내가 어떻게 탈출에 성공했는지 그 방법을 알고 있고, 그래서 내가 지금부터 하려는 이야기를 모두 짐작하고 있을 테니까, 이야기를 빨리 끝내도록 하겠습니다. 내가 배를 떠난 뒤 한 시간쯤 지났을 때, 이미 나보다 훨씬 아래로 내려가 있던 배는 계속해서 서너 번 회전하더니 사랑하는 형을 실은 채 거꾸로 곤두박질쳐 저 밑에서 부글부글 끓고 있는 거품 속으로 영원히 사라졌습니다. 내가 매달려 있던 물통은 심연의 바닥과 내가 배에서 뛰어내린 지점의 중간쯤까지 가라앉았지만, 거기서 더 이상 내려가기 전에 소용돌이의 상태에 커다란 변화가 일어났습니다. 거대한 깔때기 옆면의 경사가 차츰차츰 완만해진 것입니다. 소용돌이의 선회도 그 위세가 차츰 줄어들었습니다. 거품과 무지개도 차츰 사라졌고, 심연의 바닥이 천천히 올라오는 것 같았습니다. 하늘은 맑았고, 바람은 잦아들었고, 보름달은 서쪽에서 밝은 빛을 내며 가라앉고 있었습니다. 그때 문득 로포텐섬의 해안이 훤히 보이는 수면 위에, 그리고 모스켄스트룀의 소용돌이가 치고 있던 자리 바로 위에 내가 떠 있다는 것을 깨달았습니다. 조류가 느려지는 시간이었지요. 하지만 폭풍의 영향으로 바다에는 여전히 산더미 같은 파도가 일고 있었습니다. 나는 스트룀의 수로 속으로 세차게 끌려 들어간 뒤, 해안을 따라 내려가다가 몇 분 만에 어부들의 〈어장〉으로 들어갔습니다. 거기서 어선 하나가 나를 건져 주었지요. 나는 지쳐서 탈진해 있었고, (이제 위험은 사라졌지만) 그 공포에 대한 기억 때문에 말문이 막혀 버린 상태였습니다. 나를 배로 끌어 올린 어부들은 나의 오랜 친구들로 날마다 만나는 동료들이었지만, 그들은 나를 알아보지 못했습니다. 저승에서 온 나그네를 알아보지 못하는 거나 마찬가지였지요. 그 전날까지만 해도 새까맣던 내 머리털은 지금 당신이 보는 것처럼 백발이 되어 버렸습니다. 나를 건져 준 어부들은 내 얼굴 표정도 완전히 변했다고 하더군요. 나는 그들에게 내 경험을 이야기했지만 그들은 내 말을 믿으려 하지 않았습니다. 지금 나는 그 이야기를 **당신**에게 하고 있지만, 당신이 로포텐의 유쾌한 어부들보다 더 내 이야기를 믿어 줄지 모르겠군요.」

붉은 죽음의 가면극

 〈붉은 죽음〉이라는 병은 오랫동안 나라를 유린했다. 지금까지 그렇게 치명적이거나 끔찍한 돌림병은 세상에 존재한 적이 없었다. 피, 그 붉은색과 그것이 불러일으키는 공포는 그 돌림병의 화신이자 증표였다. 이 병에 걸린 환자는 우선 극심한 통증과 갑작스러운 현기증을 느꼈고, 이어서 온몸의 구멍으로 많은 피를 흘리다가 죽음을 맞이했다. 희생자의 몸뚱이, 특히 얼굴을 뒤덮은 붉은 반점은 페스트[1]처럼 사람들의 접근을 막았다. 환자는 같은 인간들로부터 도움은커녕 동정조차 받지 못했다. 게다가 일단 이 병에 걸리면 발병에서부터 진행되어 죽음에 이르기까지 30분밖에 걸리지 않았다.

 그러나 프로스페로 공은 낙천적이고 용감하며 현명했다. 영지 내 인구가 절반으로 줄어들자 그는 궁정의 기사와 귀부인 중에서 건강하고 쾌활한 친구 천 명을 소집하여, 외딴 곳에 성처럼 지어진 수도원으로 함께 피신하여 은둔 생활을 시작했다. 이 넓고 웅장한 수도원은 유별나지만 당당한 프로스

---

1 피부에 검은 반점이 생기기 때문에 〈검은 죽음(흑사병)〉이라고도 부른다.

페로 공의 취향이 만들어 낸 창조물이었다. 튼튼하고 높은 성벽이 수도원을 둘러싸고 있었다. 이 성벽에는 철제 성문들이 나 있었는데, 궁정 신하들은 일단 안으로 들어가자 화덕과 무거운 망치를 가지고 와서 철문의 빗장을 용접해 버렸다. 누군가가 내면에서 혼란이 일어나 절망이나 광분에 휩싸인 나머지 충동적으로 수도원에 들어가거나 밖으로 나가지 못하도록 드나드는 길을 아예 봉쇄해 버리기로 한 것이다. 식량은 충분히 비축되어 있었다. 이런 예방 조치를 해놓은 덕분에 신하들은 돌림병을 무시할 수 있었다. 바깥세상은 문제를 스스로 처리할 수 있을 터였다. 그들 문제를 가지고 여기서 슬퍼하거나 걱정하는 것은 부질없는 짓이었다. 프로스페로 공은 사람들이 즐겁게 시간을 보낼 수 있도록 모든 종류의 수단을 제공했다. 어릿광대와 즉흥시인들도 있었고, 무희와 악사들도 있었고, 미녀들도 있었고, 포도주도 있었다. 수도원 안에는 이 모든 것과 함께 안전이 있었다. 없는 것은 단 하나, 〈붉은 죽음〉뿐이었다.

은둔한 지 대여섯 달이 지났을 무렵, 밖에서는 돌림병이 맹위를 떨치고 있었지만 프로스페로 공은 유난히 성대한 가장무도회를 열어 천 명이나 되는 친구들을 즐겁게 해주고 있었다.

이 가장무도회는 실로 도발적이고 관능적인 광경이었다. 하지만 우선 무도회가 열린 방들에 대해 말하려고 한다. 방은 모두 일곱 개였고, 그 방들이 하나로 연결되어 거대한 스위트룸을 이루고 있었다. 대부분의 궁전에서는 그런 방들이 일직선으로 길게 이어져 있어, 방을 나누는 접이식 문들을 양쪽 벽까지 밀어내면 스위트룸 전체를 한눈에 볼 수 있다. 그런데 유별난 것을 좋아하는 프로스페로 공의 취향에서 충분히 예상할 수 있었을지도 모르지만, 이 스위트룸은 전혀 달랐다. 방들이 불규칙하게 배치되어 있어서, 한 번에 방 하나밖에는 볼 수 없었다. 20~30야드마다 방향이 꺾이는 모퉁이가 있었고, 모퉁이를 돌 때마다 새로운 광경이 펼쳐졌다. 모든 벽의 한가운데에는 좌우 폭이 좁고 길쭉한 고딕식 창문이 복도 쪽으로 나 있었는데, 스위트룸의 굴곡을 따라 굽이굽이 이어진 이 복도는 완전히 밀폐되어 밖으로 통하는 출구가 하나도 없었다. 창문들은 스테인드글라스로 되어 있었고, 스테인드글라스의 색깔은 그 창문이 있는 방의 장식을 지배하는 주조색에 따라 달라졌다. 예컨대 동쪽 끝에 있는 방에는 푸른색 장식이 걸려 있었는데, 그 방의 창문들은 선명한 푸른색이었다. 두 번째 방의 장식과 태피스트리는 자주색이었고, 이 방의 창문도 자주색이었다. 세 번째 방은 전체적으로 초록색이었고, 창문도 마찬가지로 초록색이었다. 네 번째 방은 주황색 가구가 비치되어 있었고, 조명도 주황색이었다. 다섯 번째 방은 흰색, 여섯 번째 방은 보라색이었다. 일곱 번째 방은 천장과 벽이 검은색 벨벳 태피스트리로 빈틈없이 싸여 있었는데, 천장을 덮은 태피스트리가 굵은 주름을 이루며 벽을 따라 내려와 역시 검은색 벨벳 카펫 위로 떨어졌다. 하지만 이 방만은 창문 색깔이 장식과 일치하지 않았는데, 이 방의 창문 색깔은 짙은 핏빛의 진홍색이었다. 일곱 개의 방마다 금빛 장식이 여기저기 흩어져 있거나 천장에 매달려 있었지만, 어느 방에도 램프나 촛대는 없었다. 스위트룸 안에는 램프나 초에서 나오는 어떤 불빛도 없었다. 하지만 스위트룸을 끼고 뻗어 있는 복도에는 그 방의 창문 맞은편에 묵직한 삼각 받침대가 세워져 있고, 그 위에 놓인 화로에 불이 피워져 있어서 불빛이 창문의 색유리를 통과하여 방을 환하게 밝히고 있었다. 그래서 번쩍번쩍 빛나는 환상적인 모습이 수없이 생겨났다. 하지만 서쪽 끝에 있는 검은색 방에서는 핏빛 유리창을 통과하여 검은색 벽걸이를 비추는 불빛의 효과가 섬뜩한 분위기를 자아냈고, 그 방에 들어선 사람의 얼굴을 너무 사나워 보이게 했기 때문에, 그 불빛이 닿는 영역 안에 발을 들여놓을 만큼 대담한 사람은 거의 없었다.

또한 이 방에는 흑단나무로 만들어진 거대한 괘종시계가 서쪽 벽 앞에 세워져 있었는데, 시계추가 둔탁하고 묵직하고 단조로운 소리를 내면서 좌우로 흔들렸다. 분침이 문자반을 한 바퀴 돌아서 시각을 알릴 때가 되면, 시계의 놋쇠로 된 허파에서 맑고 크고 낭랑하고 매우 음악적인 소리가 흘러나왔다. 그런데 그 소리의 선율과 강세가 너무 독특해서, 한 시간이 지날 때마다 오케스트라의 악사들은 연주를 잠시 멈추고 그 소리에 귀를 기울이지 않을 수 없었다. 그래서 왈츠를 추던 사람들도 동작을 멈출 수밖에 없었고, 유쾌하게 즐기던 사람들도 잠시 방해를 받았다. 시계의 차임 소리가 아직 울리고 있는 동안, 가장 들떠 있던 사람들은 얼굴이 창백해졌고, 비교적 나이 많고 침착한 사람들은 황망한 공상이나 명상에라도 빠진 듯 이마를 손으로 문질렀다. 하지만 소리의 여운마저 완전히 사라지면 당장 쾌활한 웃음소리가 사람들 사이에 퍼졌고, 악사들은 서로 마주 보며 자신의 신경과민과 어리석음을 비웃는 듯이 미소를 지었고, 다음에 시계의 차임이 울릴 때는 절대로 그런 실수를 저지르지 않겠다고 속으로 다짐했다. 하지만 60분, 그러니까 3천6백 초가 쏜살같이 지나가면 또다시 시계의 차임 소리가 들려왔고, 그러면 전과 똑같은 당혹과 동요와 명상이 되풀이되었다.

하지만 그럼에도 불구하고 무도회는 유쾌하고 화려했다. 프로스페로 공의 취향은 그야말로 남달랐다. 그는 색채와 그 효과에 대해 뛰어난 안목을 갖고 있었고, 단순히 유행이나 좇는 장식을 경멸했다. 그의 방식은 대담하면서도 강렬했으며, 그의 발상은 야만적인 광채로 빛났다. 그를 미치광이라고 생각한 사람도 있었을 것이다. 하지만 그의 추종자들은 생각이 달랐다. 그가 미치지 않았다는 것을 **확신하려면** 직접 그의 말을 듣고 그의 얼굴을 보고 그의 몸을 만질 필요가 있었다.

일곱 개의 방은 이 성대한 연회를 위해 이동식 소품들로 장식되어 있었는데, 그는 그 작업 대부분을 직접 지시하고 감독했다. 가장무도회에 참가한 이들에게 각자 어떤 인물로 분장할지 지침을 준 것도 그의 심미안이었다. 분장은 반드시 기괴스러워야 했다. 화려하고 반짝거리고 자극적이고 환상적으로 분장한 인물들이 무도회장을 가득 채웠다. 나중에 「에르나니」[2]에 묘사된 모습 대부분을 여기서 볼 수 있었다. 팔다

2 프랑스 작가 빅토르 위고의 5막극(1830년에 초연).

리와 장신구가 어울리지 않는 기이한 분장도 있었고, 미치광이 복장을 한 터무니없는 분장도 있었다. 아름다운 모습, 음탕한 모습, **기괴한** 모습도 많았고, 소름이 끼칠 만큼 무서운 분장도 상당히 많았으며, 혐오감을 불러일으키는 역겨운 분장도 적지 않았다. 일곱 개의 방 여기저기를 실제로 수많은 환영들이 돌아다녔다. 그리고 이 환영들은 이 방 저 방으로 꿈틀거리며 들어갔다가 그 방의 고유한 색조를 띠고 나타났고, 오케스트라의 격렬한 연주 소리는 그들의 발소리가 남기는 메아리처럼 들렸다. 이윽고 검은색 벨벳 방에 서 있는 흑단나무 시계가 종을 울리기 시작한다. 그러자 잠시 모든 움직임이 멈추고, 시계 소리를 제외하고는 쥐죽은 듯 조용하다. 환영들은 선 자리에 그대로 얼어붙은 듯 뻣뻣하게 서 있다. 하지만 차임 소리의 메아리는 곧 잦아들고(메아리는 잠시밖에 지속되지 않았다), 메아리가 떠나자 반쯤 억눌린 가벼운 웃음소리가 빈자리를 찾아 떠다닌다. 그리고 또다시 음악 소리가 커지고, 환영들은 되살아나서 이전보다 더 경쾌하게 이리저리 꿈틀꿈틀 돌아다니며, 화로에서 나오는 빛이 스테인드글라스를 통과하여 만든 색조를 받아들인다. 일곱 개의 방 가운데 가장 서쪽에 있는 방에는 이제 아무도 들어가는 이가 없다. 밤이 깊어 가고 있기 때문이다. 핏빛 유리창을 통해 더 붉은 빛이 흘러 들어온다. 그리고 새까만 휘장의 검은색은 오싹할 만큼 섬뜩하다. 그 방의 검은 카펫을 밟은 사람에게는 가까운 흑단나무 시계에서 억눌린 소리가 들려온다. 그 소리는 시계에서 멀리 떨어진 다른 방에서 향락에 탐닉하는 사람들의 귀에 닿는 어떤 소리보다 엄숙하고 명확하게 들린다.

하지만 이 다른 방들은 사람들로 북적거렸고, 거기서는 생명의 심장이 뜨겁게 고동치고 있었다. 환락은 빙빙 맴도는 소용돌이처럼 계속되었고, 마침내 시계가 자정을 알리기 시작했다. 그러자 음악이 멈추었다. 왈츠를 추던 사람들의 동작도 멈추었다. 전처럼 모든 것이 불안하게 정지했다. 하지만 지금은 시계가 치는 종소리를 열두 번이나 들어야 했다. 그래서 시간이 전보다 더 늘어나자, 흥청거리며 연회를 즐기던 사람들 가운데 비교적 사려 깊은 이들의 명상 속으로 더 많은 생각이 슬며시 들어갔을 것이다. 그래서 아마 마지막 차임 소리의 마지막 메아리가 완전한 침묵 속으로 가라앉기 전에, 사람들 속에서 그때까지 어느 누구도 보지 못했던 가면 쓴 인물의 존재를 알아차릴 여유가 생겼을 것이다. 그리고 이 낯선 존재에 대한 소문이 귓속말로 퍼지자, 결국 사람들 속에서 불만과 놀라움을 나타내는 웅성거림이 일어났고, 마침내 공포와 두려움과 혐오감을 표현하는 중얼거림이 일어났다.

내가 묘사한 것과 같은 기괴한 환영들의 무리 속에서 평범한 외모를 가진 사람이 그런 흥분을 자아냈을 리는 없다고 가정하는 것은 당연하다. 사실 그날 밤 가장무도회에 참석한 사람들이 무엇으로 분장할 것인지에 대해서는 무제한의 자유가 허용되었다. 하지만 그 문제의 인물은 포악하기가 헤롯왕[3]을 뺨쳤고, 예법 같은 걸 따지지 않는 프로스페로 공의 한

3 Herod(B.C. 73?~B.C. 4). 유대의 왕. 예루살렘 신전을 재건하는 등 유대 왕국을 발전시켰으나, 그리스도의 탄생을 두려워한 나머지 베들레헴의

계조차 가뿐히 넘어섰다. 가장 무모한 사람의 심장에도 감정 없이 절대 건드릴 수 없는 심금이 있다. 삶과 죽음을 똑같이 조롱거리로 여길 만큼 타락한 인간에게도 농담거리로 삼을 수 없는 문제가 있다. 실제로 그 자리에 있던 사람들은 모두 그 낯선 인물의 차림새나 행동거지에 재치나 예의가 전혀 없다는 것을 깊이 느낀 듯했다. 그자는 키가 크고 비쩍 마른 체격에 머리끝부터 발끝까지 무덤 속의 시체들처럼 수의로 온몸을 감싸고 있었다. 얼굴을 가린 가면은 뻣뻣하게 굳은 송장의 모습과 너무나 흡사해서, 아무리 꼼꼼하게 살펴봐도 그게 시체를 흉내 낸 가면이라는 것을 알아차리기가 어려웠을 것이다. 하지만 흥청망청 떠들어 대며 쾌락에 몰두해 있는 무리들은 이 모든 것을 용인하지는 않을지라도 참아 줄 수는 있었을지 모른다. 하지만 그 인물이 〈붉은 죽음〉에 희생된 사람으로 분장한 것은 너무 지나쳤다. 옷에는 피가 얼룩져 있었고, 이목구비만이 아니라 넓은 이마에도 핏빛 공포가 흩뿌려져 있었다.

프로스페로 공의 눈길이 이 괴기한 모습을 우연히 발견한 순간(그때 그 인물은 자신의 역할을 좀 더 충실히 해내려는 듯, 춤을 추고 있는 사람들 사이를 근엄하고도 느릿한 동작으로 이리저리 돌아다니고 있었다), 그는 경련을 일으킨 것처럼 보였다. 처음에는 공포나 역겨움 때문에 몸서리를 쳤지만, 다음 순간에는 분노로 말미암아 얼굴이 새빨개졌다.

「누가 감히?」 프로스페로 공은 가까이 서 있는 신하들에게

많은 유아를 살해하여 포악한 사람으로 알려져 있다.

쉰 목소리로 물었다. 「어떤 놈이기에 감히 저런 건방진 분장으로 우리를 모욕한단 말이냐? 저놈을 붙잡아서 가면을 벗겨라. 날이 밝는 대로 성벽에 목매달 놈의 낯짝을 봐야겠다!」

프로스페로 공이 이 말을 하며 신하들과 함께 서 있던 곳은 동쪽 끝에 있는 푸른색 방이었다. 대담하고 강건한 남자답게 그의 우렁찬 목소리는 일곱 개의 방을 지나며 크고 분명하게 울려 퍼졌다. 오케스트라는 이미 그의 손짓에 연주를 멈춘 상태였다.

그의 명령이 떨어진 순간, 어느새 가까이 와 있던 침입자는 침착하고 당당한 걸음걸이로 명령을 내린 사람에게 더 가까이 다가갔다. 하지만 무언극 배우 같은 침입자의 건방진 태도가 불러일으킨 형언할 수 없는 두려움 때문에, 그를 붙잡으려고 앞으로 나서거나 손을 뻗은 사람은 아무도 없었다. 그래서 침입자는 아무런 방해도 받지 않고 프로스페로 공과 신하들 옆을 바싹 지나쳐 갔다. 춤을 추고 있던 수많은 사람들은 모두 똑같은 공포에 사로잡힌 것처럼 몸을 움츠리며 방한복판에서 벽 쪽으로 뒷걸음질 쳤고, 그러는 사이 침입자는 처음부터 그를 두드러져 보이게 했던 그 근엄하고 느릿한 걸음걸이로 푸른색 방을 지나 자주색 방으로, 자주색 방을 지나 초록색 방으로, 초록색 방을 지나 주황색 방으로, 다시 그 방을 지나 하얀색 방으로, 거기서 보라색 방으로, 그를 붙잡으려는 결정적인 행동이 나타나기 전까지 아무런 제지도 받지 않고 계속 걷기만 했다. 바로 그때였다. 잠깐이나마 상대에게 겁을 먹은 비굴함에 수치를 느낌과 동시에 분노로 미친

듯이 화가 난 프로스페로 공이 여섯 개의 방을 서둘러 지나 보라색 방으로 뛰어든 것이다. 하지만 다른 사람들은 모두 지독한 공포 때문에 아무도 그를 따라나서지 못했다. 프로스페로 공이 단검을 빼 들고 높이 치켜든 채, 멀어져 가는 형상 쪽으로 재빠르게 접근했다. 둘 사이의 거리가 3~4피트 정도로 가까워지자, 벨벳 방 끝에 도달해 있던 침입자는 갑자기 몸을 홱 돌려 추적자와 정면으로 맞섰다. 날카로운 비명 소리가 나더니, 번득이는 단검이 검은색 카펫 위에 떨어지고, 바로 뒤이어 프로스페로 공의 주검이 바닥에 너부러졌다. 그러자 필사적으로 용기를 끌어 모은 무도회 참가자들은 당장 검은색 방으로 뛰어들어, 흑단나무 시계의 그림자 안에 꼼짝도 않고 서 있는 무언극 배우 같은 침입자를 붙잡았다. 그러고는 그를 난폭하게 대하며 수의와 가면을 낚아챘다. 그러나 시체 같은 가면 속은 텅 비어 있었다. 그들은 손에 만져지는 형체가 아무것도 없다는 것을 깨닫고, 형언할 수 없는 공포에 질려 숨을 죽였다.

이제 〈붉은 죽음〉의 존재가 밝혀졌다. 밤중에 도둑처럼 은밀히 들어온 것이다. 연회를 즐기던 사람들은 술잔치가 벌어졌던 방들을 피로 물들이며 한 사람씩 쓰러졌고, 쓰러진 자리에서 절망적인 자세 그대로 죽어 갔다. 그리고 흑단나무 시계의 생명도 마지막으로 죽은 사람과 함께 끝났다. 삼각 받침대의 불꽃도 꺼졌다. 어둠과 부패와 〈붉은 죽음〉이 모든 것에 대해 무한한 지배권을 차지했다.

구덩이와 진자

이곳은 불만에 가득 차서 무고한 피에 대한
증오심에 굶주렸던 성난 자들의 자리였다.
나라는 위기에서 벗어나고 죽음의 동굴은 파괴되고
냉혹한 죽음이 있던 터에 건강한 삶이 들어섰도다.
— 파리 자코뱅 클럽 회관 자리에 세워진
시장 출입문 현판의 4행시

나는 아팠다. 오랜 고통으로 죽을 만큼 아팠다. 그들이 마침내 나를 풀어 주면서 이제 일어나 앉아도 좋다고 했을 때, 나는 모든 감각이 내 몸에서 떠나고 있음을 느꼈다. 그 무시무시한 사형 선고는 내 귀에 마지막으로 들어온 말이었다. 그 후에는 재판관들의 목소리가 서로 뒤섞여 꿈속에서 듣는 것처럼 희미하게 윙윙거리는 소리로 들렸다. 그 소리는 내 머릿속에 **혁명**이라는 생각을 떠올리게 했다. 아마도 그 소리가 상상 속에서 물레방아가 돌 때 나는 소리를 연상시켰기 때문일 것이다.[1] 하지만 이것도 잠시뿐이었다. 나는 곧 아무 소리도 들을 수 없게 되었기 때문이다. 한동안 눈은 보였지만, 얼마나 심하게 과장되어 보였던가! 나는 검은 옷을 입은 재판관들의 입술을 보았다. 그들의 입술이 하얗게 보였다. 이 글을 쓰고 있는 종이보다 더 하얗고, 기괴하리만큼 얇아 보였다. 그들이 입으로 단호하고 확고한 결의와 인간의 고통에 대한 가혹한 경멸을 표현하는 강도가 강한 만큼 그들의

1 〈혁명〉을 뜻하는 단어 *revolution*에는 〈회전〉이란 뜻도 있다.

입술은 얇았다. 나는 내 운명이 될 판결이 그들의 입술에서 흘러나오고 있는 것을 보았다. 나는 그들의 입술이 치명적인 표현으로 뒤틀리는 것을 보았다. 나는 그들의 입술이 내 이름의 음절을 발음하는 것을 보았다. 그런데 어떤 소리도 제대로 나오지 않았기 때문에 나는 몸이 오싹했다. 또한 방의 벽을 덮은 검은 휘장이 거의 감지할 수 없을 만큼 조용히 흔들리는 것을 보고 잠시 미칠 듯한 공포에 사로잡혔다. 그 후 내 눈은 탁자 위에 놓인 일곱 개의 기다란 초를 발견했다. 그 초들은 처음에는 자비로운 양상을 띠고 있었다. 마치 나를 구해 줄 하얗고 날씬한 천사들처럼 보였다. 하지만 바로 그때 지독한 구역질이 나를 덮쳤다. 나는 마치 갈바니 전지[2]의 전선을 건드리기라도 한 것처럼 온몸이 짜릿해지면서 몸의 모든 신경이 전율하는 것을 느꼈다. 천사들의 형체는 머리가 불꽃으로 되어 있는 무의미한 유령이 되었다. 나는 그들한테서 어떤 도움도 받지 못하리라는 것을 알았다. 그러자 무덤 속에는 얼마나 달콤한 휴식이 있을까 하는 생각이 화려한 선율처럼 내 상상 속으로 슬며시 기어들어 왔다. 그 생각은 서서히 은밀하게 다가왔고, 내가 그 생각을 완전히 인식한 것은 한참 뒤인 것 같았다. 하지만 내 마음이 마침내 그 생각을 제대로 지각하고 받아들이자마자 재판관들의 모습이 마법처럼 내 앞에서 사라졌다. 기다란 초들도 차츰 사라졌고, 촛불

2 화학 에너지를 전기 에너지로 변환시키는 화학 장치. 전기 화학의 발전에 크게 이바지한 이탈리아의 해부학자이자 생리학자인 루이지 갈바니Luigi Galvani(1737~1798)의 이름을 딴 것이다.

은 완전히 꺼졌다. 그러자 칠흑 같은 어둠이 내려앉았다. 영혼이 저승 세계로 빨려 들어가듯 모든 감각이 내리막길을 돌진하며 나락으로 빠져드는 것 같았다. 이어서 침묵과 고요와 밤이 세상을 지배했다.

나는 기절했다. 하지만 의식을 완전히 잃었다고는 말하지 않겠다. 어떤 의식이 남아 있었는지 정의하거나 설명하려고 시도하지도 않겠지만, 모든 의식이 사라진 것은 아니었다. 깊이 잠들었을 때도, 섬망 상태나 기절 상태에서도, 죽은 뒤에도, 심지어 무덤 속에서도 의식을 완전히 잃지는 **않는다**. 그렇지 않으면 인간에게 불멸은 존재하지 않는다. 우리는 가장 깊은 잠에서 깨어나면서 **몇몇** 꿈의 거미줄을 찢는다. 하지만 잠시 뒤에는 꿈을 꾸었다는 사실조차 기억하지 못한다. 기절했다가 의식을 되찾는 데에는 두 단계가 있다. 우선 정신적인 또는 영적인 의식이 돌아오고, 다음에는 육체적 존재감이 돌아온다. 두 번째 단계에 도달했을 때 첫 번째 단계의 느낌을 기억할 수 있다면, 이 느낌이 심연 너머의 기억을 생생하게 표현해 줄 가능성이 있을 듯하다. 그런데 그 심연이란 무엇인가? 어쨌든 우리는 그 심연의 어둠을 무덤 속의 어둠과 어떻게 구별해야 할까? 하지만 내가 첫 번째 단계라고 부른 것의 느낌을 마음대로 기억할 수 없다 해도, 한참 시간이 지난 뒤 우리가 부르지도 않았는데 그 느낌이 자발적으로 기억에 떠올라, 그게 도대체 어디서 왔을까 하고 우리가 이상하게 여긴다면? 기절해 본 경험이 없는 사람은 빨갛게 타오르는 숯덩이 속에서 낯선 궁전들과 낯익은 얼굴들을 발견하지 못하고, 대다수 사람이 볼 수 없는 슬픈 환상들이 허공에 떠 있는 것을 보지 못하고, 어떤 신기한 꽃의 향기에 대해 깊이 생각하지 못하고, 일찍이 한 번도 관심을 가져 본 적이 없는 어떤 악곡 때문에 머리가 혼란스러워지지도 않는다.

기억해 내려는 노력은 신중하게 자주 거듭되었고, 내 영혼이 빠져들어 간 것처럼 보이는 인사불성 상태의 증거들을 다시 모으려는 노력도 되풀이되었다. 그렇게 애쓰는 동안, 성공을 꿈꾼 순간들도 있었다. 잠깐, 아주 잠깐이지만 기억을 되살려 낸 순간들도 있었다. 나중에 맑은 정신으로 돌이켜볼 때 그 기억은 내가 의식을 잃은 것처럼 보였던 그 상태와 관련되어 있을 수밖에 없다고 나는 확신한다. 기억의 이 희미한 흔적들은 나를 들어 올렸다가 말없이 내려놓는 키 큰 사람들에 대해 어렴풋이 말해 준다. 그들은 아무 말도 하지 않고 그저 조용히 나를 아래로, 아래로, 아래로 내려놓았다. 마지막에는 그 하강이 끝없이 되풀이될 거라는, 생각만 해도 끔찍한 현기증이 나를 괴롭혔다. 또한 기억의 희미한 흔적들은 내 심장이 부자연스럽게 조용했기 때문에 느낀 막연한 공포에 대해서도 말해 준다. 그러다가 갑자기 모든 것이 정지해 버리는 느낌이 온다. 나를 들어 올린 사람들(한 줄로 늘어선 소름 끼치는 자들!)이 그 힘들고 단조로운 일의 지루함 때문에 나를 내려놓을 때 무한의 한계를 넘어서 잠시 일을 멈추고 한숨 돌리기라도 한 것 같았다. 그 후 나는 평평하고 축축한 곳에 내려진 것을 기억한다. 그다음에는 모든 것이 **착란** 상태다. 기억은 금지된 것들 사이를 미친 듯이 바쁘게 돌아다닌다.

별안간 움직임과 소리가 내 영혼에 돌아왔다. 심장의 격렬한 움직임이 느껴지고, 심장의 고동 소리가 귀에 들려왔다. 그러다가 모든 것이 정지되는 공백 상태가 이어진다. 그리고 다시 소리와 움직임과 온몸에 퍼지는 얼얼한 감각이 느껴졌다. 그러다가 아무 생각 없이 내가 존재한다는 사실만 의식하는 상태가 오래 지속되었다. 그러다가 갑자기 **생각**이 돌아오고, 몸서리쳐지는 공포를 느끼고, 내 진정한 상태를 파악하려는 진지한 노력이 이어진다. 다음에는 무감각 상태에 빠져들고 싶은 강한 욕망을 느낀다. 이어서 영혼이 급속히 되살아나고, 몸을 움직이려는 노력이 성공을 거둔다. 그리고 이제 재판과 재판관들, 검은 휘장, 사형 선고, 구역질, 기절의 기억이 모두 되살아난다. 그런데 그다음에 일어난 모든 일은 기억에서 완전히 사라진다. 이때 잃어버린 기억을 나는 나중에 열심히 노력한 끝에 어렴풋이 되살릴 수 있었다.

그때까지 나는 눈을 뜨지 않았다. 나는 내 몸이 묶이지 않은 채 반듯이 누워 있는 것을 느꼈다. 손을 뻗어 보니 무언가 축축하고 단단한 것 위에 손이 툭 떨어졌다. 나는 손을 오랫동안 그 자리에 내버려 둔 채, 내가 어디에 있고 어떤 상태에 있는지 상상해 보려고 애썼다. 눈을 떠서 주위를 둘러보고 싶었지만, 감히 그럴 엄두가 나지 않았다. 주위에 있는 사물을 처음 보게 될 순간이 두려웠다. 끔찍한 것들을 보기가 두려운 게 아니라, 볼 게 **아무것도 없을까 봐** 겁이 났다. 그러다가 마침내 자포자기하는 심정으로 재빨리 눈을 떴다. 그러자 내가 예상한 최악의 상황이 사실로 확인되었다. 영원한 밤의 어둠이 나를 에워싸고 있었던 것이다. 나는 숨을 쉬려고 안 간힘을 썼다. 칠흑 같은 어둠이 나를 짓누르면서 숨통을 조이는 것 같았다. 공기는 참을 수 없을 만큼 답답했다. 나는 조용히 누운 채 이성을 발휘해 보려고 애썼다. 심문 과정을 생각해 내고, 그때부터 지금까지 내가 놓여 있는 실제 상황을 더듬어 보려고 했다. 판결은 이미 내려졌고, 그때부터 아주 오랜 시간이 지난 것처럼 느껴졌다. 하지만 한 순간도 내가 실제로 죽었다고는 생각하지 않았다. 그런 가정은 우리가 소설에서 읽는 것과 달리 실생활과는 전혀 일치하지 않는다. 하지만 나는 어디에 있고 어떤 상태인가? 사형 선고를 받은 사람들은 대개 화형에 처해진다는 것을 알고 있었다. 그리고 내가 재판을 받은 바로 그날 밤에 그런 화형이 집행되었다. 나는 몇 달 동안 집행되지 않을 다음 화형식을 기다리도록 원래 갇혀 있던 지하 감옥으로 돌려보내졌을까? 그럴 리 없다는 것을 나는 당장 알아차렸다. 희생자가 당장 필요했기 때문이다. 게다가 내가 갇혀 있던 지하 감옥은 톨레도[3]에 있는 사형수 감방과 마찬가지로 돌바닥이었고, 빛이 전혀 들지 않는 것은 아니었다.

문득 무서운 생각이 떠올라, 피가 내 심장으로 격렬하게 흘러들어 갔다. 나는 잠깐 동안 무의식 상태에 다시 빠져들었다. 의식을 되찾자 당장 온몸을 경련하듯 와들와들 떨면서 벌떡 일어났다. 그리고 두 팔을 사방팔방으로 마구 내뻗었다.

3 스페인 중부에 있는 도시. 카스티야 왕국의 수도였으며, 종교 재판의 중심지였다.

아무것도 만져지지 않았다. 하지만 **무덤**의 벽이 나를 방해하지 않을까 겁나서 한 걸음도 떼어 놓을 수가 없었다. 모든 땀구멍에서 땀이 솟아났다. 이마에 차갑고 굵은 땀방울이 맺혔다. 지속적인 불안과 긴장이 주는 고통이 마침내 참을 수 없을 만큼 커졌고, 나는 두 팔을 앞으로 뻗은 채 조심스럽게 발을 내디뎠다. 내 눈은 희미한 빛이라도 포착할 수 있지 않을까 하는 기대로 눈구멍에서 튀어나올 것만 같았다. 여러 걸음을 내디뎠지만, 내 주위에는 여전히 칠흑 같은 어둠과 텅 빈 공간이 있을 뿐이었다. 이제 숨을 쉬기가 좀 편해졌다. 적어도 내가 가장 끔찍한 운명을 당하지는 않을 것 같았기 때문이다.

그리고 계속 조심스럽게 걸음을 내딛는 동안, 톨레도에서 벌어지고 있는 끔찍한 종교 재판에 대한 막연한 소문들이 수없이 기억에 되살아났다. 지하 감옥에 대해서도 이상한 소문이 돌았다. 나는 항상 그런 소문들을 꾸며 낸 거짓말로 생각했지만, 너무 이상하고 소름 끼칠 만큼 무시무시해서 다들 귀엣말로 속닥거릴 뿐 다른 사람에게 그대로 전하기도 망설여질 정도였다. 놈들은 이 캄캄한 지하 세계에서 굶어 죽도록 나를 내버려 두고 가버렸나? 아니면 그보다 훨씬 무서운 어떤 운명이 나를 기다리고 있을까? 결과는 어차피 죽음일 게 뻔하다. 관례적인 고통보다 훨씬 괴로운 죽음일 것은 의심의 여지가 없다. 그것을 의심하기에는 나를 심판한 재판관들의 성격을 나는 너무나 잘 알고 있었다. 내 마음을 차지하거나 심란하게 만든 것은 내가 어떤 방법으로 언제 죽을 것인가 하는 것뿐이었다.

내가 뻗은 손이 마침내 어떤 단단한 장애물에 닿았다. 그것은 벽이었다. 벽은 돌로 되어 있는 것 같았는데, 아주 매끄럽고 끈적끈적하고 차가웠다. 나는 그 돌벽을 따라 걸어갔다. 오래전부터 전해 내려오는 이야기들이 불신을 불러일으켰기 때문에, 나는 아주 조심스럽게 걸음을 내디뎠다. 하지만 이런 식으로 걸으면 내가 갇힌 지하 감옥의 크기를 확인할 방법이 전혀 없었다. 지하 감옥을 한 바퀴 돌고 출발점으로 되돌아와도 그 사실을 알지 못할 수 있었기 때문이다. 벽의 모양은 그만큼 완벽하게 똑같아 보였다. 그래서 나는 종교 재판소 심문실로 끌려갈 때 주머니에 들어 있었던 주머니칼을 찾았지만, 칼은 사라지고 없었다. 내가 원래 입고 있던 옷은 거친 직물로 만든 가운 형태의 죄수복으로 바뀌어 있었다. 나는 돌벽의 작은 틈새에 칼날을 밀어 넣어 출발점을 표시해둘 작정이었다. 하지만 이 어려움은 별로 대단한 게 아니었다. 처음에는 머리가 혼란에 빠져 있어서 극복할 수 없는 어려움처럼 보였지만, 사실은 하찮은 어려움일 뿐이었다. 나는 죄수복의 옷자락을 찢어서 그 천 조각을 벽과 직각 방향으로 바닥에 길게 펼쳐 놓았다. 벽을 더듬으며 감옥을 돌다가 완전히 한 바퀴 돌면 반드시 이 천 조각을 만나게 될 터였다. 적어도 나는 그렇게 생각했다. 하지만 지하 감옥의 크기나 내몸이 약해진 것을 미리 헤아리지 못했다. 바닥은 축축하고 미끄러웠다. 한동안 비틀거리며 걷다가 발부리가 무언가에 걸려 넘어졌다. 극심한 피로가 계속 그렇게 엎드려 있으라고 나를 유혹했다. 엎드려 있는 동안 곧 잠이 나를 덮쳤다.

깨어나자마자 팔을 앞으로 뻗어 보니 내 옆에 빵 한 덩어리와 물주전자가 놓여 있었다. 너무 기진맥진해서 이 상황을 곰곰 생각해 보지도 못하고 게걸스럽게 빵을 먹고 물을 마셨다. 식사를 마치자마자 다시 감옥 순회를 재개하여, 많은 고생 끝에 마침내 천 조각을 놓아둔 곳에 다다랐다. 나는 쓰러질 때까지 쉰두 걸음을 걸었고, 다시 걷기 시작한 뒤 천 조각에 다다를 때까지 마흔여덟 걸음을 더 걸었다. 그렇다면 모두 합해서 백 걸음을 걸은 셈이었다. 두 걸음을 1야드로 치면, 지하 감옥의 둘레는 50야드로 추정되었다. 하지만 나는 벽을 따라 돌 때 많은 모서리를 만났고, 그래서 지하 감옥이 어떤 형태를 갖고 있는지 전혀 짐작할 수가 없었다. 나는 여기가 지하실일 거라고 생각하지 않을 수 없었다.

내가 이런 조사를 하는 목적은 거의 없었고, 희망도 전혀 없었다. 하지만 막연한 호기심이 조사를 계속하도록 부추겼다. 벽을 다 조사한 뒤, 나는 감방을 가로질러 보기로 했다. 처음에는 한 걸음 한 걸음 조심스럽게 나아갔다. 바닥은 단단한 재질로 되어 있는 듯했지만 끈적끈적하고 미끈거려서 방심할 수 없었기 때문이다. 하지만 결국에는 용기를 내어 단호하게 걸음을 내디뎠고, 가능한 한 직선으로 나아가려고 애썼다. 이런 식으로 여남은 걸음 나아갔을 때, 아까 옷자락을 찢어 내고 남은 밑단이 다리 사이에서 얽혔다. 나는 엉킨 부분을 밟고 앞으로 고꾸라졌다. 별안간 넘어지는 바람에 너무 당황해서, 놀라운 상황을 당장 파악하지는 못했다. 하지만 그렇게 엎어진 자세로 몇 초 지났을 때 상당히 놀라운 상황이 주의를 끌었다. 그것은 이러했다. 턱은 감옥 바닥에 닿아 있었지만, 입술과 머리 윗부분은 턱보다 더 낮은 높이에 있는 것 같은데 어디에도 닿지 않고 허공에 떠 있었다. 또한 이마는 끈적끈적한 증기를 쐬고 있는 것 같았고, 썩은 곰팡이에서 풍기는 독특한 냄새가 콧구멍으로 올라왔다. 나는 팔을 뻗어 보았다. 그리고 내가 둥근 구덩이의 가장자리에 넘어진 것을 알고 몸서리를 쳤다. 물론 그때는 구덩이의 크기를 확인할 방법이 전혀 없었다. 나는 구덩이 가장자리 바로 아래의 돌벽을 이리저리 더듬다가 작은 돌조각 하나를 떼어내는 데 성공했다. 그 돌조각을 심연 속으로 떨어뜨렸다. 돌조각이 떨어지면서 깊은 구렁 옆면에 여기저기 부딪히면서 내는 소리가 울려 퍼졌다. 나는 한참 동안 그 소리에 귀를 기울였다. 마침내 물속으로 떨어지는 둔탁한 소리가 들렸고, 큰 메아리가 이어졌다. 같은 순간, 황급히 문이 열리는 듯한 소리가 들렸고, 머리 위에서 빠르게 문이 닫혔다. 그와 동시에 희미한 한 줄기 빛이 갑자기 어둠을 뚫고 번득이다가 갑자기 사라졌다.

나는 나를 위해 준비되어 있던 운명을 똑똑히 보았고, 때맞춰 넘어지는 사고로 그 운명을 피한 나를 자축했다. 넘어지기 전에 한 걸음만 더 내디뎠다면 세상은 더 이상 나를 보지 못했을 것이다. 그리고 내가 방금 모면한 죽음은 종교 재판소에 관한 소문을 들었을 때 내가 황당하고 부질없는 헛소리라고 생각했던 바로 그런 성격의 죽음이었다. 종교 재판소의 폭압에 희생된 사람들에게는 육체적으로 지독한 고통을 겪으면서 죽느냐, 아니면 정신적으로 소름 끼치는 공포에 시달리면서 죽느냐 하는 선택이 있을 뿐이었다. 나를 위해 마련된 죽음은 후자였다. 나는 오랜 고통으로 신경이 쇠약해져서 나 자신의 목소리에도 겁을 먹고 와들와들 떨 정도였으니까, 모든 점에서 나를 기다리고 있는 고통에 잘 어울리는 대상이 되어 있었다.

나는 온몸을 벌벌 떨면서 벽으로 돌아왔다. 구덩이에 빠져 끔찍하게 죽기보다는 차라리 벽에 붙어 죽는 게 낫겠다 싶었다. 이제 나는 지하 감옥 여기저기에 수많은 구덩이가 흩어져 있는 광경을 상상하고 있었다. 다른 정신 상태였다면 그런 심연에 뛰어들어 당장 내 비참한 상태를 끝내 버릴 용기를 냈을지도 모른다. 하지만 당시 나는 겁쟁이 중의 겁쟁이였다. 그리고 그 구덩이들에 관해 읽은 것도 잊을 수 없었다. 구덩이 속에 **떨어지자마자** 죽는 것은 저들의 무서운 계획에 포함되어 있지 않았다.

나는 마음이 산란해서 오랫동안 잠을 이루지 못했지만, 마침내 다시 잠이 들었다. 그리고 잠에서 깨자마자 전처럼 내 옆에 빵 한 덩어리와 물주전자가 놓여 있는 것을 발견했다. 타는 듯한 갈증이 나를 사로잡았다. 단숨에 주전자를 비웠다. 물에 약을 탄 게 분명했다. 물을 마시자마자 졸음이 쏟아졌기 때문이다. 죽음의 잠처럼 깊은 잠이 나를 덮쳤다. 얼마나 오래 잤을까. 물론 나는 모른다. 하지만 다시 눈을 떴을 때는 주위의 물체를 분간할 수 있었다. 어디서 오는 빛인지 처음에는 알 수 없었지만, 어디선가 눈부시게 밝은 유황색 빛이 들어와서 감옥의 크기와 모양을 볼 수 있었다.

감옥의 크기에 대해서는 짐작이 크게 빗나갔다. 벽의 둘레는 25야드를 넘지 않았다. 이 사실은 몇 분 동안 나를 쓸데없이 괴롭혔다. 그것은 정말 쓸데없는 고민이었다. 지금 나를 둘러싸고 있는 끔찍한 상황에서 도대체 무엇이 내가 갇힌 지하 감옥의 크기보다 더 하찮을 수 있겠는가? 하지만 내 영혼은 지극히 하찮은 것에 강한 흥미를 가졌고, 나는 감옥의 크기를 측정할 때 잘못을 저지른 이유를 밝혀내려고 애쓰느라 바빴다. 마침내 진실이 섬광처럼 번득였다. 처음 탐험을 시도할 때, 넘어진 지점까지 쉰두 걸음을 걸었다. 그때 나는 바닥에 깔아 둔 천 조각에서 한두 걸음 이내의 거리에 있었을 것이다. 실제로 지하 감옥을 거의 한 바퀴 다 돈 상태였다. 그런데 나는 쓰러진 채 잠이 들었다. 그리고 잠에서 깨어나자, 왔던 길을 되짚어 돌아간 게 분명하다. 그래서 벽의 둘레를 실제 길이의 두 배로 추정했던 것이다. 정신이 혼란 상태에 빠져 있어서, 벽을 왼쪽에 두고 순회를 시작했는데 순회를 끝냈을 때는 벽이 오른쪽에 있었다는 사실을 알아차리지 못했다.

감옥의 모양에 대해서도 잘못 생각하고 있었다. 길을 손으로 더듬어 갈 때 많은 모서리를 발견했고, 그래서 상당히 불규칙한 형태일 거라고 짐작했다. 혼수상태나 잠에서 깨어난 사람에게 캄캄한 어둠이 미치는 영향은 매우 강력하다. 모서리는 그저 조금 우묵하게 들어간 부분이거나 일정치 않은 간격을 두고 나 있는 벽감의 모서리일 뿐이었다. 감옥의 전체

모양은 정사각형이었다. 내가 돌이라고 생각한 것은 지금 보니 쇠나 다른 금속으로 만든 커다란 판이었고, 그것의 접합부나 연결 부위가 우묵하게 함몰된 부분을 만들어 낸 것이었다. 이 금속 벽의 표면에는 수도사들의 으스스한 미신이 만들어 낸 온갖 섬뜩하고 불쾌한 도안이 조잡하게 그려져 있었다. 해골 같은 형상으로 위협적인 태도를 취하고 있는 마귀들의 모습, 그리고 그보다 더 무시무시한 형상들이 벽면을 완전히 뒤덮어 벽을 볼꼴 사납게 만들고 있었다. 괴물들의 윤곽은 충분히 또렷했지만 색깔은 눅눅한 공기의 영향 때문인 듯 퇴색되어 흐릿했다. 바닥이 돌로 되어 있다는 것도 알아차렸다. 한복판에는 내가 그 아가리에 삼켜지는 것을 간신히 피한 둥근 구덩이가 입을 딱 벌리고 있었지만, 지하 감옥에 있는 구덩이는 그거 하나뿐이었다.

이 모든 것을 나는 희미하게 보았고, 그나마도 엄청난 노력을 기울여야 했다. 잠자는 동안 내 몸 상태가 크게 달라졌기 때문이다. 이제 나는 낮은 나무틀에 등을 대고 반듯이 누워 있었다. 뱃대끈과 비슷한 긴 끈이 나를 나무틀에 단단히 묶어 놓고 있었다. 끈은 내 팔다리와 몸통을 여러 번 둘둘 감고 있어서, 자유롭게 움직일 수 있는 것은 머리뿐이었고, 왼팔은 옆 바닥에 놓여 있는 질그릇의 음식을 간신히 집어 먹을 만큼만 움직일 수 있었다. 나는 주전자가 사라진 것을 알고 경악했다. 참을 수 없는 갈증이 나를 사로잡았기 때문이다. 이 갈증을 더욱 부추기는 것이 나를 박해하는 자들의 의도인 것 같았다. 그릇에 담긴 음식은 매운 소스로 양념한 고기였기 때문이다.

나는 위를 쳐다보며 감옥의 천장을 조사했다. 천장은 높이가 30~40피트 남짓 되어 보였고, 옆벽과 비슷한 구조로 되어 있었다. 천장을 이루는 금속판 중 하나에 그려진 아주 기묘한 형상이 시선을 사로잡았다. 그것은 〈시간〉을 형상화한 그림이었는데, 이 그림에서는 〈시간〉이 낫 대신 진자 같은 것을 들고 있었다. 나는 그것을 얼핏 보고, 옛날 괘종시계에서 볼 수 있는 거대한 진자 같다고 생각했다. 하지만 이 기계의 겉모습에는 좀 더 주의 깊게 바라보게 하는 무언가가 있었다. 나는 그것을 똑바로 쳐다보는 동안(그것의 위치가 바로 내 위였기 때문에) 그것이 움직이는 것을 본 것 같았다. 그 직후 내 생각이 사실로 확인되었다. 진자가 움직이는 범위는 짧았고 물론 느렸다. 나는 몇 분 동안 그것을 지켜보았다. 좀 두렵기도 했지만, 두려움보다는 경이로움이 더 컸다. 나는 마침내 진자의 굼뜬 움직임을 관찰하는 데 싫증이 나서, 감방의 다른 물체들로 눈길을 돌렸다.

작은 소리가 내 주의를 끌었다. 바닥을 내려다본 나는 거대한 쥐 몇 마리가 바닥을 가로지르는 것을 보았다. 쥐들은 내 오른쪽 시야 끝에 있는 구덩이에서 나온 참이었다. 내가 빤히 지켜보고 있는데도 고기 냄새에 이끌려 게걸스러운 눈빛으로 우르르 몰려나왔다. 놈들을 겁주어 쫓아 버리는 데에는 많은 노력과 주의가 필요했다.

내가 다시 위쪽으로 눈길을 던진 것은 30분쯤 뒤였다. 아니, 어쩌면 한 시간 뒤였을지도 모른다(나는 시간을 정확하게 젤 수 없었다). 그때 눈에 잡힌 광경에 나는 당황하고 놀라지 않을 수 없었다. 진자의 진동 폭이 1야드나 늘어나 있었던 것이다. 당연한 결과지만, 진자의 진동 속도도 훨씬 빨라졌다. 하지만 나를 가장 불안하게 한 것은 진자가 눈에 띄게 아래로 **내려온** 듯한 느낌이었다. 이제 나는 진자의 아래쪽 끝부분이 길이가 1피트 정도 되는 초승달 모양의 반짝이는 강철로 이루어져 있다는 것을 알아차렸다. 그것을 본 순간 심한 공포에 사로잡힌 것은 말할 나위도 없었다. 초승달의 양끝은 위쪽을 향하고 있었고, 아래쪽 가장자리는 면도날처럼 날카로운 게 분명했다. 육중하고 무거워 보이는 것도 면도날과 마찬가지였다. 가장자리가 가장 넓고 거기서부터 점점 가늘어져서 윗부분은 단단하고 넓적한 구조물 속에 박혀 있었다. 그것은 무거운 놋쇠 막대에 매달려 있었고, 진자 전체가 공기를 가르며 움직이면 쉿쉿 소리가 났다.

고문에 대해서는 기발하기 짝이 없는 수도사들이 나를 위해 어떤 운명을 준비해 두었는지는 더 이상 의심할 필요가 없었다. 종교 재판관들은 내가 **구덩이**의 존재를 인식했다는 사실을 알아 버린 것이다. 구덩이의 공포는 나처럼 복종을 거부하는 대담한 자들을 위해 준비된 운명이었다. 지옥의 표상인 구덩이는 소문에 따르면 저들의 형벌이 지향하는 〈최후의 궁극적인 목표〉였다. 나는 순전히 우연으로 이 구덩이에 빠지는 것을 면했고, 기습적으로 고통을 주거나 구덩이에 빠뜨려서 괴롭히는 것이 이 지하 감옥에서 일어나는 온갖 기괴한 죽음의 중요한 요소를 이루고 있다는 것을 나는 알고 있었다. 그런데 내가 구덩이에 빠지지 않았기 때문에, 나를 심연에 내던지는 것은 그들의 흉악한 계획에서 제외되었다. 그래서 (다른 대안이 없었기 때문에) 좀 더 부드러운 다른 형태의 죽음이 나를 기다리고 있었다. 부드럽다고? 이런 처지에 그런 말을 떠올린 것을 생각하자, 고통 속에서도 웃음이 나와 나는 어정쩡한 미소를 지었다.

빠르게 흔들리는 쇳덩이의 진동을 헤아리며 터무니없는 공포 속에서 보낸 그 기나긴 시간에 대해 이야기해 봤자 무슨 소용이 있겠는가! 쇳덩이는 조금씩, 서서히, 영겁처럼 느껴지는 간격을 두고 겨우 감지할 수 있을 정도로만 내려오고 또 내려오고 계속 내려왔다! 며칠이 지났다. 어쩌면 많은 날이 지났을지도 모른다. 그러다가 마침내 그것은 구역질 나는 입김으로 나에게 부채질을 해줄 만큼 내 바로 위를 지나가게 되었다. 강렬한 쇠 냄새가 콧구멍 속으로 들어왔다. 나는 기도했다. 쇠날이 좀 더 빨리 내려오게 해달라는 기도에 아마하늘도 지겨웠을 것이다. 나는 광란 상태에 빠져, 무시무시한 언월도가 지나가는 궤도 쪽으로 내 몸을 밀어 올리려고 안간힘을 썼다. 그러다가 갑자기 냉정을 되찾고 조용히 누워서, 희귀한 장난감을 보고 열광하는 아이처럼 번득이는 죽음을 향해 미소를 지었다.

나는 또다시 완전한 혼수상태에 빠졌다. 그 상태가 오래가지는 않았다. 다시 정신을 차려 보니 그동안 진자가 전혀 내려온 것 같지 않았기 때문이다. 하지만 어쩌면 아주 오랫동안 의식을 잃었는지도 모른다. 저 흉악한 놈들이 내가 기절한 것을 알아차리고는 진자의 진동을 제멋대로 멈출 수도 있다는 것을 나는 알고 있었기 때문이다. 의식을 되찾았을 때 나는 오랜 굶주림을 겪은 것처럼 몹시, 뭐라고 표현할 수 없을 만큼 메스껍고 기운이 없어진 것을 느꼈다. 그토록 극심한 고통 속에서도 인간은 본능적으로 음식을 갈망했다. 나는 고통을 참으며, 나를 묶은 끈이 허락하는 한 왼팔을 뻗어, 쥐들이 먹다 남긴 음식 찌꺼기를 손에 넣었다. 그것을 입안에 넣자 반쯤 형성되다 만 기쁨과 희망이 내 마음속으로 밀려들었다. 하지만 희망을 가져 봤자 그걸로 뭘 하겠는가? 방금 말했듯이 그것은 반쯤 형성된 어설픈 생각일 뿐이었다. 인간은 그런 생각을 많이 갖고 있지만, 그것은 끝내 완성되지 못하는 경우가 많다. 나는 그게 기쁨이거나 희망이라고 생각했지만, 형성되는 과정에서 이미 죽었다는 생각도 들었다. 나는 그것을 완성하려고, 말하자면 되찾으려고 애썼지만 허사였다. 오랜 고통이 평소의 내 정신력을 파멸시킨 것이다. 이제 나는 바보 천치가 되어 있었다.

진자가 움직이는 방향은 내 몸과 직각을 이루고 있었다. 나는 언월도가 내 심장 부위를 가로지르도록 설계된 것을 알았다. 언월도는 내가 입고 있는 죄수복을 스치면서 천이 해지게 하고, 몇 번이고 다시 돌아와서 그 작업을 되풀이할 것이다. 언월도의 진폭은 소름 끼칠 만큼 넓고(30피트가 넘을 정도), 쉿쉿거리며 하강할 때의 기세는 이 감방의 금속 벽을 자르기에 충분했지만, 몇 분 동안 언월도가 하는 일은 여전히 내 옷을 해지게 하는 것뿐일 것이다. 생각이 여기에 미치자, 나는 더 이상 앞으로 나아갈 용기가 나지 않았다. 나는 집요할 만큼 주의 깊게 이 생각을 곰곰 되씹었다. 그렇게 하면 **이 지점**에서 쇠날의 하강을 막을 수 있기라도 한 것처럼. 나는 언월도가 내 옷을 스치고 지나갈 때의 소리를 억지로라도 생각해 보려고 애썼다. 쇠날이 옷을 스칠 때 그 마찰이 신경에 불러일으키는 독특한 감각, 저릿하고 오싹한 느낌을 곰곰 생각해 보려고 애썼다. 나는 너무 역겨워서 구역질이 날 때까지 이 부질없는 생각에 몰두했다.

아래로, 언월도는 천천히, 꾸준히 아래로 내려왔다. 나는 언월도가 아래로 내려오는 속도와 좌우로 움직이는 속도를 비교하면서 그 둘의 관계를 즐기고 있었다. 진동은 저주받은 영혼의 비명 소리와 함께, 왼쪽으로, 오른쪽으로, 멀리, 넓게 움직였다! 호랑이처럼 살금살금 내 심장으로 다가왔다! 어떤 생각이 나를 지배하느냐에 따라 나는 큰 소리로 웃기도 하고 울부짖기도 했다.

아래로, 언월도는 가차 없이, 정확하게 아래로 내려왔다! 이제 언월도는 내 가슴에서 3인치도 떨어지지 않은 높이에서 흔들리고 있었다. 나는 왼팔의 결박을 풀려고 맹렬하게, 미친 듯이 몸부림쳤다. 왼팔은 팔꿈치에서 손까지만 자유로웠다. 왼손을 옆에 놓인 그릇에서 입까지는 간신히 가져갈 수 있었지만, 더 이상은 움직일 수 없었다. 팔꿈치 위쪽의 결박을 풀 수 있었다면 진자를 잡아서 진동을 막으려 했을 것이다. 하지만 그것은 맨손으로 산사태를 막으려는 거나 마찬가지였다.

아래로, 언월도는 여전히 멈추지 않고, 여전히 확실하게 아래로 내려왔다! 나는 언월도가 움직일 때마다 숨을 헐떡이며 버둥거렸다. 언월도가 위를 지나갈 때마다 발작적으로 몸을 움츠렸다. 내 눈은 부질없는 갈망을 담고 진자가 바깥쪽이나 위쪽으로 올라가는 것을 열심히 좇았다. 차라리 죽어버리면 좋을 텐데, 언월도가 내려오면 눈이 발작적으로 질끈 감겼다. 아아, 무슨 말을 할 수 있단 말인가! 진자가 조금만 내려와도 차갑게 번득이는 저 예리한 도끼가 가슴에 박힐 거라고 생각하면 온몸이 와들와들 떨렸다. 신경을 떨게 하고 몸을 움츠러들게 한 것은 바로 **희망**이었다. 종교 재판소의 지하 감옥에 갇힌 사형수에게도 작은 목소리로 속삭여, 고문대에서도 승리를 거두는 것은 바로 **희망**이었다.

언월도가 여남은 번만 더 움직이면 쇠날이 내 옷자락에 닿으리라는 것을 알았다. 이런 생각이 들자 절망에서 오는 간절하고 냉정한 평온이 갑자기 찾아왔다. 오랜만에, 어쩌면 며칠 만에 처음으로 나는 **생각했다**. 나를 묶은 밧대끈이 **한 가닥**이라는 사실이 문득 떠올랐다. 나를 묶고 있는 다른 끈은 하나도 없었다. 면도칼 같은 언월도가 나를 묶고 있는 끈의 어느 부분을 스치기만 하면 끈이 끊어질 테고, 그러면 왼손으로 끈을 풀 수 있을지 모른다. 하지만 그러려면 칼날에 얼마나 접근해야 할까? 칼날이 조금 몸에 닿을 경우, 그 결과는 얼마나 치명적일까? 게다가 고문의 앞잡이들이 이 가능성을 예견하고 대비해 놓지 않았을까? 내 가슴에 교차된 끈을 진자가 움직이는 궤도에 맞추는 것이 가능할까? 한 가닥 희미

한 희망, 어쩌면 마지막 희망이 좌절되는 게 두려웠지만, 나는 내 가슴이 또렷이 보일 만큼 고개를 들어 올렸다. 뱃대끈은 팔다리와 몸통을 사방팔방으로 꽁꽁 묶고 있었지만, 그 **치명적인 언월도가 지나는 길목은 예외였다.**

내가 머리를 원래 자리로 떨어뜨리자마자 전에 언급했던 그 반쯤 형성되다 만 생각, 결박에서 풀려날 수 있는 아이디어의 나머지 절반이라고 묘사할 수밖에 없는 그 생각이 섬광처럼 번득였다. 그 나머지 절반은 내가 타는 듯한 입술로 음식을 들어 올릴 때 막연하게 머릿속에 떠돌았을 뿐이지만, 이제는 그 생각이 완전한 형태를 갖춘 것이다. 가능성은 희박한 데다 무모하고 명확하지도 않았지만, 그래도 반쪽짜리가 아니라 온전한 생각이었다. 나는 절망에서 나온 에너지를 동원하여 당장 그 생각을 실행에 옮겼다.

내가 누워 있는 낮은 구조물 바로 옆에는 오랫동안 쥐들이 문자 그대로 우글거리고 있었다. 쥐들은 사납고 대담하고 탐욕스러웠다. 놈들은 나를 먹이로 삼기 위해 내가 움직이지 않기만을 기다리는 듯이 빨간 눈으로 나를 노려보고 있었다. 〈놈들은 저 구덩이 속에서 어떤 먹이에 익숙해졌을까?〉

나는 쥐들을 막으려고 안간힘을 썼지만, 놈들은 그릇에 담긴 음식을 아주 조금만 남겨 놓고 게걸스럽게 먹어 치웠다. 나는 손을 습관적으로 위아래로 움직이거나 접시 주위에서 흔들었지만, 무의식적으로 한결같이 반복되는 동작은 결국 아무 효과도 내지 못했다. 게걸스러운 쥐들은 종종 내 손가락에 날카로운 송곳니를 박아 넣었다. 나는 그릇에 남아 있는 기름지고 향긋한 음식을 내 손이 닿는 뱃대끈에 마구 문지른 다음, 손을 바닥에서 들어 올리고 가만히 누워서 숨을 죽였다.

탐욕스러운 짐승들은 처음에는 내가 느닷없이 움직임을 멈춘 것에 놀라고 겁을 먹었다. 놈들은 불안한 듯 슬금슬금 물러났고, 구덩이로 들어간 놈들도 많았다. 하지만 그것도 잠시뿐이었다. 놈들의 왕성한 식욕에 기대를 건 것은 헛되지 않았다. 내가 계속 움직이지 않자, 가장 대담한 한두 녀석이 내가 누워 있는 구조물 위로 뛰어올라 뱃대끈의 냄새를 맡았다. 일제 돌격의 신호 같았다. 놈들은 무리를 이루어 구덩이에서 기어 올라왔다. 수백 마리가 나무틀에 매달리더니, 그것을 타고 와서 내 몸 위로 뛰어올랐다. 진자의 규칙적인 움직임은 놈들에게 전혀 방해가 되지 않았다. 놈들은 진자를 피하면서 기름이 묻은 끈을 찾느라 바빴다. 놈들은 내 몸을 짓눌렀다. 점점 많은 쥐가 내 몸 위로 몰려들었다. 놈들은 내 목 위에서 몸부림을 치고, 놈들의 축축한 입술이 내 입술을 찾았다. 몰려든 쥐 떼의 압박으로 숨이 막힐 지경이었다. 무어라 형언할 수 없는 역겨움이 가슴에 치밀어 올랐다. 차갑고 끈적끈적하고 묵직한 느낌에 심장이 서늘해지고 오싹 소름이 끼쳤다. 하지만 1분만 참으면 이 고통도 끝날 거라고 생각했다. 결박이 느슨해지는 것을 감지했기 때문이다. 끈은 여러 군데가 이미 끊긴 게 분명했다. 그것을 알았지만, 초인적인 인내심을 발휘하여 **가만히** 누워 있었다.

내 계산은 틀리지 않았고, 인내심도 헛되지 않았다. 마침내 나는 **결박이 풀린 것**을 느꼈다. 뱃대끈은 갈기갈기 찢어져 내 몸에서 늘어져 있었다. 하지만 진자는 이미 내 가슴을 누르고 있었다. 입고 있는 죄수복의 천이 찢어졌다. 겉옷 속에 입은 속옷도 찢어졌다. 진자가 두 번 더 지나갔다. 격렬한 통증이 온몸을 꿰뚫었다. 하지만 탈출할 순간이 왔다. 내가 손을 흔들자 나를 풀어 준 쥐들은 야단법석을 떨면서 서둘러 달아났다. 나는 몸을 움츠리고, 침착하게, 조심스럽게, 천천히, 나를 둘러싸고 있던 뱃대끈에서 옆으로 미끄러져 나와 언월도가 닿지 않는 곳으로 이동했다. 마침내 나는 **자유로워졌다.** 적어도 지금은.

자유라고? 하지만 나는 아직 종교 재판소의 손아귀 안에 있었다. 내가 공포의 나무 침대에서 빠져나와 감옥의 돌바닥 위에 서자마자 소름 끼치는 진자의 움직임이 멈추었다. 그리고 나는 눈에 보이지 않는 어떤 힘이 천장을 통해 그 기계를 끌어 올리는 것을 보았다. 나는 이 교훈을 필사적으로 가슴에 새겼다. 나의 일거수일투족이 감시당하고 있는 게 분명했다. 자유라고? 나는 한 가지 형태의 고통스러운 죽음은 면했지만, 죽음보다 더한 다른 형태의 고통 속으로 옮겨졌을 뿐이다. 이런 생각을 하면서 눈알을 굴려 나를 둘러싸고 있는 철제 장벽을 돌아보았다. 무언가 예사롭지 않은, 처음에는 분명히 감지하지 못한 어떤 변화가 감방에 일어난 게 분명했다. 나는 몇 분 동안 두려움에 떨면서 꿈꾸듯 몽롱하고 망연자실한 상태로 부질없이 머리를 쥐어짜며 조리에 맞지 않는 추론을 하느라 바빴다. 그러는 동안, 감방을 비추는 유황색 불빛이 어디서 오는지 처음으로 알아차렸다. 그것은 벽 아래쪽에 감방 전체를 빙 두르고 있는 약 1센티미터 너비의 틈에서 들어오고 있었다. 그래서 벽은 바닥에서 완전히 분리되어 있는 것처럼 보였고, 실제로도 분리되어 있었다. 나는 그 틈새를 통해 밖을 보려고 애썼지만, 물론 소용없었다.

바닥에 엎드린 자세에서 몸을 일으켰을 때, 방에 일어난 변화의 수수께끼가 단번에 풀렸다. 벽에 그려진 형상들은 윤곽이 또렷했지만 색깔들은 흐릿하고 분명치 않았다고 전에 말했는데, 지금은 이 색깔들이 놀랄 만큼 밝아졌고, 시시각각으로 점점 더 밝아지고 있었다. 그로 인해 그 괴기스럽고 사악한 형상들은 나보다 더 튼튼한 신경을 가진 사람조차 두려움에 떨게 할 수 있는 양상을 띠고 있었다. 전에는 아무것도 보이지 않았던 곳에 사납고 소름 끼칠 만큼 활기를 띤 악마의 눈이 나타나 사방팔방에서 나를 노려보았고, 으스스한 불빛으로 번득였다. 아무리 상상력을 동원해도 그 불빛을 비현실적인 것으로 생각할 수는 없었다.

비현실적이라고? 내가 숨을 쉬고 있는 동안에도 뜨겁게 달구어진 쇠에서 나온 증기가 콧구멍으로 들어왔다! 숨 막힐 듯한 냄새가 감방에 가득 찼다. 내 고통을 노려보는 악마의 눈에는 시시각각 더 강한 빛이 자리를 잡았다. 더 짙은 진홍빛이 벽에 그려진 소름 끼치는 피 위로 널리 퍼져 갔다. 나는 숨이 찼다. 공기를 들이마시려고 숨을 헐떡거렸다! 고문자들의 의도는 의심의 여지가 없었다. 오, 무자비한 자들! 오, 세상 누구보다 흉악한 자들! 나는 빨갛게 빛나는 뜨거운 금속 벽에서 감방 한복판으로 물러났다. 나는 이제 곧 타 죽을 운명이었다. 그것을 생각하자, 시원한 구덩이에 대한 생각이 향유처럼 내 마음을 엄습했다. 나는 구덩이를 향해 달려갔다. 그러고는 눈을 부릅뜨고 아래로 눈길을 던졌다. 불타는 지붕에서 나오는 빛이 구덩이의 가장 깊은 구석까지 비추고 있었다. 하지만 잠시 내 머리는 내가 본 것의 의미를 파악하기를 거부했다. 마침내 그것은 억지로 내 머릿속을 뚫고 들어와, 몸서리치고 있는 내 이성에 자신의 낙인을 찍었다. 뭐라고 말하려 해도 목소리가 나오지 않았다! 오, 끔찍한 공포! 이것만 아니면 어떤 공포라도 좋다! 나는 비명을 지르며 구덩이 가장자리에서 물러나 두 손에 얼굴을 묻고 흐느껴 울었다.

방은 급속히 뜨거워졌고, 나는 학질에라도 걸린 것처럼 와들와들 떨면서 다시 위를 쳐다보았다. 감방 안에 두 번째 변화가 일어나 있었다. 그리고 이번에는 감방의 **형태**에 변화가 일어난 게 분명했다. 전과 마찬가지로, 처음에는 무슨 일이 일어나고 있는지 식별하거나 이해하려고 애썼지만 역시 소용이 없었다. 하지만 오래지 않아 상황이 확실해졌다. 종교재판소는 내가 두 번이나 죽을 고비를 넘긴 것을 보고 복수를 서두른 것이었다. 이제 더 이상 〈공포의 왕〉과 농탕을 치느라 시간을 허비하지 않을 생각이었다. 방은 정사각형이었다. 나는 감방의 강철 벽이 만나는 네 모서리 가운데 둘이 예각으로 좁아져 있고, 그 결과 나머지 둘은 둔각으로 넓어져 있는 것을 알았다. 이 각도의 차이는 덜커덕거리는 것 같기도 하고 울부짖는 것 같기도 한 소리와 함께 점점 더 벌어졌다. 순식간에 감방은 형태를 정사각형에서 마름모꼴로 바꾸었다. 하지만 변화는 여기서 그치지 않았다. 나는 변화가 그칠 거라고 기대하지도 않았고, 바라지도 않았다. 그 붉은 벽을 영원한 안식의 옷으로 내 가슴에 끌어안을 수도 있을 것 같았다. 「죽음.」 나는 혼자 중얼거렸다. 「그래, 구덩이 속에 빠져 죽는 것만 아니면 어떤 죽음도 좋다.」 바보 같으니! 나를 **구덩이 속으로 몰아넣는** 게 불타는 벽의 목적이라는 것을 몰라서 하는 소리냐? 내가 과연 벽의 열기를 견뎌 낼 수 있을까? 아니, 열기는 견뎌 낸다 해도, 벽의 압력을 견뎌 낼 수 있을까? 마름모꼴은 점점 더 납작해져 갔다. 그 속도가 너무 빨라서 생각할 시간이 없었다. 마름모꼴의 중심, 그러니까 폭이 가장 넓은 곳은 아가리를 벌리고 있는 구덩이 바로 위에 와 있었다. 나는 뒤로 물러났다. 하지만 바싹 다가오는 벽들이 나를 앞으로 밀어붙이는 데에는 도저히 저항할 도리가 없었다. 마침내 열기에 그을려 고통에 몸부림치는 내 몸은 감방의 단단한 바닥에 한 발짝도 발붙일 수가 없게 되었다. 나는 더 이상 버틸 수 없었다. 한 번 크고 길게 내지른 마지막 절망의 울부짖음으로 내 영혼의 고통을 토해 냈다. 나는 내 몸이 구덩이 가장자리 너머로 기우뚱하는 것을 느끼고 눈길을 돌렸다.

웅성거리는 사람들의 목소리가 수선스럽게 들려왔다. 많은 나팔이 한꺼번에 연주를 시작한 것처럼 요란한 소리가 났다. 수많은 우레 소리처럼 귀에 거슬리게 삐걱거리는 소리가 들렸다. 불타는 벽들이 갑자기 뒤로 물러났다. 내가 정신을 잃고 구덩이 속으로 떨어지는 순간, 팔 하나가 뻗어 와서 내 팔을 잡았다. 그것은 라살 장군[4]의 팔이었다. 프랑스군이 톨레도에 입성한 것이다. 종교 재판소는 적들의 손에 들어갔다.

4 Antoine-Charles-Louis de Lasall(1775~1809). 프랑스 혁명과 나폴레옹 전쟁 시기의 장군.

황금 벌레

우와! 우와! 이 녀석이 미친 듯이 춤을 추고 있네!
독거미에 물렸나 봐.
—「모두 다 이상해」[1]

　오래전에 나는 윌리엄 르그랜드라는 남자와 친한 사이가
되었다. 그는 유서 깊은 위그노[2] 집안 출신이었고, 한때는 부
유했지만 불운이 계속되는 바람에 몰락하고 말았다. 이런 불
운에 따른 굴욕을 피하기 위해 그는 조상 대대로 살아온 뉴
올리언스시를 떠나 사우스캐롤라이나주 찰스턴 근처에 있는
설리번섬에 터를 잡았다.

　이 섬은 아주 독특한 곳이다. 대부분 바다 모래로 이루어
져 있고, 길이는 3마일쯤 된다. 너비는 어느 지점에서도 4분
의 1마일을 넘지 않는다. 이 섬은 거의 눈에 띄지 않을 만큼
좁은 샛강을 사이에 두고 본토와 떨어져 있는데, 갈대와 늪
지밖에 없는 황무지에서 졸졸 흘러나오는 이 샛강은 뜸부기
들이 즐겨 찾는 곳이다. 짐작할 수 있겠지만 식물은 드물거

　1　아일랜드의 극작가 아서 머피Arthur Murphy(1727~1805)의 희곡이
지만, 실제로는 인용이 아니라 포의 창작으로 보인다. 포가 머피의 다른 작품
과 혼동했다고 보는 연구자도 있다. 독거미에 물렸을 때 춤을 추면 낫는다는
미신이 있었다.
　2　프랑스의 개신교(특히 칼뱅파) 신자에 대한 호칭.

나, 있다고 해도 볼품없는 자잘한 것들뿐이다. 나무다운 나무는 찾아볼 수 없다. 물트리 요새가 있는 서쪽 끝 언저리에는 여름 동안 찰스턴의 먼지와 더위를 피해 섬으로 온 사람들이 세 들어 사는 초라한 판잣집이 몇 채 있는데, 여기서는 잎이 뾰족한 야자나무를 찾아볼 수 있다. 하지만 이 서쪽 끝과 해안을 따라 길게 이어진 하얗고 단단한 모래밭을 제외하고는 섬 전체가 빽빽이 우거진 도금양 덤불로 덮여 있다. 도금양은 영국 원예가들이 아주 소중하게 여기는 나무다. 이 관목이 여기서는 15~20피트 높이까지 자라는 경우도 많고, 뚫고 들어갈 수 없을 만큼 울창한 숲을 이루며 짙은 향기를 내뿜는다.

이 관목숲 속으로 깊숙이 들어간 구석진 곳, 섬의 더 외진 동쪽 끝에서 그리 멀지 않은 곳에 르그랜드는 손수 작은 오두막을 지었다. 내가 그를 우연히 만나 알게 된 것은 그가 이 오두막집에 살고 있을 때였다. 어쨌거나 이 우연한 만남은 곧 우정으로 무르익었다. 이 은둔자에게는 흥미와 존경을 불러일으키는 점이 많았기 때문이다. 나는 그가 훌륭한 교육을 받은 교양 있는 사람이고 뛰어난 지적 능력을 갖고 있지만, 사람을 싫어하고 염세주의에 물든 데다 조증과 울증을 오가는 변덕스러운 성미의 소유자라는 것을 알았다. 그는 책을 잔뜩 갖고 있었지만 그 책을 읽는 일은 드물었다. 그의 주된 낙은 사냥과 낚시였고, 조가비나 곤충 표본을 찾아 해변을 어슬렁거리거나 도금양 숲을 돌아다니는 것도 좋아했다. 그가 수집한 곤충 표본을 보면 스바메르담[3] 같은 생물학자도 부러워했을 것이다. 이런 채집을 나갈 때면 대개 주피터라는 흑인 영감을 데리고 다녔다. 주피터는 르그랜드 집안이 몰락하기 전에 해방된 노예였지만, 젊은 〈월 되련님〉을 따라다니며 시중드는 것을 자신의 특권으로 여기고, 위협을 해도 어르고 달래도 결코 그 권리를 포기하려 하지 않았다. 어쩌면 르그랜드가 지적으로 좀 불안정하다고 생각한 친척들이 이 방랑자를 감시하고 보호할 목적으로 주피터에게 이런 고집스러운 생각을 교묘히 심어 주었는지도 모른다.

설리번섬이 있는 위도에서는 겨울에도 별로 춥지 않고, 가을에 난롯불이 필요하다고 여겨지는 것은 극히 드문 일이다. 그런데 18××년 10월 중순경에 그런 일이 일어났다. 가을 날씨치고는 유난히 쌀쌀한 날이었다. 나는 해가 지기 직전에 상록수 숲을 지나 친구네 오두막으로 서둘러 가고 있었다. 내가 그의 집을 마지막으로 방문한 것은 몇 주 전이었다. 그 당시 나는 설리번섬에서 9마일 거리에 있는 찰스턴에 살고 있었는데, 그때는 그의 집까지 왕복하는 교통편이 요즘보다 훨씬 뒤떨어져 있었다. 오두막에 도착하자 늘 하던 대로 문을 두드렸지만 응답이 없었다. 열쇠를 숨겨 두는 곳을 알고 있었으므로 그 열쇠를 찾아서 문을 열고 안으로 들어갔다. 난로에는 불이 활활 타오르고 있었다. 가을에 난롯불을 피우는 것은 좀 이상한 일이었지만 달갑잖은 일은 아니었다. 나는 외투를 벗고, 탁탁 소리를 내며 타고 있는 장작불 옆에 의자를

3 Jan Swammerdam(1637~1680). 네덜란드의 박물학자. 현미경 관찰과 곤충학으로 높은 평가를 받았다.

갓다 놓고 앉아서, 집주인이 돌아오기를 느긋하게 기다렸다.

그들은 날이 어두워지자마자 돌아와서 나를 반갑게 맞아 주었다. 주피터는 입이 귀에 걸릴 만큼 환하게 웃으면서 저녁 식사로 뜸부기 요리를 만드느라 부산을 떨었다. 르그랜드는 조증 발작(그것을 발작이라고 부르지 않으면 달리 뭐라고 불러야 할까?)을 일으킨 상태였다. 그는 알려지지 않은 쌍각류 조개를 발견했는데, 지금까지 알려진 어떤 종에도 속하지 않는 것이었다. 게다가 주피터의 도움을 받아 **쇠똥구리** 한 마리를 붙잡았는데, 그는 이 곤충이 완전히 새로운 종이라고 믿었지만, 그 점에 대해서는 내일 내 의견을 듣고 싶다고 말했다.

「오늘 밤에 하면 안 되나?」 나는 난롯불 위에서 두 손을 비비며 물었지만, 쇠똥구리 따위를 내가 알 게 뭐냐고 말하고 싶었다.

「자네가 여기 올 줄 알았다면 좋았을걸!」 르그랜드가 말했다. 「하지만 내가 자네를 본 지도 꽤 오래됐잖아. 그런데 하고많은 날 중 하필이면 오늘 밤에 자네가 찾아올 줄 어떻게 예상할 수 있었겠나? 집으로 오는 길에 요새에 근무하는 G 중위를 만났는데, 정말 미련하게도 그 딱정벌레를 빌려주었지 뭔가. 그래서 내일 아침까지는 그걸 보여 줄 수가 없어. 오늘 밤에는 여기서 지내게. 내일 동이 트자마자 주피터를 보내서 그걸 가져오게 할 테니까. 그건 정말 세상에서 가장 아름다운 창조물이야!」

「뭐가? 동트는 게?」

「농담하지 마! 그 딱정벌레 말이야. 반짝반짝 빛나는 황금

색에다, 크기는 커다란 히코리 열매만 해. 등딱지의 한쪽 끝에 새까만 점이 두 개 있고, 반대쪽 끝에 옆으로 좀 길쭉한 새까만 점이 하나 있어. **더듬이는……**.」

「그 벌레에 양철 같은 건 **없다니께유**, 되련님. 아까부터 계속 그렇게 말씀드렸잖어유.」 주피터가 끼어들었다. 「그건 진짜 황금 벌레라니께유. 날개만 빼고는 안팎이 다 순금이라구요. 제 평생에 그렇게 무거운 딱정벌레는 본 적이 없시유.」

「설령 그렇다 해도,」 르그랜드는 아주 진지하게 대답했다. 이 상황에서 그렇게 진지하게 대답할 필요가 있나 싶을 정도였다. 「그렇다고 뜸부기 고기를 태울 건 없잖아. 그 벌레의 색깔은……」 여기서 그는 다시 내 쪽으로 몸을 돌렸다. 「주피터가 그렇게 생각하는 것도 무리는 아니지. 그 등딱지보다 더 찬란하게 빛나는 금속성 광택은 자네도 본 적이 없을 거야. 하지만 여기에 대해서는 내일까지 판단을 내릴 수 없겠지. 그것을 실제로 보기 전에 그 생김새를 어느 정도 알려 줄 수는 있어.」 이렇게 말하면서 그는 작은 탁자 앞에 자리를 잡았다. 그 탁자 위에는 펜과 잉크는 있었지만 종이는 한 장도 없었다. 그는 서랍을 열고 종이를 찾았지만 한 장도 찾지 못했다.

「할 수 없군.」 마침내 그가 말했다. 「이걸로도 충분할 거야.」 그는 조끼 주머니에서 구겨진 종잇조각을 꺼내더니, 거기에다 펜으로 대충 그림을 그렸다. 그가 그림을 그리는 동안 나는 아직도 추웠기 때문에 난롯가 자리에 그대로 앉아 있었다. 그림이 완성되자 그는 의자에 앉은 채 그림을 나에게 건네주었다. 내가 그림을 받을 때 큰 소리로 으르렁대는 소리가 들리더니 이어서 발톱으로 문을 긁는 소리가 났다. 주피터가 문을 열자 르그랜드가 기르고 있는 커다란 뉴펀들랜드종 개가 안으로 뛰어들더니 내 어깨 위로 뛰어올라 얼굴을 마구 핥으며 법석을 떨었다. 이 집에 올 때마다 귀여워해 주었기 때문이다. 개가 한바탕 법석을 떨고 나자 나는 종잇조각을 들여다보았다. 솔직히 말하면, 친구가 그린 그림을 보고 나는 적잖이 당황했다.

「글쎄!」 나는 한참 동안 그림을 들여다보고 나서 말했다. 「쇠똥구리치고는 **정말** 이상한데. 이런 건 난생처음 봐. 지금까지 한 번도 본 적이 없어. 이게 두개골이나 해골이 아니라면, 아무튼 이건 **내가** 지금까지 본 어느 무엇보다도 해골과 가장 닮았어.」

「해골이라고? 그래, 종이 위에 그리면 그렇게 보일지도 몰라. 위쪽에 있는 두 개의 검은 점은 눈처럼 보일 테고, 아래쪽의 길쭉한 점은 입처럼 보이겠지. 게다가 전체 모양은 타원형이니까.」

「그럴지도 모르지만, 르그랜드, 자네는 그림에 소질이 없는 것 같아. 내가 그 딱정벌레 모양에 대해 어떤 의견을 가지려면 아무래도 실물을 볼 때까지 기다리는 수밖에 없겠어.」

「글쎄, 그런가.」 그는 좀 짜증이 난 것처럼 말했다. 「데생이라면 나도 좀 **하는 편이거든.** 대가한테 그림을 배웠으니까. 그리고 나는 그렇게 바보 멍청이는 아니라고 자부해.」

「그렇다면 자네가 나를 놀렸나 보군. 이건 충분히 **해골로** 통할 수 있는 그림이야. 게다가 그런 생리학적 표본에 대한 통속적인 관념에 따르면 **아주 뛰어난** 해골 그림이라고 말할 수 있어. 자네가 잡은 쇠똥구리가 이것과 비슷하다면, 그건 세상에서 가장 희귀한 쇠똥구리일 게 분명해. 이 힌트를 바탕으로 머리털이 곤두설 만큼 오싹한 미신을 지어낼 수도 있을 거야. 그 딱정벌레에다 〈인간 해골 쇠똥구리〉라든가 뭐 그런 종류의 이름을 붙여서 말이지. 박물학에는 그와 비슷한 이름이 수두룩하잖아. 그런데 자네가 말한 더듬이는 어디 있지?」

「더듬이?」 더듬이 이야기가 나오자, 무엇 때문인지 르그랜드는 이상하게 흥분하는 것 같았다. 「더듬이가 안 보일 리가 없는데. 나는 원래 그 곤충에 있는 것처럼 또렷하게 **더듬이**를 그려 넣었고, 그 정도면 충분하다고 생각해.」

「그래, 자네는 아마 그랬겠지. 하지만 그래도 내 눈에는 안 보이는걸.」 나는 그의 기분을 상하게 하고 싶지 않아서 그 이상 아무 말도 하지 않고 종잇조각을 그에게 돌려주었지만, 일이 이런 식으로 전개된 것이 너무 뜻밖이어서 그저 놀라울 뿐이었다. 그의 기분이 언짢아진 것은 당혹스러웠지만, 딱정벌레 그림에 대해서 말하자면 아무리 보아도 더듬이 따위는 **보이지 않았고**, 전체적인 형태는 평범한 해골과 아주 비슷했다.

그는 몹시 언짢은 얼굴로 종이를 받아서, 난롯불에라도 던져 버리려는 듯 구기려 하다가 무심코 그림에 눈길을 던지더니, 갑자기 무엇에 홀린 것처럼 골똘히 바라보았다. 순식간에 그의 얼굴이 시뻘게졌다. 그리고 다음 순간에는 백짓장처럼 하얘졌다. 몇 분 동안 그는 앉은 자리에서 그림을 자세히 살펴보았다. 마침내 자리에서 일어나더니, 탁자에서 촛불을 집어 들고 방의 저쪽 구석에 놓여 있는 선원용 궤짝으로 가서 앉았다. 여기서 그는 또다시 그 종잇조각을 이리저리 돌려 가면서 열심히 살펴보았다. 하지만 말은 한마디도 하지 않았다. 그런 행동에 나도 놀랐지만, 공연한 소리를 해서 그를 불쾌하게 만들지 않는 게 좋을 것 같아서 잠자코 있었다. 그는 곧 코트 주머니에서 지갑을 꺼내더니 종잇조각을 지갑 속에 조심스럽게 집어넣고, 쪽지가 든 지갑을 책상에 넣고 자물쇠를 채웠다. 그의 태도는 한결 차분해졌지만, 원래의 열띤 모습은 완전히 사라져 버렸다. 하지만 그는 골이 나서 부루퉁하다기보다는 오히려 무언가에 마음을 빼앗긴 것처럼 멍해 보였다. 시간이 갈수록 그는 점점 더 깊은 몽상에 잠기게 되었고, 내가 어떤 농담을 해도 그를 몽상에서 끌어낼 수 없었다. 전에도 자주 그랬던 것처럼 그의 오두막에서 밤을 보낼 작정이었는데, 집주인의 기분이 이래서는 집으로 돌아가는 게 좋겠다는 생각이 들었다. 그도 굳이 나를 붙잡지 않았지만, 내가 떠날 때는 여느 때보다 훨씬 다정하게 내 손을 잡고 흔들었다.

그로부터 한 달쯤 지났을 때(그동안 나는 르그랜드를 한 번도 만나지 않았다), 그의 하인 주피터가 찰스턴으로 나를 찾아왔다. 이 선량한 흑인 노인이 그렇게 기운 없어 보이는 것은 처음이었다. 나는 친구에게 무슨 심각한 재난이라도 일어난 게 아닐까 걱정했다.

「주피터, 어쩐 일이야? 자네 주인은 잘 계신가?」

「사실을 말하면유, 우리 되련님은 별로 안 좋습니다요.」

「안 좋다고? 그 말을 들으니 정말 유감이군. 왜, 병에라도 걸렸나?」

「바로 그렇습니다요! 되련님은 어떤 병에도 걸리지 않았지만, 그런데도 몹시 아프다니께유.」

「**몹시** 아프다고? 진작 그렇게 말하지. 자리에 몸져누워 있나?」

「그건 아닙니다요. 누워 계시지는 않어유. 어디에도 누워 있진 않습니다요. 바로 그게 문제예유. 가엾은 되련님 때문에 마음이 아파서 미치겠다니께유.」

「도대체 무슨 소리를 하고 있는 건지 모르겠군. 자네 주인이 아프다며? 그런데 어디가 아픈지 주인이 말하지 않던가?」

「그 일로 화를 내셔도 소용없습니다요. 되련님은 아무 말씀도 안 하세유. 어찌 된 일인지, 무슨 문제가 생겼는지, 왜 고개를 숙이고 어깨를 곧추세우고 유령처럼 핼쑥한 얼굴로 이리저리 돌아댕기는지. 그리고 짬만 나면 그림을 끄적이고…….」

「뭘 끄적인다고?」

「석판에다 그림으로 부호를 끄적인다니께유. 생전 본 적도 없는 부호를 그려유. 우리 되련님은 점점 이상해지고 있다니께유. 잠시도 한눈팔지 말고 되련님을 지켜봐야 해유. 얼마 전엔 동이 트기도 전에 몰래 빠져나가설랑 온종일 돌아오지 않았다니께유. 돌아오면 두들겨 패려고 몽둥이까지 준비해 두었는데, 막상 되련님을 보니까 하도 불쌍해 보여서 때릴 용기가 싹 가시데유.」

「뭐, 어쨌다고? 아니, 저런! 아무리 그래도 가엾은 주인을 너무 심하게 다루진 말게. 자네 주인은 그런 걸 견뎌 내지 못해. 한 대만 맞아도 뻗어 버릴 테니까 말이야. 그런데 그 병의 원인이 뭔지, 아니 어떻게 해서 그런 행동을 하게 되었는지, 짐작 가는 게 없나? 내가 다녀온 뒤로 무슨 불쾌한 일이라도 있었나?」

「아녀유, 그 후엔 불쾌한 일이 아무것도 없었시유. 그 후가 아니라 그 전이었던 것 같어유. 나리께서 오신 그날 말예유.」

「뭐라고? 그게 무슨 뜻이지?」

「그 벌레 말입니다요. 그게 바로.」

「그거라니?」

「딱정벌레 말예유. 윌 되련님은 그 벌레한테 머리를 물린 게 분명해유.」

「그렇게 생각하는 이유가 뭐지?」

「그 벌레는 발톱도 있고 주둥이도 있다니께유. 그렇게 끔찍한 딱정벌레는 본 적이 없시유. 가까이 오는 건 뭐든지 발로 차고 물어뜯는다니께유. 처음에 녀석을 잡은 건 되련님이었는데, 곧바로 놓아줄 수밖에 없었시유. 그때 물린 게 분명해유. 저는 그 벌레의 주둥이 모양이 왠지 찜찜해서 손가락으로 잡고 싶진 않더구먼유. 그래서 가까이 떨어져 있던 종이로 녀석을 잡았지유. 쪽지 끄트머리를 녀석의 주둥이에다 밀어 넣은 다음 종이로 감싸서 잡은 거예유.」

「그러니까 자네는 주인이 그 벌레한테 물렸고, 그 물린 것 때문에 병에 걸렸다고 생각하는군?」

「그렇게 생각하는 게 아니라, 그렇게 알고 있시유. 황금 벌레한테 물렸기 때문이 아니라면, 도대체 무엇 때문에 되련님이 황금 꿈을 그렇게 많이 꾸겠시유? 저는 전에도 그런 황금 벌레 이야기를 들었거든유.」

「하지만 주인이 황금 꿈을 꾸는 걸 어떻게 아나?」

「어떻게 아냐구유? 꿈을 꾸는 게 아니라면 왜 주무실 때 그런 잠꼬대를 하겠시유? 잠꼬대로 황금 이야기를 하시니께 알게 된 거지유.」

「자네 말이 사실일지도 모르지만, 그건 그렇고, 오늘 자네가 나를 찾아온 건 도대체 무슨 바람이 불어서지?」

「왜 왔느냐구유?」

「그래, 르그랜드 씨가 무슨 전갈이라도 보냈나?」

「아녀유, 나리. 전갈이 아니라 이 편지를 가져왔시유.」

그러면서 주피터는 나에게 편지를 건네주었다.

친애하는 벗에게

왜 이렇게 오랫동안 보지 못했을까? 내가 좀 **무뚝뚝하게** 대했다고 화난 것은 아니길 바라네. 그럴 자네도 아니겠지만.

지난번에 자네를 만난 뒤로 나한테 큰 걱정거리가 생겼다네. 자네한테 할 말이 있지만, 그걸 어떻게 말해야 할지, 아니 애당초 그걸 말해야 할지 어떨지도 모르겠어.

나는 지난 며칠 동안 몸이 별로 좋지 않아. 가엾은 주피터는 물론 선의로 나를 돌봐 주고 있지만, 그게 나를 참을 수 없을 만큼 짜증 나게 한다네. 요전 날에는 커다란 몽둥이를 준비해 놓고, 내가 자기 몰래 빠져나가서 온종일 본

토의 언덕에서 **혼자** 시간을 보냈다고 그 몽둥이로 나를 때리려고 했지 뭔가. 내가 몽둥이찜질을 면한 건 내 몰골이 너무 비참해 보였기 때문일 거야. 나는 정말 그렇게 믿고 있어.

우리가 마지막으로 만난 뒤로 내가 새로 손에 넣은 표본은 하나도 없다네.

어쨌든 형편이 괜찮으면 주피터와 함께 와주게. 꼭 와줬으면 좋겠어. **오늘 밤**에 중요한 일로 자네를 만나고 싶어. 분명히 말하지만, **더없이** 중요한 일이야.

윌리엄 르그랜드

편지에 담긴 말투에는 나를 불안하게 하는 무언가가 있었다. 그가 평소에 쓰는 말투와 전혀 달랐다. 그는 도대체 무슨 꿈을 꾸고 있는 걸까? 어떤 별난 생각이 흥분하기 쉬운 그의 머리를 새롭게 사로잡은 걸까? **그가** 처리해야 할 〈더없이 중요한 일〉이란 도대체 뭘까? 주피터에게 들은 설명으로는 조짐이 좋지 않았다. 나는 계속된 불운에 시달린 나머지 내 친구가 마침내 제정신을 잃은 게 아닐까 하고 걱정했다. 그래서 잠시도 망설이지 않고 흑인과 동행할 준비를 했다.

부두에 도착하자 모두 새것으로 보이는 큰 낫 한 자루와 삽세 자루가 우리가 탈 보트 바닥에 놓여 있는 게 눈에 띄었다.

「이걸 다 뭐에 쓰려는 거지?」 주피터에게 물었다.

「낫과 삽이에유, 나리.」

「그건 알겠는데, 도대체 이걸로 뭘 하려는 거지?」

「월 되련님이 사 오라고 하신 거예유. 그걸 사느라 돈을 많이 썼시유.」

「하지만 도무지 알 수가 없군. 자네의 〈월 되련님〉이 낫과 삽으로 뭘 할 작정인지 말이야.」

「그건 저도 모르지유. 아마 되련님 자신도 모를걸유. 제가 그렇게 생각지 않는다면 악마가 잡아갈 거예유. 하지만 이게 다 그놈의 딱정벌레 때문이라니께유.」

〈그놈의 딱정벌레〉 생각으로 머리가 가득 차 있는 듯한 주피터한테서는 만족스러운 대답을 얻어 낼 수 없다는 것을 알고, 나는 보트 안으로 들어가 닻을 올렸다. 강한 순풍 덕분에 우리는 곧 물트리 요새 북쪽에 있는 작은 후미로 들어갔다. 그리고 거기서 2마일쯤 걸어서 오두막에 다다랐다. 우리가 오두막에 도착한 것은 오후 3시경이었다. 르그랜드는 이제 나저제나 애를 태우며 우리를 기다리고 있었다. 나를 보자 흥분하여 내 손을 꽉 잡았다. 그 손에 담긴 열의에 나는 불안해졌고, 이미 품고 있던 의심이 더욱 깊어졌다. 그의 안색은 창백하다 못해 송장처럼 파리했고, 움푹 들어간 눈은 왠지 야릇한 광채를 띠고 있었다. 나는 건강에 대해 몇 가지 질문을 한 뒤, 또 무슨 말을 해야 좋을지 몰라서 G 중위한테 빌려 준 쇠똥구리를 돌려받았느냐고 물었다.

「그야 물론이지.」 그는 갑자기 화색이 도는 얼굴로 대답했다. 「바로 이튿날 아침에 돌려받았다네. 무엇으로 꼬드겨도 그 쇠똥구리한테서 나를 떼어 놓을 수는 없어. 주피터가 그 쇠똥구리에 대해 한 말이 사실이라는 걸 아나?」

「무슨 말?」 나는 내심 슬픈 예감을 느끼면서 물었다.

「그게 **진짜 황금**으로 만들어진 딱정벌레라고 한 거 말이야.」 그는 이 말을 아주 진지하게 했고, 나는 이루 말로 표현할 수 없을 만큼 충격을 받았다.

「그 딱정벌레가 나에게 행운을 가져다줄 거야.」 그는 의기양양한 미소를 지으며 말을 이었다. 「우리 집안의 재산을 되찾을 수 있을 거야. 그렇다면 내가 그 딱정벌레를 소중히 여기는 것도 이상할 게 없지. 행운의 여신은 그걸 나한테 주기로 작정했으니까, 나는 행운의 징조인 딱정벌레를 제대로 이용하기만 하면 돼. 주피터, 그 딱정벌레를 가져와!」

「예? 딱정벌레를 가져오라굽쇼? 벌레라면 건드리기도 싫으니께 되련님이 직접 가져오세유.」 그러자 르그랜드는 근엄하고 당당한 태도로 자리에서 일어나 유리 상자에서 딱정벌레를 꺼냈다. 그것은 아름다운 쇠똥구리였고, 당시에는 박물학자들에게도 알려지지 않은 종이었다. 그러니 과학적 관점에서는 매우 진귀한 노획물이었다. 등딱지의 한쪽 끝에 둥글고 검은 점이 두 개 있고, 반대쪽 끝에 길쭉한 점이 하나 있었다. 등딱지는 매우 단단했고, 광을 낸 황금처럼 번쩍거렸다. 벌레의 무게는 놀랄 만큼 묵직했고, 이런저런 점을 고려해볼 때 주피터가 그 벌레에 대해 그런 의견을 갖게 된 것도 당연하니까 그런 이유로 주피터를 탓할 수는 없다고 생각했다. 하지만 르그랜드가 그 의견에 동조하는 것을 어떻게 생각해야 할지는 아무리 해도 알 수가 없었다.

「자네를 오라고 한 건,」 내가 딱정벌레에 대한 조사를 마치자 그가 과장된 어조로 말했다. 「내 행운과 딱정벌레에 대한 고찰을 진전시키는 과정에서 자네의 조언과 도움을 받을 수 있지 않을까 하고…….」

「르그랜드,」 나는 그의 말을 가로막았다. 「자네는 지금 상태가 좋지 않으니까, 더 이상 악화되지 않도록 예방 조치를 취하는 게 좋겠어. 자네는 침대에 누워야 해. 나는 자네가 회복될 때까지 며칠 동안 여기 머물러 있겠네. 자네는 열병에 걸린 것 같아.」

「내 맥을 짚어 봐.」 그가 말했다.

나는 그의 맥을 짚어 보았지만, 솔직히 말하면 열병에 걸린 징후를 전혀 찾지 못했다.

「하지만 병에 걸렸는데도 열이 나지 않을 수도 있어. 이번만은 내가 자네를 위해 처방을 내리도록 해주게. 우선 침대로 가서 눕고, 다음에는…….」

「자네 생각이 틀렸어. 내가 흥분한 건 사실이지만, 이런 흥분 상태에서 이보다 더 건강하기를 기대할 수는 없어. 자네가 정말로 내 건강을 바란다면 이 흥분을 진정시켜 주게.」

「어떻게 하면 되는데?」

「아주 간단해. 주피터와 나는 본토의 구릉지로 탐험을 떠날 예정인데, 이 여행에는 믿을 수 있는 사람의 도움이 필요해. 우리가 믿을 수 있는 사람은 자네뿐이야. 우리가 성공하든 실패하든, 자네가 지금 나한테 느끼는 흥분은 누그러질 거야.」

「어떤 식으로든 부탁을 들어주고 싶지만, 이 빌어먹을 딱정벌레가 자네의 탐험 여행과 무슨 관계가 있다는 건가?」

「관계가 있지.」

「그렇다면 나는 그런 터무니없는 일에 가담할 수 없어.」

「유감이군, 정말 유감이야. 그렇게 되면 우리 둘이서 해볼 수밖에 없을 테니까.」

「주피터와 단둘이 해보겠다고? 정말 미쳤군! 하지만, 그래, 얼마나 오래 집을 비울 건데?」

「아마 하룻밤 꼬박 걸리겠지. 지금 당장 출발해서 무슨 일이 있어도 내일 아침 해가 뜰 때까지는 돌아올 거야.」

「그러면 자네의 명예를 걸고 약속해 주겠나? 자네의 이 정신 나간 짓이 끝나고 딱정벌레 문제가 만족스럽게 해결되면, 그땐 집에 돌아와서 내 충고를 주치의의 충고로 받아들여 무조건 따르겠다고.」

「그래, 약속하지. 자, 그럼 출발하세. 꾸물거릴 시간이 없으니까.」

나는 무거운 마음으로 친구를 따라나섰다. 르그랜드와 주피터, 개, 거기에 나를 포함한 일행은 4시쯤 출발했다. 주피터는 낫과 삽을 들었다. 그것을 자기가 모두 들고 가겠다고 고집을 부렸다. 그가 지나치게 부지런하거나 친절해서라기보다, 그런 연장을 주인 손이 닿는 곳에 두기가 두렵기 때문인 듯했다. 그의 태도는 극도로 집요했고, 여행하는 동안 그의 입에서 나온 말이라고는 〈그놈의 빌어먹을 딱정벌레!〉뿐이었다. 나는 빛을 가리는 장치를 한 각등 두 개를 맡았고, 르그랜드는 그 쇠똥구리만 있으면 만족이라는 듯 그것을 채찍 끈 끝에 매달고는, 마술사 같은 태도로 채찍을 앞뒤로 휘두르며 걷고 있었다. 친구의 광기를 명백히 보여 주는 이 마지막 증거를 보았을 때 나는 눈물이 날 지경이었다. 하지만 적어도 당분간은, 또는 성공할 가능성이 있는 효과적인 조치를 취할 수 있을 때까지는 그의 공상에 보조를 맞추어 주는 것이 상책이라고 생각했다. 그때까지 나는 이 원정의 목적에 대해 그의 의중을 떠보려고 애썼지만 소용없었다. 나를 동행시키는 데 성공했기 때문에, 별로 중요하지 않은 문제에 대해서는 별로 대화할 마음이 내키지 않는 듯, 내가 무슨 질문을 해도 〈곧 알게 될 거야!〉라는 대답밖에는 하지 않았다.

우리는 작은 배를 타고 섬 끝에 있는 개울을 건너 본토 해안의 고지대로 올라갔다. 그런 다음 사람이 발을 들여놓은 적이 없는 황무지의 오솔길을 따라 북서쪽으로 나아갔다. 르그랜드는 앞장서서 성큼성큼 걸었다. 전에 그가 여기 왔을 때 길잡이로 남겨 둔 표지를 확인하기 위해 여기저기서 잠깐씩 걸음을 멈출 뿐이었다.

이런 식으로 우리는 두 시간쯤 걸었고, 해가 질 무렵에는 지금까지 본 어느 곳보다도 황량한 지역에 다다랐다. 그곳은 기슭부터 꼭대기까지 나무가 빽빽이 우거져서 사람이 거의 접근할 수 없는 정상 부근에 있는 일종의 고원이었다. 땅에 깊이 박히지 않고 흙 위에 느슨하게 놓여 있는 듯이 보이는 거대한 돌들이 언덕 비탈에 흩어져 있었는데, 그래도 이 돌들이 아래 골짜기로 굴러떨어지지 않는 것은 주위 나무가 떠받쳐 주는 덕분이었다. 여러 방향으로 나 있는 깊은 골짜기는 이곳에 더욱 황량하고 장엄한 분위기를 느끼게 해주었다.

우리가 올라온 언덕마루에는 가시나무가 무성했다. 낮이 없었다면 도저히 그 덤불을 뚫고 지나갈 수 없었으리라는 것을 곧 알게 되었다. 그리고 주피터는 주인의 지시에 따라 엄청나게 키가 큰 튤립나무 아래까지 우리를 위해 길을 뚫었다. 그 튤립나무는 여남은 그루의 참나무와 같은 높이의 평지에 서 있었지만, 잎과 형태의 아름다움이나 넓게 펼쳐진 나뭇가지, 그리고 전체 모양의 당당한 위엄에서 그 모든 참나무를 훨씬 능가했을 뿐만 아니라 내가 그때까지 보았던 어떤 나무보다도 월등했다. 우리가 그 나무에 도착하자 르그랜드는 주피터를 돌아보며, 그 나무를 타고 올라갈 수 있겠느냐고 물었다. 노인은 좀 당황한 것 같았고, 잠시 아무 대답도 하지 않았다. 마침내 노인은 커다란 나무줄기로 다가가 천천히 주위를 돌면서 주의 깊게 살펴보았다. 그러더니 말했다.

「예, 되련님. 주피터가 본 나무 중에 못 올라갈 나무가 어디 있겠습니까?」

「그럼 되도록 빨리 올라가 봐. 이제 곧 어두워져서 우리가 뭘 하고 있는지도 보이지 않게 될 테니까.」

「어디까지 올라갈깝쇼?」 주피터가 물었다.

「우선 큰 줄기를 타고 끝까지 올라가. 거기서 어느 쪽으로 갈지는 내가 말해 줄 테니까. 아, 잠깐만! 이 딱정벌레를 가지고 올라가.」

「딱정벌레라니, 그 황금 벌레 말예유?」 흑인은 질겁하며 뒷걸음질 쳤다. 「무엇 때문에 그걸 나무 위로 가져가야 하나유? 그건 죽어도 싫구먼유!」

「너같이 덩치 큰 검둥이가 이처럼 작고 무해한, 게다가 죽은 딱정벌레를 잡는 게 무섭다면, 이 끈을 잡으면 돼. 하지만 막무가내로 이걸 가져가지 않겠다면 이 삽으로 네놈 대갈통을 박살 낼 줄 알아.」

「아이고, 왜 그러세유, 되련님?」 주피터는 부끄러워서 고분고분해진 게 분명했다. 「되련님은 언제나 이 늙은 놈을 상대로 괜히 소란이나 피우고 싶어 하시네유. 그냥 농담으로 해본 소리구먼유. 내가 벌레를 무서워해유? 이까짓 벌레를유? 천만에유.」 그러면서 주피터는 끈의 한쪽 끝을 조심스럽게 잡고, 상황이 허락하는 한 벌레와 제 몸의 거리를 최대한 멀리 유지하면서 나무에 기어 올라갈 준비를 했다.

미국의 숲에 사는 나무 가운데 가장 장대한 튤립나무, 즉 리리오덴드론 튤리피페룸은 어렸을 때는 줄기가 유난히 매끄럽고 옆으로 가지를 뻗지 않은 채 상당한 높이까지 자라는 경우가 많지만, 성숙하면 나무껍질에 많은 옹이가 생겨서 울퉁불퉁해지고 줄기에 짧은 가지가 많이 나타난다. 그래서 지금 이 나무를 올라가는 일은 겉보기만큼 어렵지 않았다. 주피터는 거대한 원통형 줄기를 두 팔과 두 무릎으로 최대한 바싹 끌어안고, 두 손으로는 돌출 부위를 붙잡고 발가락은 다른 돌출 부위에 걸치면서 나무를 타고 올라갔다. 하마터면 떨어질 뻔한 적도 한두 번 있었지만, 마침내 첫 번째 큰 가지가 갈라져 나간 분기점에 이르렀다. 그러자 임무를 사실상 완수했다고 생각한 것 같았다. 그는 지상에서 약 60~70피트 높이에 있었지만, 사실 **위험**은 끝난 거나 마찬가지였다.

「되련님, 이젠 어느 쪽으로 갈깝쇼?」 그가 물었다.

「제일 큰 가지를 따라서 올라가. 이쪽에 있는 가지야.」 르그랜드가 말했다.

흑인은 곧 그의 말에 따랐고, 별다른 어려움은 없어 보였다. 그는 점점 높이 올라가서, 나중에는 무성한 잎사귀 때문에 나뭇가지 위에 쭈그려 앉은 그의 모습을 볼 수 없게 되었다. 곧 주인을 부르는 그의 목소리가 들려왔다.

「얼마나 더 가야 되나유?」

「얼마나 높이 올라갔는데?」

「아주 높아유. 나무 꼭대기 사이로 하늘이 보이는걸유.」

「하늘은 신경 쓰지 말고, 내 말 잘 들어. 줄기를 내려다보고, 이쪽으로 네 밑에 있는 가지가 몇 개나 되는지 세어 봐. 지금까지 나뭇가지를 몇 개나 지났지?」

「하나, 둘, 셋, 넷, 다섯……. 이쪽으로 큰 가지를 다섯 개 지났구먼유.」

「그럼 하나 더 위로 올라가.」

몇 분 뒤, 일곱 번째 가지에 도달했다고 알리는 목소리가 다시 들려왔다.

「그럼 이젠,」 르그랜드가 흥분한 목소리로 외쳤다. 「그 가지를 따라서 최대한 멀리까지 가. 뭔가 이상한 게 보이면 알려 줘.」

이때쯤에는 내 가엾은 친구의 정신 상태에 대해 품고 있었던 일말의 희망마저 완전히 사라졌다. 나는 그가 정신 이상을 일으켰다고 결론지을 수밖에 없었다. 과연 그를 무사히 집으로 데리고 돌아갈 수 있을까? 정말로 걱정스러워졌다. 어떻게 하는 게 최선일지 곰곰 생각하는 동안, 또다시 주피터의 목소리가 들려왔다.

「이 가지를 따라 너무 멀리까지 가는 건 위험할 것 같은데유. 거의 다 썩었시유.」

「가지가 **죽었다고**?」르그랜드가 떨리는 목소리로 외쳤다.

「예, 되련님. 완전히 죽었시유. 다 썩었시유. 죽어서 세상을 떠났시유.」

「그럼 어떡하지?」르그랜드는 몹시 난감한 것처럼 물었다.

「어떡하냐고?」나는 한마디 끼어들 기회를 잡은 것이 기뻐서 얼른 말했다. 「집에 가서 침대에 눕는 게 어때? 이제 그만 가세! 그래야 착하지. 시간이 늦어지고 있어. 게다가 자네가 한 약속을 잊지 마.」

「주피터.」그는 내 말을 들은 척도 않고 외쳤다. 「내 말 들리나?」

「예, 되련님. 아주 잘 들려유.」

「그럼 칼로 나무를 살짝 잘라서, 정말로 완전히 썩었는지 어떤지 봐줘.」

「썩었시유, 되련님. 그건 확실해유.」잠시 후 흑인이 대답했다. 「하지만 생각한 것만큼 그렇게 많이 썩지는 않았네유. 저 혼자라면 조금은 더 앞으로 갈 수 있을지도 몰라유.」

「혼자라면? 그게 무슨 소리야?」

「딱정벌레 때문에유. **웬만큼** 무거워야 말이지유. 이 벌레를 떨어뜨리면, 검둥이 하나의 무게만으로는 나뭇가지가 부러지지 않을 거예유.」

「못된 놈 같으니!」르그랜드는 훨씬 안도한 얼굴로 외쳤다. 「허튼수작 부릴 생각 마. 그 딱정벌레를 떨어뜨렸다간 네놈 모가지를 분질러 줄 테니까. 이봐, 주피터, 내 말 들리나?」

「예, 되련님. 이 가엾은 검둥이한테 그런 식으로 고함을 지를 필요는 없시유.」

「좋아! 잘 들어! 나뭇가지를 따라서 안전하다 싶은 곳까지 가. 그리고 딱정벌레를 떨어뜨리지 않으면, 네가 땅으로 내려오자마자 은화 한 닢을 선물로 줄게.」

「지금 갈게유. 아니, 가고 있시유.」흑인은 곧바로 대답했다. 「이제 거의 끝까지 왔시유.」

「끝까지 갔다고?」르그랜드는 큰 소리로 외쳤다. 「그 가지 끝까지 갔단 말이야?」

「이제 곧 끝이에유, 되련님. 아니, 아아아아, 하느님 맙소사! 이게 뭐지? 나무 위에 왜 이런 게 있지?」

「뭔데?」르그랜드가 기뻐서 어쩔 줄 모르는 얼굴로 외쳤다. 「뭐가 있지?」

「해골이에유. 누가 사람 머리를 나무 위에 놔둔 모양인데, 까마귀들이 살점을 다 뜯어먹었네유.」

「해골이라고? 아주 좋아! 해골이 나뭇가지에 어떻게 묶여 있나? 무엇으로 고정되어 있지?」

「고정되어 있긴 한데, 잘 좀 봐야겠시유. 이거 참 희한하네 유. 해골 속에 아주 커다란 못이 박혀 있네유. 그 못이 해골을 나무에 고정시키고 있시유.」

「좋아, 주피터. 이젠 내가 시키는 대로 해. 알겠지?」

「예, 되련님.」

「그럼 내 말 잘 들어! 해골의 왼쪽 눈을 찾아.」

「흐음! 아니, 해골에는 눈이 하나도 남아 있지 않은뎁쇼.」

「이 먹통아! 오른손과 왼손은 구별할 줄 알겠지?」

「그거야 당연히 알지유. 장작 팰 때 쓰는 손이 왼손이잖어유.」

「그래! 넌 왼손잡이니까, 네 왼손과 같은 방향에 있는 게 왼쪽 눈이야. 그럼 이젠 해골의 왼쪽 눈, 아니 왼쪽 눈이 있던 자리를 찾을 수 있겠지?」

긴 침묵이 흘렀다. 마침내 흑인이 물었다.

「해골의 왼쪽 눈도 해골의 왼손과 같은 쪽에 있남유? 해골은 손이 하나도 없으니께유. 아니, 괜찮어유! 이제 왼쪽 눈을 찾았시유! 왼쪽 눈이 여기 있네유! 그럼 이 왼쪽 눈으로 뭘 해야 하지유?」

「딱정벌레를 그 왼쪽 눈 속으로 떨어뜨려. 줄이 닿는 데까지. 하지만 줄을 손에서 놓지 않도록 조심해.」

「다 했시유, 되련님. 벌레를 구멍으로 통과시키는 건 어렵지 않았시유. 거기 밑에서 벌레를 찾아보셔유.」

이런 대화를 주고받는 동안 주피터의 모습은 전혀 보이지 않았다. 하지만 그가 내려보낸 딱정벌레는 이제 줄 끝에 매달린 채 모습을 드러냈다. 딱정벌레는 마지막 석양빛을 받아서 광을 낸 황금 공처럼 번쩍거렸다. 석양은 우리가 서 있는 고원을 아직도 희미하게 비추고 있었다. 쇠똥구리는 어떤 가지에도 걸리지 않았고, 쇠똥구리를 떨어뜨렸다면 우리 발치에 떨어졌을 것이다. 르그랜드는 당장 낫을 집어 들고 우리 주위에 있는 풀을 베기 시작하여, 딱정벌레 바로 밑에 지름이 3~4야드쯤 되는 둥근 빈터를 만들었다. 이 작업이 끝나자, 주피터에게 줄을 놓고 나무에서 내려오라고 지시했다.

친구는 딱정벌레가 떨어진 지점에 정확하게 말뚝을 박고, 주머니에서 줄자를 꺼냈다. 말뚝에서 가장 가까운 나무줄기에 줄자의 한쪽 끝을 고정시키고, 줄자를 말뚝까지 끌어온 다음, 나무에서 말뚝으로 이어진 방향으로 줄자를 50피트쯤 더 풀어냈다. 주피터는 낫으로 가시나무를 베어서 줄자가 뻗어 갈 길을 냈다. 그렇게 해서 정해진 지점에 두 번째 말뚝을 박고, 이 말뚝을 중심으로 지름이 4피트쯤 되는 원을 그렸다. 르그랜드는 직접 삽을 들고 주피터와 나에게도 삽을 한 자루씩 건네주면서, 되도록 빨리 땅을 파라고 말했다.

솔직히 말하면 나는 어떤 경우에도 그런 일을 별로 좋아하지 않지만, 특히 그때는 친구의 부탁을 거절하고 싶은 마음이 굴뚝같았다. 밤이 다가오고 있었고, 게다가 그날은 강행군한 탓에 심한 피로를 느끼고 있었기 때문이다. 하지만 여기서 꽁무니를 뺄 방법이 없었고, 친구의 부탁을 거절했다간 그의 마음을 어지럽히지 않을까 두려웠다. 주피터가 나를 도와줄 거라고 정말로 믿을 수만 있었다면 나는 조금도 망설이지 않고 이 정신 나간 친구를 억지로라도 집으로 데려갔을 것이다. 하지만 나는 그 늙은 흑인의 성질을 너무나 잘 알고 있었기 때문에, 어떤 상황에서도 제 주인과 드잡이하는 나를 도와주리라고는 기대할 수 없었다. 나는 주피터의 주인이 매장된 돈에 대한 남부 지방의 숱한 미신에 홀렸고, 쇠똥구리를 발견한 것이나 그것이 〈진짜 황금으로 만들어진 벌레〉라고 주장하는 주피터의 고집이 그의 환상을 확실히 뒷받침해 주었다고 믿어 의심치 않았다. 광기에 사로잡히기 쉬운 기질은 그런 미신에 홀리기 쉽다. 특히 그 미신이 자기가 좋아하는 선입견과 합치되면 더욱 그렇다. 나는 가엾은 친구가 그 딱정벌레를 〈행운의 징조〉라고 부른 것을 생각해 냈다. 대체로 나는 초조하고 난감했지만, 결국 부득이한 일이니까 불평 없이 따르기로 마음먹었다. 얼른 땅을 파헤쳐 그의 생각이 틀렸다는 것을 증거로 보여 주면, 망상가인 그를 더 빨리 납득시킬 수 있을 거라고 믿었다.

램프에 불을 켜고, 우리는 좀 더 합리적인 목적에 어울리는 열의를 가지고 열심히 땅을 파기 시작했다. 램프의 불빛이 우리 몸과 연장을 비추었을 때, 나는 우연히 우리가 있는 곳에 들어온 침입자가 있다면 그 사람이 보기에는 우리가 참으로 재미있는 조합이고 우리의 노동이 너무 이상하고 수상쩍어 보일 게 분명하다고 생각지 않을 수 없었다.

우리는 두 시간 동안 부지런히 땅을 팠다. 말은 거의 오가지 않았다. 우리를 가장 난처하게 한 것은 개 짖는 소리였다. 개는 우리의 행동에 지나친 관심을 가지고 짖어 댔다. 마침내 개 짖는 소리가 너무 시끄러워져서, 근처를 지나는 부랑자에게 경계심을 불러일으키지나 않을까 걱정되었다. 그러나 이것은 우리의 걱정이라기보다 르그랜드의 걱정이었다. 나는 그런 나그네가 나타나 작업을 방해하면 오히려 기뻐했을 것이다. 그렇게 되면 나는 정신 나간 친구를 집으로 데려갈 수 있었을 테니까. 결국 개를 효과적으로 침묵시킨 것은 주피터였다. 그는 땅에 판 구덩이에서 결연한 태도로 나오더니 바지 멜빵으로 개의 주둥이를 꽁꽁 묶어 놓고는 낮은 소리로 킬킬거리며 다시 구덩이 속으로 들어가 작업을 계속했다.

그렇게 두 시간이 지났을 때 우리는 5피트 깊이에 도달했지만 아직도 보물의 흔적은 나타나지 않았다. 우리는 일을 멈추고 한숨을 돌렸다. 나는 이 어처구니없는 일이 끝날지도 모른다고 기대하기 시작했다. 하지만 르그랜드는 적잖이 당황한 게 분명한데도 생각에 잠긴 얼굴로 이마를 문지르고 다시 땅을 파기 시작했다. 우리는 지름 4피트의 원을 모두 팠고, 이제 원 바깥쪽과 아래쪽으로 범위를 확대하여 2피트를 더 파내려 갔다. 그래도 여전히 아무것도 나오지 않았다. 나는 황금을 찾는 친구가 진심으로 딱하게 여겨졌다. 그는 결국 씁쓸한 실망감이 이목구비 전체에 또렷이 새겨진 얼굴로 구덩이에서 올라오더니, 구덩이를 파기 시작할 때 옆에 던져 둔 코트를 마지못해 천천히 입기 시작했다. 그동안 나는 아무 말도 하지 않았고, 주피터는 주인의 신호에 따라 연장을 챙기기 시작했다. 이 일이 끝나고 개의 입마개를 벗겨 주자, 우리는 깊은 침묵 속에서 집으로 향했다.

집 쪽으로 여남은 걸음 갔을 때 르그랜드가 갑자기 큰 소리로 욕을 하면서 주피터에게 성큼성큼 다가가더니 그의 멱살을 잡았다. 놀란 흑인은 눈과 입을 최대한 크게 벌리고 삽을 떨어뜨리며 무릎을 꿇었다.

「못된 놈 같으니.」르그랜드는 앙다문 이빨 사이로 한 음절씩 내뱉었다. 「이 악마 같은 깜둥이 놈아! 솔직히 말해 봐! 얼렁뚱땅 넘기지 말고 지금 당장 대답해! 어디야? 어느 쪽이 네 놈 왼쪽 눈이야?」

「아이고, 주인님, 이게 왼쪽 눈 아닌감유?」겁에 질린 주피터는 오른쪽 눈 위에 손을 대고, 주인이 제 눈알을 뽑아 버리기라도 할까 봐 얼른 눈을 가렸다.

「내 그럴 줄 알았다! 그럴 줄 알았다고! 우와!」르그랜드는 흑인을 놓아주고 껑충껑충 뛰거나 몸을 좌우로 홱홱 돌리면서 큰 소리로 외쳤다. 깜짝 놀란 하인은 무릎을 펴고 일어나더니 말없이 주인과 나를 번갈아 바라보았다.

「가자! 돌아가야 해. 아직 끝나지 않았어.」

그는 앞장서서 다시 튤립나무로 돌아갔다.

「주피터.」튤립나무 밑에 다다르자 그가 말했다. 「이리 와! 그 해골 말이야, 얼굴을 하늘 쪽으로 돌리고 나뭇가지에 박혀 있었나? 아니면 나뭇가지에 얼굴을 대고 박혀 있었나?」

「얼굴을 하늘 쪽으로 돌리고 있었시유, 되련님. 그래서 까마귀들이 눈알을 쉽게 쪼아 먹을 수 있었던 거예유.」

「좋아. 그렇다면 네가 딱정벌레를 떨어뜨린 눈알은 이쪽이야, 아니면 이쪽이야?」르그랜드는 주피터의 왼쪽 눈과 오른쪽 눈을 차례로 가리켰다.

「이쪽 눈이었시유. 왼쪽 눈. 되련님이 말씀하신 대로.」이때 흑인이 가리킨 것은 자신의 오른쪽 눈이었다.

「좋아! 그럼 다시 해봐야 돼.」

나는 친구의 광기에도 어떤 체계가 있음을 알아차렸다. 그가 미친 것치고는 조리가 있다는 생각이 들었다. 친구는 딱정벌레가 떨어진 곳에 박아 놓았던 말뚝을 원래 위치에서 서쪽으로 10센티미터쯤 떨어진 곳으로 옮겼다. 그러고는 아까와 마찬가지로 말뚝과 가장 가까운 나무줄기를 기점으로 그 말뚝까지 줄자를 풀어 낸 다음, 말뚝에서 일직선으로 50피트 떨어진 지점까지 줄자를 연장했다. 그렇게 해서 새로 정해진 지점은 우리가 판 구덩이에서 몇 야드나 떨어져 있었다.

새로 정해진 지점 주위에 아까보다 좀 더 큰 원을 그리고 나서 우리는 다시 삽으로 땅을 파기 시작했다. 나는 몹시 피곤했는데도 나에게 부과된 노동이 별로 싫지 않았다. 무엇 때문에 마음이 바뀌었는지는 나 자신도 알 수가 없었다. 무어라 설명할 수 없는 아주 이상한 흥미를 느끼게 되었다. 아니, 흥미를 넘어 흥분까지 느끼고 있었다. 르그랜드의 엉뚱한 행동 속에는 어떤 선견지명이나 무언가를 심사숙고한 태도가 있었다. 그것이 나에게 깊은 인상을 준 것 같았다. 나는 열심히 땅을 팠고, 불운한 내 친구를 광기로 몰아넣은 그 상상 속의 보물을 나 자신도 실제로 찾고 있음을 이따금 깨닫곤 했다. 그때의 내 감정은 기대와 아주 비슷했다. 그런 변덕스러운 기분이 나를 사로잡았을 때, 그리고 우리가 일을 시작한 지 한 시간 반쯤 지났을 때, 개가 맹렬히 짖어 대는 소리가 또다시 우리를 방해했다. 먼젓번에 개가 짖어 댄 것은 불안감이나 장난기가 발동한 결과였지만, 이번에 짖는 소리에는 뭔가 절박하고 진지한 울림이 담겨 있었다. 주피터가 다시 개에게 입마개를 씌우려 하자 개는 맹렬하게 저항하면서 구덩이 속으로 뛰어들어 발톱으로 땅을 미친 듯이 헤집었다. 몇 초 만에 두 사람 분의 해골을 이루는 뼈가 무더기로 드러났다. 뼈 무더기 속에는 금속 단추가 여러 개 섞여 있었고, 썩은 모직물의 흔적으로 보이는 부스러기도 있었다. 몇 번 삽질을 하자 커다란 스페인 칼날이 나왔고, 더 파내자 금화와 은화 서너 닢이 드러났다.

이것을 보고 주피터는 기쁨을 감추지 못했지만, 내 친구는 몹시 실망한 표정이었다. 하지만 그는 계속해서 파라고 우리를 재촉했고, 그 말이 끝나기 무섭게 나는 무언가에 발이 걸려 앞으로 고꾸라졌다. 파낸 흙 속에 반쯤 묻혀 있던 커다란 쇠고리에 내 발부리가 걸렸던 것이다.

우리는 본격적으로 땅을 팠고, 내가 그처럼 강한 흥분에 사로잡힌 상태로 10분을 보낸 것은 난생처음이었다. 그 10분 동안 우리는 장방형의 나무 궤짝을 땅속에서 거의 다 파냈다. 이 나무 궤짝은 보존 상태가 완벽했고 놀랄 만큼 단단해서, 염화제2수은 같은 화학 약품으로 방부 처리를 한 것 같았다. 이 궤짝은 길이가 3피트 반, 너비가 3피트, 깊이가 2피트 반이었다. 단철 띠를 대갈못으로 고정하여 궤짝을 더욱 단단하게 보강했고, 이 쇠띠가 일종의 격자 세공으로 궤짝 전체를 덮고 있었다. 궤짝 양쪽의 위쪽에는 세 개의 쇠고리, 모두 합해 여섯 개가 달려 있어서, 그것으로 여섯 사람이 궤짝을 단단히 잡을 수 있게 되어 있었다. 우리는 셋이어서 아무리 용을 써도 궤짝을 아주 조금 들어 올리는 게 고작이었다. 그렇게 무거운 궤짝을 옮기는 것은 불가능하다는 것을 당장 깨달았다. 다행히 뚜껑을 고정시키는 잠금장치는 옆으로 밀어서 여는 빗장 두 개로 이루어져 있었다. 우리는 불안으로 덜덜 떨고 숨을 헐떡거리며 이 빗장을 잡아 뺐다. 그러자 순식간에 헤아릴 수 없는 가치를 지닌 보물이 눈앞에서 찬란하게 빛났다. 램프 불빛이 구덩이 속에 떨어지자, 금과 보석이 뒤섞인 보물 무더기에서 은은한 빛과 번쩍이는 빛이 위로 올라와 우리를 눈부시게 했다.

그것을 뚫어지게 바라볼 때의 내 감정을 감히 표현하려 하지 않겠다. 숨이 막히도록 놀란 것은 말할 것도 없다. 르그랜드는 흥분한 나머지 기절할 것 같았고, 말도 하지 못했다. 주피터의 안색은 몇 분 동안 송장처럼 창백해졌다. 흑인의 얼굴이 그보다 더 하얘질 수는 없을 것이다. 그는 벼락이라도 맞은 것처럼 놀라고 망연자실하여 말문이 막힌 것 같았다. 그는 곧 구덩이 안에서 털썩 무릎을 꿇더니, 드러난 두 팔을 황금 더미 속에 팔꿈치까지 파묻었다. 그리고 사치스러운 목욕을 즐기는 것처럼 한참 동안 그대로 있었다. 마침내 그는 깊은 한숨을 내쉬며 혼잣말처럼 외쳤다.

「이게 다 황금 벌레 덕분이구먼! 아이고 예쁜 놈! 그런데 나는 그 작은 벌레를 타박하기만 했어! 이 깜둥이 놈아, 너 자신이 부끄럽지도 않냐? 대답해 봐!」

보물을 옮기는 방법에 대해 주인과 하인의 관심을 환기시킬 필요가 있었다. 밤이 깊어 가고 있었고, 동이 트기 전에 보물을 집으로 가져가려면 상당히 애를 써야 했다. 무엇을 어떻게 하면 좋을지도 알 수 없었다. 우리는 방법을 의논하면서 많은 시간을 보냈다. 저마다 생각이 달라서 혼란스러웠다. 결국 우리는 내용물의 3분의 2를 꺼내어 궤짝의 무게를 줄였다. 그러자 궤짝을 간신히 구덩이에서 들어 올릴 수 있었다. 궤짝에서 꺼낸 보물은 가시나무 덤불 속에 숨겨 두고 개한테 지키게 했다. 주피터는 우리가 돌아올 때까지 무슨 일이 있어도 자리에서 꼼짝 말고 짖지도 말라고 개에게 엄명을 내렸다. 그런 다음 우리는 궤짝을 들고 서둘러 집으로 돌아갔다. 짐이 너무 무거워서 진땀을 뺐지만, 그래도 오전 1시에 무사히 오두막에 도착했다. 우리는 완전히 녹초가 되어, 곧바로 다음 행동을 취하는 것은 무리였다. 2시까지 휴식을 취하면서 늦은 저녁을 먹은 다음, 이번에는 다행히 오두막에 있던 튼튼한 자루 세 개를 챙겨 들고 구릉지로 떠났다. 4시 조금 전에 우리는 구덩이에 도착하여 남은 보물을 최대한 고르게 삼등분한 뒤, 구덩이는 메우지 않고 내버려 둔 채 다시 오두막으로 출발했고, 새벽의 희미한 첫 햇살이 동쪽의 우듬지 너머에서 어렴풋이 나타났을 때 짊어지고 온 황금을 오두막에 두 번째로 내려놓았다.

이제 우리는 완전히 탈진했지만, 너무 흥분한 나머지 편히 쉴 수가 없었다. 서너 시간쯤 선잠을 잔 뒤 우리는 미리 약속이라도 한 것처럼 눈을 떴고, 일어나자마자 보물을 확인하러 갔다.

궤짝에는 보물이 넘칠 만큼 가득 차 있었고, 내용물을 일

일이 조사하는 데는 그날 하루로 모자라서 이튿날 밤까지 걸렸다. 보물은 아무렇게나 뒤죽박죽으로 섞여 있어서 질서나 정돈됨 같은 것을 전혀 찾아볼 수가 없었다. 되는대로 쌓여 있는 보물을 종류별로 분류해 놓고 보니, 처음에 생각했던 것보다 훨씬 막대한 값어치의 재물이었다. 금화는 당시의 시세표에 따라 평가해 보니 45만 달러[4]가 넘었다. 은화는 한 닢도 없고, 모두 옛날에 만들어진 다양한 금화였다. 프랑스, 스페인, 독일의 금화에 영국의 금화 몇 닢, 그리고 그때까지 한 번도 본 적이 없는 다른 금화도 약간 섞여 있었다. 아주 크고 무거운 금화도 몇 닢 있었지만, 너무 닳아 버려서 금화에 새겨진 글은 전혀 알아볼 수가 없었다. 미국 화폐는 하나도 없었다. 보석류의 가치는 평가하기가 더 어려웠다. 다이아몬드 — 그중 일부는 아주 크고 아름다웠다 — 는 모두 110개였는데, 작은 것은 하나도 없었다. 놀랄 만큼 찬란하게 빛나는 루비가 18개, 모두 아름답기 이를 데 없는 에메랄드가 310개, 그리고 사파이어 21개와 오팔 1개가 있었다. 이 보석들은 모두 거미발에서 분리되어 궤짝 속에 던져져 있었다. 우리가 다른 황금 더미 속에서 찾아낸 거미발들은 거기에 박혀 있던 보석의 정체가 확인되는 것을 피하려는 듯 망치로 두드려 완전히 망가진 상태였다. 이 모든 것 외에도 순금제 장신구가 엄청나게 많았다. 굵고 무거운 금반지와 금귀고리가 2백 개나 되었고, 화려한 금목걸이가 30개, 아주 크고 무거운 금십자가가 83개, 엄청난 가치의 순금 향로가 5개, 포도나뭇잎과

4 구체적으로 환산하면 현재의 10억 5천만 달러.

바커스 축제에 참석한 인물들이 화려하게 돋을새김된 거대한 황금 술잔 1개, 아름답고 정교한 돋을새김으로 장식된 칼자루가 2개, 그보다 작은 장신구는 일일이 기억할 수도 없을 만큼 많았다. 이 귀중품들의 무게를 모두 합하면 350파운드가 넘었다. 나는 여기에 197개의 훌륭한 금시계는 포함시키지 않았는데, 그 가운데 3개는 개당 가격이 5백 달러나 되었다. 시계는 대부분 낡아서 시계로서는 쓸모가 없고 기계장치도 다소 부식되어 있었지만, 모두 보석으로 화려하게 장식되어 있었고 값진 케이스에 들어 있었다. 그날 밤 우리는 궤짝의 내용물을 150만 달러의 가치가 있는 것으로 평가했다. 그런데 나중에 자질구레한 장신구와 보석을 처분할 때(몇 개는 우리가 쓰기 위해 남겨 두었다), 우리가 보물의 가치를 지나치게 과소평가한 것을 알았다.

마침내 조사를 다 끝내고 강렬한 흥분이 다소 가라앉자 르그랜드는 내가 이 놀라운 수수께끼의 해답을 빨리 알고 싶어서 죽을 지경이라는 것을 알아차리고, 그것과 관련된 상황을 자세히 설명하기 시작했다.

「내가 쇠똥구리 그림을 보여 준 날을 기억하고 있겠지? 그때 자네가 그림을 보고 해골과 비슷하다고 주장했기 때문에 내가 화를 낸 것도 기억하고 있을 거야. 자네가 그렇게 말했을 때 나는 농담하는 줄 알았어. 하지만 나중에 가만히 생각해 보니, 그 벌레의 등딱지에 찍혀 있는 독특한 반점도 그렇고, 자네 말이 전혀 근거가 없는 게 아니라고 인정하게 되었지. 그래도 내 그림 실력을 비웃는 것 같아서 불쾌하긴 했지만 말이야. 이래 봬도 괜찮은 화가라고 자부하고 있었으니까. 그래서 자네가 양피지 조각을 건네주었을 때 그걸 구겨서 난롯불 속에 던져 버릴 참이었어.」

「종잇조각 말이지?」

「아니야. 종이와 비슷해 보였고, 처음엔 나도 그게 종이인 줄 알았는데, 거기에 그림을 그리기 시작하자 당장 알겠더라고. 그게 사실은 종이가 아니라 아주 얇은 양피지 조각이었어. 자네도 기억하겠지만 그 양피지는 아주 더러웠지. 그런데 그걸 막 구기려는 순간, 자네가 본 그림을 나도 보게 된 거야. 내가 딱정벌레를 그린 자리에 해골 형상이 있었으니, 내가 얼마나 놀랐을지 자네도 상상이 갈 거야. 나는 너무 놀라서 한동안 제대로 생각할 수도 없었지. 내 그림이 전체적인 윤곽은 이것과 꽤 비슷했지만 세부적으로는 전혀 다르다는 것을 알았어. 나는 곧 촛불을 집어 들고 방의 저쪽 끝에 앉아서 그 양피지를 좀 더 자세히 살펴보았지. 양피지를 뒤집어서 보니까 내가 그린 그림이 뒷면에 그대로 남아 있더군. 그 순간 떠오른 생각이 해골과 딱정벌레의 윤곽이 놀랄 만큼 비슷하다는 거였어. 나는 모르고 있었지만, 양피지 뒷면, 그러니까 내가 그린 쇠똥구리 그림 바로 밑에 해골 그림이 있었고, 이 해골은 윤곽만이 아니라 크기도 내가 그린 그림과 아주 비슷하다는 그 기묘한 우연의 일치가 그저 놀라울 뿐이었지. 이 우연의 일치가 너무 기묘해서 나는 한동안 얼떨떨했어. 이건 그런 우연의 일치가 낳는 통상적인 결과야. 생각은 둘 사이에 논리적 인과관계, 즉 원인과 결과의 전후 관계를 확립하려고 애쓰지만, 그것이 불가능하기 때문에 일종의 일시적인 마비 상태에 빠지지. 하지만 이 마비 상태에서 깨어났을 때 어떤 확신이 차츰 떠올랐어. 그 확신은 나를 놀라게 했던 우연의 일치보다도 훨씬 더 나를 놀라게 했지. 내가 처음에 쇠똥구리를 그렸을 때는 양피지에 어떤 그림도 **없었다**는 사실이 또렷하고 확실하게 기억났어. 이윽고 나는 확신하게 되었지. 그림을 그리기 전에 깨끗한 곳을 찾으려고 이쪽으로 뒤집었다가 저쪽으로 뒤집은 게 생각났거든. 그때 해골 그림이 그려져 있었다면 내가 알아차리지 못했을 리가 없지. 그건 두말할 나위도 없는데, 이게 정말로 수수께끼였어. 이 수수께끼는 도저히 설명할 수가 없다고 생각했지. 하지만 내 지성의 방들 중에서도 가장 외지고 은밀한 방에서는 그 순간에도 벌써 진실이 개똥벌레처럼 희미하게 빛나는 것 같았어. 어젯밤의 모험으로 그 진실이 멋지게 입증되었지만 말이야. 나는 당장 일어나서 양피지를 안전하게 치워 두고, 내가 혼자 있게 될 때까지는 그 문제를 더 이상 생각지 않기로 했어.

자네가 떠나고 주피터가 깊이 잠들자 나는 그 문제를 좀 더 체계적으로 조사해 보았지. 우선 그 양피지가 내 손에 들어온 경위를 생각했어. 우리가 쇠똥구리를 발견한 곳은 섬에서 동쪽으로 1마일쯤 떨어진 본토 해안이었고, 만조 때 물이 닿는 고수위선에서 조금밖에 떨어져 있지 않았어. 내가 쇠똥구리를 집어 들자 나를 깨물었기 때문에 나는 녀석을 떨어뜨릴 수밖에 없었지. 늘 조심성이 많은 주피터는 자기 쪽으로 날아온 그 벌레를 잡기 전에 주위를 둘러보면서 나뭇잎이나 그 비슷한 것을 찾았어. 그걸로 벌레를 싸서 잡을 작정이었지. 주피터가 양피지 조각을 발견한 건 바로 그 순간이었어. 나도 주피터와 동시에 그걸 보았지만, 그때는 종이인 줄 알았지. 그건 모래 속에 반쯤 묻혀 있었고, 한쪽 귀퉁이가 모래 위로 삐죽 튀어나와 있었어. 그걸 발견한 곳 근처에서 보트의 잔해도 발견했는데, 범선에 실려 있던 보트 같았어. 이 난파선은 아주 오랫동안 거기에 있었던 모양이야. 목재 같은 것은 거의 다 썩어서 흔적도 찾기 어려웠으니까.

주피터는 그 양피지를 집어 들더니 그걸로 딱정벌레를 싸서 나한테 주었지. 그 직후 우리는 귀로에 올랐는데, 도중에 G 중위를 만났어. 중위에게 그 벌레를 보여 주었더니 중위는 그걸 요새로 빌려 가고 싶다고 부탁했지. 그러라고 했더니 중위는 당장 벌레를 조끼 주머니에 밀어 넣었어. 나는 중위가 벌레를 살펴보는 동안에도 그걸 쌌던 양피지를 계속 손에 쥐고 있었는데, 중위는 벌레를 양피지로 싸지 않고 벌레만 주머니에 넣었지. 중위는 내 마음이 바뀔까 봐 얼른 치워 버리는 게 상책이라고 생각했는지도 몰라. 중위가 박물학과 관련된 거라면 얼마나 열성적인지, 그건 자네도 알잖아. 그리고 나는 무의식중에 그 양피지를 내 주머니에 넣어 버린 게 분명해.

내가 그 딱정벌레를 그리려고 탁자로 갔을 때, 평소에 종이를 넣어 두는 곳에서 종이를 찾지 못한 걸 기억하겠지? 나는 서랍을 열어 보았지만 종이가 한 장도 없었어. 그래서 낡은 편지라도 찾을 수 있지 않을까 하고 주머니를 뒤졌더니 내 손에 그 양피지가 잡힌 거야. 이게 양피지를 입수하게 된 경위인데, 그걸 이렇게 자세히 말한 것은 그 상황이 나한테 특별히 강한 인상을 주었기 때문이야.

자네는 내가 망상에 빠져 있다고 생각할지 모르지만, 나는 이미 **연결 관계**를 파악했어. 고리 두 개를 연결해서 사슬 하나를 만들었지. 바닷가에 보트가 한 척 있었고, 그 보트에서 그리 멀지 않은 곳에 해골이 그려진 양피지가 있었어. **종이가 아니라**. 물론 자네는 〈연결 관계가 어디 있느냐?〉고 묻겠지. 나는 이렇게 대답하겠어. 해골은 널리 알려진 해적의 상징이라고. 해적들은 뭔가 일을 벌일 때면 언제나 해골 깃발을 내걸지.

나는 그 조각이 종이가 아니라 양피지라고 말했어. 양피지는 내구력이 강해서 거의 영구적으로 보존할 수 있지. 별로 중요하지 않은 걸 양피지에 적어 두는 경우는 드물어. 그냥 평범한 목적을 가진 그림이나 글이라면 종이에 그리거나 쓰는 게 훨씬 나으니까. 이렇게 생각하니까 해골 그림에는 어떤 의미, 어떤 관련성이 내포되어 있을 거라는 느낌이 들더군. 양피지의 **형태**도 자세히 살펴보았는데, 한쪽 귀퉁이는 어쩌다 우연히 찢겨 나갔지만 원래 모양은 직사각형이라는 걸 알 수 있었지. 실제로 그건 비망록으로 쓰였을 거야. 오래 기억해야 하고 주의 깊게 보존해야 할 무언가를 기록하기 위해 그런 양피지 조각을 사용한 거지.」

「하지만,」내가 끼어들었다. 「자네가 딱정벌레를 그렸을 때는 양피지에 해골이 그려져 있지 않았다며? 그런데 그 보트와 해골 사이에 뭔가 관계가 있다는 걸 어떻게 알지? 이 해골은 자네가 <u>스스로</u> 인정한 바에 따르면 쇠똥구리를 그린 뒤에 (누가 어떻게 그렸는지는 모르지만) 그려졌을 게 분명하니까 말이야.」

「그게 바로 모든 수수께끼의 핵심이지. 이 시점에서는 비밀을 풀기가 그리 어렵지 않았지만 말이야. 내 방법은 확실했고, 거기서 나올 수 있는 결과는 한 가지뿐이었어. 예를 들면 나는 이렇게 추리했지. 내가 쇠똥구리를 그렸을 때는 양피지에 어떤 해골도 드러나 있지 않았다. 나는 그림을 다 그린 다음 그것을 자네한테 건네주고, 자네가 양피지를 돌려줄 때까지 자네를 계속 지켜보았다. 그러니까 자네가 해골을 그리지 않은 건 분명하고, 해골을 그릴 만한 다른 사람이 그 자리에 있지도 않았다. 그렇다면 그 해골은 사람 손으로 그려진 게 아니다. 그럼에도 불구하고 해골은 양피지에 그려졌다.

여기까지 생각했을 때 나는 문제의 시간 동안 무슨 일이 있었는지 기억해 내려고 애썼고, 실제로 기억해 냈어. 그날은 날씨가 쌀쌀해서(정말 드문 행운이었지!) 난롯불이 활활 타오르고 있었어. 나는 돌아다니다 왔기 때문에 몸이 따뜻해진 상태여서 탁자 근처에 앉아 있었지. 하지만 자네는 난로 가까이로 의자를 끌어당겼어. 내가 자네 손에 양피지를 건네주었을 때, 그리고 자네가 그 양피지를 살펴보고 있을 때, 뉴펀들랜드종 개인 울프가 들어와서 자네 어깨 위로 뛰어올랐지. 자네는 왼손으로 개를 쓰다듬거나 가까이 오지 못하게 막으면서, 양피지를 쥔 오른손은 무릎 사이에 무심히 떨어뜨렸어. 거기는 난롯불과 아주 가까운 거리였지. 순간 나는 양피지에 불이 붙은 줄 알고 자네한테 주의를 주려고 했지만, 내가 입을 열기 전에 자네가 양피지를 들어서 살펴보기 시작했어. 이런 점들을 모두 생각한 끝에 마침내 확신하게 되었지. 내가 양피지에서 본 해골 그림을 드러나게 한 것은 난롯불의 열기였다는 것을. 어떤 화학 약품으로 종이나 양피지에 문자나 기호를 쓰면, 열기의 작용을 받았을 때에만 눈에 보이게 할 수 있어. 그런 약품이 예로부터 있었고 지금도 존재한다는 건 자네도 잘 알고 있을 거야. 산화코발트를 왕수에 담갔다가 네 배의 물로 희석한 것도 이따금 쓰이는데, 그렇게 하면 초록색 잉크가 만들어지지. 코발트의 불순물을 질산 칼륨에 녹이면 붉은색이 나오고. 이런 약품으로 서늘한 곳에서 종이나 양피지에 글씨를 쓰거나 그림을 그리면, 색소는 조만간 사라지지만 열을 가하면 다시 또렷해져.

나는 해골을 주의 깊게 살펴보았어. 해골의 바깥쪽 가장자리, 그러니까 양피지의 가장자리와 가장 가까운 그림의 가장자리는 다른 부분보다 훨씬 **또렷했지**. 열기의 작용이 불완전했거나 불균등했던 게 분명했어. 나는 당장 불을 피우고, 양피지의 전면을 타오르는 불에 골고루 쬐었지. 처음에는 해골의 희미한 선이 또렷해지는 효과밖에 없었지만, 끈질기게 실험을 계속했더니 해골이 그려져 있는 곳과 대각선을 이루는 귀퉁이에 어떤 형상이 나타났어. 처음엔 그게 염소라고 생각했는데, 좀 더 자세히 들여다보니 새끼 염소라는 걸 알 수 있었지.」

「하! 하! 하!」나는 웃었다. 「물론 나는 자네를 비웃을 권리가 없어. 150만 달러는 웃음거리로 삼기에 너무 중대하니까. 하지만 자네는 사슬의 세 번째 고리를 연결할 마음이 전혀 없는 것 같아. 자네는 해적과 염소 사이에서 특별한 관계를 찾아내진 못할 거야. 자네도 알다시피 해적은 염소와 아무 관계도 없으니까 말이야. 염소는 농업과 관련되어 있지.」

「하지만 방금 내가 말했잖아? 그 형상이 염소 형상은 **아니**었다고.」

「그래, 염소가 아니라 새끼 염소라고 했지. 염소나 새끼 염소나 비슷한 거 아냐?」

「비슷하지만 똑같지는 않아. 자네도 키드[5] **선장**이라는 사람에 대해 들어 본 적이 있을 거야. 그 동물의 형상을 보자마자 나는 그게 일종의 말장난이거나 그림 서명일 거라고 생각했어. 아니, 서명이었어. 그렇게 생각한 것은 양피지에 그려져 있는 위치 때문이야. 그 형상과 대각선으로 마주 보는 구석에 그려진 해골도 그것과 똑같이 무슨 도장이나 인장 같은 분위기를 띠고 있었거든. 그런데 난처한 것은 그 외에는 아무것도 없었다는 거야. 나는 그게 중요한 내용을 적은 문서라고 상상했는데, 정작 중요한 내용이 없는 거였지. 내가 생각한 문맥에 어울리는 본문이 없다고나 할까.」

「인장과 서명 사이에 편지가 있을 거라고 기대했단 말이지?」

5 William Kidd(1654~1701). 한때는 영국 해군 함장이었으나 나중엔 해적이 되어 활동하다 처형되었다. Kidd라는 이름은 영어의 〈새끼 염소 *kid*〉와 발음이 같다.

「그래. 편지나 뭐 그런 종류의 무언가가 있을 줄 알았지. 사실 나는 어마어마한 행운이 다가오고 있다는 예감을 억누를 수 없을 만큼 강하게 느끼고 있었어. 이유는 잘 모르겠지만, 아마 그건 결국 믿음이라기보다 소망이었을 거야. 그런데 그 벌레가 순금으로 만들어져 있다는 주피터의 바보 같은 말이 내 상상을 더욱 자극했다는 걸 알고 있나? 그 후 우연한 사건, 우연의 일치가 계속 이어졌지. 아주 이례적인 일이야. 이 사건들이 하고많은 날들 중에 하필이면 난롯불을 피워야 할 만큼 쌀쌀했던 바로 그날 일어났다는 게 단순한 우연이라고 생각하나? 난롯불을 피우지 않았다면, 그리고 바로 그 순간 개가 뛰어들지 않았다면, 나는 해골에 대해 알지 못했을 테고, 따라서 이 보물을 손에 넣지도 못했을 거야. 이게 단순한 우연의 일치일까?」

「어서 계속해. 궁금해서 못 견디겠어.」

「세간에 퍼져 있는 소문은 자네도 물론 들어 봤겠지? 키드와 그 일당이 대서양 연안 어딘가에 금을 파묻었다는 얘기 말이야. 이 소문들이 어느 정도는 사실에 근거를 두고 있었던 게 분명해. 그리고 소문이 오랫동안 사라지지 않고 계속된 것은 매장된 보물이 아직 발견되지 않고 땅속에 그대로 남아 있기 때문일 거라고 생각했지. 키드가 약탈한 보물을 잠시 숨겨 두었다가 나중에 되찾았다면, 소문이 지금처럼 한결같은 형태로 우리 귀에까지 들어오지는 않았을 거야. 그리고 자네도 알아차렸겠지만, 들리는 소문은 모두 보물을 찾았다는 얘기가 아니라 찾고 있다는 얘기뿐이야. 만약 해적이 보물을 되찾았다면 상황은 거기서 끝났겠지. 그런데 어떤 사고 때문에, 예를 들면 보물의 위치를 알려 주는 메모를 잃어 버렸다든가 해서 키드는 보물을 되찾을 수단을 잃어버렸고, 이 일이 부하들한테도 알려진 것 같아. 그렇지 않았다면 부하들은 애당초 보물이 숨겨졌다는 얘기조차 듣지 못했겠지. 그런데 그런 이야기를 듣게 되자 부하들도 보물찾기에 나서게 된 거야. 하지만 보물이 숨겨진 곳을 알려 주는 단서가 없기 때문에 아무리 날뛰어도 모두 헛수고로 끝났겠지. 어쨌든 이게 씨가 돼서 소문이 널리 퍼지게 된 거야. 해안에서 귀중한 보물이 발굴되었다는 이야기를 들어 본 적이 있나?」

「아니, 전혀.」

「하지만 키드가 엄청난 보물을 모았다는 사실은 널리 알려져 있어. 그래서 그 보물이 아직도 어딘가에 묻혀 있을 거라고 생각했지. 양피지가 발견된 경위도 그렇고 해서, 양피지에는 보물 은닉처에 대한 기록이 적혀 있을지도 모른다고 기대, 아니 확신하기에 이르렀다고 할 수 있지.」

「그래서 어떻게 했나?」

「나는 난롯불의 열기를 좀 더 높여 놓고 양피지를 다시 난롯불에 쬐었지만 아무것도 나타나지 않았어. 양피지에 먼지가 껴서 그런 게 아닐까 싶어서, 이번에는 양피지 위에 따뜻한 물을 끼얹어 조심스럽게 씻어 낸 다음, 양피지를 해골이 아래쪽으로 가도록 양철 냄비에 넣고 그 냄비를 숯불 위에 올려놓았지. 몇 분 뒤 냄비가 완전히 뜨거워졌을 때 양피지를 꺼냈더니, 몇 줄로 나란히 배열된 얼룩이 군데군데 나타나 있더군. 그걸 보았을 때 얼마나 기뻤는지 몰라. 양피지를 다시 냄비 속에 넣고 1분 동안 더 두었다가 꺼내자, 보다시피 이런 상태였어.」

그러면서 르그랜드는 다시 가열한 양피지를 나에게 내밀었다. 해골과 염소 사이에 다음과 같은 기호들이 붉은 물감으로 조잡하게 쓰여 있었다.

53‡‡†305))6*;4826)4‡.)4‡);806*;48†8¶6
0))85;1‡(;:‡*8†83(88)5*†;46(;88*96*?;8)*‡
(;485);5*†2:*‡(;4956*2(5*—4)8¶8*;4069285);)6
†8)4‡‡;1(‡9;48081;8:8†1;48†85;4)485†5
28806*81(‡9;48;(88;4(‡?34;48)4‡;161;:188;‡?;

「하지만 나는 뭐가 뭔지 모르겠어.」 나는 양피지를 돌려주면서 말했다. 「이 수수께끼를 풀면 골콘다[6]의 보석을 몽땅 준다고 해도 나는 그 보석을 얻지 못할 것 같아.」

「처음에 대충 훑어보면 어려워 보이지만, 그렇게 지레 겁먹고 물러설 만큼 어렵진 않아. 누구나 쉽게 짐작할 수 있듯이 이 기호들은 암호야. 그러니까 어떤 의미가 숨겨져 있다는 얘기지. 키드 선장에 대해 알려진 바에 따르면 그렇게 난해한 암호를 만들어 낼 정도의 인물은 아니니까, 이건 단순

6 인도 남동부 하이데라바드시의 서남쪽에 있는 마을. 1512~1687년까지 골콘다 왕조의 도읍으로 번영을 누렸으나 지금은 폐허가 되었다. 예로부터 다이아몬드 생산지로 유명했다.

한 암호일 거라고 판단했지. 하지만 머리 나쁜 뱃사람은 열
쇠가 없으면 절대로 풀지 못할 암호겠지.」

「그래서 자네는 정말 풀었나?」

「아주 쉽게 풀었지. 나는 지금까지 이보다 몇만 배나 난해
한 암호들도 풀었는걸. 나는 자라난 환경에다 타고난 성향 때
문에 그런 수수께끼를 푸는 데 흥미를 갖게 되었지. 인간이
창의력을 적절히 발휘해도 도저히 풀 수 없는 수수께끼를 과
연 인간의 창의력으로 만들어 낼 수 있는지 의심스러워. 사실
서로 이어져 있고 명료하게 읽을 수 있는 기호들을 일단 확
인한 뒤에는 그 의미를 알아내는 게 별로 어렵지 않았어.

이 경우, 사실은 이 경우만이 아니라 모든 암호가 다 그렇
지만, 첫 번째 문제는 암호가 어떤 언어에 바탕을 두고 있느
냐 하는 거야. 암호 해독의 원리는, 특히 암호가 단순한 경우
에는 특정한 언어의 고유한 특성에 많이 의존하고, 그 특성
에 따라 해독의 원리가 달라지니까. 일반적으로 말하자면,
정답을 찾을 때까지 암호 해독을 시도하는 사람이 알고 있는
모든 언어를 (개연성에 따라 가능성이 높은 언어부터 차례
로) 시험해 보는 것 말고는 다른 대안이 없어. 하지만 지금
우리 앞에 있는 암호의 경우, 서명 덕분에 그런 어려움이 제
거되었지. 〈키드〉라는 낱말과 관련된 말장난은 영어 말고 다
른 언어에서는 통하지 않으니까. 이런 사정이 존재하지 않았
다면 나는 우선 스페인어와 프랑스어로 해독을 시도해야 했
을 거야. 이런 종류의 암호를 만든 사람이 카리브해의 해적
이라면 당연히 스페인어나 프랑스어를 썼을 테니까 말이야.

하지만 그 서명이 있었기 때문에 나는 암호가 영어일 거라고 생각했지.

그런데 보다시피 이 암호의 낱말들은 띄어쓰기가 전혀 안 되어 있어. 낱말들이 구분되어 있었다면 일이 비교적 쉬웠을 텐데 말이야. 그랬다면 더 짧은 낱말들을 조사하고 분석하는 것으로 작업을 시작했을 거야. 그리고 글자 하나로 된 낱말이 나올 가능성이 높은데(예를 들면 a라든가 I 같은), 그런 낱말이 나오면 암호 해독은 보장된 거라고 생각했겠지. 하지만 띄어쓰기가 되어 있지 않기 때문에, 암호 해독의 첫 단계는 가장 덜 나오는 글자와 가장 자주 나오는 글자를 확인하는 거였어. 그다음에는 모든 글자를 헤아려서 다음과 같은 표를 만들었지.

8의	빈도는	33회
;	〃	26
4	〃	19
‡)	〃	16
*	〃	13
5	〃	12
6	〃	11
† 1	〃	8
0	〃	6
9 2	〃	5
: 3	〃	4

?	〃	3
¶	〃	2
—.	〃	1

그런데 영어에서 가장 자주 쓰이는 알파벳은 e이고, 그다음은 순서대로 a, o, i, d, h, n, r, s, t, u, y, c, f, g, l, m, w, b, k, p, q, x, z야. e는 너무 두드러지게 지배적인 글자여서, 어떤 길이의 문장에서도 e가 우세한 알파벳이 아닌 경우는 보기 드물지.

여기서 우리는 우선 처음부터 단순한 추측이 아닌 확실한 토대를 갖게 돼. 이 표의 일반적인 유용성은 명백하지만, 이 암호에서는 극히 부분적으로만 도움이 필요할 거야. 눈에 가장 많이 띄는 기호가 8이니까, 우선 8이 보통 알파벳의 e라고 가정하세. 그리고 이 가정이 옳다는 것을 입증하기 위해 e가 두 번 연속으로 나오는 경우가 많은지 어떤지 살펴보자고. 영어에서는 e가 두 번 겹치는 빈도가 아주 높으니까. ⟨meet⟩, ⟨fleet⟩, ⟨speed⟩, ⟨seen⟩, ⟨been⟩, ⟨agree⟩ 같은 단어를 예로 들 수 있지. 지금 이 경우에는 암호문이 짧은데도 8이 두 번 겹치는 경우가 다섯 번이나 돼.

그렇다면 8이 e라고 가정해 보세. 그런데 영어의 모든 **낱말** 중에서 가장 자주 쓰이는 건 ⟨the⟩야. 그러니까 세 개의 기호가 같은 순서로 배열되어 있고 마지막 기호가 8인 경우가 여러 번 되풀이되지 않는지 살펴보자고. 그렇게 배열된 글자들이 되풀이되는 것을 발견하면 그건 ⟨the⟩라는 낱말을 나타낼

가능성이 높아. 조사해 보면 그런 배열이 무려 일곱 번이나 되풀이되고 있어. 그 기호들은 〈;48〉이야. 따라서 우리는 ;가 t이고, 4는 h이고, 8은 e를 나타낸다고 가정할 수 있지. 마지막 글자인 8이 e라는 가정은 이제 확증되었어. 이것으로 중요한 한 걸음을 내디딘 거지.

하지만 낱말 한 개를 확정했기 때문에 이제는 아주 중요한 점을 확증할 수 있어. 즉 다른 낱말들이 어디서 시작하고 어디서 끝나는지 알 수 있게 된 거야. 예를 들면 암호문의 끝에서 그리 멀지 않은 곳에 주의를 돌려 보세. 거기에 마지막에서 두 번째로 나오는 〈;48〉 조합이 있지. 우리는 〈;48〉 직후에 나오는 ;가 한 낱말의 시작이라는 걸 알고 있어. 그리고 이 〈the〉 뒤에 이어지는 여섯 개의 기호 가운데 우리는 무려 다섯 개를 알고 있어. 그러니까 모르는 기호는 공백으로 남겨 두고 아는 기호만 글자로 바꾸어서 적어 보세.

t eeth

여기서 〈th〉는 첫 번째 t로 시작되는 낱말의 일부가 아니니까 당장 버릴 수 있어. 알파벳의 모든 글자를 공백에 넣어 보면 이 〈th〉가 포함될 수 있는 낱말은 전혀 만들어지지 않는다는 걸 알 수 있으니까. 그래서 이 낱말은 이렇게 좁힐 수 있지.

t ee

그리고 필요하다면 아까처럼 알파벳의 모든 글자를 빈자리에 차례대로 넣어 보면 의미를 가질 수 있는 낱말은 〈tree〉밖에 없다는 결론에 도달하게 돼. 그렇게 해서 우리는 나란히 놓인 〈the tree〉라는 두 낱말과 함께 (라는 기호가 r를 나타낸다는 걸 알게 됐어.

이제 이 낱말보다 조금 뒤쪽을 보면 또다시 〈;48〉이라는 조합이 보이는데, 이것을 바로 앞에 나오는 기호들과의 구획으로 이용하면 이런 배열을 얻게 되지.

the tree ;4(‡?34 the

이중에서 이미 알고 있는 기호를 알파벳으로 바꾸면 이렇게 돼.

the tree thr ‡?3h the

여기서 모르는 기호는 빈칸으로 남겨 두거나 점으로 바꾸면 이렇게 되지.

the tree thr . . . h the

그러면 당장 〈through〉라는 낱말이 자연스럽게 떠오를 거야. 이 발견은 ‡와 ?와 3이 나타내는 글자가 각각 o, u, g라는 것을 알려 주지. 이렇게 해서 우리는 세 글자를 새로 알게 됐어.

암호문에서 지금까지 알아낸 글자의 조합을 주의 깊게 찾아보면, 맨 앞에서 그리 멀지 않은 곳에서 이런 글자 배열을 찾을 수 있어.

83(88은 egree

이건 분명 〈degree〉라는 낱말의 뒷부분이고, 우리는 †라는 기호가 d를 나타낸다는 걸 알 수 있지.

〈degree〉라는 낱말에서 네 글자 뒤에 이런 조합이 보여.

;46(;88*

알고 있는 기호를 글자로 바꾸고, 모르는 기호는 아까처럼 점으로 바꾸면 이렇게 되지.

th.rtee.

이 배열은 당장 〈thirteen〉이라는 낱말을 연상시키고, 이렇게 해서 우리는 또다시 글자 두 개를 새로 얻었어. 6과 *가 각각 i와 n을 나타낸다는 걸 알게 된 거지.

이제 암호문의 첫 부분을 보면 이런 조합이 보여.

53‡‡†

이것도 아까처럼 알고 있는 기호를 글자로 바꾸면 이렇게
되지.

.good

그러니까, 첫 글자는 A인 게 분명해. 그래서 처음 두 낱말
을 알았어. 〈A good〉.

여기서 혼란을 피하기 위해 지금까지 발견한 열쇠를 표로
정리해 보면 이렇게 돼.

5는   a
✝은   d
8은   e
3은   g
4는   h
6은   i
*은   n
‡은   o
(은   r
;은   t
?은   u

이렇게 해서 우리는 가장 중요한 글자를 무려 열 개나 알

아냈어. 이제 해독 방법을 더 이상 자세히 설명할 필요는 없겠지. 나는 이미 충분히 설명했으니까, 이런 성격을 가진 암호는 쉽게 풀 수 있다는 걸 자네도 납득할 수 있을 거야. 그리고 이런 암호를 개발하는 **원리**도 어느 정도는 통찰할 수 있겠지. 하지만 우리 앞에 있는 이 표본은 가장 단순한 암호에 속하는 게 분명해. 이제 양피지에 적힌 기호를 해독해서 완전히 번역한 형태로 보여 주는 일만 남았군. 자, 이거라네.」

A good glass in the bishop's hostel in the devil's seat forty-one degrees and thirteen minutes northeast and by north main branch seventh limb east side shoot from the left eye of the death's-head a bee-line from the tree through the shot fifty feet out.

「하지만 수수께끼는 여전히 풀리지 않은 것 같은데? 〈devil's seat〉니 〈death's-heads〉니 〈bishop's hostel〉이니 하는 잠꼬대 같은 소리에 도대체 어떻게 의미를 갖다 붙일 수 있지?」
「솔직히 말해서,」 르그랜드는 대답했다. 「대충 훑어봐서는 문제가 아직도 풀기 어려운 게 사실이야. 내가 맨 처음 한 일은 암호를 만든 사람의 의도에 따라 전체 문장을 구분하는 것이었어.」
「구두점을 찍는다는 뜻인가?」
「그런 거지.」
「하지만 어떻게 해낼 수 있었지?」

황금 벌레 **237**

「암호를 만든 사람은 해독을 더욱 어렵게 하려고 띄어쓰기를 하지 않고 일부러 낱말들을 모두 붙여 놨을 거야. 그런데 별로 똑똑하지 못한 사람인가 봐. 그런 주제에 이런 일을 하려다 보니 지나치게 해버렸어. 그래서 쉼표나 마침표를 찍는 게 자연스러운 단락에 이르면, 보통보다 글자 사이의 간격을 좁혀서 기호들을 지나치게 빽빽이 배열하는 경향이 있지. 이 암호문을 보면 기호가 유별나게 빽빽이 배열되어 있는 다섯 군데를 쉽게 찾을 수 있을 거야. 이 단서에 따라 문장을 이렇게 구분했지.

A good glass in the bishop's hostel in the devil's seat/ forty-one degrees and thirteen minutes/ northeast and by north/ main branch seventh limb east side /shoot from the left eye of the death's-head/ a bee-line from the tree through the shot fifty feet out.

(악마의 의자에서 비숍의 호스텔에 좋은 유리/ 41도 13분/ 북동북쪽/ 굵은 줄기에서 갈라져 나간 일곱 번째 가지 동쪽/ 해골의 왼쪽 눈에서 쏘라/ 나무에서 총알을 통해 일직선으로 50피트.)」

「그래도 나는 여전히 깜깜한걸.」 나는 말했다.
「나도 마찬가지였어. 며칠 동안은 뭐가 뭔지 알 수가 없었지. 그동안 나는 부지런히 설리번섬 근처를 돌아다니며 〈비숍의 호텔(주교관)〉이라는 이름으로 불린 건물이 있는지 조

사했어. 물론 시대에 뒤떨어진 〈호스텔〉이라는 말은 무시했
지. 하지만 여기에 대해 아무런 정보도 얻지 못했기 때문에
조사 범위를 넓히고 좀 더 체계적인 방식으로 조사를 계속하
려던 참인데, 어느 날 아침 문득 이런 생각이 떠올랐어. 이
〈비숍의 호스텔〉이 예로부터 섬에서 북쪽으로 4마일 정도 떨
어진 곳에 오래된 저택을 소유하고 있는 베숍이라는 이름의
유서 깊은 집안과 관계있는 게 아닐까? 그래서 나는 그 농장
에 가서 그곳의 나이 든 흑인들을 상대로 다시 조사를 했지.
마침내 가장 나이 많은 여자들 가운데 하나가 〈베숍의 성
(城)〉이라는 곳을 들어 본 적이 있다면서, 나를 거기로 안내
해 줄 수도 있지만 그곳은 성도 아니고 선술집도 아니고 그
냥 높은 바위일 뿐이라는 거야.

　나는 수고비를 듬뿍 주겠다고 제의했고, 그 흑인 노파는
몇 번 사양한 뒤 나를 그곳까지 안내해 주기로 동의했지. 그
곳을 찾는 것은 별로 어렵지 않았어. 나는 노파를 돌려보내
고 그곳을 조사하기 시작했어. 〈성〉은 벼랑과 바위가 어지럽
게 뒤얽힌 곳이었는데, 바위들 가운데 하나는 유난히 높기도
하거니와 고립된 위치와 인공적인 모양 때문에 더욱 눈에 띄
더군. 그 바위 꼭대기로 올라갔지만, 뭘 해야 할지 모르겠더
라고.

　어떻게 해야 하나 곰곰이 생각하고 있는데, 벼랑의 동쪽
면에 있는 좁은 바위턱이 우연히 눈에 들어왔어. 내가 서 있
는 정상에서 1야드쯤 아래에 있었을 거야. 이 바위턱은 암벽
에서 18인치쯤 튀어나와 있었고, 너비는 기껏해야 1피트도

안 되었지만, 바로 그 윗부분이 벽감처럼 움푹 들어가 있어서, 우리 조상들이 쓰던 등받이가 우묵한 의자와 비슷해 보였지. 나는 그게 바로 암호문에 나온 〈악마의 의자〉라는 걸 추호도 의심하지 않았고, 이제 수수께끼의 비밀을 완전히 파악한 것 같았어.

〈좋은 유리〉, 이건 망원경을 의미할 수밖에 없어. 뱃사람들이 〈유리〉라는 낱말을 망원경이 아닌 다른 뜻으로 사용하는 경우는 거의 없으니까. 나는 바로 여기서 망원경을 사용해야 한다는 걸 깨달았지. 그곳이 바로 **약간의 편차도 허용치 않는** 관측점이었던 거야. 그리고 〈41도 13분〉과 〈북동북쪽〉은 망원경으로 조준할 방향을 지시한 거였어. 나는 엄청 흥분해서 집으로 달려가 망원경을 가지고 그 바위로 돌아갔지.

바위턱으로 내려가서 보니, 특정한 자세를 취하지 않고는 앉아 있을 수 없다는 것을 알았어. 이 사실은 내 생각이 옳다는 것을 뒷받침해 주었지. 나는 망원경을 사용해 보았어. 물론 〈41도 13분〉은 눈에 보이는 수평선 위로 그만큼 망원경을 들어 올리라는 뜻일 수밖에 없어. 수평 방향은 〈북동북쪽〉이라는 말이 지시하고 있는 게 분명하니까. 〈북동북쪽〉은 휴대용 나침반으로 당장 확정할 수 있었어. 다음에는 망원경을 대충 짐작으로 41도쯤 들어 올리고 위아래로 조금씩 움직여 보았지. 그러자 저 멀리 다른 나무들보다 훨씬 높이 솟아 있는 커다란 나무가 보이고, 나뭇잎 사이에 뻥 뚫린 공간이 있는 게 내 눈을 사로잡았어. 이 공간 한복판에 하얀 점 하나가 있는 것을 보았지만, 처음에는 그게 뭔지 분간할 수가 없었어. 망원경의 초점을 조정하고 다시 들여다보았더니, 그게 사람 해골이라는 걸 알 수 있었지.

이 발견으로 나는 수수께끼가 풀렸다고 생각했어. 〈굵은 줄기에서 갈라져 나간 일곱 번째 가지 동쪽〉이라는 구절은 나무 위에 있는 해골의 위치를 가리킬 수밖에 없고, 〈해골의 왼쪽 눈에서 쏘라〉라는 말도 땅속에 묻힌 보물찾기와 관련해서는 한 가지 해석밖에 없으니까. 그 말은 해골의 왼쪽 눈으로 총알을 떨어뜨리라는 뜻일 거라고 이해했어. 그리고 일직선, 즉 가장 가까운 나무줄기에서 총알(또는 총알이 떨어진 지점)을 지나 50피트 거리까지 연장된 직선은 정해진 한 점을 가리킬 거라고 판단했지. 바로 이 점 밑에 귀중한 보물이 묻혀 있을 거라고, 적어도 그럴 가능성은 있다고 생각했어.」

「정말 모든 게 명쾌하군. 기발하면서도 간단명료해. 그래서 〈비숍의 호텔〉을 떠난 뒤에는 어떻게 됐나?」

「나는 그 나무의 위치를 주의 깊게 확인한 뒤 집으로 돌아오려고 했지. 그런데 참 이상하게도, 〈악마의 의자〉를 떠나자마자 그 뻥 뚫린 공간이 사라져 버렸어. 어느 쪽으로 방향을 돌려도 볼 수가 없는 거야. 이번 일에서 가장 교묘하고 창의적이라고 감탄한 것은 그 뚫린 공간이 암벽에서 튀어나온 바위턱 말고는 어디에서도 보이지 않는다는 거야.

〈비숍의 호텔〉을 찾으러 다닐 때는 주피터가 줄곧 나를 따라다녔는데, 지난 몇 주 동안 내가 멍하니 방심한 듯한 태도를 보였기 때문에 그걸 보고는 나를 혼자 놔두지 않으려고 특별히 조심한 모양이야. 하지만 이튿날 나는 아주 일찍 일어나서 주피터 몰래 집을 빠져나와 그 나무를 찾으러 구릉지로 들어갔지. 그리고 실컷 고생한 끝에 겨우 찾아냈어. 밤에 집으로 돌아왔더니 주피터가 나를 몽둥이로 두들겨 패겠다고 하더군. 그다음부터는 자네도 알고 있는 대로야.」

「처음에 땅을 팠을 때는 주피터가 어리석게도 딱정벌레를 해골의 왼쪽 눈이 아니라 오른쪽 눈으로 떨어뜨리는 바람에 위치를 잘못 정했었지.」내가 말했다.

「그래, 맞아. 이 실수 때문에 〈총알〉, 즉 나무에서 가장 가까운 말뚝의 위치에 2인치 반 정도 오차가 생겼지. 보물이 〈총알〉 밑에 있었다면 그 실수는 별로 중요하지 않았을 거야. 하지만 〈총알〉은 가장 가까운 나무줄기와 함께 직선의 방향을 결정하는 두 점에 불과했어. 처음에는 사소한 실수일지라도 선을 연장하면 오차가 점점 커져서, 50피트까지 연장했을 때는 목표에서 한참 멀어져 버렸지. 보물이 여기 어딘가에 실제로 묻혀 있다는 확신이 없었다면 우리 고생은 모두 헛수고가 되었을 거야.」

「하지만 자네의 호들갑스러운 말투와 딱정벌레를 휘둘러 대는 꼴은 정말 이상했어! 나는 자네가 미친 줄 알았다고! 그런데 해골에서 총알 대신 딱정벌레를 떨어뜨리라고 고집을 부린 건 도대체 무엇 때문이야?」

「솔직히 말하면 자네가 날 이상한 사람 취급하는 걸 보고 심통이 났어. 그래서 자네를 좀 골려 주려고 마음먹었지. 뭔가 신비스러운 분위기를 조성해서 자네를 어리둥절하게 만들려고 했던 거야. 그래서 딱정벌레를 휘둘러 대고, 총알 대

신 나무에서 떨어뜨렸지. 딱정벌레를 떨어뜨린 건 딱정벌레가 무겁다고 한 자네 말에서 힌트를 얻은 거야.」

「그래, 알겠어. 그런데 아직도 알 수 없는 게 딱 한 가지 있는데, 구덩이 속에서 찾은 해골들은 어떻게 된 거지?」

「그건 나도 몰라. 그 해골들을 설명하는 그럴듯한 방법이 딱 하나 있긴 해. 내 해석이 암시하는 잔인한 행위가 실제로 일어났다고 믿는 건 끔찍한 일이지만, 이 보물을 감춘 사람이 정말로 키드라면 (물론 나는 조금도 의심치 않지만) 그 일을 할 때 다른 사람의 도움을 받았을 거야. 하지만 일이 다 끝나자 키드는 비밀을 아는 사람을 모두 없애는 게 상책이라고 생각했겠지. 부하들이 구덩이 속에서 한창 일하고 있을 때 곡괭이를 두어 번 휘두르면 충분했을 거야. 아니면 여남은 번 되풀이할 필요가 있었을까? 그걸 누가 알겠나?」

검은 고양이

    지금부터 하려는 이야기는 터무니없지만 꾸밈도 전혀 없는 이야기다. 이 이야기를 독자들이 믿어 주지도 않겠지만, 굳이 믿어 달라고 부탁하지도 않겠다. 내 감각 기관도 직접 보고 들은 것을 믿으려 하지 않는데, 남들이 믿어 주기를 기대하는 것은 미친 짓일 것이다. 하지만 나는 미치지도 않았고 꿈을 꾸고 있지도 않다. 내일이면 나는 죽는다. 그래서 오늘 내 영혼의 짐을 내려놓으려 한다. 나의 당면 목표는 집에서 일어난 일련의 사건을 솔직하고 간결하게, 어떤 의견도 덧붙이지 않고 세상에 내놓는 것이다. 이 사건들은 나를 공포에 몰아넣고 괴롭혔으며 끝내 파멸시켰다. 하지만 나는 시시콜콜 설명하려 들지 않겠다. 나에게는 그 사건들이 공포밖에 주지 않았지만, 다른 사람들에게는 무섭다기보다 **기괴하**게 여겨질 것이다. 어쩌면 훗날 어떤 지성인이 나타나 나의 망상을 평범하고 흔해 빠진 일로 만들어 버릴지도 모른다. 나보다 냉철하고 논리적이고 차분한 그 지성인은 지금부터 내가 두려운 마음으로 기술할 상황 속에서 아주 자연스러운 원인과 결과가 예사롭게 연계되는 것 말고는 어떤 것도 감지하지 못할 것이다.

나는 어릴 적부터 유순하고 다정한 아이로 알려져 있었다. 정이 너무 많아서 친구들에게 놀림을 당할 정도였다. 나는 특히 동물을 좋아해서, 부모님은 내가 다양한 반려동물을 키우게 해주었다. 나는 대부분의 시간을 이 동물들과 함께 보냈고, 녀석들을 먹이고 쓰다듬으며 귀여워할 때만큼 행복한 시간은 없었다. 이런 성향은 자랄수록 점점 더해져서, 어른이 되었을 때는 그것이 내 즐거움의 주요 원천이 되었다. 충성스럽고 영리한 개에게 애정을 품어 본 적 있는 사람들에게는 그런 교감을 통해 얻을 수 있는 만족감이 어떤 것인지, 또 얼마나 강렬한 것인지를 굳이 설명할 필요가 없을 것이다. 사심이라고는 전혀 없는 헌신적인 동물의 사랑에는 그저 이름뿐인 **인간**의 하찮은 우정과 덧없는 충성을 수시로 맛보았던 사람의 마음에 직접 와닿는 무언가가 있다.

일찍 결혼한 나는 아내한테서 나와 그런대로 잘 맞는 기질을 발견하고 만족했다. 내가 반려동물을 유난히 좋아하는 것을 보고 아내는 기회가 생길 때마다 그 기회를 놓치지 않고 마음에 드는 반려동물을 사들였다. 결국 우리는 여러 종류의 새와 금붕어, 멋진 개 한 마리, 토끼 몇 마리, 작은 원숭이 한 마리, 그리고 **고양이** 한 마리를 키우게 되었다.

이 고양이는 몸집이 아주 크고 아름다운 동물이었다. 온몸이 새까맣고 놀랄 만큼 영리했다. 아내는 사실 미신에 적잖이 물들어 있어서, 우리 고양이가 얼마나 영리한지 이야기할 때면 모든 검은 고양이를 마녀가 둔갑한 것으로 여긴 옛 사람들의 어리석은 생각을 들먹이곤 했다. 아내가 그 이야기를 **진지하게** 믿었다는 뜻은 아니다. 지금 문득 생각났기 때문에 말했을 뿐이다.

플루토[1] ─ 이게 그 고양이의 이름이었다 ─ 는 내가 제일 좋아하는 반려동물이었고 놀이 친구이기도 했다. 녀석에게 먹이를 주는 것은 나뿐이었고, 녀석은 집 안에서 내가 어디를 가든 졸졸 따라다녔다. 외출할 때도 따라 나오려고 했기에, 그런 녀석을 막는 것도 여간 성가신 게 아니었다.

우리의 우정은 이런 식으로 몇 년간 지속되었고, 그사이 나의 전반적인 기질과 성격은 악마 같은 음주벽 때문에 나쁜 쪽으로 급격히 변했다(이를 고백하려니 부끄러워서 얼굴이 화끈거린다). 나는 날이 갈수록 변덕스러워지고 성미가 급해지고 남의 감정에 무관심해졌다. 아내한테도 폭언을 퍼붓게 되었고, 급기야 폭력까지 휘두르게 되었다. 물론 반려동물들도 내 성질이 달라진 것을 느낄 수밖에 없었다. 나는 녀석들을 제대로 돌봐 주지 않을 뿐만 아니라 학대도 서슴지 않았다. 토끼나 원숭이, 개까지도 우연히 혹은 나에 대한 애정 때문에 내 옆에서 얼쩡거리다 손찌검이나 발길질을 당했지만, 그래도 나는 플루토에게만은 폭력을 자제할 만큼 애정과 관심을 가지고 있었다. 하지만 내 병은 더욱 악화되었고 ─ 알코올 의존증 같은 병이 또 있을까? ─ 이젠 늙어서 투정을 부리게 된 플루토까지도 마침내 내 까다로운 성미에 희생당하

1 그리스 신화에 나오는 하데스(저승의 지배자)의 라틴어 이름.

게 되었다.

어느 날 밤, 시내의 단골 술집에서 잔뜩 취한 상태로 집에
돌아온 나는 어쩐지 고양이가 나를 피하는 것 같은 느낌이
들었다. 나는 화가 나서 녀석을 꽉 움켜잡았다. 그러자 내 난
폭한 짓에 깜짝 놀란 플루토가 날카로운 이빨로 내 손에 작
은 상처를 냈다. 그 순간 악마 같은 분노가 나를 휘감았다. 나
는 제정신이 아니었다. 내 본연의 영혼이 육신을 떠나 버린
것 같았다. 그러자 술에서 영양분을 얻은 잔인하기 이를 데
없는 증오가 내 온몸을 휩쓸었다. 나는 조끼 주머니에서 주
머니칼을 꺼내 칼날을 펼치고는 그 가엾은 녀석의 목을 움켜
잡고 눈알 하나를 조심스럽게 도려냈다. 지금 와서 그 악독
한 짓을 고백하려니 부끄러워서 얼굴이 후끈 달아오르고 몸
이 덜덜 떨린다.

간밤에 퍼마신 술기운이 푹 잔 덕분에 가시고 아침과 함께
제정신이 돌아오자, 나는 내가 저지른 악행에 대해 공포와 후
회가 반씩 섞인 감정을 느꼈다. 하지만 그것은 기껏해야 미약
하고 어정쩡한 감정이었고, 내 영혼에는 아무 영향도 주지 못
했다. 나는 또다시 무절제한 폭음에 빠져들었고, 오래지 않
아 내가 저지른 행위에 대한 기억은 모두 술에 잠겨 버렸다.

그러는 동안 고양이는 서서히 회복되었다. 눈알을 잃은 눈
구멍이 섬뜩해 보인 것은 사실이지만, 녀석은 더 이상 고통
을 느끼는 것 같지 않았다. 고양이는 여느 때처럼 집 안을 돌
아다녔는데, 당연한 일이지만 내가 다가가면 몹시 겁을 내며
달아나 버렸다. 그래도 나는 예전의 애정이 거의 그대로 남

아 있어, 전에는 그토록 나를 따랐던 녀석이 이제는 그렇게 나를 미워하는 것을 보고 처음에는 마음이 아팠다. 하지만 이 감정도 짜증으로 바뀌더니, 이윽고 나를 최종적으로 파멸시키려는 것처럼 〈심술궂은〉 마음이 생겨났다. 이 심술궂은 마음은 어떤 철학으로도 풀어낼 수 없다. 하지만 나는 심술이야말로 인간의 마음속에 깃들어 있는 원초적 충동, 혹은 인간의 성격을 결정짓는 근본적인 감정이라고 확신한다. 이 확신은 내 영혼이 살아 있다는 확신만큼이나 강하다. 인간은 그런 짓을 해서는 안 된다는 것을 알면서도, 단지 그 이유 때문에 비열하거나 어리석은 짓을 수없이 저지른다. 그러지 않는 인간이 세상에 어디 있겠는가? 우리는 최고의 분별력과 판단력을 갖고 있으면서도, 단지 법률이 그렇다는 것을 알기 때문에 일부러 법을 어기는 성향을 갖고 있는 것이다. 이 빙퉁그러진 심술이 결국 나를 최종적으로 무너뜨렸다. 아무런 해도 끼치지 않는 그 짐승을 계속 학대하고 결국 극단적인 짓을 저지르도록 나를 몰아 댄 것은 이유 없이 화를 내고 싶어하는 영혼의 이 불가해한 갈망, 자신의 본성에 폭력을 행사하고, 단지 악 자체만을 위해 악행을 저지르고자 하는 영혼의 갈망이었다. 어느 날 아침, 나는 냉혹하게도 고양이 목에 올가미를 감아서 나뭇가지에 매달았다. 눈물을 줄줄 흘리면서, 그리고 마음속으로는 견디기 어려운 양심의 가책을 느끼면서 녀석을 목매달았다. 나는 녀석이 나를 사랑했다는 것을 알았기 때문에, 녀석에게 아무 잘못도 없다는 것을 알고 있었기 때문에 녀석을 목매달았다. 그런 짓을 함으로써 내가 죄를 짓고 있다는 것, 가장 자애롭고 가장 무서운 신의 무한한 자비조차 내 불멸의 영혼 — 그런 게 존재하기라도 한다면 — 을 구원할 수 없을 만큼 극악무도한 죄를 저지르고 있다는 것을 알았기 때문에 녀석을 목매달았다.

이 잔인한 짓을 저지른 그날 밤, 나는 〈불이야!〉 하는 외침 소리에 잠에서 깨어났다. 집 전체가 화염에 휩싸여 있었고, 내 침대 커튼에도 불이 옮겨 붙어 있었다. 아내와 하인과 나는 간신히 불길을 피해 밖으로 빠져나왔다. 집은 완전히 잿더미가 되었다. 불은 내 속세의 재산을 모조리 삼켜 버렸고, 그때부터 나는 절망의 구렁텅이에 빠져들었다.

나는 재난과 악행 사이에 인과 관계를 확립하려 들 만큼 나약한 인간은 아니다. 하지만 나는 일련의 사실을 순서대로 상세히 기록하고 있다. 그리고 어떤 연결 고리 하나도 불완전한 상태로 남겨 두고 싶지 않다. 불이 난 이튿날 나는 폐허로 변해 버린 집터를 찾아갔다. 벽은 하나만 빼고 모조리 무너져 있었다. 하나 남은 벽은 집의 한가운데쯤에 서 있던 별로 두껍지 않은 칸막이벽이었고, 내 침대 머리판이 그 벽에 닿아 있었다. 이 벽에 칠해진 회반죽이 불의 작용에 강력하게 저항했던 것이다. 나는 회반죽을 최근에 칠했기 때문일 거라고 생각했다. 그 벽 주위에 많은 사람이 빽빽이 모여 있었다. 그들은 벽의 특정 부위를 세심하고 주의 깊게 열심히 살펴보고 있는 것 같았다. 〈이럴 수가!〉 〈신기한 일이야!〉 같은 말과 표현들이 내 호기심을 끌었다. 벽에 가까이 다가가 보니, 하얀 표면에 **부조**로 새겨진 것처럼 거대한 **고양이**의 형상이 떠올라 있었다. 놀랍게도 그 고양이의 목에는 밧줄이 감겨 있었다.

이 유령 — 나는 그것을 다르게 생각할 수 없었다 — 을 처음 본 순간 극도의 놀라움과 공포가 나를 사로잡았다. 하지만 한참 동안 곰곰 생각해 보고 나는 안심했다. 내가 그 고양이를 목매단 것은 집 옆 정원에서였다는 게 생각났기 때문이다. 화재 경보가 울리자 이 정원은 당장 사람들로 가득 찼다. 그들 가운데 누군가가 올가미를 잘라서 나무에 매달려 있는 고양이를 끌어 내려, 열린 창문으로 내 방에 고양이를 던져 넣은 게 분명했다. 나를 잠에서 깨우려고 그랬던 모양인데, 다른 벽들이 무너지면서 내 잔인한 행위에 희생된 고양이가 최근에 칠한 회반죽 속에 압착되었고, 회반죽의 성분인 석회가 불길에 타면서 고양이 시체에서 나온 **암모니아**와 작용하여 내가 본 것과 같은 형태를 만들어 냈던 것이다.

내가 방금 상세히 기록한 놀라운 사실을 이런 식으로 설명했을 때, 내 양심은 그렇지 않다 해도 내 이성은 기꺼이 그 설명을 받아들였지만, 그래도 역시 그 일은 내 상상에 깊은 인상을 주지 않을 수 없었다. 몇 달 동안 나는 그 고양이의 환영에서 벗어나지 못했다. 그리고 이 시기에 후회는 아니지만 후회처럼 여겨지는 어중간한 감정이 내 마음에 돌아왔다. 심지어 나는 그 고양이를 잃은 것을 아쉬워하기까지 했다. 그래서 단골로 드나드는 싸구려 술집에서 주위를 둘러보며 그 고양이와 비슷하게 생기고 그 고양이를 대신할 만한 다른 고양이를 찾기 시작했다.

어느 날 밤, 내가 그 싸구려 술집에서 반쯤 취한 상태로 멍하니 앉아 있을 때, 그 방의 유일한 가구라고 할 수 있는, 진이나 럼주가 들어 있는 커다란 술통 뚜껑 위에 뭔가 시커먼 물체가 웅크리고 있는 게 주의를 끌었다. 나는 이미 몇 분 전부터 그 술통 위를 바라보고 있었기 때문에, 그 물체를 좀 더 일찍 알아차리지 못했다는 사실이 놀라웠다. 나는 그리로 다가가서 손으로 만져 보았다. 그것은 검은 고양이였다. 플루토만큼이나 커다란 고양이였는데, 한 가지만 빼고는 모든 점에서 플루토와 아주 비슷했다. 플루토는 몸뚱이 어디에도 하얀 털이 없었던 반면, 이 고양이는 가슴팍이 거의 다 하얀 털로 덮여 있었다.

내가 만져 주자 녀석은 당장 일어나서 큰 소리로 가르랑거리며 내 손에 몸을 비벼 댔고, 내 관심을 기뻐하는 것 같았다. 이 고양이야말로 내가 찾던 바로 그 녀석이다 싶었다. 당장 술집 주인에게 그 고양이를 사겠다고 말했더니, 주인은 자기네 고양이가 아니라면서, 알지도 못하고 본 적도 없는 고양이라고 했다.

계속 고양이를 쓰다듬다가 집에 돌아갈 준비를 하자 고양이는 나를 따라갈 의향을 분명히 드러냈다. 나는 고양이가 따라오는 것을 허락하고, 걸어가다 이따금 허리를 굽혀서 고양이를 토닥여 주었다. 집에 도착하자 녀석은 당장 익숙해졌고 금방 아내의 마음까지 사로잡았다.

하지만 나는 그 고양이에 대한 혐오감이 마음속에 생겨난 것을 알았다. 내 예상과는 정반대였지만 —어떻게 그리고 왜

그랬는지는 나도 모른다 — 고양이가 분명히 나를 좋아한다
는 사실이 오히려 짜증스럽고 귀찮게 느껴졌다. 이런 혐오감
과 불쾌감은 서서히 쓰라린 증오심으로 변해 갔다. 나는 고
양이를 피하게 되었다. 어떤 수치심, 그리고 전에 저지른 잔
인한 행위에 대한 기억이 녀석을 학대하는 것을 방해했다. 몇
주 동안은 녀석을 때리거나 난폭하게 다루지 않았다. 하지만
차츰, 아주 서서히, 말로 표현할 수 없는 극도의 혐오감이 담
긴 눈으로 녀석을 바라보게 되었고, 마치 역병에 걸린 환자
의 입김을 피하듯 그 가증스러운 녀석의 면전에서 조용히 달
아나게 되었다.

　녀석을 집에 데려온 이튿날 아침, 녀석이 플루토처럼 한쪽
눈을 잃었다는 사실을 알게 된 것이 내 혐오감을 더욱 부추
긴 것은 분명했다. 하지만 이 사실 때문에 아내는 오히려 녀
석을 더욱 아끼고 귀여워하게 되었다. 앞에서도 말했듯이 아
내는 자애로운 감정 — 한때는 내 두드러진 특징이었고, 지
극히 소박하고 순수한, 수많은 기쁨의 원천이었던 그 따뜻한
인정 — 을 다분히 갖고 있었다.

　하지만 내가 그 고양이를 싫어하면 할수록 고양이는 나를
더욱 좋아하는 것 같았다. 녀석이 얼마나 끈질기게 나를 졸
졸 따라다녔는지 독자들은 이해하기 어려울 것이다. 내가 어
딘가에 앉아 있으면, 녀석은 의자 밑에 웅크리거나 무릎 위
로 뛰어 올라와 징그럽게 입을 맞추곤 했다. 내가 일어나 걸
으려고 하면 녀석이 내 두 발 사이로 끼어드는 바람에 하마
터면 넘어질 뻔하기도 했다. 또 녀석은 길고 날카로운 발톱

으로 내 옷을 움켜잡고 가슴까지 기어오르기도 했다. 그럴 때면 녀석을 때려죽이고 싶은 마음이 굴뚝같았지만 애써 그런 충동을 억눌렀다. 그것은 내가 전에 저지른 악행의 기억 때문이기도 했지만, 지금 솔직히 고백하면 그 고양이가 **무서웠기** 때문이다.

이 두려움이 반드시 신체적인 해를 입는 데 대한 두려움은 아니었지만, 그것을 달리 어떻게 표현해야 할지 잘 모르겠다. 인정하기 창피할 정도지만 — 그렇다, 지금 나는 중죄인 감방에 갇혀 있으면서도 수치심을 억누를 수 없다 — 그 고양이가 내 마음에 불어넣은 두려움과 공포는 우리가 상상할 수 있는 가장 시시한 망상 때문에 더욱 고조되었다. 앞에서 말한 하얀 털은 이 이상한 고양이와 내가 죽인 고양이를 구별해 주는 유일한 시각적 차이점이었는데, 아내는 그 하얀 털이 이루는 무늬에 대해 여러 번 내 주의를 환기시켰다. 독자 여러분도 기억하겠지만, 이 하얀 무늬는 비록 크기는 하지만 처음에는 그렇게 뚜렷한 형태를 이루고 있지 않았다. 하지만 조금씩 천천히, 거의 감지할 수 없을 만큼 느린 속도로 형태가 뚜렷해져서 — 내 이성은 그것을 터무니없는 공상이라고 무시해 버리려고 애썼지만 — 마침내 아주 분명한 윤곽을 갖게 되었다. 그것은 이제 입에 담기에도 섬뜩한 어떤 물체의 형상을 나타내고 있었다. 그것 때문에 나는 그 괴물을 증오하고 두려워한 나머지, **할 수만 있다면** 죽여 버리고 싶었다. 그렇다, 그 하얀 털은 이제 소름이 끼칠 만큼 무시무시한 교수대 — 오오, 〈공포와 범죄, 고통과 죽음〉의 음산하고 섬뜩한 형틀을 나타내고 있었다.

이제 나는 단순한 〈인간성의〉 비참함을 넘어 정말로 비참했다. 잔인한 **짐승**이, 내가 예사로 죽인 짐승과 동종의 **짐승**이, 〈고귀한 신〉의 형상대로 창조된 인간인 나에게 견딜 수 없는 고통을 주다니! 아아, 낮에도 밤에도 나는 더 이상 휴식의 축복을 얻지 못했다. 낮에는 녀석이 나를 잠시도 혼자 내버려 두지 않았고, 밤에는 이루 말할 수 없이 무서운 꿈을 꾸다가 한 시간마다 소스라치게 놀라 깨어나곤 했다. 그렇게 악몽에서 깨어나 보면 녀석의 뜨거운 입김이 내 얼굴에 닿아 있고, 녀석의 무거운 몸뚱이 — 이거야말로 내 힘으로는 도저히 밀어낼 수 없는 악몽의 화신이었다 — 가 내 **가슴**을 짓누르고 있었다.

이런 고뇌의 압력에 짓눌려, 내 안에 희미하게 남아 있던 착한 마음마저 완전히 사라져 버렸다. 사악한 생각이, 가장 음험하고 흉악한 생각이 나의 유일한 친구가 되었다. 나는 평소에도 늘 기분이 울적하고 언짢았지만, 그 기분은 이제 모든 생물, 모든 인간에 대한 증오심으로 발전했다. 나는 격렬한 분노에 맹목적으로 나 자신을 내맡기고, 걸핏하면 걷잡을 수 없는 분노를 발작적으로 터뜨렸다. 그리고 좀처럼 불평을 말하지 않는 아내가 가장 자주 내 분노에 시달렸고, 가장 참을성 있게 그것을 받아 주었다.

어느 날 아내는 우리가 가난 때문에 어쩔 수 없이 살게 된 낡은 건물의 지하실에 볼일이 있어서 나와 함께 내려갔다. 고양이도 나를 따라 가파른 계단을 내려왔다. 나는 고양이한테 발이 걸려 하마터면 계단 아래로 굴러떨어질 뻔했다. 나는 미친 듯이 화가 나서 도끼를 들어 올렸다. 그리고 그때까지 나를 억눌렀던 어린애 같은 두려움도 잊어버리고 고양이를 향해 도끼를 휘둘렀다. 도끼가 생각대로 내려왔다면 당연히 고양이는 즉사했을 것이다. 하지만 아내의 손이 그것을 막았다. 방해를 받자 더욱 악마 같은 분노에 사로잡힌 나는 아내의 손을 뿌리치고 아내의 정수리에 도끼를 내리찍었다. 아내는 비명조차 한마디 지르지 못하고 그 자리에 쓰러져 죽었다.

이 끔찍한 살인을 저지른 뒤 나는 아주 신중하게 시체를 감추는 작업에 착수했다. 낮이건 밤이건 이웃 사람들에게 들킬 위험 없이 집에서 시체를 운반해 낼 수 없다는 것은 알고 있었다. 수많은 계획이 마음에 떠올랐다. 한때는 시체를 잘게 토막 내어 태워 버릴 생각도 했다. 지하실 바닥에 구덩이를 파고 시체를 묻어 버릴까 하는 생각도 했다. 마당의 우물에 시체를 던져 넣는다든가, 상자 속에 넣고 상품처럼 포장해서 짐꾼에게 집 밖으로 들고 나가게 하는 방법도 궁리해 보았다. 하지만 결국 나는 이런 방법보다 훨씬 편리한 방법을 생각해 냈다. 기록에 따르면 중세의 수도사들은 사람을 죽이고 시체를 벽 속에 숨겼다고 하는데, 나도 그들처럼 지하실 벽 속에 시체를 넣고 발라 버리기로 결심한 것이다.

우리 집 지하실은 이런 목적에 안성맞춤이었다. 지하실 벽은 허술하게 지어졌고, 최근에 거친 회반죽으로 지하실 벽 전체를 칠한 참이었다. 그런데 공기에 습기가 많아서 회반죽이 좀처럼 굳지 않았다. 게다가 한쪽 벽에는 불쑥 튀어나온 부분이 있었는데, 원래는 보조 굴뚝이나 벽난로가 있던 자리지만 지금은 빈 공간을 메워서 벽의 나머지 부분과 비슷해 보이게 되었다. 이 부분의 벽돌을 빼내고 시체를 넣은 다음 다시 전처럼 빈자리를 메우는 작업은 아주 쉽게 해낼 수 있을 테고, 그러면 누가 보아도 의심스러운 점을 찾아내지 못할 거라고 확신했다.

이 예상은 틀리지 않았다. 나는 쇠지레를 이용하여 쉽게 벽돌을 빼냈고, 시체를 조심스럽게 안쪽 벽에 세운 뒤, 시체가 그 자세를 유지하도록 떠받치면서 별로 힘들이지 않고 벽돌을 원래대로 다시 채워 넣었다. 세심하게 주의를 기울여 모르타르와 모래와 짐승 털을 마련하여 원래의 회반죽과 구별할 수 없는 회반죽을 만든 다음, 그것을 새로 쌓은 벽돌 위에 주의 깊게 발랐다. 일을 끝냈을 때 나는 만사가 다 잘됐다고 만족했다. 벽은 아무리 보아도 새로 손질한 흔적을 전혀 알아차릴 수 없었다. 나는 바닥에 흩어진 쓰레기를 주의 깊게 주워 모았다. 그리고 우쭐한 기분으로 주위를 둘러보면서 혼잣말로 중얼거렸다. 「이 정도면 헛수고는 아니야.」

다음 할 일은 그 엄청난 불운의 원인이 된 고양이를 찾는 것이었다. 드디어 나는 녀석을 죽이기로 굳게 결심했기 때문이다. 그때 녀석을 만날 수만 있었다면 녀석의 운명이 어떻게 되었을지는 의심의 여지가 없었을 것이다. 하지만 그 교활한 녀석은 내 분노가 격렬한 데 놀라서, 잔뜩 화가 나 있는 내 앞에 나타나기를 꺼린 것 같았다. 그 지긋지긋한 녀석이 옆에 없다는 사실이 내 마음에 불러일으킨 안도감과 행복감은 무어라 형언할 수도 없고 상상할 수도 없었다. 녀석은 밤새도록 나타나지 않았다. 그래서 나는 녀석이 우리 집에 온 뒤 처음으로 그날 하룻밤만은 편안하게 깊은 잠을 잘 수 있었다. 내 영혼이 살인이라는 무거운 짐을 지고 있는데도 **편히 잘 수 있었다.**

이틀이 지나고 사흘이 지나도, 나를 괴롭히던 녀석은 여전히 나타나지 않았다. 나는 이제 다시 자유롭게 숨을 쉴 수 있었다. 그 괴물은 겁을 먹고 이 집에서 영원히 달아난 거야! 다시는 녀석을 안 보게 되겠지! 나는 더없이 행복했다. 내가 저지른 사악한 짓에 대한 죄책감이 마음을 좀 어지럽히긴 했지만, 그렇게 많이 괴롭지는 않았다. 몇 가지 신문을 받았지만 즉시 대답할 수 있었다. 가택 수색까지 이루어졌지만 물론 아무것도 발견되지 않았다. 내 미래의 행복은 틀림없다고 생각했다.

살인을 저지른 지 나흘째 되는 날, 뜻밖에도 경찰관들이 집에 들이닥쳐 또다시 집을 철저히 조사하기 시작했다. 하지만 내가 시체를 감춘 곳은 그들이 절대로 알아낼 수 없으리라고 확신했기 때문에 나는 전혀 당황하지 않았다. 경찰관들은 가택 수색에 내가 동행할 것을 요구했다. 그들은 어떤 구석도 빠짐없이 수색했다. 마침내 그들은 세 번째인지 네 번째인지 다시 지하실로 내려갔다. 나는 얼굴 근육 하나 떨지 않고 태연했다. 내 심장은 걱정도 없이 편안히 잠자는 사람처럼 조용히 고동쳤다. 나는 지하실을 끝에서 끝까지 걸어갔다. 가슴팍에 팔짱을 끼고 한가롭게 이리저리 돌아다녔다. 경찰관들은 충분히 납득하고 떠날 준비를 했다. 내 마음은 강렬한 기쁨에 사로잡혔다. 그 기쁨을 도저히 억누를 수가 없었다. 나는 개가를 올리는 대신 한마디라도 하고 싶어 견딜 수가 없었다. 그리고 내가 무죄라는 그들의 확신을 갑절로 확실하게 굳히고 싶었다.

「여러분,」 경찰관들이 계단을 올라가고 있을 때 나는 마침내 말했다. 「여러분의 의심이 풀려서 정말 기쁘군요. 모두 건강하시고, 앞으로는 좀 더 예의를 갖춰 주셨으면 합니다. 그런데 여러분, 이 집은 아주 잘 지어진 집이랍니다. (나는 여유를 부리며 술술 말하고 싶은 욕망에 사로잡혀, 내가 무슨 말을 하는지도 거의 알지 못했다.) **엄청나게** 잘 지어진 집이라고 말할 수 있지요. 이 벽들은, 아니 여러분, 가실 건가요? 이 벽들은 정말 아주 튼튼하게 되어 있답니다.」 그 순간, 단지 허세를 부리고 싶은 광기가 나를 사로잡았다. 나는 손에 쥐고 있던 지팡이로 벽을 힘껏 두드렸다. 사랑하는 아내의 시체가 숨겨져 있는 바로 그 부분이었다.

오, 신이여, 내가 악마의 송곳니에 걸리지 않도록 지켜 주소서. 벽을 두드린 소리의 울림이 적막 속으로 가라앉자마자 무덤 속에서 응답하는 소리가 났다. 처음에는 어린애의 흐느낌처럼 끊어질 듯 가늘고 작은 소리였지만, 곧 부풀어 오르면서 하나로 길게 이어지는 커다란 절규가 되었다. 너무나도 괴상하여 사람의 목소리라고는 생각되지 않는, 짐승이 울부짖는 소리, 흐느끼는 소리, 공포의 비명과 승리의 함성이 반반씩 섞인 소리, 지옥에서나 들을 수 있을 법한, 지옥에 떨어져 고통받는 인간들과 그들을 지켜보며 기뻐하는 악마들의 목구멍에서 나오는 소리가 한데 어우러진 소리였다.

그때 내가 무슨 생각을 했는지 말하는 것은 어리석은 짓이다. 나는 정신이 아득해져서 맞은편 벽으로 비틀거리며 걸어갔다. 계단을 오르던 경찰관들은 공포에 사로잡혀 잠시 꼼짝도 않고 서 있었다. 그리고 다음 순간, 여남은 개의 건장한 팔이 벽을 부수고 있었다. 벽은 통째로 무너졌다. 어느새 심하게 부패한 피투성이 시체가 똑바로 선 자세로 구경꾼들의 눈앞에 나타났다. 시체의 머리 위에는 그 가증스러운 짐승이 시뻘건 입을 딱 벌린 채 애꾸눈을 번뜩이며 앉아 있었다. 녀석은 교활한 꾀로 나를 꼬드겨 살인을 저지르게 하고, 울음소리로 나를 고발하여 교수형 집행인의 손에 넘겼다. 그 괴물을 나는 무덤 속에 넣고 벽을 쳐버렸던 것이다!

생매장

세간의 관심을 사로잡을 만큼 흥미진진하지만 소름이 끼칠 만큼 무시무시해서 정통 소설로 다루기에는 적절하지 않은 주제가 있다. 단순한 낭만주의자는 독자들에게 불쾌감이나 혐오감을 주고 싶지 않으면 이런 주제를 피해야 한다. 이런 주제는 진실의 엄정함과 권위가 그것을 정당화하고 뒷받침할 때에만 정당하게 다루어진다. 예를 들어 우리는 베레시나 도하[1]나 리스본 대지진,[2] 런던의 흑사병,[3] 성 바르톨로메오 축일의 학살,[4] 123명이 캘커타의 토굴에 갇혀 질식사한 사

1 나폴레옹 전쟁 때 프랑스 군대가 러시아 원정에서 퇴각하면서 1812년 11월 베레시나강(오늘날 벨라루스 중부를 흐르는 강)을 건너는 동안 러시아 군대의 추격을 받아 3만여 명이 전사했다. 그 후 〈베레시나〉는 프랑스에서 대재앙의 상징이 되었다.
2 포르투갈에서 1755년 11월 1일에 일어난 대지진. 뒤따른 화재와 해일로 리스본과 그 일대 지역이 거의 완전히 파괴되었다. 리스본에서 발생한 사망자 수가 많게는 10만 명 정도로 추산되었다.
3 영국에서 1665~1666년에 흑사병이 강타하여, 1년 동안 런던에서만 10만 명(런던 인구의 25퍼센트)이 사망했다.
4 프랑스 왕 샤를 9세의 명령에 따라 1572년 8월 24일에 가톨릭 신자들이 개신교(위그노) 신자들을 학살한 사건. 그 후 몇 주 동안 다른 도시와 지

건[5]에 대한 이야기를 읽으면, 〈기분 좋은 고통〉 중에서도 가장 강렬한 고통으로 짜릿한 전율을 느끼게 된다. 하지만 이런 이야기가 우리를 흥분시키는 것은 그것이 실화이고 진실이며 역사이기 때문이다. 만약 지어낸 이야기라면 우리는 찌푸린 눈으로 바라볼 것이다.

나는 역사에 기록된 사실들 가운데 비교적 잘 알려진 재난이나 참사를 몇 가지 언급했지만, 사람들의 공상에 생생한 인상을 주는 것은 재난의 성격 못지않게 재난의 규모다. 인류가 겪은 불행을 나열한 길고 끔찍한 목록에는 이렇게 재난이 방대한 규모로 번져 수많은 사람이 고통을 겪은 경우보다 더 본질적인 고통으로 가득 찬 개별적인 사례가 수없이 많으니까, 내가 그런 사건을 고를 수도 있었다는 것을 굳이 독자들에게 상기시킬 필요는 없을 것이다. 사실 진정한 불행, 이른바 궁극적인 비애는 널리 퍼져 있지 않고 특수하다. 무시무시한 극한의 고통은 인간이 집단으로 겪는 게 아니라 개개인이 독립적인 단위로서 겪는 것이다. 여기에 대해서는 자비로운 신에게 감사하자!

산 채로 매장당하는 것은, 언젠가 죽을 수밖에 없는 인간의 운명에 닥친 이 같은 고통 가운데 가장 극한의 공포일 것이다. 그런데 그런 일이 자주, 아주 자주 일어났다는 것을 생각이 있는 사람이라면 부인하지 않을 것이다. 삶과 죽음을

방으로 확산되어 많은 사람이 죽었다(사망자는 3만 명 정도).

5 인도 벵골 지방의 태수가 1756년 6월 20일 동인도회사의 요새를 공격하여 붙잡은 영국인 포로 146명을 캘커타(지금의 콜카타)의 작은 토굴에 감금했다. 이들 중 123명이 밤새 열사병으로 죽거나 질식해서 죽었다.

가르는 경계는 기껏해야 희미하고 모호하다. 삶이 어디서 끝나고 죽음이 어디서 시작되는지, 누가 알겠는가? 어떤 병에 걸리면 눈에 보이는 생체 기능이 완전히 정지되지만, 이런 정지는 끝이 아니라 일시적인 중단에 불과한 경우가 있다는 것을 우리는 안다. 그것은 이해할 수 없는 기계 장치에 일어난 일시적인 정지일 뿐이다. 어느 정도 시간이 지나면, 눈에 보이지 않는 신비로운 원리가 마법의 톱니바퀴와 수레바퀴를 다시 작동시킨다. 탯줄은 영원히 끊어지지 않았고, 황금 술잔도 돌이킬 수 없을 만큼 깨지지 않았다. 그런데 그동안 영혼은 어디에 있었을까?

하지만 그런 원인은 그런 결과를 낳을 수밖에 없다. 즉 생명 기능이 일시 정지되는 그런 사례가 있다는 것은 잘 알려져 있고, 따라서 사람이 죽기도 전에 매장해 버리는 일이 이따금 일어날 수밖에 없다는, 연역적으로 당연한 결론이나 이런 고려 사항은 일단 제쳐 놓고, 의료 분야나 일상적인 경험에는 지금까지 그런 생매장이 실제로 자주 일어났다는 직접적인 증거가 있다. 필요하다면 지금 당장 확실한 사실로 입증된 사례를 백 개 정도는 인용할 수 있다. 매우 주목할 만한 성격을 가진 한 사례는, 그 상황을 독자들도 생생하게 기억하고 있을지 모르지만, 얼마 전에 이웃한 볼티모어시에서 일어나 고통스럽고 강렬하고 광범위한 흥분을 불러일으켰다. 유명한 변호사이자 하원의원인, 존경할 만한 한 시민의 아내가 갑자기 까닭 모를 병에 걸렸는데, 의사들이 어떤 치료를 해도 소용이 없었다. 많은 고통 끝에 부인은 세상을 떠났다.

아니, 죽은 것으로 여겨졌다. 그녀가 실제로 죽지 않았을지도 모른다고 의심한 사람은 아무도 없었고, 사실 의심할 이유도 없었다. 그녀는 통상적인 죽음의 징후를 모두 나타내고 있었다. 죽은 사람이 으레 그렇듯이 얼굴은 여위고 홀쭉한 윤곽을 띠고 있었다. 입술은 대리석처럼 창백했다. 눈은 광채가 없어서 흐리멍덩했다. 온기는 전혀 없었다. 맥박은 멈춰 있었다. 시신은 사흘 동안 매장하지 않은 상태로 보존되었는데, 그동안 돌처럼 경직되었다. 결국 부패가 빠르게 진행될 것을 염려한 가족들은 장례를 서둘렀다.

부인의 시신은 목관에 담긴 채 가족 묘지인 지하 납골당에 안치되었고, 그 후 3년 동안 방치되었다. 3년이 지난 뒤, 시신을 석관으로 옮기는 의식을 치르기 위해 납골당 문을 열었다. 그런데 이럴 수가! 무서운 충격이 납골당 문을 활짝 연 남편을 기다리고 있었다! 문이 바깥쪽으로 열리자, 하얀 옷을 입은 물체가 그의 품 안으로 덜커덕거리며 떨어졌다. 그것은 아직 삭지 않은 수의를 입은 아내의 해골이었다.

면밀하게 조사한 결과, 그녀가 매장된 지 이틀 안에 되살아났다는 사실이 밝혀졌다. 그녀가 목관 안에서 몸부림쳤기 때문에 관이 선반에서 바닥으로 떨어졌고, 떨어질 때 관이 부서지면서 그녀는 밖으로 탈출할 수 있었다. 기름이 가득 든 램프가 우연히 무덤 속에 남아 있었는데, 그 램프가 빈 채로 발견되었다. 하지만 기름은 증발되어 사라졌을지도 모른다. 묘실로 내려가는 계단 맨 위에는 커다란 관 조각이 놓여 있었다. 부인은 그것으로 철문을 두드려 사람들의 주의를 끌려고 애썼던 것 같다. 그런 일을 하는 동안에 그녀는 극심한 공포 때문에 기절했거나 죽었을 것이다. 쓰러질 때 그녀의 수의가 안쪽으로 튀어나온 쇠장식에 걸렸다. 그래서 그녀는 쓰러지지 않고 똑바로 선 자세로 남아 있었고, 그렇게 선 채로 썩어 갔다.

사실은 허구보다 기이하다는 주장을 정당화하는 생매장 사건이 1810년에 프랑스에서 일어났다. 이 사건의 여주인공은 부유한 명문 집안의 딸이고 미인으로 소문난 빅토린 라푸르카드 양이었다. 그녀와 결혼하기를 원하는 수많은 구혼자 가운데 파리의 가난한 문인이자 언론인인 쥘리앵 보쉬에라는 사람이 있었다. 그는 재능이 뛰어난 데다 대체로 호감을 사는 상냥한 성품을 갖고 있어서 상속녀의 관심을 끌었다. 상속녀는 그를 진심으로 사랑한 모양이지만, 명문 집안 태생이라는 자존심 때문에 결국 그를 버리고 은행가이자 유명한 외교관인 르넬 씨라는 남자와 결혼했다. 하지만 결혼한 뒤, 이 신사는 아내에게 무관심했을 뿐만 아니라 심지어 학대까지 했다. 몇 년 동안 비참한 결혼 생활을 한 뒤 그녀는 세상을 떠났다. 적어도 그녀의 상태는 죽은 사람과 너무나 흡사해서, 그녀의 마지막 모습을 본 사람은 누구나 그녀가 죽었다고 생각할 수밖에 없었다. 그녀는 지하 납골당이 아니라 고향 마을의 묘지에 매장되었다. 그녀에게 버림받은 연인은 절망으로 가득 찼지만, 아직도 깊은 사랑의 추억이 그를 부추겼다. 그래서 그는 시신을 파내어 아름다운 머리털을 한 다발 잘라서 간직하겠다는 낭만적인 목적을 가지고, 수도 파리에서 머나면 그녀의 고향 마을로 간다. 그는 무덤에 도착한다. 한밤 중에 관을 파내어 뚜껑을 열고 머리카락을 자르고 있을 때, 사랑하는 여인의 눈이 감겨 있지 않은 것을 보게 된다. 사실 그녀는 살아 있는 상태에서 매장당한 것이다. 생기는 아직도 완전히 사라지지 않았다. 연인의 손길이 그녀를 죽음으로 오 해받은 혼수상태에서 깨운 것이다. 그는 그녀를 안고 정신없 이 마을에 있는 숙소로 데려갔다. 그는 의학 지식을 발휘하 여, 원기를 회복시키는 강력한 약을 그녀에게 사용했다. 결 국 그녀는 소생했다. 그녀는 자기를 구해 준 사람을 알아보 았다. 그의 보살핌을 받으며 서서히 건강을 회복하여, 결국 원래의 건강을 완전히 되찾았다. 그녀의 여심은 철석같이 단 단하지 않았고, 이 마지막 사랑의 교훈은 그녀의 마음을 누 그러뜨리기에 충분했다. 그녀는 보쉬에게 마음을 주었다. 그녀는 남편에게 돌아가지 않았고, 자기가 되살아난 것을 남 편에게 감춘 채 연인과 함께 미국으로 달아났다. 20년 뒤, 두 사람은 세월이 흘러 그녀의 외모가 많이 달라졌기 때문에 친 구들도 알아보지 못하리라 믿고 프랑스로 돌아왔다. 하지만 그들의 예상은 빗나갔다. 르넬 씨는 아내를 만나자마자 알아 보았을 뿐만 아니라 그녀에 대한 권리까지 주장하고 나섰다. 그녀는 이 주장에 저항했다. 그리고 재판소는 그동안 오랜 세월이 지난 데다 사안이 특수하기 때문에 남편의 권리는 부 당할 뿐만 아니라 법률적으로도 완전히 무효가 되었다고 판 결하여 그녀의 손을 들어 주었다.

라이프치히에서 발행된 『외과의학 회보』 — 권위와 명성이 자자한 이 간행물을 어느 미국 출판사가 번역하여 발행하면 성공을 거둘 것이다 ─ 는 최근호에서 매우 끔찍한 사건을 다루고 있다.

체격이 크고 건장한 어느 포병 장교가 사나운 말에서 떨어져 머리에 심각한 타박상을 입고 당장 의식을 잃었다. 두개골에 약간 골절상을 입었지만 당장 목숨이 위태로워질 상황은 아니었다. 두개골에 구멍을 뚫는 수술은 성공적으로 끝났다. 의사들은 머리에 고인 피를 빼내고, 그 밖에 고통을 덜어주기 위한 갖가지 통상적 조치를 했다. 하지만 환자는 점점더 절망적인 혼수상태로 빠져들었고, 결국 의사들은 그가 사망한 것으로 판단했다.

날씨가 따뜻한 탓에 장교는 공동묘지에 서둘러 매장되었다. 장례식은 목요일에 있었다. 일요일에 묘지는 여느 때처럼 방문객들로 북적거렸다. 그런데 정오 무렵 큰 소동이 일어났다. 어떤 무덤 위에 앉아 있던 농부가 땅속에서 누군가가 몸부림이라도 치는 듯이 땅바닥이 요동을 쳤다고 주장한 것이다. 처음에는 관심을 보이는 사람이 아무도 없었다. 하지만 공포에 질려 있는 태도며 끈질기게 되풀이하는 주장 때문에 사람들은 마침내 삽을 가져와 무덤을 파기에 이르렀다. 무덤은 민망할 정도로 허술하게 조성되어 있었고, 불과 몇 분 만에 매장된 사람의 머리가 드러났다. 그때 장교는 외관상으로는 죽은 것으로 보였지만, 관 속에 똑바로 앉아 있었다. 관 속에서 맹렬하게 몸부림쳐 관 뚜껑을 반쯤 밀어 올렸던 것이다.

그는 당장 가장 가까운 병원으로 옮겨져서, 가사 상태이긴 하지만 아직 살아 있다는 진단을 받았다. 몇 시간 뒤에 그는 다시 살아나, 지인들의 얼굴을 알아보고 무덤 속에서 보낸 고통을 띄엄띄엄 털어놓았다.

그의 이야기에 따르면, 그는 매장되고 있는 동안 한 시간 넘게 자신이 살아 있다는 것을 의식하고 있다가 인사불성 상태에 빠진 게 분명했다. 인부들이 엉성하게 무덤을 메우는 바람에 흙 사이로 작은 구멍들이 생겼고, 그 결과 공기가 무덤 속으로 스며들었다. 그는 머리 위를 오가는 발걸음 소리를 들었으며, 소리를 내어 자기가 살아 있다는 것을 알리려고 애썼다. 이 소란 덕분에 그는 무덤 속에서나마 삶으로 돌아올 수 있었던 것이다. 하지만 땅속에서 의식이 돌아오자마자 자신이 어떤 처지에 놓여 있는지 깨닫고 끔찍한 공포에 시달렸다고 말했다.

이 환자는 차츰 건강이 회복되는 것처럼 보였고, 결국 완전히 회복될 가망이 충분한 것 같았지만, 새로운 실험적 방법을 시도한 돌팔이 의사의 엉터리 치료에 희생되었다고 기록되어 있다. 갈바니 전지가 사용되었고, 갈바니 전지가 이따금 유발하는 발작 경련을 일으켜 무아지경 속에서 갑자기 숨을 거둔 것이다.

그런데 갈바니 전지라는 말이 나오니까, 이 전지의 작용이 죽은 사람을 되살리는 수단으로 쓰인 사례가 기억난다. 매우 이례적이고 유명한 이 사건에서는 갈바니 전지가 이틀 전에 매장된 런던의 젊은 변호사를 되살린 것으로 입증되었다. 이

사건은 1831년에 일어났는데, 당시에는 어디서든 이 사건이
화젯거리가 되었고 엄청난 파문을 일으켰다.

에드워드 스테이플턴이라는 환자는 분명 발진티푸스로
죽었지만, 거기에 수반된 몇 가지 이상한 증상이 그를 치료
한 의사들의 호기심을 불러일으켰다. 그가 죽은 것처럼 보이
자 의사들은 **부검**을 허락해 달라고 요청했지만 고인의 친구
들은 거절했다. 흔히 있는 일이지만, 그런 요청이 거절당하
면 의사들은 일단 매장된 시신을 나중에 다시 파내어 천천히
은밀하게 해부했다. 런던에 수없이 많은 시체 도굴단과 계약
을 맺는 일은 조금도 어렵지 않았다. 장례식이 끝난 지 사흘
째 되는 밤, 시체 도둑이 8피트 깊이의 무덤 속에서 파낸 송
장은 한 개인 병원의 수술실로 넘겨졌다.

복부에 어느 정도 절개가 이루어졌을 때 송장이 너무 신선
하고 부패가 전혀 일어나지 않았기 때문에, 전지를 사용해
보면 어떨까 하는 생각이 문득 의사의 머리에 떠올랐다. 몇
차례 실험이 이루어졌고, 통상적인 결과가 나타났다. 어떤
점에서도 그 실험 결과를 특징짓는 별다른 반응은 전혀 관찰
되지 않았지만, 전기 자극으로 경련이 일어났을 때 보통 송
장보다 강한 생체 반응이 한두 번 나타났다.

밤이 깊었다. 막 동이 트려 하고 있었다. 당장 해부를 계속
하는 게 좋겠다고 여겨졌다. 하지만 한 수련의가 자신의 이
론을 시험해 보고 싶다면서, 흉근에 전지로 전기 자극을 주
자고 주장했다. 그래서 가슴을 대충 절개하고 서둘러 전선을
접촉시켰다. 그러자 환자가 수술대에서 벌떡 일어나더니, 경

생매장 **269**

런이라고 말할 수 없는 움직임으로 수술실 한복판으로 걸어가서 몇 초 동안 불안한 눈으로 주위를 둘러보고는 입을 열었다. 무슨 말을 했는지는 알아들을 수 없었지만, 분명 낱말들이 발음되었고 음절 구분도 뚜렷했다. 말을 끝낸 뒤 그는 쿵 소리를 내며 바닥에 쓰러졌다.

몇 분 동안 모두 깜짝 놀라서 자리에 얼어붙은 듯했다. 하지만 긴급한 상황이었기 때문에 그들은 곧 침착성을 되찾았다. 스테이플턴 씨는 기절했지만 살아 있는 것처럼 보였다. 에테르를 투여하자 의식을 되찾았고, 빠르게 건강을 회복하여 친구들과도 다시 어울릴 수 있게 되었다. 하지만 친구들은 그의 병이 재발할 우려가 사라질 때까지 그가 되살아났다는 소식을 알리고 싶어 하지 않았다. 그들이 얼마나 놀랐을지, 미칠 듯이 기뻐 날뛰는 모습은 상상하기 어렵지 않다.

그럼에도 불구하고 이 사건에서 가장 오싹하고 기이한 특징은 스테이플턴 씨 자신의 주장과 관련되어 있다. 그는 주장하기를, 자기는 어느 시기에도 완전히 의식을 잃은 적이 없으며, 의사들이 자신의 죽음을 선고한 순간부터 수술실 바닥에 기절하여 쓰러진 순간까지 자기한테 일어난 일을 — 머리가 몽롱해서 어렴풋하고 혼란스럽긴 하지만 — 모두 알고 있었다고 말했다. 자신이 해부실에 누워 있다는 것을 처음 알아차렸을 때 그는 〈나는 살아 있다!〉고 말하려고 안간힘을 썼지만, 아무도 알아듣지 못했다는 것이다.

이런 사례는 얼마든지 인용할 수 있지만 이쯤에서 그만두겠다. 생매장이 자주 일어나고 있다는 사실을 입증하기 위해

군이 그럴 필요까지는 없기 때문이다. 사건의 성질상 그런 사례를 발견할 기회가 극히 드물다는 점을 고려하면, 우리 모르게 그런 일이 **자주** 일어날 수도 있다는 점은 인정해야 한다. 사실 어떤 목적으로든 묘지가 대규모로 파헤쳐지는 일은 거의 없으니까, 해골들이 가장 끔찍한 의혹을 암시하는 자세로 발견되지도 않는다.

실제로 그 의혹은 두렵지만, 그보다 더 두려운 것은 죽음의 운명이다. 죽기도 전에 땅속에 묻히는 생매장만큼 궁극적인 심신의 고통을 불러일으키는 사건은 **없다**고 단언할 수 있다. 참을 수 없는 폐의 압박감, 축축한 흙에서 피어오르는 고약한 냄새, 몸에 걸친 수의의 뻣뻣한 감촉, 몸을 움직이기도 어려운 좁은 관 속의 답답함, 칠흑 같은 어둠, 바다 밑바닥처럼 압도적인 침묵, 눈에 보이지는 않지만 분명히 감지할 수 있는 구더기들의 공격, 그리고 이런 것들과 함께 위에 있는 공기와 풀에 대한 생각, 우리의 운명을 알기만 한다면 당장 구하러 달려올 사랑하는 친구들의 기억, 그런데 친구들은 이런 운명을 **절대로** 알지 못할 거라는 생각, 우리의 절망적인 운명은 정말로 죽은 사람의 운명이라는 생각들이 아직도 고동치고 있는 심장 속에 섬뜩하고 참을 수 없는 공포를 가져온다. 아무리 대담한 상상력을 가진 사람이라도 그런 공포 앞에서는 주춤하며 뒷걸음칠 게 분명하다. 우리가 아는 한, 지상에는 그런 고통이 존재하지 않는다. 지옥의 밑바닥에서 맛보는 고통 가운데 그것의 절반만큼 끔찍한 고통조차 우리는 상상할 수 없다. 그래서 이 주제를 다룬 이야기는 모두 깊은 관심을 불러일으킨다. 그럼에도 불구하고 그 관심은 주제 자체가 가진 신성한 경외감 때문에, 그 이야기가 틀림없는 사실이라는 우리의 확신에 철저히 의존하고 있다. 오로지 그 이야기의 **진실성**에 대한 확신만이 우리의 관심을 좌우하는 것이다. 내가 지금부터 하려는 이야기는 내가 실제로 알고 있는, 그러니까 즉 내가 개인적으로 직접 경험한 사건에 대한 것이다.

나는 몇 년 동안 특이한 질병에 시달리고 있었다. 이 질병은 명칭이 명확하게 결정되지 않아서, 의사들은 〈강경증〉이라고 부르기로 동의한 상태다. 직접적인 원인도, 이 질병에 걸리기 쉬운 소인도, 심지어는 이 질병의 진단법조차 아직 애매하지만, 겉으로 드러난 명백한 특징은 충분히 알려져 있다. 이 질병의 변종들은 주로 정도 차이인 듯하다. 부자연스러운 무기력증에 빠진 환자는 때로는 단 하루만 혼수상태로 누워 있을 때도 있고, 누워 있는 시간이 그보다 더 짧을 때도 있다. 그동안 환자는 인사불성이고, 겉으로 보기엔 아무 움직임도 없다. 하지만 심장 박동은 희미하게 감지할 수 있다. 약간의 체온도 남아 있다. 볼에는 희미한 혈색이 남아 있으며, 입술에 거울을 대보면 허파가 머뭇머뭇 느리고 불규칙하게 움직이는 것을 감지할 수 있다. 그러다가 다시 혼수상태가 몇 주, 심지어는 몇 달 동안이나 지속된다. 면밀한 관찰과 정밀 검사를 해도 환자의 혼수상태와 우리가 죽음이라고 부르는 상태 사이에 어떤 구체적인 차이가 있는지 확인하지 못한다. 환자가 생매장의 위험에서 구출되는 것은 그가 전에도 강경증에 걸린 적이 있다는 것을 친구들이 알고 있거나, 그래서 환자가 아직 살아 있는 것 아닐까 하는 의심이 생기거나, 무엇보다도 환자의 몸이 부패하는 조짐을 전혀 보이지 않거나 하기 때문이다. 다행히 이 질병은 서서히 진행된다. 처음 나타나는 증상은 두드러지지만, 여러 가지로 해석할 수 있어서 확실치는 않다. 그 후 발작은 점점 독특해지고, 횟수를 거듭할 때마다 매번 지난번 발작보다 더 오래 지속된다. 바로 여기에 생매장당할 위험에서 환자를 구해 주는 주요한 안전장치가 있다. 불운하게도 **첫 번째** 발작이 이따금 보이는 극단적인 성격을 띠게 되면, 그 환자는 산 채로 무덤 속에 들어가는 것을 거의 피할 수 없다.

내 경우도 의학 서적에 언급된 사례와 거의 비슷했고, 중요한 특징은 전혀 다르지 않았다. 이따금 나는 뚜렷한 원인도 없이 반가사 상태나 반기절 상태에 조금씩 빠져들었다. 이 상태에서는 고통도 없고, 손가락 하나도 까딱할 수 없고, 엄밀히 말하면 생각조차 할 수 없지만, 내가 아직 살아 있다는 것을 어렴풋이 무기력하게 의식하고, 내 침대 주위에 있는 사람들의 존재도 의식했다. 나는 질병의 고비를 넘기고 갑자기 완전한 감각을 되찾을 때까지 그 상태로 남아 있었다. 때로는 강력한 발작이 순식간에 나를 덮치기도 했다. 나는 얼굴이 핼쑥해지고 몸이 마비되고 오한이 나면서 머리가 어찔어찔하여 당장 앞으로 고꾸라졌다. 그러면 몇 주 동안 모든 게 공백이고 캄캄하고 조용했다. 〈무(無)〉가 우주가 되었다. 그보다 더 철저한 영혼 소멸은 존재할 수 없었다. 하지만 나는 이런 발작에서도 깨어났다. 발작이 갑자기 일어난 것에 비하면 회복은 더디고 단계적으로 이루어졌다. 길고 황량한 겨울 밤, 친구도 없고 집도 없이 밤새도록 거리를 헤매 다니는 거지에게 새벽이 다가오듯, 그렇게 느릿느릿, 그렇게 지루하게, 그렇게 기운차게 영혼의 빛은 나에게 돌아왔다.

하지만 혼수상태에 빠지는 경향을 제외하면, 나의 건강 상태는 전반적으로 좋아 보였다. 내 질병이 건강 전체에 영향을 미치는지 어떤지도 나는 인식하지 못했다. 내가 평소에 **잠을 자고** 있을 때 어떤 특이 체질이 병발한 것으로 여겨질 수도 있다는 점을 제외하면 말이다. 나는 잠에서 깨어나도 당장 완전한 감각을 되찾지 못하고, 항상 어찌할 바를 몰라서 어리둥절한 상태로 한참 동안 그대로 누워 있었다. 정신 기능 전체가 완전히 정지 상태였고, 특히 기억 기능이 전혀 작동하지 않았다.

내가 견딘 고통 가운데 육체적 고통은 전혀 없었지만, 정신적 고통은 무한했다. 내 공상은 섬뜩해졌다. 나는 〈벌레, 무덤, 묘비명〉에 대해 이야기했다. 나는 죽음의 환상에 빠졌고, 생매장에 대한 생각이 내 머리를 계속 사로잡았다. 내가 빠지기 쉬운 그 소름 끼치는 위험은 밤낮으로 나를 따라다니며 괴롭혔다. 낮에는 생각하는 것이 지나치게 고통스러워졌고, 밤에는 그 고통이 절정에 이르렀다. 냉혹한 어둠이 대지를 뒤덮으면 나는 이런저런 생각에 공포로 몸을 떨었다. 영구차 위에서 흔들리는 깃털 장식처럼 바들바들 떨었다. 자연의 여신이 더 이상 불면을 참을 수 없게 되면, 그때야 나는 간신히 잠을 잘 수 있었다. 잠에서 깨어났을 때 내가 무덤 속에 들어가 있을지도 모른다고 생각하면 몸서리가 쳐졌기 때문이다. 그러다가 마침내 잠이 들면 당장 환상의 세계 속으로 돌진해 들어갔다. 그곳에서 유난히 눈에 띄는 것은 무덤같이 음산한 생각뿐이니, 그것은 검고 거대한 날개를 펼친 채, 환상의 세계 위에 그늘을 드리우며 떠다니고 있었다.

꿈속에서도 이렇게 음울한 이미지가 나를 짓눌렀지만, 그 수많은 이미지 중에서 한 가지 환상만 골라서 기록하기로 하겠다. 생각건대 나는 강경증 발작으로 여느 때보다 더 오랫동안 더 깊은 혼수상태에 빠져 있었던 것 같다. 얼음처럼 차가운 손이 갑자기 이마에 놓이더니, 초조한 목소리가 귀에다 빠른 말씨로 〈일어나라!〉 하고 속삭였다.

나는 똑바로 일어나 앉았다. 주위는 칠흑같이 어두웠다. 나를 깨운 사람의 모습도 볼 수 없었다. 내가 얼마나 오랫동안 혼수상태에 빠져 있었는지, 어디에 누워 있는지도 생각나지 않았다. 가만히 앉아서 생각을 정리하려 애쓰고 있을 때 차가운 손이 내 손목을 움켜잡고 흔들었다. 그리고 좀 전의 목소리가 또다시 빠른 말씨로 속삭였다.

「일어나라! 일어나라고 했잖으냐?」

「그런데 당신은 누구세요?」 나는 물었다.

「내가 사는 곳에는 이름이 없다.」 목소리는 음울하게 대답했다. 「나도 전에는 죽음을 피할 수 없는 인간이었지만, 지금은 악령이다. 전에는 무자비했지만, 지금은 동정심이 많지. 너도 내가 떨고 있는 것을 느낄 거다. 나는 말할 때 이가 딱딱

마주치지만, 밤공기가 차가워서 그런 게 아니야. 끝없는 밤의 냉기 때문이 아니야. 하지만 이 섬뜩한 느낌은 도저히 참을 수가 없구나. 너는 어떻게 그리 태평스럽게 잠을 잘 수 있지? 나는 이 고통으로 울부짖는 소리 때문에 편히 쉴 수가 없다. 이 광경을 차마 볼 수가 없다. 자, 일어나라! 나와 함께 바깥의 〈밤〉 속으로 들어가자. 내가 너에게 무덤을 보여 주마. 얼마나 비통한 광경이냐? 자, 봐라!」

나는 보았다. 보이지 않는 그 형체는 여전히 내 손목을 움켜쥔 채 모든 인류의 무덤들을 활짝 열었다. 그러자 어느 무덤에서나 썩어 가는 시체의 인광이 희미하게 새어 나왔다. 그래서 나는 가장 안쪽 구석까지 들여다볼 수 있었다. 거기에서는 수의를 입은 시체들이 구더기와 함께 슬프고 엄숙한 잠을 자고 있었다. 하지만 아아! 정말로 잠을 자는 자들은 전혀 잠을 자지 못하는 자들보다 수백만 명이나 적었다. 그리고 힘없는 몸부림이 있었다. 전반적으로 슬프고 불안한 분위기였다. 헤아릴 수 없이 많은 구덩이 속에서 매장된 자들의 수의가 바스락거리는 소리가 우울하게 들려왔다. 그리고 편히 쉬고 있는 듯이 보이는 자들 중에서도 엄청나게 많은 수가 원래 매장되었을 때의 딱딱하고 불편한 자세를 다소라도 바꾼 것을 나는 알아차렸다. 그들을 바라보고 있을 때, 아까의 그 목소리가 다시 말했다.

「어떠냐? 정말 애처로운 광경이 **아니냐?**」 하지만 내가 대답할 말을 미처 찾기도 전에 그 형체는 내 손목을 놓아 버렸다. 인광은 꺼졌고, 무덤들은 갑자기 난폭하게 닫혔다. 그동안 무덤 속에서는 절망에 빠져 울부짖는 소리가 떠들썩하게 들려왔다. 그 목소리가 또다시 말했다. 「이건 아니야. 오, 신이 시여, 너무 가련한 광경이 아닌가요?」

이런 환상은 한밤중에 나타나지만, 내가 깨어 있는 시간에도 오랫동안 가공할 영향을 미치게 되었다. 내 신경은 극도로 쇠약해졌고 나는 끊임없는 공포에 시달리게 되었다. 말을 타는 것도 걷는 것도 망설였고, 집 밖에서 하는 어떤 활동도 꺼리게 되었다. 여느 때처럼 발작을 일으켰을 때 내 질환을 모르는 사람이 내 진정한 상태를 확인하지도 않고 산 채로 매장해 버리지나 않을까 두려워서, 내가 강경증 환자라는 사실을 알고 있는 사람들 곁을 한시도 떠날 수 없게 되었다. 나는 가장 가까운 친구들이 나를 얼마나 충실하게 보살펴 줄 것인지에 대해서도 의문을 품었다. 통상적인 지속 시간보다 오랫동안 혼수상태가 계속되면 그들은 내가 회복할 수 없다는 말에 넘어갈지도 모른다. 나는 그게 두려웠다. 나는 많은 문제를 일으켰기 때문에, 발작이 오래 지속되면 그들은 성가신 나를 완전히 떠나보낼 좋은 구실이 생겼다고 오히려 반가워하지 않을까 하는 두려움마저 들었다. 그들은 진지한 약속으로 나를 안심시키려 했지만, 그들의 그런 노력도 아무 소용이 없었다. 나는 그들에게 강요했다. 부패가 확실하게 진행되어 시신을 보존하는 것이 더 이상 불가능해질 때까지는 어떤 상황에서도 나를 매장하지 않겠다고 신에게 맹세하라고. 그런 맹세를 받아 낸 뒤에도 터무니없는 공포에 사로잡힌 나는 이성의 말에 귀를 기울이려 하지 않았고 어떤 위로의 말도 받아들이려 하지 않았다. 나는 주도면밀한 예방책을 세우기 시작했다. 우선 안에서도 쉽게 문을 열 수 있도록 가족 납골당을 개조했다. 무덤 안쪽으로 멀리까지 뻗어 있는 긴 지렛대를 살짝 누르기만 하면 철문이 바깥쪽으로 활짝 열리게 했다. 공기와 햇빛이 자유롭게 들어올 수 있는 장치도 갖추었고, 내 관이 놓이게 될 곳에서 바로 손이 닿는 거리에 음식과 물을 편리하게 저장할 수 있는 곳도 마련했다. 관은 따뜻하고 푹신하게 안을 덧대고, 납골당 문과 같은 원리로 만든 뚜껑을 달았다. 이 뚜껑에는 몸을 조금만 움직여도 열 수 있도록 고안된 용수철이 달려 있었다. 게다가 무덤 지붕에는 커다란 종을 매달았고, 이 종에 연결된 줄은 관에 뚫린 구멍을 통해 관 속으로 들어가서 송장의 한쪽 손에 묶이도록 되어 있었다. 하지만 아무리 조심한다 한들 운명의 여신에게 맞서는 짓이 무슨 소용이겠는가? 정교하게 고안된 이런 안전 장치도 생매장이라는 극한의 고통을 당할 운명이 예정되어 있는 가련한 자를 구하기에는 충분치 않았다!

드디어 그날이 왔다. 전에도 자주 그랬듯이, 나는 완전한 무의식 상태에서 벗어나 내가 살아 있다는 것을 어렴풋이 의식하기 시작했다. 서서히, 거북처럼 느릿느릿, 의식의 하루가 시작되는 희미한 잿빛 새벽이 다가왔다. 둔한 불쾌감. 무감각한 둔통. 개의치도, 기대하지도, 애쓰지도 않는다. 그러다가 한참 뒤에 귀에서 소리가 울려 퍼진다. 그리고 그보다 더 한참 뒤에 손발 끝이 따끔거리거나 콕콕 쑤시듯 아픈 감각이 느껴진다. 이어서 기분 좋은 정적이 영원처럼 느껴질 만큼 오랫동안 지속된다. 그동안 눈을 뜬 감정이 생각 속으로 들어오려고 애쓴다. 그러다가 잠깐 무의식 속에 다시 빠져든다. 그리고 갑자기 의식을 되찾는다. 마침내 한쪽 눈꺼풀이 가볍게 떨리고, 그 직후 치명적이고 무한한 공포가 전기 충격처럼 피를 관자놀이에서 심장으로 보낸다. 피는 폭포수처럼 맹렬하게 심장으로 쏟아져 들어간다. 그제야 나는 처음으로 생각하려는 노력을 적극적으로 기울인다. 그리고 처음으로 기억하려고 애쓴다. 그리고 부분적이고 덧없는 성공을 거둔다. 그리고 이제야 기억이 제 영역을 어느 정도 되찾았기 때문에 나는 그만큼 내 상태를 인식한다. 나는 지금 평범한 잠에서 깨어나고 있는 게 아니라는 것을 느낀다. 강경증 발작을 일으켰던 기억이 난다. 그리고 마침내 바다의 거센 파도에 삼켜진 것처럼, 공포에 떨고 있는 내 영혼이 소름 끼치는 위험에 삼켜진다. 유령처럼 기괴하고 널리 퍼져 있는 생각이 내 영혼을 압도한다.

이런 환상이 나를 사로잡은 뒤 몇 분 동안 나는 꼼짝도 않고 누워 있었다. 왜냐고? 움직일 용기가 나지 않았기 때문이다. 감히 내 운명을 나 자신에게 납득시키려고 애쓸 용기가 나지 않았던 것이다. 하지만 내 마음속에는 그게 **틀림없는 나**의 운명이라고 속삭이는 무언가가 있었다. 절망, 다른 어떤 불행도 낳을 수 없는 절망, 오직 그 절망만이 나를 움직였다. 내가 오랫동안 결단을 내리지 못하고 망설인 끝에 겨우 무거운 눈꺼풀을 들어 올린 것은 절망이 나를 부추겼기 때문이다. 나는 눈꺼풀을 들어 올렸다. 캄캄했다. 완전한 암흑이었다.

나는 발작이 끝난 것을 알았다. 위험한 고비는 오래전에 지나갔다. 이제 시력이 완전히 회복된 것을 알았다. 하지만 어두웠다. 캄캄했다. 영원히 지속되는 밤의 어둠, 한 줄기 빛도 없는 강렬하고 완전한 암흑이었다.

나는 비명을 지르려고 애썼다. 그러자 내 입술과 바싹 마른 혀가 함께 경련하듯 움직였다. 하지만 동굴 같은 폐에서는 어떤 목소리도 나오지 않았다. 폐는 불쑥 튀어나온 산의 무게에 짓눌린 듯 헐떡거렸고, 힘들여 간신히 숨을 들이마실 때마다 심장과 함께 고동쳤다.

큰 소리로 외치려고 턱을 움직였을 때, 죽은 사람에게 하듯 내 턱이 끈으로 묶여 있음을 알았다. 내가 단단한 물체 위에 누워 있는 것도 알았다. 옆구리도 그와 비슷하게 딱딱한 것으로 바싹 눌려 있었다. 지금까지 나는 팔다리를 움직여 볼 엄두도 내지 못했다. 하지만 이제 두 손목을 교차시킨 상태로 길게 놓여 있는 두 팔을 번쩍 들어 올렸다. 팔이 단단한 목재에 부딪혔다. 목재는 내 얼굴에서 6인치가 넘지 않는 높이에 내 몸과 나란히 뻗어 있었다. 내가 드디어 관 속에 누워 있다는 것은 더 이상 의심할 여지가 없었다.

그런데 끝없는 고통 속에서 희망의 천사가 달콤하게 찾아왔다. 내가 준비해 둔 예방 조치가 생각난 것이다. 나는 몸을 뒤척이며 관 뚜껑을 열려고 안간힘을 썼지만, 뚜껑은 꿈쩍도 하지 않았다. 나는 손목을 더듬어 종에 연결된 줄을 찾았지만 찾을 수가 없었다. 나에게 위안을 주는 것들은 영원히 사라졌고, 더 가혹한 절망이 승리의 나팔을 울리고 있었다. 그토록 세심하게 준비해 둔 보호 장치가 사라졌다는 것을 받아들일 수밖에 없었기 때문이다. 그러자 축축한 흙 특유의 강한 냄새가 갑자기 코를 찔렀다. 결론은 명백했다. 나는 가족 묘지의 납골당에 안치된 게 **아니었다.** 나는 집을 떠나 낯선 사람들과 함께 있을 때 혼수상태에 빠졌던 것이다. 언제 어쩌다 그리되었는지는 기억할 수 없지만, 나를 개처럼 혼해 빠진 관 속에 쑤셔 넣고 뚜껑에 못을 박아서 땅속에, 평범하고 이름 없는 **무덤** 속에 깊이, 아주 깊이, 영원히 묻어 버린 것이다.

이 끔찍한 확신이 내 영혼의 가장 깊숙한 곳으로 밀고 들어오자 나는 소리를 지르려고 다시 한번 안간힘을 썼다. 그리고 이 두 번째 노력에서 성공을 거두었다. 길고 거칠고 지속적인 고통의 비명 또는 고함 소리가 밤의 지하 세계를 뚫고 울려 퍼진 것이다.

「이봐! 어이, 거기!」 굵고 탁한 목소리가 퉁명스럽게 응답했다.

「도대체 이게 무슨 일이지?」 두 번째 목소리가 말했다.

「거기서 당장 나와!」 세 번째 목소리가 말했다.

「살쾡이처럼 고함을 지르다니, 뭐라고 떠드는 거야?」 네 번째 목소리가 말했다.

이때 아주 거칠어 보이는 사람들이 몇 분 동안 허물없이 나를 붙잡고 흔들었다. 그들이 나를 잠에서 깨운 것은 아니었다. 비명을 질렀을 때 나는 완전히 깨어 있었기 때문이다. 하지만 그들은 내 기억을 완전히 되살려 주었다.

이 사건은 버지니아주 리치먼드 근처에서 일어났다. 나는 한 친구와 함께 사냥을 떠나, 제임스 강변을 따라 몇 마일을 내려갔다. 밤이 다가왔고, 폭풍우가 우리를 덮쳤다. 부식토를 싣고 강가에 닻을 내린 작은 범선이 그때 우리가 비바람을 피할 수 있는 유일한 피난처였다. 우리는 불편을 감수하고 배에서 밤을 보냈다. 나는 배에 두 개밖에 없는 침상 가운데 하나에서 잠을 잤다. 60~70톤급 범선의 침상이 어떤지는 굳이 설명할 필요도 없을 것이다. 내가 차지한 침상에는 침구도 없었고, 너비도 17인치밖에 안 되었다. 머리 위 갑판에서 침상 바닥까지의 거리도 그 정도였다. 그 좁은 틈새에 몸을 억지로 밀어 넣는 것은 여간 어려운 일이 아니었다. 그런데도 나는 깊이 잠들었다. 그리고 내 모든 환상 ─ 그것은 꿈도 아니고 악몽도 아니었으니까 환상일 수밖에 없다 ─ 은 내가 놓여 있는 상황, 평소에 내가 갖고 있는 편견, 내가 앞에서 언급했듯이 의식을 되찾을 때 겪는 어려움, 그리고 특히 잠에서 깨어난 뒤 오랫동안 기억을 되찾지 못하는 어려움에서 자연스럽게 생겨났다. 나를 잡고 흔든 사내들은 범선의 선원들이었고, 짐을 부리기 위해 고용된 인부들이었다. 배에 실린 짐이 부식토였기 때문에 거기서 흙냄새가 났던 것이고, 턱에 감긴 붕대는, 내가 잠잘 때 습관적으로 쓰는 나이트캡이 없어서 대신 머리에 두른 손수건이었다.

하지만 한동안 내가 견딘 고통이 실제 생매장의 고통과 똑같았던 것은 의심할 여지가 없다. 그 고통은 무시무시했고, 상상도 할 수 없을 만큼 섬뜩했다. 하지만 그게 전화위복이 되었다. 극도의 공포가 내 마음속에 필연적인 반동을 일으켰기 때문이다. 내 영혼은 정상적인 상태를 되찾았고 적절한 균형을 얻었다. 나는 집 밖으로 나가게 되었다. 활발하게 몸을 움직여 활동했다. 천국의 자유로운 공기를 호흡했다. 나는 죽음이 아닌 다른 주제를 생각했다. 나는 의학 서적들을 버렸다. 버컨[6]의 『가정 의학』은 불태웠다. 『밤의 생각들』[7] 같은, 교회 묘지에 대한 과장되고 공포심을 불러일으키는 이야기는 더 이상 읽지 않았다. 요컨대 나는 새 사람이 되었고, 인간다운 삶을 살기 시작했다. 그 잊을 수 없는 밤부터 나는 생매장에 대한 불안을 영원히 버렸다. 그와 함께 강경증도 사라졌다. 아마 불안은 강경증의 결과라기보다는 오히려 원인이었을 것이다.

냉철한 이성의 눈에도 우리 불쌍한 인류가 사는 세상이 지옥처럼 보이는 순간이 있다. 하지만 인간의 상상력은 지옥의 모든 동굴을 탐험해도 무사할 수 있는 카라티스[8]가 아니다. 아, 소름 끼치는 무덤의 공포는 수없이 많다. 그것들을 모두 공상의 산물로 간주할 수는 없다. 하지만 아프라시아브[9]와

---

6 Willam Buchan(1729~1805). 영국 스코틀랜드의 의사로, 그가 저술한 『가정 의학』(1785)은 19세기까지 널리 읽혔다.

7 영국의 시인 에드워드 영Edward Young(1683~1765)의 장시. 완전한 제목은 〈삶과 죽음 그리고 영생불사에 대한 밤의 생각들〉이다.

8 영국의 작가 윌리엄 벡퍼드William Beckford(1760~1844)의 고딕 소설 『바텍』에 나오는 인물. 주인공인 바텍(칼리프)의 어머니로, 마법의 힘을 가졌으며, 아들로 하여금 끊임없이 욕망을 추구하게 만들어 결국 파멸시킨다.

9 중세 이란의 시인 피르다우시Firdawsi(935~1020)의 서사시 『샤나메』에 나오는 전설적인 인물. 투란(오늘날의 투르키스탄 서부)의 영웅이자 왕으로, 이란과 투란의 경계를 이루는 옥수스(오늘날의 아무다리야)강을 넘어 이란을 침략했다가 패퇴한다.

함께 옥수스강을 항해했다는 악마들처럼, 유령들도 잠을 자야 한다. 그러지 않으면 그들은 우리를 잡아먹을 것이다. 우리는 유령들이 잠자게 내버려 두어야 한다. 그러지 않으면 우리가 파멸하게 될 것이다.

도둑맞은 편지

영리한 체하는 자야말로 지혜로운 이에게는
무엇보다 혐오스럽다.
— 세네카[1]

장소는 파리, 때는 18××년 가을 폭풍우가 휘몰아치는 저
녁, 어둠이 막 깔린 직후였다. 나는 포부르생제르맹의 뒤노
가 33번지 4층 뒤쪽에 있는 내 친구 C. 오귀스트 뒤팽의 작은
서재에서 그와 함께 명상과 해포석[2] 담배 파이프라는 두 가
지 사치를 누리고 있었다. 적어도 한 시간 동안 우리는 깊은
침묵을 유지하고 있었는데, 무심한 관찰자에게는 우리가 오
로지 실내 공기를 답답하게 만드는 담배 연기의 소용돌이에
만 정신이 팔려 있는 것처럼 보였을지도 모른다. 하지만 나
는 초저녁에 우리가 나눈 대화의 주제를 이루었던 문제를 마
음속으로 검토하고 있었다. 그 문제란 바로 모르그가의 사건
과 마리 로제의 살인[3]에 얽힌 수수께끼였다. 그래서 나는 우

---

1 Lucius Annaeus Seneca(B.C. 4?~65). 고대 로마 제국 시대의 스토아
철학자. 네로의 스승이었지만, 후에 반역 혐의를 받고 자결했다.
2 부드러운 백토 광물로, 가공하기 쉽기 때문에 흔히 담배 파이프의 담배
통을 만드는 데 사용된다.
3 포가 쓴 세 편의 추리 소설 가운데 두 번째 작품으로, 제목은 「마리 로제
의 수수께끼」이며, 〈모르그가의 살인의 속편〉이라는 부제가 붙어 있다.

리 아파트 문이 활짝 열리고 우리의 오랜 친구인 파리 경찰 청장 G 씨가 들어온 것을 놀라운 우연의 일치로 생각했다.

우리는 그를 진심으로 환영했다. 그에게는 한심한 면에 비하면 유쾌한 면이 절반밖에 안 되지만, 몇 년 동안이나 그를 만나지 못했기 때문이다. 우리는 어둠 속에 앉아 있었는데, 이제 뒤팽은 램프에 불을 켜려고 일어났다. 하지만 G 씨가 아주 골치 아픈 공무 때문에 우리와 상의하러, 아니 상의라기보다는 내 친구의 의견을 듣고 싶어서 왔다고 말하자, 뒤팽은 불을 켜다 말고 의자에 앉았다.

「깊이 생각할 필요가 있는 문제라면.」 뒤팽은 램프 심지에 불을 붙이는 것을 그만두면서 말했다. 「어둠 속에서 검토하는 편이 더 나을 거야.」

「자네는 엉뚱한 생각을 많이 갖고 있지만, 그것 역시 자네의 그런 생각 가운데 하나겠군.」 경찰청장이 말했다. 그는 자기가 이해할 수 없는 것은 모조리 〈엉뚱하다〉고 말하는 버릇이 있어서, 엄청나게 많은 〈엉뚱한 것〉 속에서 살고 있었다.

「맞아.」 뒤팽은 손님에게 파이프를 하나 건네고 안락의자를 손님 쪽으로 밀어 주면서 말했다.

「그런데 이번엔 어려운 문제가 뭐지?」 내가 물었다. 「이번에도 살인 사건 같은 건 아니겠지?」

「아, 아니야. 그런 성질의 문제는 아니야. 사실 문제는 **아주** 간단해. 나는 사실 우리끼리도 문제를 충분히 해결할 수 있다고 확신하지만, 일이 너무 **엉뚱해서** 뒤팽이 자세한 내용을 듣고 싶어 할 거라고 생각했지.」

「간단한데 엉뚱하다?」뒤팽이 말했다.

「그렇긴 한데, 반드시 그렇지도 않아. 사실은 문제가 너무 단순한데도 우리를 완전히 곤경에 빠뜨려서 우리 모두 어찌할 바를 모르게 되어 버렸어.」

「바로 문제의 그 단순성이 당신들을 당황하게 하는지도 모르지.」내 친구가 말했다.

「당치도 않은 소리!」경찰청장은 큰 소리로 웃으면서 대답했다.

「아마 수수께끼는 좀 **지나치게** 간단할 거야.」뒤팽이 말했다.

「오오, 맙소사! 그런 생각은 들어 본 적도 없어.」

「좀 **지나치게** 자명할걸.」

「하하하! 하하하! 허허허!」손님은 몹시 재미있어하면서 웃어 댔다. 「이보게 뒤팽, 난 자네 때문에 우스워 죽을 지경이야!」

「어쨌든 지금 다루고 있는 문제가 뭔데?」내가 물었다.

「그래, 말해 주지.」경찰청장은 생각에 잠긴 얼굴로 담배 연기를 길게 내뿜으면서 대답하고는 의자에 편안하게 자리를 잡았다. 「간단하게 몇 마디로 말해 주겠네. 하지만 이야기를 시작하기 전에 미리 경고해 두겠는데, 이건 최대한의 비밀 엄수를 요하는 사건이라는 점을 명심해 줬으면 좋겠어. 비밀을 누설했다는 게 알려지면 나는 그대로 목이 달아나게 될 테니까 말이야.」

「계속하게.」나는 말했다.

「아니면 그만두든가.」뒤팽이 말했다.

「좋아, 그럼 시작하겠네. 나는 어느 지체 높은 분으로부터 내밀히 신고를 받았는데, 지극히 중요한 문서가 왕궁에서 도난당했다는 거야. 문서를 훔쳐 간 사람이 누군지도 알고 있지. 현장을 목격했으니까 이건 의심할 여지가 없어. 그 문서가 아직 범인의 수중에 있다는 것도 알고 있다네.」

「그걸 어떻게 알지?」뒤팽이 물었다.

「문서의 성격상 분명히 그렇게 추론할 수 있어.」경찰청장이 대답했다.「문서가 도둑의 수중에서 **다른 곳으로 넘어갔다면**, 도둑은 그 문서를 결국 어떤 목적에 이용할 계획인 게 분명한데, 도둑이 그 문서를 계획대로 이용했다면 당장 일어날 어떤 결과가 아직은 나타나지 않은 걸로 미루어 그렇게 판단할 수 있지.」

「좀 더 구체적으로 말해 봐.」내가 말했다.

「그 문서를 가진 사람은 어떤 분야에서 어떤 힘을 가지게 되는데, 그 분야에서는 그런 힘이 막대한 가치를 갖는다는 것까지는 말할 수 있어.」경찰청장은 외교적인 말투를 좋아했다.

「그래도 난 여전히 이해할 수가 없는걸.」뒤팽이 말했다.

「그래? 그 서류가 제삼자에게 폭로되면 ─ 그 제삼자의 이름은 밝히지 않겠지만 ─ 가장 높은 지위에 있는 분의 명예가 손상되고, 이런 사실 때문에 문서를 쥐고 있는 사람은 그 지체 높은 분에 대해 막강한 영향력을 갖게 돼. 그래서 그 지체 높은 분의 명예와 안전이 매우 위태로워질 수 있다네.」

「하지만 그 영향력은 문서를 잃어버린 사람이 도둑을 알고 있다는 것을 도둑 역시 알고 있어야만 성립될 텐데, 누가 감히…….」내가 끼어들었다.

「도둑은 D 장관이야.」경찰청장이 말했다. 「신사에게 어울리는 일만이 아니라 어울리지 않는 일까지도 서슴없이 해치우는 놈이지. 문서를 훔친 방법은 대담할 뿐만 아니라 교묘하고 독창적이기까지 했어. 문제의 문서는 ─ 솔직히 말하면 편지인데 ─ 그걸 도둑맞은 분이 왕궁 내실에 혼자 있을 때 받았어. 그래서 그걸 읽고 있을 때 또 다른 지체 높은 분이 느닷없이 방에 들어오셨지. 그 귀부인은 다른 누구보다 특히 그분에게 편지를 감추고 싶었다네. 그래서 편지를 서둘러 서랍 속에 넣으려고 했지만 실패했고, 귀부인은 개봉된 편지를 탁자 위에 그대로 놔둘 수밖에 없었지. 하지만 주소가 적힌 쪽이 맨 위에 올라와 있었고 내용은 노출되어 있지 않았기 때문에 편지는 주의를 끌지 않고 넘어갔어. 그런데 바로 그 순간 D 장관이 들어온 거야. 그자의 살쾡이 같은 눈은 당장 편지를 알아봤지. 주소에 적힌 필적을 알아보고는, 편지 수취인이 당황해하는 모습을 보면서 귀부인의 비밀을 눈치챈 거야. 장관은 여느 때와 같은 태도로 서둘러 업무를 처리한 뒤, 문제의 편지와 비슷한 편지 한 통을 꺼내서 읽는 체하다가 예의 그 편지 옆에 나란히 놓았다네. 그리고 다시 15분쯤 공무에 대해 대화를 나눈 다음, 마침내 장관은 작별 인사를 하면서, 자기한테 아무 권리도 없는 편지를 탁자에서 슬쩍 집어 든 거야. 그 편지의 주인도 그것을 보았지만, 바로 옆에 제삼자가 서 있는 상황에서 감히 그분의 주의를 끄는 행동을 할 수는 없었지. 장관은 전혀 중요하지 않은 편지를 탁

도둑맞은 편지 **291**

자 위에 남겨 둔 채 물러갔다네.」

「그렇다면,」 뒤팽이 나를 돌아보면서 말했다. 「영향력을 완벽하게 만드는 데 필요한 조건은 모두 갖추어졌군. 도둑은 편지를 도둑맞은 사람이 도둑의 정체를 알고 있다는 걸 알고 있으니까.」

「그렇다니까.」 경찰청장이 대답했다. 「장관은 그렇게 얻은 영향력을 지난 몇 달 동안 정치적인 목적을 위해 매우 위험한 한계까지 휘둘러 왔다네. 편지를 도둑맞은 분은 편지를 되찾아야 할 필요성을 날이 갈수록 절감하고 있지. 하지만 이건 물론 공공연히 할 수 있는 일이 아니야. 결국 절망에 사로잡힌 그 부인이 이 일을 나한테 맡기신 걸세.」

「그 일을 맡을 사람으로 자네만큼 유능한 사람은 바랄 수도 없고 상상조차 할 수 없을 거야.」 뒤팽이 회오리처럼 빙글빙글 도는 담배 연기 속에서 말했다.

「무슨 말씀을.」 경찰청장이 대답했다. 「하지만 그렇게 생각했기 때문에 나한테 일을 맡겼을지도 모르지.」

「자네 말대로 편지가 아직 장관의 수중에 있는 것은 분명해.」 내가 말했다. 「장관에게 막강한 영향력을 부여하는 것은 편지를 사용하는 게 아니라 그걸 가지고 있다는 사실 자체니까. 편지를 일단 활용해 버리면 힘도 사라져 버리겠지.」

「맞아.」 경찰청장이 말했다. 「나도 그런 확신을 가지고 수사를 진행했지. 내 첫 번째 관심사는 장관의 공관을 철저히 수색하는 것이었다네. 그리고 여기서 가장 어려운 점은 장관 모르게 수색할 필요가 있다는 것이었지. 나는 다른 무엇보다 우선 장관이 우리 계획을 눈치채게 하면 절대 안 된다는 경고를 받았어. 장관이 낌새를 채면 엄청난 위험이 초래될 테니까 말이야.」

「하지만 그런 수사라면 당신들로서는 식은 죽 먹기 아닌가. 파리 경찰은 전에도 자주 이런 일을 했을 테니까.」 내가 말했다.

「그야 그렇지. 그래서 나도 절망하진 않았어. 장관의 버릇도 나한테 아주 유리했지. 장관은 밤새도록 집을 비울 때가 많아. 하인도 몇 명 안 되고. 하인들의 침실은 주인의 거처에서 멀리 떨어져 있지. 게다가 대부분 나폴리 사람들이라서 술에 취하게 만드는 건 일도 아니야. 자네들도 알다시피 나는 파리에 있는 방이나 캐비닛을 모조리 열 수 있는 만능열쇠를 갖고 있다네. 꼬박 석 달 동안 밤마다 직접 D 장관의 공관을 살살이 뒤졌지. 내가 밤 시간의 대부분을 거기서 보내지 않은 날은 단 하루도 없었어. 내 명예가 걸려 있고, 이건 비밀인데, 성공했을 때 받을 사례금도 엄청나거든. 그래서 도둑이 나보다 빈틈없는 놈이라는 걸 완전히 납득할 때까지는 수색을 포기하지 않았다네. 나는 그 저택에서 편지를 감출 수 있는 곳이라면 한 군데도 빼놓지 않고 구석구석 살살이 조사했다고 생각해.」

「하지만 편지가 장관의 수중에 있는 건 의심할 여지가 없다 해도, 공관이 아닌 다른 곳에 감추어 두었을 가능성도 있지 않을까?」 내가 넌지시 의견을 말했다.

「그건 거의 불가능해.」 뒤팽이 말했다. 「현재의 특수한 궁정 상황과 특히 D 장관이 연루된 것으로 알려져 있는 음모를 생각하면, 그 문서를 언제라도 즉각 이용할 수 있다는 것, 언제든 당장이라도 문서를 내놓을 수 있다는 것이 문서를 가지고 있는 것만큼이나 중요하니까.」

「내놓을 수 있다니?」 내가 물었다.

「다시 말하면 당장이라도 **찢어 버릴** 수 있다는 거지.」 뒤팽이 말했다.

「그렇군.」 나는 말했다. 「그 문서는 분명 공관 구내에 있겠어. 장관이 그걸 몸에 지니고 다닐 가능성은 전혀 없다고 생각해도 되겠군.」

「전혀 없지.」 경찰청장이 말했다. 「우리는 노상강도로 위장해서 장관이 다니는 길목에 매복해 있다가 두 번 덮쳤고, 내 감독 아래 장관의 몸을 철저히 수색했다네.」

「그런 수고까지는 할 필요가 없었을 텐데.」 뒤팽이 말했다. 「D 장관이 그렇게 바보는 아닐 테고, 그렇다면 그런 노상강도를 당하리라는 것쯤은 당연히 예상했겠지.」

「**완전히** 바보는 아니지.」 경찰청장이 말했다. 「하지만 장관은 시인이야. 시인은 바보와 종이 한 장 차이라고 생각해.」

「맞아.」 뒤팽이 생각에 잠긴 얼굴로 해포석 파이프에서 담배 연기를 길게 뿜어낸 뒤에 말했다. 「나 자신도 어설픈 시를 몇 편 썼지만 말이야.」

「수색 상황을 좀 더 자세히 이야기해 주면 좋겠는데.」 내가 말했다.

「사실 우리는 충분한 시간을 들여서 **모든 곳**을 샅샅이 뒤졌어. 나는 이런 일에 오랜 경험을 갖고 있지. 건물 전체의 방들을 하나씩 차례로 수색했다네. 방 하나마다 꼬박 일주일 동안 밤새 수색했어. 먼저 각 방의 가구를 조사했지. 열 수 있는 서랍은 모두 열어 보았고, 자네들도 알고 있겠지만 제대로 훈련받은 경찰관에게 **비밀** 서랍 같은 건 존재할 수 없어. 이런 종류의 수색에서 비밀 서랍을 놓치는 놈은 모두 얼간이야. 문제는 **아주** 간단해. 모든 캐비닛에는 그것이 차지하고 있는 일정한 용적, 즉 공간이 있어. 그리고 우리는 정확한 자를 갖고 있지. 50분의 1밀리미터도 우리 눈을 피할 수는 없을 거야. 캐비닛을 다 조사한 뒤에는 의자를 모조리 조사했지. 가늘고 긴 탐침으로 쿠션을 쑤셨어. 자네들도 내가 그 탐침을 사용하는 걸 보았을 거야. 탁자를 조사할 때는 상판을 아예 다 들어냈다네.」

「왜?」

「어떤 물건을 숨기고 싶어 하는 사람은 이따금 탁자나 그와 비슷한 가구의 상판을 뜯어내지. 그런 다음 탁자 다리에 구멍을 뚫고, 그 구멍 속에 물건을 집어넣은 다음 상판을 다시 덮어 놓는 거야. 침대 기둥의 바닥과 꼭대기도 똑같이 물건을 감추는 곳으로 이용되지.」

「하지만 탁자 다리를 두드려 보면 그 소리로 빈 공간이 있는지 없는지 알 수 있지 않을까?」 내가 물었다.

「구멍 속에 물건을 집어넣고 그 주위에 솜을 채워 넣으면 아무 소리도 안 나. 게다가 우리는 소리를 내지 않고 수색을 진행해야 했으니까.」

「하지만 자네가 말하는 그런 식으로 물건을 숨길 수 있는 가구를 **모조리** 뜯어 볼 수는 없었을 텐데. 편지 한 통 정도는 돌돌 말면 가느다란 원통 모양으로 압축할 수 있어. 그 모양이나 부피는 굵은 뜨개바늘과 별로 다르지 않을 거야. 그리고 이런 모양으로 만들면 의자의 가로대 속에도 넣을 수 있어. 의자를 전부 해체하지는 않았겠지?」

「물론 그러지는 않았지만, 그보다 좋은 방법을 썼다네. 가장 강력한 확대경을 동원해서 공관에 있는 모든 의자의 가로대를 조사했고, 모든 가구의 접합부를 조사했지. 최근에 손을 댄 흔적이 있었다면 당장 발견했을 거야. 우리가 그걸 못 보고 넘어갔을 리가 없어. 예를 들면 톱밥 부스러기 하나도 사과 한 알만큼 크게 보였을 테니까. 아교 자국에 조금이라도 손을 댔으면 접합 부위가 이상하게 벌어져 있을 테니까, 그것만으로도 틀림없이 알아차렸겠지.」

「거울의 뒤판과 유리 사이도 물론 살펴보았겠지? 커튼과 카펫만이 아니라 침대와 이불도 조사했겠지?」

「그야 물론이지. 모든 가구를 이런 식으로 철저히 조사한 뒤에는 집 자체를 조사했다네. 표면적 전체를 여러 구획으로 나누어서, 어떤 구획도 놓치지 않도록 번호를 매긴 다음, 바로 인접해 있는 집 두 채를 포함해서 구내 전체를 아까처럼 확대경으로 1제곱인치씩 샅샅이 조사했지.」

「인접해 있는 집 두 채라고?」 나는 외쳤다. 「그거 정말 고생이 많았겠군.」

「그랬지. 하지만 약속된 사례금이 엄청나거든.」

「집 주위에 있는 **마당**도 조사했나?」

「마당은 벽돌로 완전히 포장되어 있어. 그래서 비교적 조사하기가 쉬웠지. 우리는 벽돌 사이에 낀 이끼까지 조사했는데, 한 군데도 흐트러진 데가 없었어.」

「물론 D 장관의 서류와 서재에 있는 책들도 다 조사했겠지?」

「물론이지. 우리는 꾸러미와 소포도 모두 열어 보았다네. 책을 모두 펼쳐 본 것은 물론이고, 일부 경찰관들은 그냥 흔들어 보기만 하는데 우리는 그걸로 만족하지 않고 모든 책의 책장을 일일이 다 넘겨 보았지. 모든 책 **표지**의 두께도 정밀하게 측정했고, 모든 표지를 확대경으로 빈틈없이 조사했다네. 최근 장정에 손을 댔다면, 우리가 그걸 못 보고 넘어갔을 리가 없어. 제본소에서 만들어진 지 얼마 안 된 대여섯 권은 탐침으로 찔러서 세심하게 조사했지.」

「카펫 아래의 마룻바닥도 조사했겠지?」

「물론이지. 우리는 모든 카펫을 걷어 내고 확대경으로 조사했다네.」

「벽지는?」

「조사했어.」

「지하실도 들여다보았겠지?」

「그럼.」

「그렇다면 자네가 잘못 짚은 거야. 편지는 공관 구내에 **없**는 게 분명해.」 내가 말했다.

「그 점은 자네 말이 옳은 것 같아.」 경찰청장이 말했다. 「그래서 말인데, 뒤팽, 내가 뭘 했으면 좋겠나? 조언 좀 해주게.」

「구내를 다시 철저히 조사하게.」

「그건 쓸데없는 짓이야.」 경찰청장이 대답했다. 「그 편지가 공관에 없는 것은 내가 지금 숨을 쉬고 있는 것만큼이나 확실해.」

「그보다 더 좋은 조언은 해줄 수가 없어.」 뒤팽이 말했다. 「그 편지의 정확한 특징은 물론 알고 있겠지?」

「아다마다!」 경찰청장은 수첩을 꺼내 내부에 대한 상세한 설명을 소리 내어 낭독하고, 특히 사라진 문서의 겉모양을 자세히 설명했다. 이 특징을 읽고 나서 그는 곧 우리와 작별했다. 그 선량한 신사를 알게 된 이후 그렇게 풀이 죽은 모습을 본 것은 처음이었다.

그 후 한 달쯤 지나서 그가 다시 우리를 찾아왔다. 우리는 전과 마찬가지로 각자의 상념에 잠겨 있었다. 그는 파이프를 집어 들고 의자에 앉아서 이런저런 세상 돌아가는 이야기를 시작했다. 이윽고 내가 말했다.

「그런데 그 도둑맞은 편지는 어떻게 됐나? 자네는 결국 D 장관을 당해 낼 수 없다고 포기한 것 같은데?」

「제기랄, 그래, 맞아. 나는 뒤팽이 말한 대로 재조사했어. 하지만 모두 헛수고였지. 물론 그러리라 예상은 했지만.」

「약속된 사례금이 얼마라고 했지?」 뒤팽이 물었다.

「아주 **많아**. 아주 후한 액수야. 정확히 얼마인지는 말하고 싶지 않지만, 그 편지를 되찾을 수 있도록 도와주는 사람에게는 내가 개인적으로 5만 프랑짜리 수표를 끊어 주겠어. 사실은 그 편지의 중요성이 날마다 높아지고 있어서, 최근에 사례금이 두 배로 올랐다네. 하지만 사례금이 세 배가 된다 해도 나는 더 이상 해볼 도리가 없어.」

「아니, 있어.」 뒤팽은 해포석 파이프를 뻐끔뻐끔 피우면서 느릿느릿 말했다. 「내 생각에 자네는 충분히 노력하지 않은 것 같아. 이 문제에서 최선을 다하지 않았어. 난 정말로 그렇게 생각해. 좀 더 해볼 수도 있을 것 같은데, 어때?」

「어떻게? 어떤 식으로?」

「그러니까, 뻐끔, 뻐끔, 이 문제에서, 뻐끔, 뻐끔, 조언자를 고용할 수도 있겠지. 안 그래? 뻐끔, 뻐끔, 뻐끔, 애버네시[4]라는 의사에 대해 사람들이 하는 이야기를 기억하나?」

「빌어먹을 애버네시!」

「그렇겠지! 빌어먹을 애버네시라고 해도 좋아. 하지만 옛날에 어떤 돈 많은 구두쇠가 그 애버네시한테 의학적 견해를 우려낼 계획을 세웠지. 이 목적을 위해 사적으로 만난 자리에서 일상적인 대화를 나누다가, 자신의 증상을 마치 가공인물의 증상인 것처럼 넌지시 물어보았지.

〈그 사람의 증상이 이러이러하다고 합시다. 의사 양반, 당신이라면 어떤 조치를 취하라고 지시했을까요?〉

그러자 애버네시는 이렇게 말했지.

〈물론 전문의의 **조언**을 받으라고 지시했겠지요.〉」

그러자 경찰청장은 좀 당황한 얼굴로 말했다.

「하지만 **나는** 기꺼이 조언을 청할 테고, 그 조언의 대가도 **기꺼이** 치를 작정이야. 이 문제에서 누구든 나를 도와주는 사

---

4 John Abernethy(1764~1831). 영국의 의학자.

람에게는 **정말로** 5만 프랑을 줄 거야.」

「그렇다면,」 뒤팽은 서랍을 열고 수표책을 꺼내면서 대답했다. 「자네가 말한 액수의 수표를 끊어 주게. 수표에 서명하면 자네한테 편지를 건네주겠네.」

나는 깜짝 놀랐다. 경찰청장은 벼락이라도 맞은 것 같았다. 몇 분 동안 그는 아무 말도 않고 꼼짝하지 않은 채, 입을 딱 벌리고 믿을 수 없다는 눈으로 내 친구를 바라보고 있었다. 그의 눈이 금방이라도 눈구멍에서 튀어나올 것 같았다. 그러다가 어느 정도 제정신이 들었는지 펜을 손에 쥐었다. 하지만 몇 번이나 손을 멈추고 멍한 눈으로 수표를 들여다본 뒤, 마침내 5만 프랑짜리 수표를 쓰고 서명을 하여 탁자 너머로 뒤팽에게 건네주었다. 뒤팽은 수표를 주의 깊게 살펴보고는 지갑에 넣었다. 그런 다음 잠가 두었던 서랍을 열고 편지한 통을 꺼내 경찰청장에게 내밀었다. 이 관리는 미칠 듯이 기뻐하며 그것을 낚아챘다. 그러고는 덜덜 떨리는 손으로 편지를 펼치고 재빨리 내용을 훑어본 다음 엉금엉금 기어가듯 간신히 문으로 갔지만, 마침내 문에 이르자 갑자기 문 밖으로, 그리고 집 밖으로 뛰쳐나갔다. 뒤팽이 수표를 쓰라고 요구했을 때부터 경찰청장은 단 한 마디도 하지 않았다.

그가 가버리자 친구는 느긋하게 설명하기 시작했다.

「파리 경찰은 나름대로 꽤 유능해. 끈기도 있고 책략도 풍부한 편이야. 경찰 업무에 필요한 지식에도 정통해 있지. 그래서 G 청장이 D 장관의 공관 구내를 수색한 방식을 자세히 설명했을 때 나는 그가 만족스러운 수사를 했다고 확신했어.

적어도 그의 노력이 미치는 범위 안에서는 말이지.」

「G 청장의 노력이 미치는 범위 안이라고?」 나는 되물었다.

「그래. G 청장이 채택한 방법은 가택 수색 방법으로는 최고였을 뿐만 아니라 완전무결하게 이루어졌지. 편지가 경찰의 수색 범위 안에 보관되어 있었다면 경찰이 그것을 발견했을 것은 확실해.」

나는 웃을 수밖에 없었지만, 그 말을 하는 뒤팽은 처음부터 끝까지 아주 진지해 보였다.

「그렇다면 그 방법은 나름대로 훌륭했고 실행도 제대로 된 셈이지. 결점이 있다면, 이 사건과 인물에게는 그 방법이 적절하지 않았다는 거였어. 독창적인 수단은 사실 청장한테는 일종의 프로크루스테스⁵의 침대야. 그 친구는 자기 계획을 그 수단에 억지로 맞추려고 하지. 하지만 그가 지금 손대고 있는 문제를 풀기에는 생각이 너무 깊거나 너무 얕아서 끊임없이 실수를 저지르게 돼. 오히려 어린 학생들 중에 그보다 추리력이 뛰어난 애가 많아.

나는 전에 여덟 살쯤 된 꼬마를 알았는데, 〈홀짝 게임〉에서 매번 알아맞혀서 사람들의 감탄을 자아냈지. 이 게임은 아주 간단해. 공깃돌로 하는 게임인데, 한 사람이 공깃돌을 손에 쥐고 다른 사람한테 그 공깃돌이 홀수인지 짝수인지 묻는 거야. 알아맞히면 공깃돌 하나를 따고 틀리면 하나를 잃게 돼. 내가 말하고 있는 아이는 교내에 있는 공깃돌을 다 따버렸지.

5 그리스 신화에 나오는 노상강도. 나그네를 잡아서 침대에 눕혀 놓고 침대보다 키가 크면 다리를 자르고 작으면 잡아 늘여서 죽였다.

물론 그 아이는 추론하는 데 나름의 원칙이 있었어. 이 원칙은 상대가 얼마나 빈틈없고 약삭빠른지를 유심히 관찰하고 파악하는 거였지. 예를 들어 형편없는 얼간이를 상대할 때, 상대가 공깃돌을 쥔 손을 내밀면서 〈짝이야, 홀이야?〉 하고 물으면 그 아이는 〈홀〉이라고 대답하고 공깃돌 하나를 잃지만, 다음 판에서는 따게 돼. 그 꼬마는 속으로 이렇게 생각하니까. 〈저 녀석은 첫 판에 짝을 쥐었으니까 둘째 판에는 홀을 쥘 거야. 저 녀석의 머리는 그 정도밖에 안 돼. 그러니까 홀이라고 대답하자.〉 아이는 〈홀〉이라고 대답하고 공깃돌을 따지. 첫 번째 얼간이보다는 한 수 높지만 여전히 멍청한 녀석을 상대할 때는 이렇게 추론했을 거야. 〈이 녀석은 첫 판에서 내가 홀이라고 말한 것을 알고 있으니까, 둘째 판에서는 아까의 얼간이처럼 짝을 홀로 바꾸고 싶은 충동이 들겠지만, 다시 생각해 보면 이건 너무 단순한 바꾸기인 것 같아서 결국 첫 판처럼 짝을 쥐기로 결정할 거야. 그러니까 이번에는 쩍이라고 대답하자.〉 아이는 〈짝〉이라고 말하고 공깃돌 하나를 따게 되지. 꼬마의 이런 논법을 친구들은 〈행운〉이라고 불렀지만, 결국 그건 뭐지?」

「그건 단순히 추론자가 자신의 지적 능력을 상대의 지적 능력과 일치시키는 데 불과해.」 나는 말했다.

「맞아.」 뒤팽이 말했다. 「그 꼬마한테 **어떤 방법으로** 일치시켜서 성공을 거두었느냐고 물어봤더니 이렇게 대답하더군. 〈상대가 얼마나 영리한지, 얼마나 멍청한지, 얼마나 착한지, 얼마나 못됐는지 알고 싶으면, 내 표정을 상대의 표정과 최대한 정확하게 일치시켜요. 그런 다음 머리나 마음속에 마치 그 표정에 맞추거나 조화를 이루려는 것처럼 자연스럽게 떠오르는 생각이나 감정이 보일 때까지 기다리는 거죠.〉 어린애의 답이라고는 하지만, 과거의 현인들을 생각나게 하지 않아? 로슈푸코,[6] 라브뤼예르,[7] 마키아벨리,[8] 캄파넬라[9]가 말했다고 하는 얄팍한 깊이와 근본은 같을 거야.」

「내가 자네 말을 제대로 이해했다면, 추론자의 지적 능력과 상대의 지적 능력을 일치시키는 것은 상대의 지적 능력을 얼마나 정확하게 측정하느냐에 달려 있겠군?」

「그것이 실제로 유용하게 쓰이려면, 모든 것은 정확한 측정에 달려 있지. 그런데 경찰청장과 부하들은 실패할 때가 너무 많아. 첫째는 상대의 지적 능력과 자신의 능력을 일치시키지 않기 때문이고, 둘째는 상대의 지적 능력을 잘못 측정하거나 아예 측정하지 않기 때문이지. 그들은 교묘한 책략에 대한 자신의 생각만 고려해. 그래서 무언가 감추어진 물건을 찾을 때는 **자기**라면 그것을 어디에 어떻게 감추었을까 생각하고, 자기가 썼을 법한 방법에만 주의를 돌리지. 여기까지는 그들이 옳아. 그들의 창의력은 **대중**의 창의력을 충실하게 대표하는 표본이니까. 하지만 어떤 악당의 교활함이 그들 자신의 교활함과 성격이 다를 때는 당연히 악당이 경찰의 허를 찌르게 되지. 악당이 경찰보다 더 교활할 때는 반드시

6 François de La Rochefoucauld(1613~1680). 프랑스의 작가.
7 Jean de La Bruyère(1645~1696). 프랑스의 작가, 모럴리스트.
8 Niccolò Machiavelli(1469~1527). 이탈리아의 사상가.
9 Tommaso Campanella(1568~1639). 이탈리아의 철학자, 사상가.

이런 일이 일어나고, 악당이 경찰보다 덜 교활할 때도 대개는 경찰이 실패하게 마련이지. 경찰은 수사할 때 원칙을 전혀 바꾸지 않아. 이례적인 긴급 사태가 일어나면, 가령 파격적인 사례금이 약속되면 원칙에는 손을 대지 않고 기껏해야 재래의 **수사 방식**을 확대하거나 강화하는 게 고작이야. 예를 들면 이번 D 장관 사건에서 경찰이 행동 원칙에 변화를 주기 위해 한 일이 뭐지? 구멍을 뚫고, 탐침을 넣어 면밀히 조사하고, 두드려서 나는 소리를 듣고, 확대경으로 들여다보고, 건물의 표면적을 일정한 크기로 나누어서 번호를 매기고. 이 모든 게 무엇이겠나? 경찰청장은 그저 길기만 할 뿐인 근무 경력에서 몸에 밴, 인간의 지력에 대한 관념에 바탕을 둔 수사 기법을 좀 과장되게 **적용한** 것에 지나지 않아. 무릇 편지를 감추려고 하면 어떤 사람이든 이렇게 감춘다는 식으로 단정한 거지. 의자 다리에 송곳으로 구멍을 뚫는 짓을 문자 그대로 하지는 않아도, 송곳으로 구멍을 뚫고 편지를 감추겠다는 사고의 연장선상에 어딘가 색다른 은닉처가 있다고 전제했어. 그런 공들인 장소에 감추는 것은 평범한 사건에 어울리고, 평범한 지성을 가진 사람이 사용하고 싶어 하는 방법이야. 모든 은닉 사건에서는 감추어진 물건이 어딘가에 어떻게든 처리되었을 거라고, 이렇게 공들인 방식으로 처리되었을 거라고, 우선 그렇게 추정할 수 있고, 실제로 그렇게 추정되지. 그래서 감추어진 물건을 찾아내는 건 날카로운 통찰력에 달려 있는 게 아니라, 오로지 찾는 사람의 단순한 주의력과 끈기, 그리고 굳은 결심에 달려 있지. 사건이 중대할 경우,

또는 경찰의 눈으로 보면 마찬가지겠지만 사례금이 막대할 경우, 주의력과 끈기와 결심이 실패한 적은 **한 번도** 없어. 도둑맞은 편지가 청장의 조사 범위 안에 감추어져 있었다면, 다시 말해서 편지를 감춘 원칙이 청장의 원칙 안에 포함되어 있었다면, 틀림없이 찾아낼 수 있었을 거야. 하지만 청장은 완전히 속아 넘어갔어. 그가 실패한 간접적인 원인은 장관이 시인으로 명성을 얻었으니까 당연히 바보일 거라고 단정한 데 있어. 바보는 모두 시인이라고 청장은 **생각하고** 있지. 하지만 바보는 모두 시인이니까 시인은 모두 바보라고 추론한 것은 **삼단논법**에서 오류를 저지른 거야.」

「그런데 장관이 정말로 시인이야?」내가 물었다. 「그 집안에 형제가 둘인데, 둘 다 문필가로 명성을 얻은 건 나도 알아. 장관은 미분학에 관해 학문적인 책을 저술한 걸로 알고 있어. 그러니 장관은 시인이 아니라 수학자야.」

「아니야. 나도 장관을 잘 알고 있는데, 그 사람은 양쪽 다야. 시인이자 수학자로서 장관은 추론도 잘할 거야. 단순한 수학자라면 추론을 제대로 못 했을 테고, 따라서 청장의 뜻대로 되었겠지.」

「그거 놀랍군. 세간의 목소리는 자네의 그런 의견에 반박해 왔어. 설마 수백 년 동안 세상 사람들이 충분히 납득한 의견을 무시할 생각은 아니겠지? 수학적 논리야말로 **뛰어난** 논리라고, 오래전부터 그렇게 여겨 왔잖아.」

그러자 뒤팽은 샹포르[10]의 말을 인용해서 대답했다.

10 Nicolas Chamfort(1741~1794). 프랑스의 시인, 극작가, 모럴리스트.

「〈*Il y a à parier, que toute idée publique, toute convention reçue, est une sottise, car elle a convenue au plus grand nombre*(사고든 관습이든, 세상에 널리 퍼진 것은 어리석으니까 퍼졌다)〉고 해도 좋겠지. 확실히 수학자들은 자네가 말하는 속설을 선전하려고 애써 왔으니까. 하지만 아무리 진실로서 널리 퍼져 있어도 필경은 속설에 불과해. 그런 일례를 들면, 수학자들은 좀 더 나은 목적에 쓰면 좋을 것 같은 기술을 발휘하여 어느새 분석이라는 말을 대수학에 응용해 버렸어. 이런 사기를 치기 시작한 건 프랑스 놈들인데, 어떤 말이 의미를 가진다면, 그러니까 말이 어디에 응용됨으로써 가치를 얻게 된다면, 분석이라는 용어가 얼마나 대수와 관련된 의미를 전달할 수 있을까. 예를 들면 라틴어의 〈*ambitus*(순회)〉와 영어의 〈*ambition*(야심)〉, 마찬가지로 라틴어의 〈*religio*(귀의)〉와 영어의 〈*religion*(종교)〉, 라틴어의 〈*homines honesti*(저명인사)〉와 영어의 〈*honorable man*(고결한 사람)〉처럼 원래 의미대로 쓰이는 일은 없을 거야.」

「자네는 이제 곧 파리의 대수학자들과 논쟁을 벌이겠군. 하지만 계속하게.」 나는 말했다.

「나는 추상적 논리가 아닌 추론, 어떤 특수한 형태로 계발되는 추론의 유효성과 가치를 문제 삼고 있는 거야. 특히 수학적 연구를 통해 이끌어 낸 추론에 의문을 품고 있지. 수학은 형상과 수량의 학문이야. 수학적 추론은 형상과 수량에 대한 관찰에 적용된 논리일 뿐이야. 중대한 오류는 **순수** 대수학이라고 불리는 것의 진리조차 추상적이거나 일반적인 진리라고 가정하는 데 있어. 그리고 이것은 너무나 터무니없는 오류라서, 그게 여태껏 보편적으로 받아들여져 왔다는 게 당황스러워. 수학적 공리가 보편적 진리의 공리는 **아니야**. 관계에 대해서, 그러니까 형상과 수량에 대해서는 진리인 것이 예를 들면 윤리학에서는 엄청난 오류인 경우가 많아. 윤리학에서는 부분들의 집합이 전체와 같다는 공리는 대개 진실이 **아니야**. 화학에서도 이 공리는 통용되지 않아. 동기를 고려해도 마찬가지야. 제각기 어떤 가치를 지닌 두 개의 동기가 결합했을 때, 반드시 개개의 가치를 합한 것과 같은 가치를 갖지는 않아. 그 밖에도 **관계**의 범위 안에서만 진실인 수학적 진리는 수없이 많아. 하지만 수학자는 습관 때문에 그들의 **유한한 진리**를 토대로 마치 그것이 무엇에나 적용할 수 있는 절대적이고 보편적인 적응성을 가진 것처럼 주장하고, 세상 사람들은 실제로 수학적 진리가 무조건 보편적 적응성을 갖고 있을 거라고 상상하지. 브라이언트[11]는 지극히 학문적인 『신화학』이라는 저서에서 그와 유사한 오류의 원인을 언급하고 있어. 그의 말에 따르면, 〈우리는《이교도의 신화》를 믿지 않으면서도 그것을 계속 잊어버리고 이교도의 신화가 실제로 존재하는 현실인 것처럼 그것을 바탕으로 추론한다〉는 거야. 하지만 원래 이교도인 대수학자[12]들은 〈이교도의 신화〉를 믿고, 기억의 착오 때문이라기보다는 오히려 설명할 수 없는

11 Jacob Bryant(1715~1804). 영국의 고고학자, 신화 연구가.
12 대수학은 수 대신에 문자를 사용하여 방정식의 풀이 방법이나 대수적 구조를 연구하는 학문으로, 아라비아에서 유래했다.

뇌의 혼란 때문에 그 신화를 토대로 추론을 하지. 요컨대 나는 등근(等根)[13] 이외의 분야에서도 믿을 수 있는 수학자나 $x^2 + px$가 절대적으로 무조건 q와 같다는 것을 자신의 신념으로 남몰래 간직하고 있지 않은 수학자를 아직까지 만난 적이 없어. 자네가 원한다면 시험 삼아 그 신사들 가운데 하나에게 $x^2 + px$가 반드시 q와 같지 않은 경우도 일어날 수 있다고 믿는다고 말해 보게. 그리고 그 사람이 자네 말뜻을 이해하면 최대한 잽싸게 그의 주먹이 닿지 않는 곳으로 피해야 할 거야. 그 사람은 틀림없이 자네를 때려눕히려 할 테니까.」

마지막 말을 듣고 내가 그냥 웃기만 하자 뒤팽은 다시 말을 이었다.

「D 장관이 단지 수학자에 불과했다면, 경찰청장이 나한테 이 수표를 줄 필요는 없었을 거야. 내가 말하고자 하는 건 바로 그거야. 하지만 나는 장관이 수학자이자 시인이라는 사실을 알고 있었기 때문에, 그가 놓여 있는 상황을 참고하여 내 조치를 그의 능력에 적합하게 조절했지. 나는 또한 장관이 궁정 관료이자 대담한 **책략가**라는 것도 알고 있었어. 그런 사람이 경찰의 통상적인 행동 방식을 모를 리가 없지. 경찰이 길목에 매복하고 있다가 덮칠 것을 예상하지 못했을 리가 없고, 실제로 예상하고 있었다는 것을 입증하는 사건들이 일어났잖아. 장관은 공관이 은밀히 수색되리라는 것도 예상했던 게 분명해. 장관이 밤중에 자주 집을 비운 것을 청장은 가택

13 방정식에서 2차 이상의 방정식이 두 개 이상의 같은 근을 가질 때, 그 근을 등근 또는 중근이라고 한다.

수색을 하는 데 도움이 된다고 환영했지만, 나는 그게 공관을 철저히 수색할 기회를 경찰에 제공함으로써 편지가 공관 구내에 없다는 확신을 경찰에 더 빨리 심어 주려는 **책략**일 뿐이라고 생각했지. 실제로 청장은 결국 그런 확신에 도달하게 되었지만 말이야. 지금까지 나는 감추어진 물건을 찾을 때 쓰는 경찰의 상투적인 행동 원칙에 대해 구구히 늘어놓았는데, 장관의 마음도 바로 그 생각의 맥락을 그대로 따라갈 거라고 생각했지. 그렇다면 장관은 통상적인 **은닉처**를 모두 배제할 게 뻔한 노릇 아닌가. 공관에서 가장 복잡하고 가장 외진 구석이 청장의 눈과 탐침, 송곳과 확대경에는 지극히 평범한 벽장처럼 훤히 드러나 있다는 것을 모를 만큼 **장관**이 우둔할 리는 없다고 생각했어. 결국 장관이 일부러 그런 은닉처를 선택하도록 유도되지 않았다 해도 당연히 **단순한** 은닉처를 택할 수밖에 없으리라는 것을 알았지. 청장이 이 일로 나를 처음 찾아왔을 때, 이 수수께끼는 너무 자명해서 그를 애먹일 수도 있다고 내가 말하자 청장이 얼마나 웃어 댔는지 자네도 기억할 거야.」

「그럼. 청장이 얼마나 재미있어했는지 잘 기억하고 있지. 발작이라도 일으킨 줄 알았다니까.」

「물질계는 비물질적인 것과 아주 비슷한 것들로 가득 차 있어. 그래서 묘사를 아름답게 꾸미기 위해서만이 아니라 어떤 주장을 강화하기 위해서도 은유나 직유를 사용할 수 있다는 수사학의 도그마가 진실의 색채를 띠게 되었지. 예를 들면 **관성**의 법칙은 물리학과 형이상학에 똑같이 적용되는 것 같아. 물리학에서는 작은 물체보다 큰 물체를 움직이기가 어렵지만 일단 움직이면 그 후의 **추진력**이 이 어려움에 비례한다는 게 진실이지. 그러나 그건 형이상학에서도 마찬가지야. 더 큰 용량을 가진 지성은 열등한 지성보다 움직임이 더 강력하고 일정하고 중대하지만, 처음 몇 걸음 내디딜 때는 쉽사리 움직이지 않고 장애물에 부닥친 것처럼 쩔쩔매고 망설이게 되니까. 그런데 자네는 가게 문 위에 붙어 있는 간판들 가운데 어떤 것이 가장 사람들의 주의를 끄는지 알아차린 적이 있나?」

「그런 건 생각해 본 적도 없는데.」

「지도를 이용한 수수께끼 놀이가 있는데,」그가 다시 말을 이었다. 「한쪽이 상대에게 어떤 낱말을 제시하고, 지도에서 그 낱말을 찾으라고 요구하지. 도시나 강, 나라나 제국의 이름 등, 요컨대 잡다하고 복잡한 지도 표면에 적혀 있는 낱말이라면 무엇이든 좋아. 이 놀이를 처음 하는 사람은 대개 깨알같이 작게 쓰인 지명을 제시하여 상대를 골탕 먹이려고 하지만, 숙련된 사람은 대문자로 지도의 한쪽 끝에서 다른 쪽 끝까지 이어져 있는 지명을 고른다네. 이런 지명은 지나치게 큰 글자로 쓰인 거리의 간판이나 플래카드처럼 너무 명백해서 주의를 끌지 못해. 여기서 눈에 너무 잘 띄는 것을 오히려 보지 못하는 물리적인 간과는 정신적인 몰이해와 거의 비슷해. 인간의 지성은 너무 줏대없고 금방 알 수 있을 만큼 명백한 고려 사항은 알아차리지 못하고 그냥 넘어가 버리지. 하지만 이것은 청장이 이해할 수 있는 범위보다 약간 위에 있거나 약간 밑에 있는 것 같아. 청장은 D 장관이 세상 어느 누구도 그 편지를 감지하지 못하게 하는 가장 좋은 방법으로 세상 사람들의 바로 코 밑에 그 편지를 놓아두었을 가능성이나 개연성이 있다고는 단 한 번도 생각지 않았거든.

하지만 나는 D 장관의 대담하고 용감하고 뛰어난 창의력을 생각하고, 장관이 그 문서를 충분히 효과적으로 이용할 작정이라면 항상 **손이 닿는 곳**에 놓아두었을 거라는 사실을 생각하고, 문서가 경찰의 통상적인 수색 범위 안에는 감추어져 있지 않다는 결정적인 증거를 청장이 얻은 것을 생각하면 할수록, 뛰어난 머리를 가진 장관은 편지를 감추기 위해 아예 편지를 감추려고 시도하지 않는 현명한 책략을 썼을 거라고 더욱 확신하게 되었지.

이런 생각을 한 끝에 나는 초록색 안경을 준비하고, 어느 맑은 날 아침 우연인 것처럼 장관 공관을 찾아갔어. 장관은 집에 있었는데, 하품을 하면서 어슬렁거리고 여느 때처럼 빈둥거리며 **지루해서** 견딜 수 없는 체하고 있더군. 장관은 아마 지금 이 세상에 살아 있는 인간 중에서 정말로 가장 정력적인 사람일 거야. 하지만 아무도 자기를 보고 있지 않을 때만 그런다네.

장관이 그렇게 남의 눈을 속인다면, 나도 똑같이 나갈 수밖에 없지. 나는 시력이 약하다고 불평하고, 그래서 안경을 써야 한다고 한탄하면서, 겉으로는 집주인과의 대화에만 열중하는 체하고 안경 속에서 방 전체를 철저히 살펴보았다네.

나는 특히 장관이 앉아 있는 커다란 책상에 주의를 기울였어. 책상 위에는 잡다한 편지와 서류들, 악기 한두 점과 책 몇 권이 어지럽게 놓여 있었지. 하지만 오랫동안 신중하게 살펴보았는데도 책상 위에는 특별히 의심할 만한 것이 아무것도 없었어.

결국 내 눈은 방을 이리저리 둘러보다가 두꺼운 판지에 줄 세공을 한 싸구려 명함 꽂이를 발견했지. 그 명함 꽂이는 더러운 파란색 리본으로 벽난로 중간 바로 밑에 있는 작은 놋 쇠 손잡이에 매달려 있었는데, 서너 개의 칸이 있는 이 명함 꽂이에는 명함 대여섯 장과 편지 한 통이 꽂혀 있더군. 이 편지는 심하게 더러워지고 구겨져 있었지. 게다가 가운데에서 거의 둘로 찢어져 있었어. 처음에는 필요가 없어서 찢어 버리려다가 생각이 바뀌어 그대로 놓아둔 것처럼 보이더군. 편지에는 **아주** 눈에 띄게 D 장관의 사이퍼[14]가 새겨진 커다란 검은색 봉인이 찍혀 있고, 작은 여자 글씨로 D 장관 자신의 이름이 수취인으로 적혀 있었어. 편지는 명함 꽂이 맨 위칸에 아무렇게나 꽂혀 있었는데, 마치 그걸 무시하는 것처럼 보이기까지 했지.

나는 이 편지를 보자마자 그게 내가 찾는 편지라고 단정했다네. 물론 겉모양은 청장이 자세히 묘사해 준 편지의 외양과 전혀 달랐지. 이 편지에는 D의 사이퍼가 새겨진 커다란 검은색 봉인이 찍혀 있는 반면, 우리가 찾는 편지에는 S공작 가문의 문장이 새겨진 작은 붉은색 봉인이 찍혀 있었으니까. 이 편지에는 작은 여자 글씨로 장관 이름이 수취인으로 쓰여

14 이름 첫 글자를 장식 문자로 디자인한 것.

있는 반면, 우리가 찾는 편지에는 눈에 띄게 굵고 명확한 필체로 왕실의 어느 인물 이름이 쓰여 있었지. 일치하는 것은 크기뿐이었어. 하지만 이런 차이점들이 지나치게 **극단적**이라는 것, 편지가 너무 지저분하다는 것, 얼룩이 묻고 찢어져 있는 상태가 D 장관의 평소 **몹시** 꼼꼼한 습관과 전혀 어울리지 않는다는 것, 그래서 그 편지가 아무 쓸모도 없는 것처럼 보이게 속이려는 의도를 암시한다는 것, 이 편지가 모든 방문객이 볼 수 있는 곳에 너무 중뿔나게 보란 듯이 놓여 있다는 것, 따라서 내가 전에 도달한 결론과 정확하게 일치한다는 것, 이런 점들이 결합하여, 수상쩍은 것을 찾으러 온 사람의 의심을 강하게 뒷받침해 주었지.

나는 최대한 오래 시간을 끌기 위해, 장관의 관심과 흥미를 끌 만한 화제를 제시하면서 활발한 토론을 이어 갔지. 하지만 실제로는 그 편지에 주의를 집중하고 있었어. 그 편지를 유심히 살펴보면서 겉모양과 명함 꽂이에 꽂힌 상태를 기억에 새겼고, 결국 내가 품고 있던 사소한 의심까지 해결해 준 한 가지 사실을 발견했다네. 편지가 접힌 모서리를 유심히 살펴보다가 그 부분이 필요 이상으로 **닳아 있는** 것처럼 보인다는 걸 발견한 거야. 뻣뻣한 종이를 한 번 접어서 접지기로 눌렀다가, 원래 접었을 때 생긴 금이나 모서리를 반대 방향으로 다시 접었을 때 나타나는 **꺾인 모양**을 띠고 있었어. 이것만 발견하면 충분했지. 그 편지는 뒤집힌 게 분명했어. 장갑을 뒤집듯 안쪽이 겉으로 나오도록 뒤집은 다음, 다시 봉인을 찍은 거야. 나는 곧 장관에게 작별 인사를 하고, 일부러 탁자 위에 금제 코담뱃갑을 남겨 둔 채 그곳을 나왔다네.

이튿날 아침에 나는 코담뱃갑을 찾으러 갔고, 전날 나누던 대화를 다시 시작하여 아주 열심히 이야기에 몰두했지. 하지만 그렇게 대화에 열중해 있을 때 공관의 창문 바로 밑에서 권총 소리 같은 커다란 총성이 들렸고, 이어서 무시무시한 비명 소리와 겁에 질린 사람들의 외침 소리가 연달아 들려왔어. 장관은 창가로 달려가서 창문을 활짝 열고 밖을 내다보았지. 그동안 나는 명함 꽂이로 가서 편지를 꺼내 주머니에 집어넣고, 내가 집에서 세심하게 **복제한** 편지를 대신 꽂아 두었다네. D 장관의 사이퍼는 식빵을 주물러 만든 인장으로 아주 쉽게 위조할 수 있었지.

거리에서 일어난 소동은 어떤 미친놈이 소총을 쏘아 대며 벌인 난동이었어. 많은 여자와 아이들 속에서 총을 쏘았지. 하지만 그 총에는 총알이 없었던 것으로 밝혀졌고, 사람들은 그자를 정신병자나 주정뱅이로 생각하고 그냥 보내 주었어. 그 남자가 떠나자 장관도 창가에서 돌아왔지. 실은 나도 목표물을 손에 넣자마자 장관을 따라 창가에 가 있었어. 그리고 잠시 후 작별 인사를 했지. 미치광이인 척한 남자는 물론 내가 돈을 주고 그렇게 연극을 하도록 시킨 거라네.」

「그렇다면 **위조** 편지를 대신 놓아둔 목적은 뭐지?」내가 물었다. 「처음 방문했을 때 그 편지를 보란 듯이 들고 나오는 편이 더 낫지 않았을까?」

그러자 뒤팽은 대답했다.

「D는 대담하고 **뻔뻔한** 자야. 공관에는 충성스러운 부하들이 있어. 자네 말대로 편지를 보란 듯이 가져오려 했다면, 살아서 공관을 나오지 못했을 거야. 선량한 파리 시민들은 더이상 내 소식을 듣지 못했겠지. 하지만 나는 이런 이유 말고도 한 가지 목적이 있었어. 내 정치적 성향은 자네도 알고 있겠지. 이번 사건에서 나는 그 부인을 편들고 있어. 장관은 18개월 동안이나 그 부인을 손아귀에 넣고 쥐락펴락했는데, 이제는 부인이 그럴 차례. 장관은 편지가 없어진 줄도 모르고, 아직 수중에 있는 것처럼 그 부인에게 부당한 요구를 계속할 테니까. 그래서 장관은 이제 곧 정치적 파멸을 자초할 수밖에 없어. 아차하는 사이 몰락해 버릴 거야. **지옥에 떨어지는 건 쉽**다고들 하지. 하지만 카탈라니[15]가 가창법에 대해 말했듯이, 무엇이든 오르내림이 있는 일에서는 내려가기보다 올라가기가 훨씬 쉬워. 이번 사건에서 나는 떨어지는 자에 대해서는 어떤 동정심도 품고 있지 않아. 적어도 그자를 불쌍하게 여기는 마음은 털끝만큼도 없어. 그자는 이른바 〈무시무시한 괴물〉이야. 파렴치한 천재지. 하지만 솔직히 말하자면 청장이 〈어느 지체 높은 분〉이라고 부른 그 귀부인의 도발을 받고 내가 명함 꽂이에 남겨 두고 온 가짜 편지를 개봉할 수밖에 없게 되었을 때, 그자가 도대체 어떤 생각을 할지 궁금하군.」

「왜? 그 봉투 속에 뭔가 특별한 거라도 넣어 두었나?」

「편지지를 백지로 놔두는 건 옳지 않은 것 같았어. 그건 실례되는 짓이지. 언젠가 빈에서 D에게 골탕 먹은 적이 있는데,

---

15 Angelica Catalani(1780~1849). 이탈리아의 소프라노 가수.

그때 나는 그에게 잊지 않고 보답해 드리겠다고, 아주 상냥하게 말했었지. D는 아마 자기한테 한 방 먹인 사람이 누군지 궁금할 거야. 그걸 알기 때문에 D한테 단서 정도는 남겨 두는 게 좋겠다고 생각한 거지. 그는 내 필적을 알고 있거든. 그래서 백지 한복판에다 이런 문구를 써두었다네.

　　이런 흉악한 계획은
　　아트레우스에게는 걸맞지 않더라도 티에스테스에게는
마땅하다.

이건 크레비용의 『아트레우스』[16]에 나오는 구절이야.」

16 완전한 제목은 〈아트레우스와 티에스트〉이며, 그리스 신화에 나오는 두 형제 간의 암투와 복수를 다루고 있다.

아몬티야도 술통

포르투나토는 수없이 내 감정을 상하게 했지만 나는 최대한 잘 참아 왔다. 하지만 그가 감히 나를 모욕했을 때는 나도 복수를 다짐했다. 내 성질을 잘 아는 당신은 내가 그를 말로 협박했으리라고는 생각지 않을 것이다. **결국** 나는 앙갚음을 할 것이다. 이것은 결정적으로 정해진 사항이었다. 하지만 내 결심의 단호함 그 자체가 위험에 대한 생각을 배제했다. 그에게 벌을 주어야 할 뿐만 아니라, 그에게 벌을 주고도 나는 무사해야 했다. 복수를 하고 처벌을 당한다면 잘못은 바로잡히지 않는다. 잘못을 저지른 사람이 상대에게 복수를 당했다고 느끼지 못하면, 그 또한 잘못은 바로잡히지 않는다.

분명히 알아 두어야 할 것은, 내가 지금까지 포르투나토에게 내 선의를 의심하게 할 만한 말이나 행동을 한 적이 없다는 것이다. 나는 늘 하던 대로 그의 면전에서 빙그레 웃었고, 그래서 그는 내 웃음이 그를 신에게 희생물로 바칠 생각에 저절로 나오는 회심의 미소라는 것을 알아차리지 못했다.

포르투나토는 다른 점에서는 존경받는 사람이었고 두려

움의 대상이 되기까지 했지만, 약점이 하나 있었다. 그는 포도주를 감정하는 기술을 자랑으로 여겼다. 사실 이탈리아인 가운데 진정한 대가의 기질을 가진 사람은 거의 없다. 그들은 대부분 때와 기회에 따라서, 미국과 오스트리아의 **부호**들에게 사기를 치기 위해 열성적인 태도를 취할 뿐이다. 그림과 보석을 감정하는 데에는 포르투나토도 동포들처럼 돌팔이였지만, 묵은 포도주를 감정하는 데에는 진실하고 정직했다. 이 점에서는 나도 그와 별로 다르지 않았다. 나는 이탈리아산 고급 포도주를 감정하는 데 숙달되어 있었고, 기회가 있을 때마다 그것을 대량으로 사들였다.

내가 포르투나토를 만난 것은 사육제[1]의 흥분이 절정에 달해 있던 어느 날 저녁, 해 질 무렵이었다. 친구는 술을 많이 마셨기 때문에, 나에게 다가오면서 지나칠 만큼 다정하게 말을 걸었다. 그는 얼룩덜룩한 피에로 차림을 하고 있었다. 여러 가지 색깔의 줄무늬가 있고 몸에 착 달라붙는 옷이었다. 머리에는 방울이 여러 개 달린 원뿔 모양의 모자를 쓰고 있었다. 나는 그를 만난 것이 반가워 그의 손을 꽉 잡고 힘차게 흔들면서, 절대로 하지 말아야 할 짓을 한 것 같았다.

「어이, 포르투나토, 자네를 만나다니 정말 다행이군. 오늘은 아주 좋아 보이는걸! 내가 아몬티야도로 통하는 포도주를 한 통 사들였는데, 아무래도 진품인지 미심쩍단 말이야.」

1 유럽과 남미의 가톨릭 국가에서 매년 2월 중순경에 열리는 축제. 사순절(부활절 전 40일 동안 금식과 절제를 행하는 기간)이 시작되기 전에 마음껏 놀고 먹자는 생각에서 비롯된 것으로, 사람들은 화장으로 분장을 하고 기괴한 옷차림을 한 모습으로 거리를 행진한다.

「뭐? 아몬티야도? 그걸 한 통씩이나? 말도 안 돼. 더구나 사육제가 한창인 지금!」

「그래서 미심쩍다고 한 거야. 그런데 바보같이 자네한테 의논도 않고 진짜 아몬티야도 가격을 치러 버렸지 뭔가. 자네를 찾을 수도 없었고, 좋은 물건을 놓칠까 봐 겁이 났거든.」

「아몬티야도라고?」

「나도 의심스럽다니까.」

「아몬티야도?」

「의심을 풀어야겠어.」

「아몬티야도라!」

「자네는 바쁠 것 같아서 루케시한테 부탁하러 가는 길이야. 포도주 감정이라면 루케시지. 그 친구라면 제대로······.」

「루케시는 아몬티야도와 셰리주조차 구별 못 할걸.」

「하지만 포도주 감정에서는 루케시가 자네와 맞먹는다고 말하는 멍청이도 있던데.」

「자, 가세.」

「어딜?」

「자네 포도주 저장실로!」

「아니, 그건 안 돼. 자네한테 폐를 끼칠 생각은 없어. 보아하니 자네는 다른 볼일이 있는 모양이니까, 나는 그냥 루케시한테······.」

「아무 볼일도 없어. 어서 가자고.」

「안 돼. 사실은 자네가 감기에 걸린 것 같아서 그래. 포도주 저장실은 견디기 힘들 만큼 습기 찬 곳이야. 게다가 온통 초석[2]으로 덮여 있거든.」

「상관없어. 감기쯤은 아무것도 아니야. 아몬티야도라고? 자네는 속았어. 루케시는 아몬티야도와 셰리주도 구별하지 못해.」

이렇게 말하면서 포르투나토는 내 팔을 움켜잡았다. 검은 비단 가면을 쓰고 무릎까지 내려오는 망토를 걸친 나는 그가 나를 우리 집으로 끌고 가도록 내버려 두었다.

집에는 하인이 아무도 없었다. 모두 사육제를 즐기러 나갔던 것이다. 나는 내일 아침까지 집에 돌아오지 않을 테니까 너희는 집에서 한 발짝도 나가지 말라고 분명히 일러두었다. 이걸로 충분했다. 이렇게만 말해 두면 하인들은 내가 돌아서자마자 당장 사라져 버리리라는 것을 나는 잘 알고 있었다.

나는 벽에 달린 거치대에서 횃불 두 개를 꺼내 하나를 포르투나토에게 건네주고, 여러 개의 방을 지나 지하실로 이어지는 통로로 그를 안내했다. 나는 길고 구불구불한 계단을 내려가면서, 뒤따라오는 그에게 조심하라고 말했다. 마침내 우리는 계단을 다 내려가 몬트레소르 가문의 지하 묘지의 축축한 바닥에 함께 서 있었다.

친구의 발걸음은 불안정했고, 그가 걸음을 내디딜 때마다 모자에 달린 방울이 딸랑거렸다.

「술통은?」 그가 물었다.

「좀 더 가야 해.」 나는 말했다. 「하지만 동굴 벽에 거미줄

2 무색무취의 무기물 결정으로, 주성분인 질산칼륨은 화약의 주재료로 쓰인다. 접촉하거나 흡입하거나 섭취하면 몸에 해롭다.

같은 게 하얗게 반짝이는 게 보이지?」

그는 내 쪽으로 얼굴을 돌리더니, 술에 취해 눈곱이 잔뜩 낀 흐릿한 눈으로 내 눈을 들여다보았다.

「초석인가?」조금 있다가 그가 물었다.

「그래, 초석이야. 그런데 자네는 그렇게 기침을 한 지 얼마나 됐나?」

「콜록! 콜록! 아, 콜록! 콜록! 콜록! 콜록! 아, 콜록! 콜록! 콜록!」

가엾은 친구는 한참 동안 내 질문에 대답도 하지 못했다.

「아무것도 아니야.」마침내 그가 말했다.

「가세.」나는 단호하게 말했다. 「돌아가자고. 자네 건강이 중요해. 자네는 부자에다 존경과 사랑을 한 몸에 받고 있는 사람이야. 행복한 팔자지. 전에는 나도 그랬지만. 자네는 없어서는 안 될 사람이야. 내 볼일 같은 건 아무래도 좋아. 그렇게 대수로운 문제도 아니니까. 이만 돌아가세. 자네가 병에 걸리면 내가 책임질 수도 없잖아. 게다가 루케시도 있고……」

「됐어, 괜찮아. 기침 따위는 정말 아무것도 아니라니까. 기침 좀 한다고 죽진 않아. 기침은 죽을병이 아니라고.」

「그건 그래. 괜히 자네한테 겁을 줄 생각은 없었어. 하지만 조심해야지. 적절한 예방 조치가 필요할 것 같은데, 메도크[3] 한잔하겠나? 한기를 막는 데는 최고지.」

나는 선반 위에 줄지어 놓여 있는 술병들 중에서 한 병의 목을 낚아챘다.

3 프랑스 남서부의 메도크 지방에서 생산되는 세계적인 적포도주.

「자, 마시게.」나는 술병을 내밀면서 말했다.

그는 짓궂은 표정을 지으며 술병을 입술로 들어 올렸다. 그러다가 잠시 동작을 멈추고 허물없는 태도로 나에게 고개를 끄덕였다. 그러자 모자에 달린 방울이 딸랑거렸다.

「우리 주위에서 편히 쉬고 있는 고인들을 위해 건배.」그가 말했다.

「그럼 나는 자네의 만수무강을 위해 건배하겠네.」

그는 다시 내 팔을 잡았고, 우리는 앞으로 나아갔다.

「이 지하실은 정말 넓군.」

「몬트레소르 집안은 한때 번성한 가문이었으니까.」

「자네 집안 문장이 어떤 거였지?」

「푸른색 바탕에 황금색으로 사람의 거대한 발 하나가 그려져 있지. 그 발은 사나운 뱀을 짓밟고 있는데, 뱀의 독니가 발뒤꿈치에 깊이 박혀 있지.」

「문장에 쓰인 제명은?」

「*Nemo me impune lacessit*(나를 해치는 자는 무사하지 못하리라).」

「그거 좋은데.」

포도주가 그의 눈 속에서 반짝반짝 빛났고, 모자에 달린 방울이 딸랑거렸다. 메도크의 취기가 돌면서 내 상상력도 흥분했다. 우리는 벽 앞에 해골이 무더기로 쌓여 있고 관과 술통들이 즐비하게 놓여 있는 방들을 지나 지하 묘지의 가장 깊숙한 구석으로 들어갔다. 나는 다시 걸음을 멈추었고, 이번에는 대담하게 포르투나토의 팔꿈치를 움켜잡았다.

「초석이야! 저걸 보게. 초석이 점점 더 많아지고 있어. 지하실 천장에 이끼처럼 매달려 있지. 우리는 지금 강바닥 아래에 있는 셈이야. 물방울이 해골들 사이로 뚝뚝 떨어지고 있군. 그만 돌아가세. 너무 늦기 전에 돌아가는 게 좋겠어. 자네 기침은…….」

「이 정도는 괜찮아. 자, 계속 가자고. 하지만 포도주를 한 잔 더 마셔야겠어.」

나는 그라브 와인[4]이 들어 있는 작은 술병의 마개를 따서 그에게 내밀었다. 그는 단숨에 술병을 비웠다. 그의 눈이 번득이며 사나운 빛을 내뿜었다. 그는 소리 내어 웃고는 이해할 수 없는 몸짓을 하면서 술병을 위로 던져 올렸다.

나는 놀라서 그를 바라보았다. 그는 같은 몸짓을, 왠지 괴상한 동작을 되풀이했다.

「이게 무슨 동작인지 모르는 모양이군?」그가 말했다.

「전혀.」나는 대답했다.

「그렇다면 가입하지 않은 모양이군.」

「뭐라고?」

「프리메이슨[5] 말이야.」

「아, 그거. 나도 단원이야.」

「자네가? 설마! 자네가 프리메이슨이라고?」

「그래, 프리메이슨이야.」

---

4 프랑스 남서부의 그라브에서 생산되는 포도주.
5 18세기 초에 영국에서 세계동포주의-인도주의를 바탕으로 결성된 단체로, 일종의 비밀 결사체다.

「증표를 보여 봐.」그가 말했다.

「이게 증표야.」나는 무릎까지 내려오는 **망토** 자락 밑에서 흙손을 꺼내면서 대답했다.

「농담하지 마.」그는 몇 걸음 뒤로 물러나면서 외쳤다. 「어쨌든 아몬티야도를 보러 가세.」

「그러세.」나는 연장을 망토 속에 집어넣고 그에게 다시 내 팔을 내주었다. 그는 내 팔을 잡고 무겁게 몸을 기댔다. 우리는 아몬티야도를 찾아 계속 나아갔다. 낮은 아치가 길게 이어져 있는 통로를 지나고 계단을 내려가고 다시 통로를 지난 뒤 다시 계단을 내려가 깊은 토굴 같은 지하실에 다다랐다. 그곳은 공기가 너무 탁해서, 횃불이 활활 타오른다기보다 불꽃이 없이 붉은빛을 낼 뿐이었다.

지하실 끝에 이르자 더 좁은 공간이 나타났다. 그 작은 지하실 벽에는 마치 파리의 지하 묘지처럼 인간의 해골이 천장까지 쌓여 있었다. 삼면은 모두 이런 식으로 장식되어 있었지만, 네 번째 벽에서는 뼈가 무너져 내려 흙바닥에 아무렇게나 흩어져 있고, 한 곳에서는 꽤 큰 더미를 이루고 있었다. 그렇게 뼈가 무너져 내리는 바람에 노출된 네 번째 벽 안쪽에 깊이가 4피트쯤 되고 너비가 3피트, 높이가 6~7피트 정도 되는 벽감이 보였다. 특별한 용도가 있어서 만든 벽감이 아니라, 지하 묘지의 천장을 떠받치고 있는 두 개의 커다란 기둥 사이에 생긴 단순한 공간이었다. 벽감 뒤쪽에는 지하 묘지를 둘러싸고 있는 단단한 화강암 벽이 있었다.

포르투나토는 희미한 횃불을 높이 쳐들어 벽감 안쪽을 들여다보려고 했지만, 빛이 너무 약해서 보이지 않았다.

「들어가게.」내가 말했다.「저 안에 아몬티야도가 있어. 루케시는…….」

「그 녀석은 쥐뿔도 모른다니까.」친구는 비틀거리며 벽감 안으로 들어갔다. 나는 그 뒤를 바싹 따라갔다. 그는 곧 벽감 끝에 이르렀고, 바위 때문에 더 이상 나아갈 수 없다는 것을 알자 당황한 듯 걸음을 멈췄다. 그 순간 나는 잽싸게 그를 화강암 벽에 밀어붙였다. 화강암 표면에는 두 개의 철제 꺾쇠가 같은 높이에 두 자 간격으로 나란히 박혀 있었는데, 이 두 개의 꺾쇠 가운데 하나에는 짧은 쇠사슬이 매달려 있었고, 다른 꺾쇠에는 맹꽁이자물쇠가 매달려 있었다. 그의 허리에 쇠사슬을 감자, 맹꽁이자물쇠로 쇠사슬을 고정시키는 데에는 몇 초밖에 걸리지 않았다. 그는 너무 놀라서 아무 저항도 하지 못했다. 나는 열쇠를 잡아 빼면서 벽감에서 물러섰다.

「벽을 손으로 더듬어 봐.」나는 말했다.「초석이 붙어 있는 걸 느낄 수 있을 거야. 정말로 여긴 습기가 너무 많아. 그만 돌아가자고 한 번만 더 부탁해 볼까? 싫다고? 그렇다면 자네를 여기 놔두고 떠날 수밖에 없군. 하지만 가기 전에 우선 내 힘이 미치는 범위 안에서 자네를 최대한 돌봐 줘야겠지.」

「아몬티야도!」친구는 아직도 놀라움에서 벗어나지 못한 채 소리를 질렀다.

「맞아, 아몬티야도야.」

나는 아까 말한 뼈 무더기를 부지런히 헤집었다. 뼈를 옆으로 내던지자, 꽤 많은 양의 건축용 석재와 회반죽이 드러났다. 이 재료와 내가 가져온 흙손의 도움으로 나는 벽감 입구를 막기 시작했다.

나는 돌벽의 첫 단을 놓자마자 포르투나토의 취기가 많이 사라진 것을 알았다. 그것을 맨 먼저 알려 준 징후는 벽감 안쪽에서 들려온 낮은 신음 소리였다. 비탄에 빠져 흐느끼는 듯한 그 소리는 술 취한 사람의 소리가 아니었다. 이어서 오랫동안 고집스러운 침묵이 계속되었다. 나는 두 번째 단을 쌓았고, 세 번째와 네 번째 단을 쌓았다. 그때 쇠사슬이 요란하게 흔들리는 소리가 들렸다. 그 소리는 몇 분 동안 계속되었다. 나는 더욱 만족감을 가지고 그 소리에 귀를 기울일 수 있도록, 그동안에는 작업을 멈추고 뼈 무더기 위에 앉아 있었다. 마침내 철커덕거리는 소리가 사라지자 나는 다시 흙손을 집어 들고 작업을 재개하여 다섯 번째 단과 여섯 번째 단과 일곱 번째 단을 쉬지 않고 마무리했다. 벽은 이제 내 가슴 높이까지 올라와 있었다. 나는 다시 작업을 멈추고, 횃불을 돌벽 위로 들어 올려 안에 있는 사람에게 희미한 불빛을 비추었다.

쇠사슬에 묶인 형체의 목구멍에서 연달아 터져 나온 요란하고 날카로운 비명 소리는 나를 거칠게 떠미는 것 같았다. 아주 잠깐이지만 나는 망설였다. 그리고 두려움에 몸을 떨었다. 나는 가볍고 가느다란 칼을 칼집에서 빼내어 그것으로 벽감 주위를 탐색했다. 하지만 잠깐 생각한 뒤 안심했다. 지하 묘지의 단단한 벽을 손으로 쓸어 보며 만족감을 느꼈다. 나는 다시 벽으로 다가갔다. 그리고 시끄럽게 고함을 지르고 있는 그에게 역시 고함 소리로 외쳐 주었다. 내 목소리는 지하실에 울려 퍼졌고, 그의 고함 소리에 소리를 보탰고, 성량과 강도에서 그의 목소리를 능가했다. 내가 맞고함을 지르자그는 조용해졌다

이제 한밤중이 되었고, 내 일도 끝나 가고 있었다. 나는 여덟 번째 단과 아홉 번째 단과 열 번째 단을 마무리했다. 그리고 마지막 열한 번째 단의 일부를 끝냈다. 이제 돌 하나를 끼워 넣고 회반죽을 바르는 일만 남았다. 나는 무거운 돌을 간신히 들어서 그것이 들어가야 할 자리에 일부를 밀어 넣었다. 하지만 바로 그때 벽감 안에서 낮은 웃음소리가 새어 나왔다. 내 머리카락이 쭈뼛 곤두섰다. 웃음소리에 이어, 고귀한 포르투나토의 목소리라고는 인정하기 어려운 구슬픈 목소리가들려왔다. 그 목소리가 말했다.

「하! 하! 하! 헤! 헤! 헤! 정말 대단한 장난이군. 멋진 익살극이야. 집에 돌아가면 이 일을 이야기하면서 실컷 웃게 될거야. 헤! 헤! 헤! 포도주를 마시면서 말이야. 헤! 헤! 헤!」

「아몬티야도!」 나는 말했다.

「헤! 헤! 헤! 헤! 헤! 헤! 그래, 아몬티야도. 하지만 이제는밤이 너무 깊어지지 않았나? 집에서 사람들이 기다리고 있지않을까? 마누라랑 다른 사람들이? 그만 돌아가세.」

「그래, 이제 돌아가자고.」

「제발 부탁이야, 몬트레소르!」

「그래, 부탁이야.」 나는 말했다.

하지만 이번에는 아무리 귀를 기울여도 대답이 없었다. 나

는 초조해졌다. 더 이상 기다릴 수가 없어서 큰 소리로 불렀다.

「포르투나토!」

대답이 없었다. 나는 다시 불렀다.

「포르투나토!」

여전히 대답이 없었다. 나는 남아 있는 틈새로 횃불을 밀어 넣고 안으로 떨어뜨렸다. 그러자 딸랑거리는 방울 소리만 들려왔다. 나는 속이 메슥거렸다. 지하 묘지의 습기 때문이었다. 나는 서둘러 작업을 끝냈다. 마지막 돌을 제 위치에 억지로 밀어 넣었다. 그리고 회반죽을 발랐다. 새로 지은 돌벽 앞에 원래의 뼈 무더기를 성벽처럼 다시 쌓아 올렸다. 그 후 반세기 동안 어떤 인간도 이 뼈 무더기에 손을 대지 않았다. **편히 잠들기를!**

절뚝 개구리

그 왕만큼 농담을 즐기는 사람을 나는 본 적이 없다. 그는 오로지 농담을 위해서만 사는 것 같았다. 우스갯소리를 하는 것, 그것도 재치 있게 잘하는 것이 왕의 총애를 얻을 수 있는 지름길이었다. 그래서 왕을 모시는 일곱 명의 장관은 공교롭게도 모두 재담꾼으로 이름난 사람들이었다. 그들은 모두 비길 데 없는 재담꾼일 뿐만 아니라 몸집이 크고 비대하고 지방질이 많아서 얼굴이 번들거린다는 점에서도 왕과 비슷했다. 사람이 농담을 많이 해서 뚱뚱해지는 것인지, 아니면 지방질 자체에 농담을 좋아하게 만드는 무언가가 있는 것인지, 나는 아직도 판단을 내리지 못했지만, 비쩍 마른 재담꾼이 지상에서 희귀한 존재인 것은 확실하다.

왕은 농담을 정교하고 세련되게 다듬거나 왕 자신의 표현을 빌리면 재치의 〈유령〉, 즉 약간의 재치에 대해서는 별로 신경을 쓰지 않았다. 왕은 농담에서 특히 **폭**에 탄복했고, 폭을 위해서라면 **길이**가 좀 길어도 대개는 참곤 했다. 지나치게 고상하고 미묘한 농담은 왕을 짜증 나게 했다. 왕은 볼테르[1]의

〈자디그〉보다는 라블레[2]의 〈가르강튀아〉를 더 좋아했을 것이다. 그리고 대체로 말로 하는 익살보다는 행동으로 하는 짓궂은 익살이 그의 취향에 훨씬 잘 맞았다.

이 이야기의 배경이 된 시대에는 궁정에서 전문 재담꾼이 완전히 한물간 상태는 아니었다. 대륙의 몇몇 권력자들은 아직도 궁정에 어릿광대들을 두고 있었다. 그들은 모자와 방울이 달린 얼룩덜룩한 옷을 입고, 왕의 식탁에서 떨어지는 부스러기에 대한 보답으로 언제 어디서나 당장 익살을 부릴 수 있도록 항상 날카로운 재치를 준비하고 있어야 했다.

우리 왕도 당연히 어릿광대를 곁에 두고 있었다. 사실 그에게는 어리석은 무언가가 **필요했다**. 왕 자신은 말할 것도 없고, 그의 장관인 일곱 현자의 지혜와 균형을 맞추기 위해서라도.

하지만 왕의 어릿광대 또는 전문 재담꾼은 **단순한** 광대가 아니었다. 그는 난쟁이에다 절름발이이기도 했기 때문에, 왕의 눈으로 보면 다른 어릿광대들보다 세 배는 더 가치가 있었다. 당시 궁정에는 난쟁이가 어릿광대만큼 흔했다. **함께** 웃을 수 있는 재담꾼과 조롱거리로 삼아서 비웃을 수 있는 난쟁이가 없으면 많은 군주가 하루를 보내기 어려웠을 것이다 (궁정에서는 다른 어느 곳보다도 하루가 길다). 하지만 내가 앞에서 이미 말했듯이 재담꾼은 백 명 가운데 아흔아홉 명이

---

1 Voltaire(1694~1778). 프랑스의 철학자, 역사가, 문학자. 『자디그』는 고대 바빌로니아의 철학자 자디그의 이야기를 다루고 있는 철학 소설이다.

2 François Rabelais(1483~1553). 프랑스의 작가, 인문주의자. 『가르강튀아와 팡타그뤼엘』은 거인 왕 부자의 생애와 편력을 통해 당시의 구태의연한 정치와 사회를 풍자한 걸작이다.

뚱뚱하고 토실토실하며 거대했다. 따라서 단지 그 이유 하나만으로도 세 배의 가치가 있는 〈절뚝 개구리〉(이것이 그 어릿광대의 이름이었다)라는 보물을 소유하고 있는 것은 왕에게 적잖은 자기만족의 원천이 되었다.

절뚝 개구리라는 이름은 이 난쟁이가 세례를 받을 때 대부나 대모가 지어 준 이름이 **아니라**, 그가 다른 사람들처럼 걷지 못한다는 이유로 여러 장관이 만장일치로 그에게 붙여 준 이름이었다. 사실 절뚝 개구리는 폴짝폴짝 뛰는 것과 몸을 뒤틀며 꿈틀거리는 동작의 중간쯤 되는 걸음걸이로만 앞으로 나아갈 수 있었는데, 이 동작은 왕에게 무한한 즐거움을 주었고, 물론 위안도 주었다. 궁정 사람들은 모두 (왕의 배가 불룩 튀어나오고 머리가 선천적으로 크게 부풀어 있는데도 불구하고) 왕의 풍채가 훌륭하다고 생각했기 때문이다.

하지만 절뚝 개구리는 다리가 뒤틀려 있어서 길이나 마룻바닥을 걸을 때마다 큰 고통과 어려움을 느끼지 않을 수 없었지만, 하체의 결함에 대한 보상으로 자연이 그의 두 팔에 부여해 준 엄청난 근력 덕분에 나무나 밧줄, 또는 타고 올라갈 수 있는 다른 무언가가 있을 때는 놀라울 만큼 재빠르게 게 많은 묘기를 부릴 수 있었다. 그런 묘기를 부릴 때면 그는 개구리라기보다는 오히려 다람쥐나 작은 원숭이와 비슷해 보였다.

절뚝 개구리가 본디 어느 나라 출신인지는 정확하게 말할 수 없다. 하지만 아무도 들어 본 적이 없고, 우리 왕국에서 멀리 떨어져 있는 미개한 지역인 것만은 확실하다. 싸웠다 하

면 반드시 이기는 장군들 가운데 하나가 절뚝 개구리와, 그
와 맞먹을 만큼 작은 난쟁이 소녀(신체 비율이 절묘하고 훌
륭한 무희였다)를 인접 지역에 있는 각자의 집에서 강제로
납치하여 왕에게 선물로 보낸 것이다.

이런 환경에서 두 난쟁이 포로 사이에 아주 가까운 친밀감
이 생겨난 것은 결코 놀라운 일이 아니다. 실제로 그들은 곧
공공연한 친구가 되었다. 사람들에게 많은 즐거움을 주었지
만 별로 인기를 얻지 못한 절뚝 개구리는 트리페타에게 많은
도움을 줄 수 있는 형편이 아니었다. 하지만 트리페타는 (비
록 난쟁이였지만) 우아하고 절묘한 아름다움 때문에 많은 사
람에게 찬탄과 사랑을 받았다. 그래서 그녀는 상당한 영향력
을 가졌고, 기회가 있을 때마다 절뚝 개구리를 위해 그 영향
력을 이용하곤 했다.

왕은 어느 성대한 국가 행사(무슨 행사인지는 잊어버렸
다) 때 가면무도회를 열기로 결정했다. 그런데 가면무도회나
그런 종류의 행사가 궁정에서 열릴 때마다 절뚝 개구리와 트
리페타는 어김없이 불려 가서 재능을 발휘해야 했다. 절뚝
개구리는 특히 가장 행렬을 연출하고, 가면무도회를 위해 참
신한 인물을 제안하고 의상을 준비하는 일에서 풍부한 창의
력을 발휘했기 때문에, 그의 도움 없이는 아무 일도 할 수 없
을 정도였다.

연회가 열리기로 예정된 밤이 왔다. 가면무도회를 **성공시
킬** 수 있는 온갖 장비가 설치된 호화로운 연회장이 트리페타
의 눈 아래 펼쳐졌다. 궁정은 온통 기대의 열기에 휩싸였다.

어떤 인물로 분장하고 어떤 의상을 입을 것인지에 대해서는 모든 사람이 이미 결정을 내렸다고 생각해도 될 것이다. 많은 사람이 일주일 전, 심지어는 한 달 전에 미리 (어떤 **역할**을 할 것인가에 대해) 마음을 정해 두었다. 궁정 어디에도 아직 마음을 정하지 못하고 망설이는 분위기는 전혀 없었다. 왕과 일곱 명의 장관을 제외하면 말이다. **그들이** 왜 망설였는지는 끝내 알 수 없었지만, 그것도 그들에게는 일종의 익살이었을지 모른다. 아마 그들은 너무 뚱뚱해서 마음을 정하기가 어려웠을 것이다. 어쨌든 시간은 쏜살같이 지나갔고, 결국 그들은 마지막 수단으로 트리페타와 절뚝 개구리를 불러들였다.

이 작달막한 두 친구가 왕의 부름을 받고 가보니, 왕은 일곱 명의 장관과 함께 앉아서 술판을 벌이고 있었다. 하지만 왕은 기분이 몹시 언짢아 보였다. 왕은 절뚝 개구리가 술을 좋아하지 않는다는 것을 알고 있었다. 술은 이 가엾은 절름발이를 흥분시켜 광란 상태로 몰아넣었는데, 그건 결코 기분 좋은 느낌이 아니기 때문이었다. 하지만 짓궂은 장난을 좋아하는 왕은 절뚝 개구리에게 억지로 술을 먹여서 (왕의 표현을 빌리면)〈신이 나도록〉강요하기를 즐겼다.

「이리 오너라, 절뚝 개구리야.」어릿광대와 그의 친구가 방으로 들어오자 왕이 말했다. 「이 자리에 없는 네 친구들의 건강을 위하여(여기서 절뚝 개구리는 한숨을 내쉬었다) 이 잔에 가득 든 술을 단숨에 꿀꺽 삼킨 다음, 너의 창의력으로 우리를 도와다오. 우리는 참신하고 유별나고 **기발한** 인물로 분장하고 싶다. 매번 똑같은 인물로 분장하는 데에는 신물이

났어. 자, 어서 마셔라! 술을 마시면 네 재치가 더욱 반짝일
게다.」

절뚝 개구리는 여느 때처럼 왕의 권유를 농담으로 받아넘
기려고 애썼다. 하지만 그 노력이 너무 힘에 겨웠다. 하필 그
날은 가엾은 난쟁이의 생일이었고, 〈이 자리에 없는 친구들〉
을 위하여 술을 마시라는 명령을 받자 그의 눈에 눈물이 고
였다. 폭군의 손에서 공손하게 술잔을 받아 들자, 쓰라린 눈
물이 술잔 속으로 뚝뚝 방울져 떨어졌다.

「아! 하! 하!」난쟁이가 마지못해 술잔을 비우자 왕은 큰
소리로 웃었다.「좋은 술 한 잔이 어떤 일을 할 수 있는지 보
라고! 네 눈이 벌써 반짝반짝 빛나고 있구나!」

가엾은 난쟁이! 그의 커다란 눈은 반짝반짝 빛난다기보다
는 **어슴푸레 빛나고** 있었다. 흥분하기 쉬운 그의 뇌에 술이 미
친 영향은 강력하면서도 즉각적이었기 때문이다. 그는 술잔
을 탁자 위에 신경질적으로 탁 내려놓고, 광기 어린 눈으로
그 자리에 있는 사람들을 둘러보았다. 그들은 모두 왕의 〈익
살〉이 성공한 것을 무척 즐거워하는 것 같았다.

「그럼 슬슬 시작하시지요.」**뒤룩뒤룩** 살찐 총리가 말했다.

「그러세.」왕이 말했다.「이리 와서 우리를 도와다오. 어떤
인물로 분장하면 좋을지. 우리는 배역이 필요해. 우리 모두
말이다. 하! 하! 하!」이것은 정말로 농담 삼아 한 말이었기
때문에 일곱 명의 장관은 왕과 함께 일제히 웃음을 터뜨렸다.

절뚝 개구리도 웃었지만, 그 웃음소리는 힘이 없고 약간
공허했다.

「자, 자.」왕은 초조하게 말했다. 「제안할 게 아무것도 없느냐?」

「무언가 **기발한** 것을 생각해 내려고 애쓰는 중입니다.」난쟁이는 술에 취해서 멍하니 대답했다.

「애쓰는 중이라고?」폭군은 사납게 외쳤다. 「그게 무슨 뜻이지? 아아, 알겠다. 심술이 나서 술을 더 마시고 싶은 게로구나. 자, 이걸 마셔라!」왕은 다른 술잔에 술을 가득 따라서 절름발이에게 내밀었다. 절름발이는 숨을 쉬려고 헐떡거리면서 술잔을 그저 바라보고만 있었다.

「마시라니까!」괴물 같은 폭군이 외쳤다. 「안 마시면 악마들한테 맹세코…….」난쟁이는 망설였다. 왕은 화가 나서 얼굴이 붉으락푸르락했다. 신하들은 히죽대며 웃었다. 트리페타는 시체처럼 창백해져서 옥좌로 나아가 왕 앞에 무릎을 꿇고, 제 친구를 용서해 달라고 간청했다.

폭군은 잠시 그녀를 바라보았다. 무례할 만큼 대담한 그녀의 용기에 놀란 게 분명했다. 그는 어떻게 해야 할지, 무슨 말을 해야 할지, 그러니까 어떻게 하면 자신의 분노를 제대로 표출할지 몰라서 몹시 난처한 것 같았다. 마침내 그는 한마디 말도 없이 그녀를 거칠게 밀쳐 내더니, 술잔에 가득 든 술을 그녀의 얼굴에 끼얹었다.

가엾은 소녀는 겨우 일어나, 감히 한숨도 쉬지 못하고 식탁 발치에 있는 자기 자리로 돌아갔다.

약 30초 동안 나뭇잎이나 깃털 하나가 떨어지는 소리도 들릴 만큼 쥐 죽은 듯한 침묵이 이어졌다. 그때 무언가가 삐걱거리는 소리가 정적을 깨뜨렸다. 낮지만 **귀에 거슬리는** 그 소리는 길게 꼬리를 끌었고, 방의 모든 구석에서 한꺼번에 들려오는 것 같았다.

「왜, 도대체, **무엇** 때문에 그런 소리를 내고 있는 거냐?」 왕은 성난 얼굴로 난쟁이를 돌아보면서 물었다.

난쟁이는 이제 술이 많이 깬 것 같았다. 그는 폭군의 얼굴을 뚫어지게 쳐다보면서 갑자기 소리를 질렀다.

「제, 제가요? 제가 어떻게 감히 그런 소리를 낼 수 있겠습니까?」

「그 소리는 밖에서 난 것 같던데요.」 신하들 가운데 하나가 말했다. 「창가의 앵무새가 새장 철사에 부리를 가는 소리였을 겁니다.」

「맞아.」 군주는 그 말에 안심한 것처럼 대답했다. 「하지만 기사의 명예를 걸고 맹세하건대, 나는 그게 이 고얀 녀석이 이를 북북 가는 소리처럼 들렸다.」

여기서 난쟁이는 소리 내어 웃으며(왕은 워낙 재담꾼으로 인정받고 있어서, 누가 웃어도 싫어할 수 없었다), 크고 튼튼하고 혐오스러운 이를 드러냈다. 게다가 그는 왕이 원하는 만큼 기꺼이 술을 마시겠다고 말했다. 왕은 마음이 누그러졌다. 절뚝 개구리는 술을 또 한 잔 비웠지만, 눈에 띄게 나쁜 효과는 나타나지 않았다. 절뚝 개구리는 당장 활기차게 가면무도회 계획을 짜기 시작했다.

「어떤 연상 작용이 일어났는지는 알 수 없지만……」 그는 아주 차분하게, 그리고 평생 술 따위는 마셔 본 적도 없는 것처럼 말했다. 「폐하께서 저 소녀를 때리고 얼굴에 술을 끼얹은 **직후**, 어쨌든 폐하께서 그런 일을 하신 **직후**, 그리고 앵무새가 창밖에서 이상한 소리를 내고 있을 때, 재미난 생각이 하나 떠올랐습니다. 우리 나라의 가면무도회에서 자주 하는 익살 가운데 하나지만, 여기서는 완전히 새로운 놀이일 것입니다. 하지만 불행하게도 그 놀이를 하려면 여덟 사람이 필요한데…….」

「여덟 사람? 여기 **있지** 않으냐!」 왕은 그 우연의 일치를 발견한 것이 기뻐서 큰 소리로 웃으며 외쳤다. 「우수리 없이 딱 들어맞는 여덟 명…… 나와 내 일곱 장관. 그래, 그 놀이가 무엇이냐?」

「그 놀이는 〈사슬에 묶인 오랑우탄 여덟 마리〉라고 합니다. 잘만 하면 정말로 재미있는 놀이지요.」

「좋아, **그걸로** 하겠다.」 왕은 허리를 펴고 눈꺼풀을 내리깔면서 말했다.

「이 놀이의 묘미는,」 절뚝 개구리는 말을 이었다. 「여자들을 깜짝 놀라게 하는 데 있지요.」

「좋았어!」 왕과 장관들은 일제히 외쳤다.

「그럼 제가 여러분을 오랑우탄으로 분장해 드리겠습니다.」 난쟁이가 나서면서 말했다. 「저한테 다 맡기세요. 분장하면 오랑우탄과 너무 비슷해서, 가면무도회에 참석한 사람들은 여러분을 진짜 짐승으로 생각할 겁니다. 그리고 그들은 놀랄 뿐만 아니라 겁을 먹을 겁니다.」

「오호, 그거 멋진데!」 왕이 외쳤다. 「절뚝 개구리! 네 계획이 성공하게 해주겠다.」

「쇠사슬은 쩔렁거리는 소리로 더 큰 혼란을 불러일으키기 위한 것입니다. 여러분은 우리에서 **집단으로** 탈출한 것으로 보일 겁니다. 사슬에 묶인 오랑우탄 여덟 마리가 가면무도회장에 나타나면 어떤 **사건**이 벌어질지, 폐하께서는 아마 상상도 못 하실 겁니다. 그 자리에 있는 사람들은 대부분 진짜 오랑우탄이 나타난 줄 알겠지요. 그런 오랑우탄들이 야수처럼 꽥꽥 소리를 지르면서 우아하고 화려하게 차려입은 남녀들 사이로 뛰어들면 어떻게 되겠습니까? 그 **대조**는 어디에도 비길 데가 없을 겁니다!」

「**정말 그렇겠군.**」 왕이 말했다. 장관들은 절뚝 개구리의 계획을 실행에 옮기기 위해(밤이 깊어 가고 있었기 때문에) 서둘러 일어났다.

왕과 장관들을 오랑우탄으로 변장시키는 방법은 아주 간단했지만, 그의 목적을 달성하는 데에는 충분히 효과적이었다. 문제의 동물은 당시만 해도 문명화된 세계에서는 쉽게 볼 수 없었다. 게다가 난쟁이는 그들을 충분히 짐승처럼 보이도록 분장시켜서 사납고 흉측한 모습이 되었기 때문에, 진짜 오랑우탄이라고 해도 될 정도였다.

왕과 장관들은 우선 몸에 착 달라붙는 메리야스 셔츠와 팬티를 입었다. 그런 다음 온몸에 타르를 발랐다. 이 단계에서 어떤 장관이 몸에 깃털을 붙이자고 제안했지만, 난쟁이는 이 제안을 당장 물리치고, 오랑우탄 같은 짐승의 털은 **아마포**를 이용하면 훨씬 효과적으로 표현할 수 있다는 것을 시범으로 보여 주었다. 여덟 명은 그 시범을 보고 난쟁이의 말을 납득했다. 그에 따라 타르 위에 아마포를 두껍게 덕지덕지 붙였다. 이제 긴 사슬이 조달되었다. 우선 쇠사슬을 왕의 허리에 감고 묶은 다음, 장관들의 허리에도 감고 묶었다. 그런 식으로 여덟 명이 모두 차례로 사슬에 묶였다. 쇠사슬 작업이 끝나자, 그들은 서로 최대한 멀리 떨어져서 둥글게 둘러섰다. 이 모든 것이 진짜처럼 보이도록 절뚝 개구리는 오늘날 보르네오섬에서 침팬지나 다른 대형 유인원을 생포하는 사람들이 채택한 방식에 따라 여덟 명이 그리고 있는 원을 가로지르도록 남은 쇠사슬을 원 안에서 직각으로 두 번 교차시켰다.

가면무도회가 열릴 예정인 대연회장은 천장이 아주 높은 둥근 방이었다. 벽은 다 막혀 있고, 천장 꼭대기에 있는 유일한 창을 통해서만 햇빛이 들어오도록 되어 있었다. 밤에는 (이 방은 특히 밤에 사용하기 위해 설계되었다) 주로 천창 가운데에 쇠사슬로 매달려 있는 커다란 샹들리에가 방을 밝혀 주었다. 이 샹들리에는 평형추를 이용하여 내리거나 올릴 수 있었지만, 평형추는 (눈에 거슬리지 않도록) 둥근 천장 밖으로 빼내어 지붕 위에 올려놓았다.

연회장 안의 준비는 트리페타가 맡았지만, 몇 가지 세부적인 사항에서는 난쟁이의 침착한 판단에 따르는 것 같았다. 이번 행사에서는 그의 제안에 따라 샹들리에가 철거되었다. 샹들리에에서 촛농이 흘러내려(날씨가 따뜻해서 어쩔 수 없었다) 손님들의 화려한 드레스를 망칠 수도 있었기 때문이다. 연회장은 손님들로 북적거리고 있어서, 손님들이 샹들리에가 매달려 있는 한복판에 가까이 가지 않기를 기대할 수는 없는 노릇이었다. 연회장의 여러 곳, 사람들에게 방해가 되지 않는 곳에 추가로 촛대가 설치되었고, 벽 앞에 서 있는 50~60개의 기둥에 새겨진 여인상의 오른손에는 달콤한 향기를 내뿜는 횃불이 놓였다.

여덟 마리의 오랑우탄은 바로 연회장에 등장하지 않고, 절뚝 개구리의 조언에 따라 자정이 될 때까지(연회장이 참석자들로 가득 찰 때까지) 참을성 있게 기다렸다. 하지만 시계가 열두 번을 다 치자마자 그들은 모두 함께 연회장으로 뛰어들어갔다. 아니, 뛰어 들어갔다기보다 굴러 들어갔다. 쇠사슬이 방해가 되는 바람에 대부분이 도중에 넘어졌고, 들어갈 때 모두 비틀거렸기 때문이다.

그들이 연회장에 불러일으킨 흥분은 엄청났고, 이 소동을 본 왕의 마음은 기쁨으로 가득 찼다. 예상했던 일이지만, 그 사나워 보이는 짐승들을 정확히 오랑우탄으로 알아보지는 못해도 실제로 존재하는 **어떤** 종류의 야수일 거라고 생각한 손님이 적지 않았다. 많은 여자가 놀라서 기절했다. 왕이 연회장에서 모든 무기를 치우는 예방 조치를 취하지 않았다면, 그와 장관들은 그들의 피로 짓궂은 장난을 친 죄를 씻어야 했을지도 모른다. 그런데 연회장에 무기가 없었기 때문에 손님들은 일제히 문으로 달려갔다. 하지만 왕은 자기가 연회장에 들어가면 곧바로 문을 잠그라고 명령해 두었다. 그리고 열쇠는 모두 **난쟁이**가 갖고 있었다.

혼란이 절정에 이르고, 무도회 참석자들이 저마다 자신의 안전에만 신경을 쓰고 있는 동안(사실 흥분한 군중의 압력이 현실적으로 **훨씬** 위험했기 때문이다), 평소에는 샹들리에가 매달려 있지만 샹들리에를 철거하면서 위로 끌어 올려져 있던 사슬이 아주 서서히 내려오는 게 보였다. 사슬은 끝에 달린 갈고리가 바닥에서 1피트 남짓 떨어진 높이에 다다를 때까지 조금씩 내려왔다.

그 직후, 왕과 일곱 명의 장관은 사방팔방으로 비틀거리며 돌아다니다가 마침내 방 한복판에 이르렀다. 그리고 당연히 천장에서 늘어진 쇠사슬과 직접 접촉하게 되었다. 그들이 거기에 있는 동안, 그들이 계속 소동을 일으키도록 부추기면서 소리 없이 그들을 뒤따라 다니던 난쟁이가 원을 가로질러 직각으로 교차한 쇠사슬의 교차점을 움켜잡았다. 그러고는 평소에 샹들리에가 매달려 있던 갈고리를 그 교차점에 재빨리 끼워 넣었다. 그러자 눈에 보이지 않는 어떤 힘이 순식간에 샹들리에 줄을 위로 끌어당겨, 갈고리가 손에 닿지 않는 높이까지 올라가 버렸다. 오랑우탄들이 서로 얼굴을 맞댈 만큼 바싹 붙어 서게 된 것은 필연적인 결과였다.

가면무도회에 참석한 사람들은 이 무렵 공포심에서 상당히 벗어나 있었다. 이제 이 모든 일을 잘 연출된 여흥으로 생각하기 시작한 그들은 유인원들의 곤경을 보면서 폭소를 터뜨렸다.

「나한테 맡기세요!」 절뚝 개구리가 소리쳤다. 그의 카랑카랑한 목소리는 그 시끄러운 와중에도 쉽게 알아들을 수 있었다. 「나한테 맡겨요. 이 사람들이 누군지 알 것 같습니다. 잘 볼

수만 있으면 누군지 **내가** 금방 알 수 있을 거예요.」

그는 군중의 머리 위를 기어서 간신히 벽에 이르렀다. 그리고 기둥에 새겨진 여인상의 손에서 횃불을 꺼내 들고, 갈 때처럼 군중의 머리 위를 기어서 방 한복판으로 돌아왔다. 그리고 원숭이처럼 민첩하게 왕의 머리 위로 뛰어오른 다음, 거기서 사슬을 타고 1미터쯤 올라갔다. 그는 횃불을 아래로 내려 오랑우탄 무리를 찬찬히 조사하면서, 계속 이렇게 소리를 지르고 있었다. 「이들이 누군지 **제가** 금방 알아내겠습니다!」

이제 모든 사람(유인원을 포함하여)이 웃느라 정신이 없을 때, 어릿광대가 갑자기 날카로운 소리로 휘파람을 불었다. 그러자 쇠사슬이 30피트쯤 위로 홱 끌어 올려졌고, 오랑우탄들도 당황하여 몸부림을 치면서 함께 끌려 올라가 천창과 마룻바닥 사이의 허공에 대롱대롱 매달리게 되었다. 절뚝 개구리는 올라가는 쇠사슬을 잡고 매달린 채, 여전히 오랑우탄들과의 상대적인 위치를 유지하면서 (아무렇지도 않은 듯이) 오랑우탄들의 정체를 알아내려고 애쓰는 것처럼 여전히 횃불을 그들 쪽으로 내밀고 있었다.

연회장에 모인 사람들은 오랑우탄들이 이렇게 갑자기 공중으로 끌려 올라간 데 깜짝 놀라서, 약 1분 동안 쥐 죽은 듯한 침묵이 이어졌다. 침묵을 깬 것은 아까 왕이 트리페타의 얼굴에 술을 끼얹었을 때 왕과 장관들의 주위를 끌었던 것과 똑같은 낮고 귀에 거슬리게 **삐걱거리는** 소리였다. 하지만 이번에는 그 소리가 **어디서** 나는지 의심할 여지가 없었다. 그 소리는 분명 난쟁이의 엄니 같은 송곳니에서 나고 있었다.

난쟁이는 입에 거품을 물면서 이를 악물고 득득 갈았다. 그리고 미친 듯한 분노에 찬 표정으로 위를 향하고 있는 왕과 일곱 장관의 얼굴을 노려보았다.

「아, 하!」 마침내 격분한 어릿광대가 말했다. 「아, 하! 이제야 이들이 누군지 알 것 같네요.」

그는 왕을 좀 더 자세히 들여다보는 체하면서 왕의 몸을 감싸고 있는 아마포에 횃불을 갖다 댔다. 그러자 아마포에 당장 불이 붙어 선명한 불꽃이 온몸으로 확 번져 갔다. 30초도 지나기 전에 여덟 마리의 오랑우탄 모두 활활 타오르고 있었다. 밑에서 그들을 쳐다보는 군중은 공포에 질린 채 그저 비명만 지를 뿐, 그들에게 아주 작은 도움조차 줄 힘이 없었다.

불길이 더욱 거세지자 어릿광대는 사슬을 타고 불길이 닿지 않는 곳으로 더 높이 올라갈 수밖에 없었다. 그가 위로 올라가는 동안 군중은 다시 잠깐 동안 침묵에 빠졌다. 난쟁이는 이 기회를 잡아서 다시 한번 입을 열었다.

「이제 **확실히** 알겠습니다. 가면을 쓴 이들이 어떤 자들인지. 이들은 바로 위대한 왕과 일곱 명의 장관입니다. 아무 힘도 없는 여자를 함부로 때리는 왕, 그리고 왕의 폭행을 부추기는 장관들이죠. 나는 어릿광대인 절뚝 개구리일 뿐입니다. 그리고 **이것이 내 마지막 익살입니다.**」

아마포와 거기에 말라붙은 타르는 둘 다 연소성이 높았기 때문에, 난쟁이가 짧은 연설을 끝내자마자 복수가 완성되었다. 여덟 구의 시신은 시커멓게 타서 악취를 내뿜고 형체도 분간할 수 없는 소름 끼치는 덩어리가 되어 사슬에 매달린 채 흔들리고 있었다. 절름발이는 그들에게 횃불을 던지고 유유히 천장으로 기어올라 가 천창 밖으로 사라졌다.

소문에 따르면, 연회장 지붕 위에 있던 트리페타가 격렬한 복수극의 공범이었으며, 그들은 함께 고국으로 도망쳤다고 한다. 그 후 다시는 그들의 모습을 볼 수 없었기 때문이다.

환상과 공포의 소용돌이 속으로[1]

1. 포의 생애

탄생과 어린 시절

에드거 앨런 포는 1809년 1월 19일 미국 매사추세츠주 보스턴에서 순회극단 배우의 아들로 태어났다. 부모는 둘 다 스코틀랜드계 아일랜드인이었다. 할아버지는 독립 전쟁에 참전하여 소령으로 진급했고, 사재를 털어 독립군의 식량을 조달했기 때문에 병사들 사이에서 〈제너럴 포〉라고 불리며 존경받은 인물이었다. 이 데이비드 포David Poe 소령의 넷째 아들로서 그 이름을 물려받은 데이비드 포 주니어David Poe jr.(1784~1811?)는 처음에는 법률을 공부했지만, 그 후 연극에 뜻을 두고 볼티모어의 아마추어 극단에서 배우로 활동했다. 한편 에드거의 어머니인 엘리자베스 포Elizabeth Poe(결혼 전의 성은 아널드Arnold, 1787~1811)는 이 무렵

---

1 이 글을 쓰는 데에는 위키피디아의 〈Edgar Allan Poe〉 항목을 편역하고, 『文壇の異端者』(宮永 孝, 1979)을 참고하여 필요한 부분을 보탰다.

볼티모어의 〈신(新) 극장〉에서 활약했고, 1802년 무렵 같은 극단에서 활동한 찰스 홉킨스Charles Hopkins와 결혼했지만 3년 만에 사별한 뒤, 같은 극장에 출연하게 된 데이비드 포와 1806년에 결혼했다.

에드거는 2남 1녀 중 차남이었다. 두 살 위인 형(윌리엄 헨리 레너드William Henry Leonard)이 있었고, 에드거가 태어난 지 1년 뒤에 지적 장애가 있는 누이동생(로잘리Rosalie)이 태어나지만, 순회공연에 바쁜 부모는 자녀를 양육할 겨를이 없어서 어린 형제는 볼티모어에 있는 친가에 맡겨져 있었다. 〈에드거〉라는 이름은 부모가 1809년에 공연한 셰익스피어의 「리어 왕King Lear」에서 따왔을 것으로 여겨진다.

하지만 1810년 10월에 버지니아주 리치먼드에서 공연을 끝낸 직후 아버지 데이비드가 갑자기 가족을 버리고 사라져버린다. 당시 엘리자베스는 딸 로잘리를 임신하고 있었고, 시댁에 맡겨 놨던 형제 가운데 에드거만 데려온 뒤였지만, 출산을 앞둔 몸이라 무대에 서지 못해 수입이 끊기는 바람에 가난에 시달리지 않으면 안 되었다. 1811년 1월 무대에 복귀했지만 결핵에 걸려 8월에는 몸져누웠고, 11월에는 지방 신문 주최로 그녀를 돕기 위한 자선 행사가 열리지만, 12월 8일 24세의 나이로 세상을 떠난다. 아이들도 뿔뿔이 흩어지게 된다. 윌리엄은 아버지의 친가에, 에드거는 부모와 친교가 있던 리치먼드의 앨런 집안에, 로잘리는 앨런의 친구인 매켄지 집안에 맡겨지게 된다.

에드거를 맡은 존 앨런John Allan은 성공한 상인으로, 담배와 직물부터 노예에 이르기까지 다양한 상품을 다루는 무역업자였다. 그는 1803년에 프랜시스 밸런타인Frances Valentine과 결혼했지만 자식을 낳지 못해서, 자신들과 같은 스코틀랜드계 고아를 입양하고 싶어 한 아내의 소망에 따라 에드거를 양자로 데려간 것이었다. 이때 포에게는 〈에드거 앨런 포〉라는 이름이 주어지지만, 양자 결연이 정식으로 이루어진 것은 아니었다.

대학 시절까지

1812년에 시작된 영미 전쟁이 1814년에 끝나고 시국이 안정되자, 1815년에 앨런은 사업을 확대하기 위해 가족을 데리고 영국으로 건너간다. 포는 앨런의 고향인 스코틀랜드의 어빈에서 잠시 그래머스쿨에 다니다가 1816년에 가족과 함께 런던으로 이주하여 기숙사 생활을 한다. 하지만 양어머니 프랜시스가 건강이 나빠져 전지 요양을 되풀이했고, 이에 따라 포도 학교를 옮길 수밖에 없었다. 1817년 가을부터는 런던 교외의 스토크 뉴잉턴에 있는 목사관 기숙 학교에 다녔다.

1820년이 되자 앨런은 미국으로 돌아갈 것을 결심한다. 런던에서 벌인 사업이 시원치 않은 데다 영국의 다습한 기후가 병약한 아내의 건강에 좋지 않았기 때문이다. 6월에 앨런 가족은 리치먼드로 돌아갔고, 포는 아일랜드인이 경영하는 고전 학교에 다니면서 고전어(그리스어와 라틴어)와 고전 문학을 배웠다. 이 무렵 시도 쓰기 시작했다. 한편 양아버지 앨런은 리치먼드에서의 사업도 뜻대로 되지 않아, 1825년에는 회사를 해산하고 집도 팔 수밖에 없었다. 하지만 마침 그 무렵 앨런의 외삼촌(윌리엄 걸트William Galt)이 사망하면서 앨런에게 75만 달러의 막대한 유산이 굴러들어왔다. 앨런은 다시 부자가 되었고, 이를 축하하기 위해 리치먼드 중심가에 있는 2층짜리 벽돌집을 구입했다.

1826년에 포는 그 전해에 개교한 버지니아 대학에 입학한다. 대통령직에서 물러난 토머스 제퍼슨Thomas Jefferson이 설립하고 스스로 총장을 지낸 대학인데, 포는 이 대학의 기숙사에서 생활하면서 고전어와 유럽어(프랑스어, 독일어, 이탈리아어, 스페인어)를 배우고 고대 지리와 미국 문학, 수사학 등도 수강하고, 문학에서는 베르길리우스, 투키디데스, 유베날리스, 호메로스, 헤시오도스 같은 고전 문학 외에 슐레겔 형제, 노발리스, 티크, 호프만, 괴테, 실러 등의 독일 문학을 공부하고, 도서관에도 열심히 다닌다.

하지만 대학 생활이 즐겁기만 한 것은 아니었다. 포는 대학에 입학하기 전해에 이웃집 소녀 세라 엘마이라 로이스터 Sarah Elmira Royster와 사랑에 빠져 몰래 약혼까지 했지만, 대학에 들어간 뒤로는 그녀에게 사랑의 편지를 보내도 답장이 오지 않았다. 포는 몰랐지만, 그가 보낸 편지를 엘마이라의 아버지가 찢어 버렸던 것이다. 그 후 엘마이라의 아버지는 딸을 부유한 사업가에게 시집보내 버린다.

실연에 이어 금전 면에서도 문제가 생긴다. 양아버지한테서 송금이 늦어져 생활이 곤궁해지자 포는 용돈을 벌기 위해 카드 도박에 손을 대기 시작했다. 양아버지가 보낸 돈이 들어온 뒤에도 포는 도박을 그만두지 못하고 계속 돈을 잃어 노름빚이 무려 2천 달러에 이르게 된다. 사정을 안 앨런은 포가 생활비로 쓰기 위해 진 빚은 갚아 주었지만 노름빚은 절대로 갚아 주려 하지 않았다.

군대 시절

노름빚을 안고 대학을 그만둘 수밖에 없었던 포는 1827년 3월에 가출이나 다름없이 리치먼드의 집을 나와 보스턴으로 향한다. 보스턴에 도착한 뒤에는 앙리 르 르네Henri Le Rennet라는 가명을 쓰면서 점원이나 신문 기자로 아르바이트를 하여 생활비를 벌지만, 5월에 에드거 A. 페리Edgar A. Perry라는 가명을 쓰고 나이도 18세를 22세로 속여서 육군에 입대한다. 처음 배속된 곳은 보스턴 항구 안에 있는 요새였고, 봉급은 매달 5달러였다. 한편 포는 보스턴에서 시집을 출판하기위해 인쇄업자를 찾고, 같은 해 7월에 『타메를란과 다른 시들Tamerlane and Other Poems』을 출간한다. 하지만 〈보스턴 사람Bostonian〉이라는 이름으로 펴낸 이 40쪽짜리 시집은 사실상 아무런 반향도 불러일으키지 못한다.

1827년 11월, 포가 속한 연대는 사우스캐롤라이나주 설리번섬의 몰트리 요새로 이동한다. 포는 대포 탄알을 준비하는 기술병으로 진급했고 봉급도 두 배가 되었다. 1828년에는 버지니아주의 먼로 요새로 옮겼고, 포는 이듬해 1월에 부사관이 도달할 수 있는 가장 높은 계급인 원사로 진급한다. 하지만 몇 개월 뒤 이곳 생활에 염증을 느낀 나머지 5년의 복무 기간을 단축하여 조기 제대를 희망하게 되었고, 지휘관인 하워드 중위에게 자신의 본명과 실제 나이를 밝히고 상담했다. 복무 기간 중에 제대를 하려면 돈을 지급해서 후임자를 구해오는 것이 당시의 규정이었다. 하워드 중위의 권고에 따라 포는 양아버지에게 도움을 청하는 편지를 보냈지만, 앨런은 이를 무시했다. 그러나 1829년 2월 28일 아내 프랜시스가 갑자기 사망하자, 앨런도 태도를 누그러뜨려(프랜시스의 장례식 때 일시적이나마 두 〈원수〉는 화해를 한다) 포가 희망대로 육군에서 제대하고 웨스트포인트에 있는 육군 사관 학교에 입학하는 것을 허락했다.

포는 4월에 제대하지만, 사관 학교는 이미 입학 정원을 다 채웠기 때문에 이곳에 입학하려면 이듬해 7월까지 기다려야 했다. 그동안 포는 친형인 윌리엄 헨리(당시 해군 장교)도 만날 겸 친가를 방문하기 위해 볼티모어로 떠난다. 할아버지인 〈제너럴 포〉는 이미 세상을 떠났고, 친가에는 할머니 엘리자베스, 과부인 마리아 클렘Maria Clemm 고모, 고모의 딸인 버지니아Virginia가 살고 있었다. 포는 이들과 함께 지내며 시를 짓기도 하고, 형과 문학을 논하거나 사촌누이인 버지니아와 함께 놀거나 하면서 〈포의 일생을 통해 가장 행복한 한 때〉를 보냈다. 이때 포는 두 번째 시집을 출간할 계획이었지만, 양아버지에게 부탁한 출간 비용이 송금되지 않아 계획은 무산되었다. 하지만 그 후 장시 「알 아라프Al Aaraaf」의 일부가 잡지에 게재된 것이 세간의 주목을 받았고, 12월에는 볼티모어의 〈해치 앤드 더닝Hatch and Dunning〉사에서 『알

아라프, 타메를란 및 사소한 시들*Al Aaraaf, Tamerlane and Minor Poems*』이라는 두 번째 시집을 출간할 수 있었다. 이리하여 포가 문명(文名)을 확립한 것은 아니었지만, 이제 적어도 문학계의 무명 인사는 아니었다.

1830년 7월, 포는 입학시험을 치르고 사관 학교에 입학한다. 처음 몇 개월 동안은 〈모든 것이 더할 수 없이 만족스러운〉 상태였지만, 이곳 생활은 포가 상상했던 만큼 자유롭지 않아서 시도 소설도 읽는 것이 금지되어 있었다. 게다가 포는 부잣집 자제들과 어울려 다니며 돈을 헤프게 쓰는 바람에 빚도 차츰 늘어났다. 그러나 양아버지 앨런은 노름빚 지불을 거절한다. 게다가 같은 해 10월에 앨런이 루이자 패터슨Louisa Patterson과 재혼했는데, 이 결혼과 그의 사생아 문제로 포와 언쟁을 벌이게 되고, 그 결과 앨런은 포에게 의절을 선언한다. 유산 상속 가능성이 사라진 포는 사관 학교를 떠나기로 결심하고 학과를 게을리하는 한편 위병 근무에도 태만하기 시작해, 1831년 1월 군법회의에 회부되어 퇴교 처분을 받는다.

2월에 사관 학교를 나온 포는 3월 중순까지 뉴욕의 싸구려 여관에 머물면서 〈엘람 블리스Elam Bliss〉사를 방문한다. 엘람 블리스는 사관 학교에 출입하고 있던 인쇄업자인데, 포의 평판을 듣고 시집 출간을 맡았다. 출판 비용은 사관학교 시절 동기들의 모금으로 충당되었고, 1인당 75센트씩 합계 170달러에 이르렀다(그들은 이 시집을 포가 전에 써서 보여준 상관에 대한 풍자시를 모은 것으로 생각했던 모양이다). 포의 세 번째 시집 『시집*Poems*』은 「알 아라프」와 「타메를란

Tamerlane」을 재수록하고「헬렌에게To Helen」,「바닷속 도시The City in the Sea」,「이스라펠Israfel」 같은 신작을 포함하고 있었지만 별로 호평은 받지 못했다.

문필 생활

포는 저널리즘이 활발한 볼티모어를 생활의 터전으로 결정하고, 클렘 고모의 집에 기거하면서(형 윌리엄 헨리는 결핵으로 1831년 8월에 사망했다) 단편소설을 쓰기 시작했다. 1832년에는 필라델피아에서 발행되는 주간지 『새터데이 쿠리어Saturday Courier』에「메첸거슈타인Metzengerstein」 등 5편의 작품을 발표하고, 1833년 10월에는 『볼티모어 새터데이 비지터Baltimore Saturday Visiter』의 현상 공모에 〈폴리오 클럽 이야기Tales of the Folio Club〉라는 제목으로 단편소설 6편과 시를 투고했는데, 그 가운데「병 속에서 발견된 수기MS. Found in a Bottle」가 최우수작으로 선정되어 상금 50달러를 받았다.

포는 이때 심사위원을 맡은 볼티모어의 저명한 정치인이자 작가인 존 펜들턴 케네디John Pendleton Kennedy와 친분을 맺었고, 그의 주선으로 리치먼드의 문예지 『서던 리터러리 메신저Southern Literary Messenger』에 작품을 기고하게 되었다. 그 후 이 잡지의 편집장이 퇴직하자 케네디의 추천으로 편집자로 영입되었다. 이 무렵 양아버지 앨런이 병사하지만(1834년 3월), 그의 유언장에는 포의 이름이 적혀 있지 않았다. 또한 이 무렵 포는 아직 소녀였던 사촌누이 버지니아에게 청혼했고, 마리아 고모가 이를 거절하자 폭음을 하고 우울증에 사로잡히는 등 심신이 피폐해져 결국은 『메신저』에서 해고를 당했다. 그러나 포의 거듭된 설득에 마리아가 꺾여서 1835년 9월 볼티모어 재판소에서 결혼 허가를 받았다. 당시 포는 26세, 버지니아는 아직 결혼할 수 없는 나이인 13세였지만, 혼인 서약서에는 21세로 적혀 있었다.

그 후에 포는 『메신저』의 사장인 토머스 화이트Thomas White에게 다시 취직하고 싶다는 희망을 전하고, 그것이 받아들여져 10월에 아내인 버지니아와 고모(이제는 장모)인 마리아를 데리고 리치먼드로 돌아온다. 『메신저』의 편집장으로서 포는 자신의 단편을 잡지에 게재했을 뿐 아니라, 광범위한 분야에 대한 논평과 매서운 작품 평을 발표하여 평판을 얻었다. 『메신저』는 포가 편집장이 된 뒤 5백 부 정도였던 발행 부수가 3천 부까지 늘어나, 남부의 주도적인 문예지의 지위에까지 오르게 되었다. 직장과 생활이 안정 궤도에 오른 뒤, 1836년 5월에 포는 클렘 고모와 화이트 사장, 토머스 클리랜드Thomas W. Cleland 지사 등 아홉 명을 초청하여 버지니아와 정식으로 결혼식을 올렸다.

『메신저』는 계속 호평을 받았지만 포는 실적에 따른 봉급 인상을 받지 못했고, 편집에 간섭을 받기 시작하자 화이트와 사이가 틀어지기 시작했다. 게다가 포는 겨우 가정을 가졌지만 여기에도 평화가 없었다. 그는 또다시 우울증에 휩싸이게 된다. 술과 마약 없이는 하루도 지내지 못하고 폭음이 점점 잦아진다. 심신 쇠약의 발작이 계속되고 일이 전혀 손에 잡히지 않는다. 마침내 화이트도 단념할 수밖에 없었다. 1837년 1월에 포는 사직하고 2월 말에 가족을 데리고 뉴욕으로 이사한다. 여기서 편집 일을 할 작정이었지만, 의뢰해 둔 『뉴욕 평론*New York Review*』의 편집자로는 채용되지 않았고, 그 대신 전에 『메신저』에 두 번 게재한 장편소설 『낸터킷 출신의 아서 고든 핌의 이야기*The Narrative of Arthur Gordon Pym of Nantucket*』를 완성하는 데 힘을 기울인다. 이듬해 7월에 출간된 『핌의 이야기』는 미국에서 20개 이상의 신문 잡지에 언급될 만큼 화제작이 되었지만 판매는 저조했고, 이미 수입이 줄어들어 필라델피아로 옮겨 와 있던 가족의 생활은 순식간에 궁핍해졌다.

포는 『아메리칸 뮤지엄*American Museum*』에 「라이지어 Ligeia」 등 몇 편의 작품을 발표한 뒤, 1839년에 희극 배우 윌리엄 에번스 버튼William Evans Burton이 창간한 잡지 『젠틀맨스 매거진*Gentleman's Magazine*』의 의뢰를 받고 주급 10달러로 편집장이 되었다. 포는 『메신저』 시절의 편집 경험을 살리면서 「윌리엄 윌슨William Wilson」, 「어셔가의 붕괴The Fall of the House of Usher」 같은 단편과 시를 발표하는 한편, 9월에는 최초의 소설집 『그로테스크하고 아라베스크한 이야기들*Tales of the Grotesque and Arabesque*』을 출간한다. 두 권으로 이루어진 이 작품집(25편 수록)은 아주 많은 잡지에 서평이 실렸지만 평가는 엇갈렸다.

그 후 버튼 사장과 편집 방침을 놓고 대립한 끝에 이듬해 6월 『젠틀맨스 매거진』을 그만두지만, 변호사 출신 출판

업자인 조지 그레이엄George Graham이 이 잡지를 인수하여 『그레이엄스 매거진Graham's Magazine』이 창간되자 새 잡지의 편집장으로 영입되었다. 이리하여 11월에 출범한 『그레이엄스 매거진』에는 「군중 속의 남자The Man of the Crowd」, 「모르그가의 살인The Murders in the Rue Morgue」, 「소용돌이 속으로 떨어지다A Descent into the Maelström」 등의 단편 이외에 많은 평론을 발표했고, 1년 반 뒤에 『그레이엄스 매거진』은 발행 부수 3만 7천 부를 자랑하는 미국 최대 잡지로 성장했다.

이 시기에 포는 잡지 편집자로 일하면서, 자신도 잡지를 창간할 것을 꿈꾸며 여러 가지 계획을 세운다. 『젠틀맨스 매거진』 시절에 이미 〈펜The Penn〉이라는 잡지를 구상했고, 1840년에는 〈스타일러스The Stylus〉로 이름을 바꾼 이 잡지의 창간 취지문까지 발표하지만, 이 잡지는 포가 살아 있는 동안은 창간되지 않았다. 포가 자신의 잡지 구상에 부심하고 있을 때, 1842년 1월 아내 버지니아가 집에서 피아노를 치며 노래를 부르다가 각혈을 한다. 결핵의 첫 징후였다. 그 후 포는 버지니아의 병세에 마음을 빼앗겼고, 다시 음주량이 늘어났다. 이런 사정으로 포는 『그레이엄스 매거진』 일을 자주 쉬게 되었고, 4월이 되자 앤솔러지 『미국의 시인과 시들The Poets and Poetry of America』을 펴낸 루퍼스 윌멋 그리스월드Rufus Wilmot Griswold에게 편집장 자리를 빼앗기게 된다. 포는 5월까지 근무한 뒤 사표를 낸다.

『그레이엄스 매거진』을 떠난 뒤에도 포는 『댈러스 뉴스페이퍼 *Dallas Newspaper*』의 현상 공모에 「황금 벌레The Gold-Bug」를 응모하여 1백 달러의 상금을 받았고, 「마리 로제의 수수께끼The Mystery of Marie Rogêt」, 「구덩이와 진자The Pit and the Pendulum」 같은 작품을 여러 잡지에 발표했으며, 1843년 9월에는 작품집 『산문 이야기들*The Prose Romances*』을 출간하지만 생활은 여전히 궁핍했다. 처음부터 새롭게 다시 하려고 1844년 4월에 뉴욕으로 거처를 옮겨 「열기구 보고서The Balloon-Hoax」(일간지 『선*The Sun*』에 마치 실화인 것처럼 게재되어 대성공을 거두었다), 「생매장The Premature Burial」, 「최면의 계시Mesmeric Revelation」 등을 발표했고, 10월에는 주간지 『이브닝 미러*Evening Mirror*』의 기자로 영입되었다. 1845년 1월 이 잡지에 발표한 시 「큰 까마귀The Raven가 절찬을 받았고, 다른 잡지에도 차례로 게재되어 포의 명성을 크게 높였지만, 이 시의 발표로 포가 받은 보수는 겨우 9달러였다.

1845년 3월부터 포는 『브로드웨이 저널*Broadway Journal*』로 직장을 옮겨 작품을 기고하는 한편, 문예 시평을 담당했다. 이 잡지에서 헨리 워즈워스 롱펠로Henry Wadsworth Longfellow를 표절 작가라고 비난하여, 롱펠로 옹호자와의 논쟁으로 발전했지만 이 논쟁은 포에게 불리한 상태로 끝났다. 7월에는 『이야기집*Tales*』을 출간하여 예상 밖의 매상을 올렸다. 작가로 유명해지면서 잡지 경영에 대한 희망도 여전히 간직하고 있던 포는 12월에 『브로드웨이 저널』의 경영권을 인수했지만, 자금난에 시달린 끝에 불과 한 달 만에 경영권을 내놓을 수밖에 없었다(이 잡지는 이듬해 초 결국 폐간되었다). 생활은 더욱 궁핍해졌고 1846년에는 아내를 데리고 뉴욕 교외의 포덤에 있는 목조 주택으로 이사했다. 1847년 1월 30일, 버지니아는 가난의 구렁텅이에 빠진 채 이 오두막에서 숨을 거둔다.

이 해부터 포는 〈산문시〉라고 명명한 장대한 우주론 『유레카Eureka』의 완성에 정력을 쏟았다. 하지만 이듬해 이 논문을 토대로 이루어진 강연은 실패로 끝났고, 7월에 출간된 책도 판매가 저조했다. 이 무렵 포는 야회에서 만난 세라 헬렌 휘트먼Sarah Helen Whitman 부인이나 강연에서 만난 애니 리치먼드Annie Richmond 부인과 연애 관계를 가졌다. 특히 휘트먼 부인에게는 두세 번 청혼을 거듭한 끝에 포가 술을 끊는 것을 조건으로 9월에 약혼이 이루어졌지만, 그 후 문학 애호가와 바에서 술을 마신 것이 부인의 귀에 들어가는 바람에 파혼당하고 말았다. 1849년 7월에 일 때문에 리치먼드를 방문하여, 젊은 시절 첫사랑이자 이제 과부가 된 엘마이라 로이스터(셸턴 부인)를 만난다. 열렬한 사랑을 고백하고 구혼을 거듭한 끝에 결혼하기로 약속한다. 포는 술과 마약을 끊고 〈금주 동맹〉에 가입까지 한다.

죽음

10월의 결혼식을 앞둔 1849년 9월, 포는 자신의 선집 출간을 준비하기 시작했고, 그 일로 루퍼스 그리스월드의 협력을 얻기 위해 오랜만에 뉴욕으로 돌아가기로 했다. 27일 리치먼드를 떠나는 배를 타고 48시간 항해한 뒤 29일 오전에 볼티모어에 도착하자, 무엇 때문인지 그곳에 며칠 머물렀다. 마침 메릴랜드 주의회 선거 운동이 한창이었고, 10월 3일이 투표일이었다.

그러나 10월 3일 〈라이언구(區) 제4투표소〉로 지정된 주막 앞에서 포가 인사불성으로 쓰러져 있는 게 발견되었다. 당장 워싱턴 의과 대학 병원으로 실려 갔지만, 나흘 동안 혼수상태가 계속된 뒤 10월 7일 새벽 5시에 타계했다. 입원해 있는 동안 포는 대화도 할 수 없는 상태여서, 왜 그런 곳에서 그런 상태로 있었는지, 끝내 말하지 못했다. 포는 발견되었을 때 남의 옷을 입고 있었고, 죽기 전날 밤에는 〈레이널즈〉라는 이름을 몇 번이나 불렀지만 그게 누구를 가리키는지도 알 수 없었다. 일설에 따르면, 포의 마지막 말은 〈주여, 저의 가련한 영혼을 구하소서*Lord, help my poor soul*〉였다고 한다. 일부 신문은 포의 죽음이 〈뇌출혈〉 또는 〈뇌염〉 때문이라고 보도했는데, 이는 당시 알코올 중독사 같은 점잖지 못한 사인을 완곡하게 표현하기 위해 종종 사용된 말이었다.

사망 증명서를 포함하여 포의 진단서는 지금은 모두 사라져 버렸고, 죽음의 진상도 여전히 미스터리로 남아 있지만, 포가 〈쿠핑*cooping*〉의 희생자였다는 설도 있다. 쿠핑이란 부정 선거자에게 고용된 불량배들이 행려자를 붙잡아 술을 먹이는 등 인사불성으로 만들고 옷을 갈아입혀 가며 여기저기 끌고 다니면서 억지로 투표를 시키는 짓으로, 만일 끌려다니는 사람이 저항할 경우 구타를 당하거나 맞아 죽는 수도 있었다. 그 밖에도 급성 알코올 중독에 의한 진전섬망, 심장병, 간질, 매독, 수막염, 콜레라, 광견병 등이 사인으로 추측되고 있다.

포의 장례식은 단출했다. 1849년 10월 8일 월요일 오후 4시. 장례식은 춥고 눅눅한 날씨 속에서 달랑 3분 동안 진행되었다. 참석자도 거의 없었다. 당시 교회지기는 이렇게 기록했다. 〈어둡고 우울한 날이었다. 비는 내리지 않았지만 몹시 추웠고, 금방이라도 비를 뿌릴 것 같았다.〉 포는 싸구려 관에 들어가 묻혔기에, 관에는 손잡이도 명패도, 천으로 덧댄 안감도, 시신의 머리를 받쳐 줄 쿠션도 없었다.

포는 웨스트민스터 홀 교회 묘지에 묻혀 있는데, 이 묘지는 오늘날 메릴랜드 대학교 법학원의 일부가 되어 있다.

포는 원래 할아버지(데이비드 포 시니어)의 무덤 근처 한 구석에 묘비 하나 없이 묻혀 있었다. 1873년에 남부 시인 폴 해밀턴 헤인Paul Hamilton Hayne이 포의 묘지를 방문했다가 그 열악한 상태를 보고는 속상한 나머지 제대로 된 기념물을 세우자는 내용을 신문 기사로 투고했다. 볼티모어의 학교 교사인 세라 시고니 라이스Sara Sigourney Rice가 여기에 관심을 가지고 모금을 시작했는데, 볼티모어뿐 아니라 미국 곳곳에서 성금이 답지했고, 총 모금액은 1천5백 달러(지금의 물가로 환산하면 5만 달러)가 넘었다. 건축가 조지 프레더릭 George A. Frederick이 설계한 기념비가 세워지고, 포를 기리는 메달도 제작되었다.

포는 1875년 10월 1일 이장되었다. 새로운 매장지는 교회

바로 앞이었다. 11월 17일 새로운 무덤을 봉헌하면서 장례식이 치러졌는데, 여러 저명 시인에게도 초청장을 보냈지만 참석한 사람은 월트 휘트먼Walt Whitman뿐이었고, 영국 시인 앨프리드 테니슨Alfred Tennyson이 보낸 시가 낭독되었다.

한때 운명이 그를 거부했고,
질투는 그를 중상했으며,
악의는 그를 곡해했으나,
이제 그 명예가 비로 섰구나.

몇 년 후, 포의 아내 버지니아의 유골도 이곳으로 옮겨졌다. 1875년에 그녀의 묘지가 철거되게 생겼는데, 그녀의 유골을 이장할 일가붙이가 없었다. 포의 전기를 쓴 윌리엄 길William Gill이 그녀의 유골을 수습해서 상자에 넣어 침대 밑에 숨겨 두었다. 포의 탄생 76주년이자 현재의 기념비가 세워진 지 10년 만인 1885년 1월 19일 마침내 버지니아도 남편의 유골과 함께 묻혔다.

2. 포의 문학

이 책에는 포가 남긴 66편의 〈단편소설short story〉 가운데 12편을 골라 실었다. 포는 장편소설도 하나 썼고, 뛰어난 시인이기도 해서 「큰까마귀」처럼 유명한 작품도 있지만, 수적으로는 단편이 훨씬 많다. 일반적으로도 포는 괴기 취미, 탐정 취미의 단편 작가로 알려져 있고, 현대인이 즐길 수 있는 독서 대상으로서는 미국 문학사에 처음 나타난 작가라 해도 틀린 말은 아닐 것이다. 특히 단편소설 세계에서는 개조나 비조라고 불릴 만한 자격이 있다. 물론 포의 시대에는 〈단편소설〉이라는 말이 아직 쓰이고 있지 않았다. 그냥 〈이야기 tale〉라고 불렸고, 포도 자신의 작품집에 〈이야기들Tales〉이라는 제목을 달았다.

그의 단편소설은 공포, 모험, 과학, 탐정을 포함하여 다양한 하위 장르를 망라하고 있는데, 특히 탐정 소설은 그가 창조한 것으로 알려져 있다. 그의 작품들은 일반적으로 초월주의에 대한 문학적 반작용인 다크 로맨티시즘(암흑 낭만주의) 운동의 일환으로 여겨진다. 낭만주의가 18세기 후반에 태동한 이래 행복한 희열과 장엄한 숭고를 예찬했던 만큼, 그 반대쪽으로는 우울과 몽상, 정신병과 범죄, 그로테스크 등에 대한 강렬한 매료가 존재했다. 이런 정서적 태도에서 출발한 암흑 낭만주의는 사탄과 악마, 유령과 늑대인간, 흡혈귀와 식시귀 등의 형태로 의인화된 악의 표상을 차용하여 인간의 본성을 표출하려고 했던 것이다.

포의 작품들은 그의 문학론을 반영하고 있는데, 그는 교훈주의(계몽주의)와 알레고리에 반대했다. 문학에서 의미는 수면 바로 아래의 저류여야 한다고 그는 말했다. 의미가 너무 명백한 작품은 더 이상 예술이 아니라는 것이다. 포는 작품에서 독창성을 추구했으며, 골상학과 관상학, 최면술 같은 대중적인 의사과학의 요소들을 자주 작품에 포함시켰다. 가장 자주 되풀이되는 그의 테마는 죽음의 신체적 징후, 부패의 결과, 생매장에 대한 불안, 죽음으로부터의 생환 같은 죽음의 문제를 다루고 있다.

문예지 『서던 리터러리 메신저』에서 일할 당시, 포는 단편소설과 함께 여러 편의 에세이나 서평을 자신이 근무하는 잡지에 기고했고, 살아 있을 때는 솔직한 비평가로 알려져 있었다. 1830~1840년대의 미국 문단은 헨리 워즈워스 롱펠로를 중심으로 한 뉴잉글랜드 출신 작가들이 중심을 이루었고, 그들의 서평과 비평은 가까운 사람만 편들어 주는 엉터리가 많았다. 이런 현상에 화가 난 포는 문예 비평에 〈원리〉라는 기준을 끌어들여 문학에 필요한 요소를 밝히려고 애썼다. 예를 들면 시에 관해서는 유일하게 정당한 영역이 〈아름다움〉에 있다고 주장했고, 〈아름다움〉은 〈의무나 진실〉과 의존 관계를 갖지 않는다는 생각에서 시의 교훈주의를 정당한 문학에서 배제했다. 또한 시에서 리듬은 〈진실〉을 추구하는 표현을 위해서는 장애가 되지만, 이야기에서는 〈진실〉이 그 자체로 중대한 목적이 되는 경우가 많다고 주장했다. 그리고 포는 창작에서 〈효과의 통일성〉이나 〈인상의 통일성〉을 강조했고, 그 통일성을 가져오기 위해서는 작품 길이가 〈단숨에 읽을 수 있는 것〉이 아니면 안 된다고 주장했다. 시에 관해서는 장대한 서사시를 시대에 뒤떨어진 것이라 하여 물리쳤고, 소설에 관해서는 두 시간 만에 읽을 수 있는 단편소설을 장편소설보다 우위에 놓았다. 초기 서평에서 전개된 포의 비평 원리는 만년에 「구성의 철학The Philosophy of Composition」 이나 「시의 원리The Poetic Principle」라는 강연에서 통합 정리되었다.

포는 자신이 어떤 식으로 글을 쓰는지 분명히 표명한 사람이다. 자기 작품에 대한 해설이나 동시대 작가 — 예컨대 너새니얼 호손Nathaniel Hawthorne — 에 대한 서평 등에서 창작법을 활발하게 논하고 있다. 한마디로 말하면 이론적인 예술파라고 할 수 있다. 그의 창작에서 목표는 확실하다. 어떤 효과에 목표를 두고 독자의 마음을 강하게 때리면 작품으로서 됨됨이가 좋아진다. 그 효과가 높은 것은 〈공포horror/terror〉다. 예술적 〈아름다움〉을 다룬다면 시 쪽이 운율이 있는 만큼 유리하니까, 산문에서는 〈공포〉의 효과를 기대해야 한다. 또한 읽기 시작하면 단번에 끝까지 읽을 수 있는 길이가 아니면 효과가 떨어진다.

이런 타입이라면 추리 소설의 원조로 여겨지게 된 것도 수긍이 갈 것이다. 우선 결론부터 구상하고, 거기에 다다르도록 줄거리를 짜고, 막판에는 독자를 깜짝 놀라게 한다. 물론 최후의 수수께끼 풀이에는 독자의 재량권이 허용되지 않는다. 범인은 누구인가. 그것은 작가가 지정한 인물이다. 다른 가능성은 없다.

그런데 수수께끼 풀이를 하면 공포는 줄어든다고도 말할수 있다. 어떤 무서운 현상으로 공포를 고조시켜도, 사실은 논리로 설명할 수 있다는 것을 알면 두려움이 사라진다. 오로지 무서운 방향으로 나아갈지, 아니면 그것을 해소하는 수

법까지 읽게 할지, 포에게는 두 가지 취향이 모두 존재한다. 여기서 또 중요한 점이 떠오른다. 어떤 현상이 무서운지(혹은 두려운지)가 마음가짐에 따라 달라진다면, 공포는 인간의 마음속에 있는 것이다. 포 자신의 말을 인용하면, 〈나에게는 공포를 제재(題材)로 하는 작품이 많을지 모르지만, 그 공포는 영혼에서 유래한다〉.

3. 포의 수용

미국에서의 수용

본국인 미국에서 포의 작품은 오랫동안 정당한 평가를 받지 못했고, 일부 애독자의 칭찬을 제외하면 그 문학적 지위는 낮은 상태에 머물러 있었다. 미국 문학은 원래 청교도가 많은 북부 뉴잉글랜드에서 일어났고, 북부의 비평가나 출판사들이 문학계에서 지도적 지위를 점하고 있었기 때문에 남부 문학이 경시되고 있었던 것도 포의 작품이 미국에서 받아들여지지 않은 까닭이다. 영미에서는 당시 어떤 작품이 좋으냐 나쁘냐 하는 판단이 윤리성과 도덕성과 계몽성의 유무를 바탕으로 이루어졌고, 그 때문에 탐미적이거나 퇴폐적인 경향이 있는 포의 작품은 높은 평가를 받을 수 없었다.

포에 대한 평가에서 이런 경향은 루퍼스 윌멋 그리스월드가 쓴 (포에 대한) 「회상록Memoir」으로 더욱 강해졌다. 평론가이자 편집자였던 그리스월드는 1842년에 자신의 저서가 포에게 비판받은 이후 앙심을 품고 있었고, 포가 죽은 뒤 우여곡절 끝에 그의 유고 관리인이 되어 포의 인격과 명예를 깎아내리려 애썼다.

1850년에 그리스월드는 포의 유고집을 출간하면서 〈작가에 대한 회상록Memoir of the Author〉이라는 제목의 글을 써서 책 끝에 실었다. 그는 이 글에서 포를 타락한 술주정뱅이에 마약에 찌든 미치광이로 묘사했으며, 포가 쓴 편지들을 그 증거랍시고 함께 실었는데, 후세의 연구를 통해 이 편지들은 그리스월드가 위조한 것으로 밝혀졌다. 포를 잘 알던 사람들은 그리스월드의 글을 맹렬히 비난했으나, 그리스월드가 편집해서 펴낸 책은 널리 팔리고 읽혔다. 당시만 해도 그리스월드의 「회상록」이 포에 관한 유일한 전기물이었고, 독자들 또한 〈악에 물든〉 인간의 작품을 읽는다는 생각에 스릴감을 느꼈기 때문에 이런 날조된 내용 자체가 인기를 끌었던 것이다.

미국에서 포에 대한 재평가가 이루어진 것은 그가 죽은 지 1세기가 지난 뒤 프랑스와 영국에서 포에 대한 높은 평가가 전해졌을 때였고, 그 후 드디어 그를 국민 작가의 지위로 밀어 올리려는 움직임이 보이게 되었다. 미국에서 포의 영향이 엿보이는 후세의 문학자로는 시인인 로버트 프로스트Robert Frost, 작가로는 하워드 필립스 러브크래프트Howard Phillips Lovecraft, 윌리엄 포크너William Faulkner, 블라디미르 나보코프Vladimir Nabokov, 트루먼 카포티Truman Capote, 존 바스John Barth, 스티븐 킹Stephen King, 폴 오스터Paul

Auster, 스티븐 밀하우저Steven Millhauser, 마크 Z. 대니얼 레프스키Mark Z. Danielewski 등이 있다. 1954년부터는 미국 추리 작가 클럽이 포의 이름을 딴 〈에드거상Edgar Award〉을 제정하여 매년 뛰어난 추리 소설 작가에게 상을 시상하고 있다.

유럽에서의 수용

포의 작품이 외국어로 처음 소개된 것은 1844년 12월 프랑스의 피에르 귀스타브 브뤼네Pierre Gustave Brunet가 「윌리엄 윌슨」을 번안하여 『라 코티디엔*La Quotidienne*』에 분재했을 때였다. 프랑스에서는 그 후 1845년 8월에 「도둑맞은 편지The Purloined Letter」의 번안이 『르 마가쟁 피토레스크 *Le Magasin Pittoresque*』에 실렸지만, 여기에는 원작자의 이름도 번안자의 이름도 나와 있지 않았다. 그 후 알퐁스 보르게르Alphonse Borghers가 프랑스어로 번역한 「황금 벌레」, 이자벨 뫼니에Isabelle Meunier가 번역한 「검은 고양이The Black Cat」와 「모르그가의 살인The Murders in the Rue Morgue」을 비롯하여 여러 작품이 발표되었고, 1853년에는 알퐁스 보르게르가 번역한 『에드거 앨런 포 선집*Choisies d'Edgar Poe*』이 단행본으로 출간되었다. 1847년에 포를 처음 접하고 자극을 받은 상징파 시인 샤를 보들레르Charles Baudelaire는 포의 작품에서 자신의 문학적 규범을 발견했다고 말할 정도였다. 그는 포의 작품을 번역하는 데 몰두하여 1856년에 〈기이한 이야기들*Histoires extraordinaires*〉이라는 제목으로 출간했으며, 그 후 1865년까지 통틀어 1천6백 페이지에 이르는 포의 작품을 번역했는데, 그의 세심하고 유려한 번역은 정역(定譯)으로 평가받고 있다.

이렇게 소개된 포의 작품들은 특히 상징파 문인들에게 높이 평가되었고, 19세기 말 프랑스의 미의식에 큰 영향을 미쳤다. 보들레르의 시집 『악의 꽃 *Les Fleurs du Mal*』에는 포의 영향이 인정되는 시가 몇 편이나 포함되어 있고, 보들레르를 통해 포를 배운 빌리에 드 릴라당Villiers de L'IsleAdam은 포의 미학을 토대로 『잔혹 이야기집 *Contes Cruel*』과 『새로운 잔혹 이야기집 *Nouveaux Contes cruel*』을 집필했다. 시인 스테판 말라르메Stéphane Mallarmé는 〈포를 좀 더 이해하기 위해〉 런던으로 건너갔으며, 1875년에는 「큰까마귀」를 번역하여 에두아르 마네Édouard Manet의 삽화를 넣어서 출간했다. 소설가 조리 카를 위스망스Joris Karl Huysmans도 대표작 『거꾸로 *À rebours*』에서 포의 〈악마성〉을 찬미했다. 좀 더 젊은 세대로는 앙리 드 레니에Henri de Régnier의 『살아 있는 과거 *Le Passé vivant*』, 앙드레 지드André Gide의 『위리앙의 여행 *Le voyage d'Urien*』 외에, 폴 발레리Paul Valéry도 평론 「〈유레카〉에 관하여 *Sur Eureka*」에서 포의 사상을 찬양했다. 그 밖에 기 드 모파상Guy de Maupassant의 몇몇 단편에서도 포의 영향을 엿볼 수 있다.

영국에서는 1846년에 「발드마르 씨 사례의 진상 The Facts in the Case of M. Valdemar」을 토대로 한 해적판 소책자가 런던에서 출간되어 호평을 받았다. 앞에서 말했듯이 영미에서는 포의 평판이 별로 좋지 않았지만, 1845년에는 로버트 브라우닝Robert Browning이 시집『큰까마귀와 그 밖의 시들 *The Raven and Other Poems*』을 높이 평가했다(포는 나중에 브라우닝 부인이 된 시인 엘리자베스 배럿Elizabeth Barrett 이 보낸 편지를 통해 이 사실을 알게 되었다). 1870년대에 는 영국인 존 잉그럼John Ingram이『에드거 앨런 포 작품 집*The Works of Edgar Allan Poe*』과『에드가 앨런 포: 그의 생애와 편지와 견해*Edgar Allan Poe: His Life, Letters, and Opinions*』을 출간했고, 이를 계기로 그리스월드의「회상록」 으로 왜곡된 포의 인물상을 재검토하는 움직임이 유럽 전역 에 퍼졌다. 영국에서는 이 시기에 포를 사숙하거나 평론 대상 으로 삼는 문학자들이 나타났는데, 시인으로는 에드먼드 고 스Edmund Gosse, 앨저넌 스윈번Algernon Swinburne, 앨프 리드 테니슨 등, 소설가로는 조지프 콘래드Joseph Conrad, 아서 코넌 도일Arthur Conan Doyle, 오스카 와일드Oscar Wilde, 로버트 스티븐슨Robert Stevenson, D. H. 로런스 D. H. Lawrence 등이 포의 시나 산문을 애독하고 있었다.

끝으로 한마디 보태자면, 이 책에 실린 그림들은 영국의 저명한 삽화가인 아서 래컴Arthur Rackham(1867~1939)의 작품이다. 그는 주로 동화책에 삽화를 그렸으나, 말년에는 에드거 앨런 포의 작품에도 작업을 해서『미스터리와 상상의 이야기들*Tales of Mystery and Imagination*』(1935)이라는 그 림판 책을 펴냈다. 포의 〈이야기〉에 담겨 있는 환상적이고 괴기스러운 분위기를 각별한 감흥으로 느낄 수 있을 것이다.

2021년 봄, 제주 애월에서
김석희

에드거 앨런 포 연보

1809년 출생 1월 19일 보스턴에서 태어남. 아버지 데이비드David와 어머니 엘리자베스Elizabeth는 둘 다 순회극단 배우였고, 이 시기에는 보스턴에서 출연하고 있었음. 형 헨리Henry(1807년생)가 있음.

1810년 1세 누이동생 로잘리Rosalie가 태어남(12월 20일).

1811년 2세 어머니가 버지니아주 리치먼드에서 사망함(12월 8일). 이 때 아버지는 이미 실종된 뒤였음. 포는 리치먼드의 무역상인 존 앨런 John Allan 부부에게 맡겨짐(정식 입양은 안 되었지만 〈에드거 앨런 포〉라는 이름이 붙음). 누이동생은 다른 집에 맡겨졌고, 형은 볼티모어의 조부모 댁으로 감.

1815년 6세 앨런 일가가 사업상 용무로 영국에 갔다가 스코틀랜드(앨런의 고향)를 방문한 뒤 런던에 거주함.

1817년 8세 런던 근교 스토크 뉴잉턴의 목사관 기숙 학교에 들어가 3년 동안 공부함.

1820년 11세 미국으로 돌아옴. 리치먼드의 두세 군데 학교에서 초등 교육을 계속 받음.

1823년 14세 윌리엄 버크 스쿨에 입학함. 급우의 어머니인 젊고 아름다운 제인 스태너드Jane Stanard에게 연정을 품음(그러나 제인은 이듬해 사망하고, 포는 나중에 「헬렌에게To Helen」라는 시를 쓰게 됨).

1825년 16세   세라 엘마이라 로이스터Sarsh Elmira Royster를 만나, 양가의 반대를 무릅쓰고 약혼함.

1826년 17세   2월 샬러츠빌에 있는 버지니아 대학에 입학. 집에서 보내주는 학비가 부족해 도박에 손을 댔다가 많은 빚을 지게 됨. 이 노름빚 때문에 양아버지 앨런과 사이가 틀어짐. 은밀히 약혼했던 엘마이라가 부친의 강요에 따라 다른 사람과 결혼함.

1827년 18세   대학을 중퇴하고 보스턴으로 가서 〈에드거 A. 페리Edgar A. Perry〉라는 가명으로 (나이도 22세라고 속여서) 육군에 입대함. 첫 시집 『타메를란과 다른 시들Tamerlane and Other Poems』을 익명으로 출간함.

1829년 20세   양어머니 프랜시스 앨런Francis Allan이 사망함(2월 28일), 육군을 제대하고 친척이 있는 볼티모어로 가서 두 번째 시집 『알 아라프, 타메를란 및 사소한 시들Al Aaraaf, Tamerlane and Minor Poems』을 본명으로 출간함.

1830년 21세   양아버지의 도움으로 웨스트포인트에 있는 육군 사관 학교에 입학. 그러나 양아버지가 재혼하면서 앨런가와 인연이 끊어짐.

1831년 22세   학교를 그만두고 싶어서 일부러 불성실한 태도로 학칙을 어겨 퇴학당함. 뉴욕에서 세 번째 시집 『시집Poems』을 출간함. 볼티모어로 이주하여 할머니(엘리자베스), 고모(마리아 클렘Maria Clemm) 가족과 함께 지냄. 형 헨리 사망. 『새터데이 쿠리어Saturday Courier』지의 현상 공모에 소설을 응모하지만 낙선함. 그러나 이를 계기로 이듬해 「메첸거슈타인Metzengerstein」을 비롯한 다섯 편의 작품이 그 신문에 게재됨.

1833년 24세   단편 「병 속에서 발견된 수기MS. Found in a Bottle」를 『볼티모어 새터데이 비지터Baltimore Saturday Visiter』의 현상 공모에 응모하여 당선(상금은 50달러). 이때 심사를 맡았던 존 펜들턴 케네디

John Pendleton Kennedy에게 많은 도움을 받음.

1834년 25세　양아버지 존 앨런이 포에게 아무 유산도 남기지 않고 사망 (3월).

1835년 26세　케네디의 추천으로 『서던 리터러리 메신저*Southern Literary Messenger*』지에 기고하기 시작. 할머니 엘리자베스 사망(7월). 리치먼드로 이사함. 『서던 리터러리 메신저』지의 편집에 참여하면서 시와 단편들을 발표함. 창립자이자 편집장인 토머스 화이트Thomas White는 포의 음주벽과 불안정한 정신을 경계함. 10월에 고모 클렘 부인과 사촌누이 버지니아Virginia가 볼티모어에서 리치먼드로 이사하여 다시 함께 지냄. 12월에 『메신저』지의 편집장이 됨.

1836년 27세　5월에 버지니아 클렘(당시 13세)과 결혼함.

1837년 28세　화이트와 대립하여 『메신저』지를 떠남. 뉴욕에서 일자리를 구하지만 실패함.

1838년 29세　7월 『낸터킷 출신의 아서 고든 핌의 이야기*The Narrative of Arthur Gorden Pym of Nantucket*』를 출간한 뒤 필라델피아로 이사. 9월에 「라이지어Ligeia」를 발표함.

1839년 30세　윌리엄 에번스 버튼William Evans Burton이 주재하는 『젠틀맨스 매거진*Gentleman's Magazine*』에 편집자로 참여하면서 「어셔가의 붕괴The Fall of the House of Usher」, 「윌리엄 윌슨William Wilson」 등을 발표함. 첫 번째 단편집 『그로테스크하고 아라베스크한 이야기들*Thales of the Grotesque and Arabesque*』을 출간함(25편 수록).

1840년 31세　조지 그레이엄George Graham이 『젠틀맨스 매거진』을 인수, 자신이 주재하는 『캐스켓*Casket*』지와 합병하여 『그레이엄스 매거진*Graham's Magazine*』으로 발간함. 「군중 속의 남자The Man of the Crowd」를 창간호에 발표함.

1841년 32세　2월에 『그레이엄스 매거진』 편집에 참여하여 「모르그가의 살인The Murders in the Rue Morgue」(4월호), 「소용돌이 속으로 떨어지다A Descent into the Maelström」(5월호)를 발표함.

1842년 33세 1월에 피아노를 치며 노래를 부르던 버지니아가 각혈함. 그 후 5년 동안 병약해지며 서서히 죽어 가는 아내를 돌보면서 음주가 심해지고, 그의 작품에 죽음과 광기의 그림자가 짙어짐. 5월에『그레이엄스 매거진』을 사직함.「붉은 죽음의 가면극The Masque of the Red Death」(5월),「마리 로제의 수수께끼The Mystery of Marie Rogêt」(11월),「구덩이와 진자The Pit and the Pendulum」(12월)를 발표함.

1843년 34세 문예지 편집이나 워싱턴에서 정부와 관련된 일을 구하지만 여의치 않음. 6월에 단편「황금 벌레The Gold-Bug」가『댈러스 뉴스페이퍼*Dallas Newspaper*』의 현상 공모에 당선되면서(상금 1백 달러) 이름을 떨침. 8월에「검은 고양이The Black Cat」를 발표함. 11월에 미국의 시문학에 대해 강연하여 호평을 받고 같은 강연을 계속함.

1844년 35세 4월에 뉴욕으로 이사함. 7월에「생매장The Premature Burial」을 발표함. 10월에『이브닝 미러*Evening Mirror*』지 편집진에 가담. 12월에「도둑맞은 편지The Purloined Letter」를 발표함.

1845년 36세 1월에 시「큰까마귀The Raven」를『이브닝 미러』지에 발표하여 호평을 받음. 2월에『브로드웨이 저널*Broadway Journal*』편집에 참여한 뒤, 10월에는 빚을 내어 잡지를 인수하지만, 자금난에 시달린 끝에 불과 한 달 만에 경영권 포기(잡지는 이듬해 1월에 폐간됨). 6월에 두 번째 단편집『이야기집*Tales*』을 출간함. 11월에 시집『큰까마귀와 그 밖의 시들*The Raven and Other Poems*』을 출간함.

1846년 37세 4월에『그레이엄스 매거진』에 시론인「구성의 철학The Philosophy of Composition」을 발표함. 5월에 뉴욕 교외의 포덤으로 이사함. 버지니아의 병세는 더욱 악화되고, 포 자신도 심신이 점점 피폐해짐. 11월에「아몬티야도 술통The Cask of Amontillado」을 발표함.

1847년 38세 1월에 버지니아가 폐결핵으로 사망.

1848년 39세 3월에 산문시『유레카*Eureka*』를 출간함. 자신의 잡지를 갖겠다는 꿈을 버리지 못하고, 자금을 마련하기 위해 강연과 낭독을 함. 연상의 미망인인 세라 헬렌 휘트먼Sarah Helen Whitman에게 구애하여 일단 약혼을 하지만, 그의 음주벽 때문에 부인이 약혼을 파기함. 12월에 문학론인 「시적 원리The Poetic Principle」를 발표함.

1849년 ^{40세} 3월에 「절뚝 개구리Hop-Frog」를 발표함. 7월에 강연을 위해 리치먼드로 가서, 젊은 시절의 연인인 (그리고 이제는 미망인이 된) 엘마이라와 재회하여 약혼함. 8월에 금주 동맹에 들어감. 9월 27일 리치먼드를 떠나 28일 볼티모어에 도착함. 10월 3일 주막 앞에서 인사 불성 상태로 발견되고, 10월 7일 워싱턴 의과 대학 병원에서 사망함. 볼티모어의 웨스트민스터 홀 교회 묘지에 묻힘. 그가 죽은 뒤 11월에 절창 「애너벨 리Annabel Lee」가 발표됨.

열린책들 세계문학 272 에드거 앨런 포 단편선

옮긴이 김석희 서울대학교 인문대학 불문학과를 졸업하고 대학원 국문학과를 중퇴했으며, 1988년 『한국일보』 신춘문예에 소설이 당선되어 작가로 데뷔했다. 영어·프랑스어·일본어를 넘나들면서 존 파울즈의 『프랑스 중위의 여자』, 허버트 조지 웰스의 『타임머신』, 『투명인간』, 존 르카레의 『추운 나라에서 돌아온 스파이』, 폴 오스터의 『빵 굽는 타자기』, 짐 크레이스의 『그리고 죽음』, 허먼 멜빌의 『모비 딕』, 헨리 데이비드 소로의 『월든』, 프랜시스 스콧 피츠제럴드의 『위대한 개츠비』, 앙투안 드 생텍쥐페리의 『어린 왕자』, 알렉상드르 뒤마의 『삼총사』, 쥘 베른 걸작선집(20권), 시오노 나나미의 『로마인 이야기』 등 많은 책을 번역했다.

지은이 에드거 앨런 포 **옮긴이** 김석희 **발행인** 홍예빈·홍유진
발행처 주식회사 열린책들 **주소** 경기도 파주시 문발로 253 파주출판도시
전화 031-955-4000 **팩스** 031-955-4004 **홈페이지** www.openbooks.co.kr
Copyright (C) 주식회사 열린책들, 2021, *Printed in Korea.*
ISBN 978-89-329-1272-1 04840 **ISBN** 978-89-329-1499-2 (세트)
발행일 2021년 6월 5일 세계문학판 1쇄 2024년 8월 20일 세계문학판 6쇄

열린책들 세계문학
Open Books World Literature